Dirk Kurbjuweit, geboren 1962 in Wiesbaden,
zählt zu den vielseitigsten Autoren der Gegenwart.
Als Zeit- und Spiegel-Reporter einer breiten Leserschaft bekannt,
überzeugte er schon früh als Erzähler.
Nach dem Debüt *Die Einsamkeit der Krokodile* (1995)
wurden die Novelle *Zweier ohne* (2001)
und der Roman *Angst* (2013) von der Kritik gefeiert.
Viele seiner literarischen Erfolge dienten als Vorlage
für Verfilmungen, Theaterstücke und Hörspiele.
*Haarmann* in der Presse:

»Atmosphärisch großartig, bestens recherchiert.«
*Hessischer Rundfunk*

»Dirk Kurbjuweits Roman Haarmann raubt gehörig den Atem […]
Ein wahrer Roman Noir.«
*Hamburger Abendblatt*

»Dirk Kurbjuweit verarbeitet den Fall zu einem
spannenden Krimi und vielschichtigen Gesellschaftsporträt
der frühen Weimarer Republik.«
*Stern Crime*

»Packendes, intelligentes Lehrstück über menschliche Abgründe
mit politischen Bezügen.«
*Playboy*

»Haarmann kombiniert True Crime mit einer
fiktiven Geschichte und erzählt fesselnd einen der
brutalsten Fälle der deutschen Kriminalgeschichte.«
*radio FM4*

»Auch wer bis dato glaubte, alles über die 20er-Jahre schon
gelesen zu haben, wird den Roman nicht aus der Hand legen.«
*Nürnberger Zeitung*

Dirk Kurbjuweit

# HAARMANN

Ein Kriminalroman

PENGUIN VERLAG

Die Originalausgabe erschien 2020
unter dem Titel *Haarmann*
bei Penguin.



FSC www.fsc.org MIX Papier aus verantwortungsvollen Quellen FSC® C014496

Klimaneutral* Druckprodukt ClimatePartner.com/14044-1912-1001

Penguin Random House Verlagsgruppe FSC® N001967

1. Auflage 2021

Umschlag: bürosüd nach einem Entwurf von Sabine Kwauka
Umschlagmotiv: © Laurence Winram/Trevillion Images;
shutterstock/Von mykhailo pavlenko und Nimaxs
Satz: Leingärtner, Nabburg
Druck und Bindung: GGP Media GmbH, Pößneck
Printed in Germany
ISBN 978-3-328-10743-9
www.penguin-verlag.de

Dieses Buch ist auch als E-Book erhältlich.

# Kapitel 1

*Seit einer Stunde lief er die Landstraße entlang, und noch immer wurde es nicht hell. Er sehnte sich nach Licht, hatte aber Angst davor, gesehen zu werden. Noch war er niemandem begegnet, nur einmal war ihm ein Automobil entgegengekommen, er hatte sich hinter einem Baum versteckt. Der Fahrer starrte geradeaus, der Beifahrer schlief, den Kopf gegen die Fensterscheibe gelehnt. Der Junge wartete, bis er das Auto nicht mehr hörte, dann trat er hinter dem Baum hervor und lief weiter. Er schaute auf seine Uhr, es war halb sechs, um fünf nach sechs fuhr der Zug, er würde ihn erreichen, da war er sich sicher. Wenn man ihn nicht vorher abfing. Er sah sich um. Sei ruhig, sagte er sich, warum sollte dir jemand folgen, warum sollte dich jemand suchen? Mutter und Vater schliefen noch, um sechs Uhr würden sie aufstehen, ihn um Viertel nach sechs wecken wollen. Das waren ihre Zeiten.*

*Es war nicht seine Uhr, es war die Uhr des Vaters, er hatte sie mitgehen lassen, sonst nichts. Das Geld war seins, er hatte es zurückgelegt, nicht viel, es blieb ja nicht viel übrig, aber bis Bremerhaven würde er damit kommen. Die Uhr würde er dem Vater zuschicken, wenn er angekommen war, das hatte er sich fest vorgenommen, er hatte es dem Vater auch geschrieben. Die Uhr kriegst Du zurück, hatte er in einem Abschiedsbrief geschrieben, sie ist nur geliehen. Wir sehen uns wieder, das ist versprochen. Mehr nicht. Sein Ziel konnte er nicht nennen, das andere würden sie bald herausfinden. Vielleicht würde es ein Trost für sie sein.*

*Plötzlich ein Krachen, ein Trommeln, ein Schnauben. Er zuckte, ließ seinen Koffer fallen, erstarrte, wusste nicht, was passierte. Ein Schatten huschte vorüber, ein Reh querte die Straße. Dann noch eins. Meine Güte, hatte er sich erschreckt. Die Rehe rannten in das Feld hinein, dann gingen sie, blieben stehen, drehten sich um und sahen ihn an. Dumme Viecher. Sein Herzschlag beruhigte sich, er nahm den Koffer auf, lief weiter.*

*Ein bisschen Licht dort hinten am Himmel, ein gelber Schimmer, und da waren schon die ersten Häuser der kleinen Stadt. Zwei Reiter näherten sich von hinten, langsam, Schritt, offenkundig nicht auf der Suche. Sie grüßten, zogen vorbei.*

*Er hatte Hunger, war ohne Frühstück aufgebrochen, ohne Kaffee. Es war Viertel vor sechs, als er die Stadt erreichte. Er ging in eine Bäckerei, kaufte sich drei Brötchen, eins aß er sofort, noch im Gehen, die beiden anderen mussten bis Hannover reichen. Dort hatte er beim Umsteigen Zeit und würde sich ein warmes Mittagessen leisten, ein kleines, eine Wurst, Kartoffelsalat. Die Menschen, die er sah, beachteten ihn nicht, sie eilten zur Arbeit, zum Markt. Trotzdem hatte er Angst, dass ihn jemand erkennen, ansprechen würde. Aber das geschah nicht. Um fünf vor sechs war er am Bahnhof, kaufte sich eine Fahrkarte und stieg in den Zug nach Hannover.*

Am späten Abend, als Müller längst gegangen war und Stille in den Gängen des Präsidiums herrschte, ging er runter ins Archiv. Er hatte sich die Schlüssel besorgt, mit Erlaubnis des Polizeipräsidenten, da er oft bis spät in die Nacht arbeitete. Er schaltete das Licht an, klack, Lahnstein sah Regalreihen mit Akten, schmalen, breiten. Luft, die sich fett anfühlte, getränkt mit den Ausdünstungen dieser Ordner, der Geruch vergilbten Papiers, vergangener Tage.

Was er suchte, waren neue Ordner, nicht vergilbt, nicht abgegriffen. Er ging die Reihen durch, begann unten, kniete, richtete sich langsam auf, bis er sich strecken musste, um etwas erkennen zu können. So bewegte er sich nach links, auf der Rückseite genauso. Bald schmerzten seine Knie, Steifheit im Nacken. Er hustete, der Staub.

Eine erste Akte, die neu aussah. Er zog sie raus, öffnete sie. Ein Mörder, die Gattin und die eigenen Kinder. Er stellte den

Ordner zurück, machte weiter. Am Ende, nach zwei Stunden, hatte er gefunden, was er suchte, einen leeren Ordner, glänzende Pappe, unbenutzt, unter dem Buchstaben J, aber das hieß nichts. Wahrscheinlich hatten sie die Ordner verschoben, damit niemand erkennen konnte, welche Akte fehlte. Irgendwas in der Nähe von J, ein Buchstabe zwischen G und M, schätzte er.

Er schloss das Archiv ab, holte seinen Hut und seinen Mantel und lief nach Hause, wie immer mit einem Schlenker zum Theater, wo die Prostituierten warteten, vor allem die Knaben, Puppenjungs genannt. Sie traten aus den Schatten der Bäume, hakten sich bei ihm ein, manchmal griff einer in seinen Schritt. Er wischte die dreiste Hand weg, zischte »sei vorsichtig«, und das meinte er in einem doppelten Sinne. Die Knaben lachten. Lahnstein ging weiter, beobachtete aus den Augenwinkeln die anderen Männer, ob sich jemand auffällig verhielt. Aber was war hier schon auffällig, außer dass alle unauffällig wirken wollten? Er hoffte auf einen Zufallstreffer, eine Eingebung.

Kurz nach Mitternacht traf er in seiner Pension ein, eine große Wohnung, in der drei Räume vermietet wurden. Im Moment war er der einzige Gast. Schuhe aus, das war Vorschrift, über welliges Parkett in sein Zimmer. Warten auf den Schlaf, Angst vor dem gewohnten Traum. Nach einer Stunde schlief er ein.

Die Sonne musste er im Blick behalten, denn von dort würden sie kommen, ihn überraschen, weil er sie gegen das Licht erst spät erkennen konnte. Er schaute zur Sonne, schaute voraus, schaute nach unten, wo Bauern ihre Felder bestellten, Vieh auf den Weiden, ein Automobil auf einer Landstraße, Dörfer, Höfe, Menschen an einem Fluss.

Die Sonne, achte auf die Sonne. Nichts. Er lauschte. Der Motor brummte gleichmäßig, der Wind rauschte, die üblichen Geräusche. Alles in Ordnung.

Er sah sich um, zum hinteren Sitz, wo Lissy und August saßen, August auf Lissys Schoß. Lissy schrie ihm etwas zu, aber er verstand sie nicht. Sie winkte, gestikulierte. Er sah zur Sonne, nichts, sah nach unten, durch den kleinen Bombenschacht, ein Kirchturm, ein Weiher, Häuser, Frieden, aber jetzt stotterte der Motor, der Propeller kreiste langsamer und langsamer.

Sie segelten, glitten dahin, sanken, aber nur langsam. Manchmal drehte er sich um. August war eingeschlafen, Lissy hielt ihn fest in ihren Armen. Er sah wieder nach vorne, suchte nach einer Stelle, wo sie landen konnten, nach einer ebenen Wiese, einer Straße, die nicht von Bäumen gesäumt war. Aber da waren nur noch Felsen, Berge und Flüsse, die sich durch Schluchten wanden, schroffes, karges Land.

Eine Bruchlandung, etwas anderes war nicht möglich. Aber es kam nie dazu, er wachte auf, bevor sie den Boden berührten oder an einem Berg zerschellten. Er wachte auf mit einem Gefühl, als würde er immer noch fliegen, aber er sah schon das Zimmer, in dem er schlief, das Fußende des Bettes, das kleine Fenster, den schiefen Schrank, die Haken an der Wand, an denen seine Sachen hingen. Er war wach, aber er stürzte der Erde entgegen. Das war der schlimmste Moment.

Dann war es vorbei. Er lag reglos in seinem Bett, hatte es überstanden. Er schaute nach der Uhr auf dem Nachttisch. Halb sieben morgens. Lahnstein war lieber, wenn ihn dieser Traum mitten in der Nacht ereilte, dann konnte er noch einmal einschlafen und sich davon erholen. So aber musste er das Gefühl des Sinkens und Stürzens mit in den neuen Tag nehmen. Ein Tag mit Junge?

Der Letzte war am 27. Oktober 1923 vermisst gemeldet worden, davor einer am 25. Oktober und einer am 12. Oktober. Im September wurde ein Junge vermisst gemeldet, im August einer, Pause im Juli, im Juni einer, im Mai zwei, Pause im April, im März einer. Der Erste verschwand am 12. Februar 1923, Fritz Franke. Die

Namen steckten tief in Lahnsteins Kopf, in seinem Gemüt, er kannte sie alle.

Es gab keinen Rhythmus, er hatte sich die Abstände angeschaut, hatte gerechnet, gemittelt, Gruppen gebildet, Linien gezeichnet, Pfeile, nichts, kein Muster. Der größte Abstand zwischen den Taten, wenn es denn welche waren, lag bei gut zwei Monaten, vom 20. März bis zum 23. Mai, der kürzeste bei zwei Tagen, Ende Oktober. Zehn Jungs, zwischen 13 und 18 Jahre alt, vier davon 16 Jahre, die größte Gruppe. Heinz Brinkmann war bislang der Letzte, 13 Jahre alt. Auch die Altersangaben hatte er stundenlang betrachtet, mit den Daten des Verschwindens verknüpft, kein Muster.

Keine Leichen, nicht eine. Auch sonst: keine Spur.

Er stand auf, schwankte leicht, noch nicht wirklich gelandet. Und wenn es zu Ende war? Kein weiterer Junge mehr vermisst werden würde. Dann hatte er trotzdem zehn Fälle, die er aufklären musste. Seine Hoffnung war der nächste Fall, dass dieser eine Spur offenbarte, ihm eine Leiche lieferte, irgendwas, an das er anknüpfen konnte. Abscheulicher Gedanke, aber wahr. Er brauchte einen weiteren Fall. Er brauchte einen Toten, er brauchte einen Mord. Er wartete darauf, das wusste er, obwohl er sich sagte, dass dies nicht stimmen würde, nicht stimmen konnte. So war er doch nicht. Hoffentlich nicht.

Er lauschte an der Tür, hörte nichts und trat hinaus, schwankte zum Klo, im Schlafanzug. Da er nicht den kleinsten Hinweis hatte, wie die Taten abgelaufen waren, wer der Täter sein könnte, waren seiner Fantasie keine Grenzen gesetzt, er konnte, musste sich alles vorstellen, Gemetzel, Bluträusche. Wenn er so aufwachte wie heute, wenn sein Gemüt so angegriffen, so durchlässig war, verwandelte er sich in Heinz Brinkmann in den letzten Minuten seines Lebens. Er wurde bei lebendigem Leib gehäutet, schrie und schrie in seinen Gedanken. Es gab auch Tage, da war er der

Täter, einer von ihnen. Ein Messer in der Hand. Aber warum ein Messer? Sie wussten nichts, gar nichts.

Gab es überhaupt Morde? Er hatte, in optimistischen Momenten, seine Zweifel. Es war das Alter, in dem Jungs nun einmal abhauen, nach Amerika, zur Fremdenlegion. So viele waren traurig, weil der Krieg zu Ende gewesen war, bevor man sie hatte einziehen können. Deshalb suchten sie sich ihren eigenen Krieg, fuhren nach Straßburg, ließen sich rekrutieren, kämpften in irgendwelchen Dschungeln oder Wüsten. Konnte doch sein.

Robert Lahnstein lauschte an der Toilettentür, nichts. Er öffnete die Tür, sah direkt in das Alkoholgesicht seiner Vermieterin, die sich herangeschlichen hatte und still auf ihn wartete. Ein graues Kittelkleid, graue Pantoffeln.

Ist alles recht?

Ja.

Und der Mörder?

Bald.

Er drängte sich an ihr vorbei, weil sie ihm den Weg zu seinem Zimmer versperrte. Als er die Klinke runterdrückte, sagte sie hinter ihm: Es ist Menschenfleisch aufgetaucht.

Er drehte sich um.

Wo?

Im »Wirtshaus Walterscheidt«.

Woher wollen Sie wissen, dass es Menschenfleisch war?

Da war einer, der in Afrika gelebt hat, und der sagt, es war eindeutig Menschenfleisch. Hat's ausgespuckt.

Kann ich den mal sprechen?

Ich kenn den nicht. Der ist gleich abgehauen, so hat er sich geekelt.

So war es immer. Hysterie, Gerüchte, aber nie wurde etwas konkret, alle hatten irgendetwas gehört, aber niemand wusste irgendetwas.

Warum sollte jemand Menschenfleisch verkaufen?, fragte er die Zimmerwirtin.

Sie senkte die Stimme: So lindern sie die Engpässe, halten die Preise erträglich. Die Regierung steckt dahinter, die Berliner.

Unsinn.

Er trat in sein Zimmer, schloss die Tür, stellte sich ans Waschbecken, stand endlich stabil, das kleine Flugzeug war gelandet, war zerschellt, was auch immer, es hatte die Lüfte verlassen und ihn der Erde zurückgegeben. Schnelle Wäsche, flüchtige Rasur. Er sah in hellblaue Augen, ein schmales Gesicht, Nase und Ohren nicht markant, eher zierlich, was er nicht mochte, hohe Stirn, was er mochte. Helle Haut, ein Leberfleck rechts neben der Nase.

Im Café schaute er kurz auf die Morgenzeitungen. Ein neuer Fall? Nein. Hitler, alle schrieben immer noch hysterisch über Hitler. Der Putsch in München, Marsch auf die Feldherrnhalle, mit Ludendorff, ausgerechnet. Gescheitert, Hitler saß in Untersuchungshaft. Ein Glück, dachte Lahnstein, am Ende hätten sie noch ihm die Schuld an dem Putsch gegeben. Weil er die Mordserie nicht aufklären konnte. Das Land war nervös. Oder war nur er nervös? Beruhige dich, sagte er sich.

Lahnstein griff nach einem regionalen Blatt, zog sich in eine hintere Ecke zurück und bestellte Kaffee und Gebäck. Im Lokalteil suchte er nach den Polizeiberichten. Schlägereien, Diebstähle, konfiszierte Schmuggelware, eine Vergewaltigung. Er hatte gestern schon davon gehört. Der Täter war an seinem Zimmer im Präsidium vorbeigeführt worden, ein 50jähriger Mann, der seiner Nachbarin im Keller aufgelauert hatte. Die Frau war 41 Jahre alt, von dort führte keine Linie zu seinen Jungs. Trotzdem würde er sich die Protokolle ansehen. Er blätterte zurück zu den vorderen Seiten und las alles zum Putschversuch. Hermann Göring war entkommen. Er hatte ihn einmal auf einem Flugfeld getroffen. Galt als As. Nun ein Gesuchter.

Er setzte seinen Hut auf, zahlte und ging. Den Mantelkragen hoch, Wind, leichter Regen. Er hielt den Hut fest, eilte durch die Gassen, vorbei an den kleinen Häusern, die eingesackt waren, wie auch uralte Menschen einsackten, standen schief, als stützten sie einander, Fachwerk, blätternde Fassaden, hier und dort Pappen statt Fenstergläsern, auch blindes Glas. Katzenkopfpflaster, mit Dellen und Hügeln, eine Landschaft aus Steinen. Die Hufe der Pferde klackten gemächlich, Frachtkutschen, manchmal ein Automobil, wütendes Hupen. Die Fußgänger waren schneller in diesem Gedränge, am schnellsten waren die Zeitungsjungs, auch am lautesten. Putsch in München, Hitler im Gefängnis. Aber kein Vermisster. Passt auf, dachte Lahnstein, euer Alter. Bislang war kein Zeitungsjunge unter den Opfern. Arbeiter meist, Handwerker, noch in der Lehre. Darüber musste er nachdenken, warum es kaum Gymnasiasten waren, nicht die Kinder reicher Eltern. Hundertfünfundsiebziger? Wahrscheinlich.

Gedränge auf der schmalen Leine-Brücke, der Geruch von Katzenwäsche, von einmal Baden in der Woche, höchstens, der Geruch alter Kleidung, selten gewechselt, wenig gewaschen. Unangenehm, aber Lahnstein war da nachsichtig. Die Zeit der Hyperinflation war nicht die Zeit der Hygiene. Man war zu arm, um sich neue Kleider zu kaufen, man war zu abgelenkt, um auf Hygiene zu achten, ständig in Sorge, altes Geld loszuwerden, neues zu beschaffen, ständig damit beschäftigt, auf die Preise zu achten, zu tauschen. Kleidung gab man her für Lebensmittel. Man roch das. Er war selbst durch eine solche Phase gegangen. Sein Mantel war verschlissen, aber er wusste nicht, wann er einen neuen kaufen sollte. Seit einiger Zeit stabilisierte sich der Geldwert, er würde warten.

Ein Mann rempelte gegen seine Schulter, traf ihn hart, weil er, vertieft in Gedanken, den Mann nicht hatte kommen sehen. Er blickte sich um, ein bodenlanger Mantel, ein schmaler Rücken, ein leerer Ärmel. Er wollte dem Mann folgen, ihn zur Rede stellen, aber dann ließ er es sein. Somme, würde der Mann schreien, Verdun, Eisack. Das waren die Chiffren, die alles erklärten, alles entschuldigten. Auch im Präsidium.

Er eilte weiter, aufmerksamer nun. Zündhölzer, Schals, Socken, Zigaretten, Vasen, Messer, das waren die Waren, die ihm auf kurzer Strecke angeboten, entgegengestreckt wurden, manchmal wortlos, nur von einem flehenden Blick begleitet. Sie waren ein Volk von Händlern geworden seit dem Krieg. Erst Helden, jetzt Händler, dachte er bitter. Er kaufte nichts, auch keine Zigaretten, obwohl sein Vorrat knapp war für den Tag, aber er wollte am Abend in die Zigarrenhandlung gehen. War es wegen der Besitzerin? Er schämte sich ein bisschen für den Gedanken, weil Lissy immer noch in dem Flugzeug saß. Das Meer, der Wind, der träge Propeller. Manchmal sah sie aus, als wolle sie winken, sei aber zu schwach, um eine Hand zu heben. August schlief.

Ein Pferd pisste neben ihm, und der harte Strahl spritzte vom Pflaster auf seine Füße. Überall Pferdedreck, vom Regen verteilt, verschmiert. Je näher er dem Präsidium kam, desto mehr wuchs seine Angst. Er wollte nicht, dass ein Elternpaar auf ihn wartete, Mutter und Vater, noch schlimmer: eine Witwe, die ihren Sohn, der seinem Vater so ähnelte, vermisste. Und wollte es doch.

Unten war niemand, Erleichterung, er grüßte die Beamten am Empfang, ein gleichgültiger, nicht eben freundlicher Gruß zurück, niemand hielt ihn an, um zu sagen, dass man schon auf ihn warte. Sein Büro war leer, Freude, Enttäuschung. Er ging auf die Toilette, nahm reichlich Papier und wischte seine Schuhe, bis sie sauber waren. Spucke, er polierte, bis er mit dem Glanz zufrieden war.

Er ging in sein Büro, setzte sich hin und verpasste den Moment, in dem er nach einer Akte, nach dem Telefonhörer greifen musste, damit er nicht im Strudel seiner Gedanken verschwand.

August. Lissy. Er dachte an den Abschied auf dem Bahnhof in Salzburg. Nach zwei Wochen am Irrsee, im Seehof. Lissy hatte Verwandte im Dorf. August war ein halbes Jahr alt, Sommer, aber viel Regen, er hatte drei Wochen Urlaub. Sie liefen um den See, jeden Tag, die Straße entlang, die Berge erst im Rücken, dann voraus. So hatten sie es bestimmt, damit sie sich auf den Rückweg freuen konnten und damit ihnen das letzte Stück leichter fiel. Die Berge machten beiden Freude. Ein Ausflug nach Fuschl, ein Ausflug an den Wolfgangsee. August lag im Kinderwagen, und wenn er schrie, holte Lahnstein ihn raus und trug ihn ein Stück. Manchmal setzten sie sich auf eine Wiese, und Lissy stillte das Kind. Lahnstein lag auf dem Rücken und schaute in den verdammten Himmel.

Sie besuchten Lissys Bruder, der Bauer war. Lahnstein ging mit August in den Stall, zeigte ihm die Tiere, aber dann brüllte eine Kuh, August erschrak, und es dauerte eine Viertelstunde, bis er sich wieder beruhigt hatte.

Vom Hof aus gingen sie einen Berg hinauf, weil dort oben eine schöne Kapelle war, wie der Bruder sagte. Lahnstein hatte Mühe, den Wagen zu schieben, machte dazu die Geräusche einer Lokomotive, Lissy lachte. Abends saßen sie auf dem Bett, das Baby lag zwischen ihnen. Sie freuten sich, wenn sie einen neuen Gesichtszug entdeckten, eine Bewegung, die nicht zufällig schien, sondern gewollt. Sie wollten Fortschritt sehen, Entwicklung. Ein Lächeln von August, und Lahnstein schwamm in der warmen Milch einer Rührung, die ihm bis dahin unbekannt gewesen war. Es wog den Krieg auf, den Beschuss, das Lazarett. Es ließ das alles verschwinden, bis er nachts wach wurde und der Krieg wieder da war, und noch zwölf Tage, dann acht, sechs.

Du schaust so oft in den Himmel, sagte Lissy.

Es stimmte, er schaute nach den Wolken, nach dem Licht, er betrachtete das Wetter als Flugwetter. War es günstig oder nicht, und für wen?

Sei hier unten bei uns, sagte Lissy und nahm seine Hände. Sie stritten nicht in diesem Urlaub, obwohl das Zimmer klein war und August viel schrie. Manchmal wünschte er sich nach draußen, nach da oben, an den Himmel, wo die Sopwith Camels auf ihn warteten. War das nicht maximaler Verrat an seiner Familie? Den verhassten Kampf der Familie vorziehen, weil die mal anstrengend war. Scham. Die Gedanken verschwanden.

Lissy sprach viel von der Zukunft, als hätten sie die Gegenwart schon hinter sich, eine größere Wohnung, drei Kinder, vielleicht vier. Seine Karriere bei der Polizei, die Erbschaften, die zu erwarten waren, ein Häuschen. Das schien so gewiss für sie, Tatsachen aus der Welt von morgen, sie lächelte die ganze Zeit. Manchmal kam eine Sopwith aus der Sonne geflogen, er feuerte und feuerte, bis er merkte, dass Lissy seine verkrampften Hände hielt. Schschsch, machte sie. Das gleiche sanfte Zischen half August beim Einschlafen.

Sie weinten beide am letzten Abend. August schlief, sie lagen ineinander verschlungen. Sie versprachen sich ein Wiedersehen zu Weihnachten, es war September. Er rechnete aus, wie viele Kampfeinsätze er bis dahin voraussichtlich würde fliegen müssen, aber die Zahl war zu hoch, um sie denken zu können. Er brach ab, sagte nichts zu Lissy. Aber weil er zitterte, wusste sie wahrscheinlich, was in seinem Kopf vorging. Das Wort »Angst«, das verbotenste von allen, rumorte in seinem Kopf, und er wollte es so gerne aussprechen, weil das vielleicht Linderung bringen konnte, aber das war undenkbar. Niemand sagte dieses Wort.

Sie schliefen nicht mehr miteinander, wie in fast allen Nächten davor. Sie waren wach, wenn August wach war, um zwei Uhr, dann wieder um halb fünf. Lissy stillte das Kind, Lahnstein betrachtete die Zufriedenheit der beiden und spielte mit dem Gedanken, hier zu bleiben, sich in den Bergen zu verstecken, bis aus der Gegenwart die Zukunft geworden war. Aber das würde ihm auch nicht das Leben bescheren, das Lissy sich ausmalte, sondern nur eine ewige Flucht, Gefängnis oder ein Peloton. Die beiden waren eingeschlafen, er lag auf dem Bett, die Arme hinter dem Kopf verschränkt, nahezu Vollmond, ein Plätschern vom See, vielleicht ein Fisch, der gesprungen war. Um halb sechs standen sie auf. Sie hatten in Salzburg eine Droschke bestellt, die sie abholte und zum Bahnhof fuhr. Dann standen sie neben dem Waggon, in den er gleich steigen würde, eine letzte Umarmung, ein Kuss auf die Stirn von August. Er stand am Fenster, winkte, winkte, bis sein Arm schmerzte. Sie winkte zurück, dann hielt sie August in die Luft. Das war das letzte Bild, das er von ihnen hatte, aber es tauchte nie in seinen Träumen auf.

Lahnstein erschrak, als die Tür aufsprang und Müller hereinkam, ebenfalls Kommissar, ihm untergeordnet.

Guten Morgen, rief Müller, laut, stramm, wie beim Militär.

Lahnstein drehte sich ihm zu, spielte den Hellwachen, aufgerissene Augen. Guten Morgen, sagte er matt.

Müller war klein, untersetzt, hatte eine klobige Nase, blaugraue Augen, einen weißen Kinnbart, weiße Haare, obwohl er Anfang dreißig war, etwas jünger als Lahnstein. Tannenberg, dann Verdun. Nach dem Krieg hatte er schnell Karriere gemacht. Bis Lahnstein eintraf, hatte er die Ermittlungen in diesem Fall geleitet, aber da es keine Spur gab und immer noch Jungs verschwanden, war er nur noch zweiter Mann hinter Lahnstein.

Müller zog seinen Mantel aus, schloss die Schublade von seinem Schreibtisch auf und holte seine Pistole raus. Er setzte sich, zog das Magazin raus, ließ alle Patronen auf den Schreibtisch klacken, steckte sie wieder ins Magazin.

Kann es sein, fragte Lahnstein, dass im Archiv die eine oder andere Akte fehlt?

Weiß nicht, habe noch keine vermisst, sagte Müller.

Da ist mindestens eine Lücke, und sie scheint mir noch nicht alt zu sein.

Sie haben das Archiv durchsucht? Warum?

Ich habe mich gestern dort noch einmal umgetan. Ich möchte nichts übersehen.

Müller zuckte mit den Achseln. Ich war ewig nicht im Archiv, sagte er. Lasse mir die Akten immer bringen.

Da war ein leerer Aktenordner, sagte Lahnstein.

Wird nicht lange dauern, bis er voll ist. In diesen Zeiten.

Aber warum stellt man einen leeren Aktenordner ins Regal?

Keine Ahnung. Sagen Sie's mir?

Um zu vertuschen, dass man einen anderen Aktenordner rausgenommen hat.

Es klopfte an der Tür. Lahnstein zuckte zusammen. Müller sah es, lächelte.

Vielleicht die verschwundene Akte, sagte er. Dann zur Tür, scharf: Herein.

Lahnstein starrte die Tür an.

Ein Beamter, hinter ihm ein Ehepaar. Nummer elf?, dachte er, zugleich resigniert und hoffnungsfroh. Er mochte diese Nummerierung nicht, aber seine Kollegen sprachen von den Jungs ständig in Nummern, und das zog allmählich in seine Gedanken ein.

Die Herrschaften wollen eine Vermisstenanzeige machen, sagte der Beamte.

Ein Junge?, fragte Müller.

Unser Adolf, sagte die Frau.

Sie war Ende dreißig, schätzte Lahnstein, aber seit dem Krieg und den Jahren des Hungers und der Spanischen Grippe verschätzte er sich meistens im Alter der Menschen, vor allem der einfachen Menschen. Die Frau trug einen löchrigen Mantel über einem langen Kleid, der Mann einen groben, abgewetzten Anzug aus schwarzem Stoff mit hellen Strichen und Punkten. Späne, ein Zimmermann. Schwere Schuhe, auch an den Füßen der Frau. Sie waren beide dünn, ausgemergelt, der Mann überragte seine Frau um einen Kopf und etwas mehr. Sein Gesicht war breit, ihres klein. Angst in den Augen. Die Frau hatte einen Beutel dabei.

Lahnstein wies den Beamten an, zwei Stühle vor seinen Schreibtisch zu stellen, und forderte die beiden auf, sich zu setzen. Müller kam um seinen Schreibtisch herum und lehnte sich vorne gegen die Kante. Lahnstein legte einen Block vor sich auf den Schreibtisch, nahm einen Stift.

Ihre Namen, bitte.

Hannappel, Jakop.

Rheinischer Akzent.

Aus Köln?

Düsseldorf.

Marie.

Auch Hannappel?

Ich bin seine Frau.

Zu ihm: Sie sind Zimmermann?

Ja.

Wie alt ist Ihr Sohn?

Fünfzehn, sagte der Mann.

Am 28. April 1908 geboren, sagte die Frau. Aber ganz kurz nach Mitternacht, nur eine oder zwei Minuten.

Seit wann vermissen Sie ihn?

Seit einer Woche haben wir nichts von ihm gehört. Sonst kam

jeden zweiten Tag ein Brief. Das Letzte, was er geschickt hat, war ein Wurstpaket, zum Martinstag.

Warum ein Wurstpaket?

Achselzucken.

Ihr Sohn hat Ihnen ein Wurstpaket geschickt? Oder jemand anderes?

Der Adolf, sagte die Frau, das war seine Schrift.

Sie schluchzte.

Wir haben nicht viel, sagte der Mann.

Er wollte uns noch etwas Gutes tun, sagte die Frau.

Was, fragte Lahnstein, war in dem Wurstpaket?

Wurst, sagte der Mann.

Müller grinste. Diese Worte würden ihren Weg durchs Präsidium machen, das war klar. Die Wurstfrage.

Ich weiß, dass Wurst in einem Wurstpaket ist, sagte Lahnstein. Ich meinte, was für Wurst, welche Sorten?

Leberwurst, Fleischwurst, Blutwurst, sagte die Frau.

Ist die Wurst in irgendeiner Weise verdächtig?

Nein, sie schmeckt gut, sagte der Mann.

Sie haben schon davon gegessen?

Von der Blutwurst.

Verstehe.

Die Leberwurst haben wir dabei, sagte die Frau. Wir wissen ja nicht, wie lange das hier dauert auf dem Revier.

Wir haben uns einen halben Laib Brot gekauft, sagte der Mann, beim Bäcker Döbbert.

Lahnstein lehnte sich zurück. In Ordnung, sagte er, beginnen wir von vorne. Erzählen Sie uns von Ihrem Jungen.

Anfang des Jahres hatte er eine Bauchfelltuberkulose, sagte die Frau.

Er war eine Weile in der Heilstätte Watersloh, im Lippischen, ergänzte der Mann.

Aber er ist wieder gesund, sagte die Frau. Wenn er noch lebt.

Sie schluchzte wieder.

Hat er eine Arbeitsstelle?, fragte Lahnstein.

Im Oktober hat er eine Lehre beim Oberschweizer Rudolf Dehne auf dem Gut der Witwe Sürmann in Linsborn bei Lippstadt angefangen, sagte der Mann. Adolf soll Stallknecht nach Schweizer Art werden.

Warum nicht Zimmermann?

Er hatte eine Lehre als Zimmermann angefangen, sagte der Mann traurig. Aber nach der Bauchfelltuberkulose hat man gesagt, Zimmermann sei zu schwer für den Jungen, er solle lieber auf dem Land bleiben und einen leichteren Beruf ergreifen.

Er ist ein guter Junge, sagte die Mutter, fleißig, ordentlich. Und gut zu seinen Eltern.

Deshalb hat er ja das Wurstpaket geschickt, sagte Müller aus dem Hintergrund. Lahnstein sah ihn nicht an, fürchtete den höhnischen Blick.

Können wir, fragte Lahnstein, ein Stück von der Leberwurst haben?

Der Mann und die Frau musterten ihn verblüfft.

Von unserer Leberwurst?, fragte die Frau.

Nur eine dünne Scheibe.

Die Frau sah ihren Mann an.

Wir wollen die Wurst nicht essen, sagte Lahnstein, wir wollen sie überprüfen lassen.

Sie ist gut, sagte der Mann.

Daran habe ich keine Zweifel. Trotzdem, bitte.

Die Frau kramte im Beutel, holte ein fettiges Papier heraus, aus dem sie einen Ring Leberwurst wickelte. Der Mann zog ein kurzes Messer aus einer Tasche am Hosenbein. Die Frau betrachtete den Schreibtisch und wusste nicht, wo sie die Wurst ablegen sollte. Lahnstein schob eine Kladde zur Seite. Die Frau breitete das

Papier aus und legte den Ring genau in die Mitte. Der Mann stand auf und schnitt die Wurst am unteren Scheitelpunkt des Rings entzwei. Dann markierte er mit dem Messer eine dicke Scheibe und sah Lahnstein fragend an.

Die Hälfte reicht, sagte Lahnstein.

Der Mann säbelte ein schmales Stück ab, reichte es Lahnstein.

Legen Sie es bitte wieder auf das Papier, sagte Lahnstein.

Die Frau riss eine Ecke ab, legte das Stück darauf, packte den großen Rest der Wurst in das übrig gebliebene Papier und verstaute es in ihrem Beutel.

Brot auch?, fragte sie.

Brot nicht, sagte Lahnstein.

Sie setzte sich wieder. Müller grinste die ganze Zeit.

Kommissar Wurst, dachte Lahnstein, das wird mein Spitzname sein.

Gut, sagte er, machen wir weiter. Ihr Sohn lernt also Schweizer auf dem Gut der Witwe … er schaute auf seine Notizen … Sürmann.

Da ist er nicht mehr, sagte der Vater.

Er hat doch erst im Oktober dort angefangen.

Aber die Witwe Sürmann will ihn nicht mehr.

Warum nicht?

Der Mann sah seine Frau an.

Die Witwe Sürmann sagt, er ist ein lieber Junge, aber …

Aber was?

Stille. Der Geruch von Leberwurst.

Er hatte eine Pistole, sagte der Vater.

Eine Pistole?

Pistolen haben nur Kommunisten, sagt die Witwe Sürmann, warf die Frau ein.

Wussten Sie, dass Ihr Sohn eine Pistole hat?, fragte Lahnstein.

Wir haben nie eine Pistole gesehen, sagte die Frau.

Vielleicht stimmt auch nicht, was die Witwe Sürmann sagt, warf der Mann ein.

Obwohl sie eine gute und tüchtige Frau ist, sagte die Frau. Ihr Mann ist im Krieg geblieben.

Und Ihr Adolf, ist der wirklich Kommunist?

Der Mann sah ihn ratlos an.

Rote Fahnen?

In seinem Zimmer? Nein.

Bücher von Karl Marx?

Ein fragender Blick von beiden.

Kann es sein, dass sich Ihr Junge nach Russland abgesetzt hat, in die Sowjetunion?, fragte Müller. Zu den anderen Kommunisten.

Warum sollte er das tun?

Um sich Befehle für den Aufstand zu holen.

Welchen Aufstand?

Sie schauten beide noch ängstlicher.

Schon gut, sagte Lahnstein. Wir müssen einfach jede Möglichkeit in Betracht ziehen.

Es sind so viele Jungs verschwunden, sagte die Frau, wir haben Angst um unseren Sohn. Werden Sie ihn finden? Hier in Hannover war er zuletzt.

Woher wissen Sie das?

Er sollte ins Schweizerbüro von Wenger in der Ballhofstraße und nach einer guten Stellung fragen.

Ist er dort angekommen?

Nein.

Also wissen Sie auch nicht, ob er in Hannover angekommen ist.

Stimmt, das wissen wir nicht, sagte die Frau.

Ist Ihnen in letzter Zeit irgendwas an Ihrem Sohn aufgefallen?, fragte Lahnstein.

Nichts, sagte die Frau, wie immer.

Nichts, sagte der Mann.

Ich muss Sie noch etwas fragen, sagte Lahnstein. Nehmen Sie es mir bitte nicht übel. Es ist eine Art Routinefrage. Ich möchte Sie keineswegs beleidigen.

Müller zog eine Augenbraue hoch. Die Hannappels setzten sich aufrecht hin, als erwarteten sie die Prüfungsfrage eines strengen Lehrers. Aufmerksamer, unterwürfiger Blick.

Hat der Adolf eine Freundin?

Ach so, sagte die Frau erleichtert. Nein, dafür ist er zu jung, und er ist anständig.

Hat er einen … Freund?

Natürlich, sagte der Vater, Erwin, Kurt und noch ein paar andere. Der Adolf ist beliebt.

Was ich meine, ist, sagte Lahnstein vorsichtig, hat er den Erwin oder den Kurt … lieb?

Ich denke schon, sagte die Frau.

Lahnstein sah zu Boden, als er fragte: Heißt das auch, dass man sich vielleicht mal … geküsst hat?

Er hörte nichts, keine Antwort. Er hob seinen Blick, sah in fragende Augen. Müller machte ihm ein Zeichen, er solle aufhören.

Geküsst, die Jungs?, fragte die Mutter.

Sie reden von einer Schweinerei?, fragte der Vater drohend. Er stand auf, die Frau auch.

Beruhigen Sie sich, sagte Müller und trat vor. Mein Kollege meint es nicht so. Wir müssen immer in alle Richtungen ermitteln, und jetzt wissen wir ja, dass bei Ihrem Adolf nichts in diesem Sinne vorliegt. Das ist uns sofort klar geworden. Können Sie uns Ihren Sohn noch beschreiben? Dann dürfen Sie auch schon gehen.

Wir haben ein Foto dabei, sagte die Frau. Sie zog es aus dem Beutel und reichte es an Müller weiter.

Sehr gut, sagte Müller. Wissen Sie, was Ihr Sohn zuletzt getragen hat?

Er hatte so schöne Breecheshosen, sagte die Mutter, braune Breecheshosen, von denen konnte er sich gar nicht trennen, und Stiefel aus Boxcalf, einen Sweater in Blau, Hosenträger. Er hat seine Reisetruhe mitgenommen.

Die hat er selbst gezimmert, sagte der Vater, als er bei mir in der Werkstatt gearbeitet hat. Er war … er ist so begabt. Ein Jammer, dass er nicht Zimmermann werden kann.

Die Wasserwaage hat er auch mitgenommen, sagte die Mutter.

Vielleicht will er doch noch Zimmermann werden, sagte der Vater. Vielleicht ist er deshalb abgehauen, mit seiner Wasserwaage, damit er noch Zimmermann werden kann, obwohl ihm gesagt wurde, er könne es nicht.

Wegen der Bauchfelltuberkulose, sagte die Frau. Erst im September kam er aus der Heilanstalt.

Vielleicht ist er in Amerika, sagte der Mann. Da brauchen sie Zimmerleute.

Vielen Dank, sagte Müller und reichte beiden die Hand. Dem Beamten hier können Sie draußen noch Ihre Adresse geben. Wir melden uns bei Ihnen.

Werden Sie ihn finden?

Ich bin zuversichtlich. Sie haben so genaue Angaben gemacht.

Lahnstein stand auf, reichte der Frau zum Abschied die Hand. Sie sah ihn an wie einen Sünder. Der Mann drehte sich abrupt um und eilte zur Tür, ohne Lahnstein eines Blickes zu würdigen.

Wusste gar nicht, dass Sie so wild auf Leberwurst sind, sagte Müller, als sie weg waren.

Sie sind ja witzig.

Danke. Aber was wollen Sie mit der Wurst?

Schackwitz soll sie überprüfen.

Meinen Sie, der Junge wollte seine Eltern vergiften? Die haben doch die Blutwurst ganz gut vertragen.

Ich habe das Gerücht gehört, Menschenfleisch sei im Umlauf.

Müller sah ihn verblüfft an, dann lachte er, lachte schallend.

Lahnstein öffnete wütend die Kladde, die auf seinem Schreibtisch lag, starrte hinein.

Entschuldigung, prustete Müller, aber ich hätte nicht geglaubt, dass Sie auf diesen Unsinn reinfallen.

Sie haben es also auch gehört?

Ich höre es schon lange, mindestens seit dem letzten Kriegsjahr, als das Fleisch knapp wurde. Und danach noch viel häufiger. Das Fleisch von Rindern und Schweinen, hieß es da, bekämen die Franzosen und Briten, die Deutschen müssten Menschenfleisch essen. Blödsinn.

Ich glaube es ja auch nicht, sagte Lahnstein etwas kleinlaut, aber Schackwitz soll sich die Leberwurst trotzdem mal anschauen. Darf ich das Foto sehen?

Er sah einen Jungen, der ernst und müde schaute, breites Gesicht, ein Vaterkind, das von der Kamera verunsichert schien, auf der Suche nach einem passenden Blick abgelichtet wurde; ein Gesicht im Übergang von einem Blick zum nächsten, die Augen nicht ganz geöffnet, der Mund schief.

Die Pistole ist interessant, sagte er, und dass er Kommunist gewesen sein soll.

Interessant, ja, aber kann ein Kind Kommunist sein?

Ein Kind konnte ein Kommunist sein, auf jeden Fall ein Kind von fünfzehn Jahren. Lahnstein hatte sie Steine werfen gesehen, vor dreieinhalb Jahren beim Bürgerkrieg im Ruhrgebiet, er hatte sie mit Gewehren gesehen. Er hatte einen Jungen sterben sehen, bei einer Demonstration erschossen, die rote Fahne in der Hand.

Vielleicht ist es eine Reaktion auf den Putsch in München, sagte Lahnstein.

Aber die anderen Jungs sind vor dem Putschversuch verschwunden.

Ich weiß, sagte Lahnstein. Aber wir wissen nicht, ob es immer derselbe Täter war. Wir wissen nicht einmal, ob hinter jedem Vermissten eine Tat steckt. Aber hier, bei Adolf Hannappel, haben wir einen Hinweis, eine Spur. Vielleicht war er Kommunist, und der Junge hatte eine Pistole. Politik und Gewalt wachsen ja langsam zusammen in diesem Land. Wissen Sie, wie viele Nationalsozialisten es in Hannover gibt?

Ein paar Hundert vielleicht.

Sie sind nicht zufällig einer von denen, wenn ich fragen darf?

Durchaus nicht.

Lahnstein glaubte das. Zwar war Müller sicher kein Demokrat. Aber er hielt ihn eher für einen Monarchisten.

Immerhin, sagte Müller, ist das ein Anhaltspunkt.

Sie stimmen mir zu in meiner These?

Sie hat etwas für sich.

Das ist das erste Mal, dass Sie mir nicht widersprechen, sagte Lahnstein.

Er war guter Dinge, er hatte einen Hinweis, der in die Richtung ging, über die er schon länger nachdachte. Hundertfünfundsiebzig lag nahe, aber dieser Verdacht hatte bislang nirgends hingeführt. Konnte es nicht sein, dass diese Mordserie, wenn es eine war, mit den neuen Zeiten zu tun hatte, mit dem Krieg und seinen Folgen? Sie hatten vier Jahre ihres Lebens auf einem gigantischen Schlachthof zugebracht, sie hatten die tägliche Menschenschlachtung gesehen und hatten täglich selbst geschlachtet. Was waren elf Morde gegen eine Salve aus einem Maschinengewehr, gegen einen Befehl, der ein Trommelfeuer mit Granaten auslöste, gegen Bomben, die von einem Luftschiff abgeworfen wurden? In diesem Land lebten Millionen geübter Massenmörder. Er musste den finden, der einfach weitergemacht hatte, der nicht rauskam aus der täglichen Übung von vier Jahren.

Sein Problem war ja, dachte er bitter, dass er nicht einer von den Massenmördern war, dass er nur zwei Abschüsse hatte nachweisen können, einen Doppelsitzer, einen Einsitzer, machte drei Tote, wenn sie den Absturz nicht überlebt hatten. Damit hatte es Lahnstein schwer. Man konnte nicht zu viel getötet haben, nur zu wenig.

Da so viele Männer Soldaten gewesen waren, reichte es nicht, Soldat gewesen zu sein, um auf seine Liste der Verdächtigen zu kommen. Die wäre endlos gewesen. Lahnstein hatte sich daher gleich nach Antritt seines Dienstes in Hannover die Berichte über die Leipziger Kriegsverbrecherprozesse angeschaut, der Männer, die in Belgien Zivilisten niedergemetzelt oder anderswo ohne Befehl Gefangene exekutiert hatten. Er suchte nach Hannoveranern, fand aber keinen, der seinen Vorstellungen entsprach.

Politik war auch ein mögliches Motiv. Eine brutalisierte Politik als Folge des Krieges. Die Revolution, die Konterrevolution, die Morde, Liebknecht, Luxemburg, Eisner, Landauer, Erzberger, Rathenau, der Putschversuch in München.

Sind nicht fast alle Verschwundenen Arbeiter oder Handwerker?, fragte er Müller.

Ja.

Vielleicht waren sie alle Kommunisten.

In den Akten findet sich dazu nichts. Aber das muss nichts heißen.

Diese Hitlerleute sind die größten Feinde der Kommunisten, nicht wahr?

Glaube schon.

Rufen Sie mir alle verfügbaren Männer zusammen, in einer Viertelstunde in unserem Büro.

Natürlich.

Und erkundigen Sie sich doch bitte mal nach der verschwundenen Akte.

Fünf Polizisten versammelten sich in Lahnsteins Büro.

Warum nur fünf, fragte er.

Versailles, sagte Müller.

Wenn es an Männern fehlte, und ständig fehlte es an Männern, gab hier jeder dem Friedensvertrag die Schuld. Die Alliierten hatten den Deutschen Obergrenzen für Militär und Polizei gesetzt, weil sie davon ausgingen, dass aus einem bewaffneten Polizisten rasch ein Soldat werden könne. Es konnte aber auch sein, dass Müller das Wort Versailles als Ausflucht benutzte. Lahnstein durchschaute das Präsidium noch nicht, und Müller zeigte wenig Interesse, ihn aufzuklären.

Lahnstein schnorrte eine Zigarette bei Müller und erklärte seinen Männern den Fall Adolf Hannappel und den Verdacht, er könnte von Hitlers Leuten ermordet oder entführt worden sein.

Das sind doch nur ein paar Spinner, sagte Kleinitz.

Egal, sagte Lahnstein. Er verteilte die Aufgaben, das Gespräch mit der Witwe Sürmann würde er selbst führen.

Nächste Woche will die NSDAP in Hannover demonstrieren, sagte ein Mann, dessen Namen sich Lahnstein noch nicht gemerkt hatte.

Warum?, fragte er.

Wegen der Sache in München. Weil Hitler in Untersuchungshaft ist.

Wir gehen alle hin, sagte Lahnstein. Dann entließ er die Leute.

Am Abend stand er kurz vor der Tabakhandlung, hatte die Hand schon an der Türklinke, aber dann zog er sie zurück und kaufte sich fünf Zigaretten bei einem der Jungs auf der Straße.

Geh jetzt nach Hause, sagte er zu dem Jungen, es ist schon dunkel.

*Er wachte auf, es war sieben Uhr am Abend. Warum hatte er so lange geschlafen, er wollte sich nur kurz hinlegen, ruhen, ausruhen. Das Laken war klamm, hatte er geschwitzt? Nein, der Herbst begann, und dann wurde es nie trocken in seinem Zimmer, der Regen, der nahe Fluss. Es war dunkel, er hatte Lust rauszugehen, Lust auf Gesellschaft, das »Café Kröpcke«, später der Bahnhof, vielleicht auch nicht. Er musste aufräumen, saubermachen, da waren noch Blutflecken auf den Dielen, das Zimmer war einfach nicht geeignet für solche Arbeit, er wollte sich nach einer neuen Bleibe umsehen, aber diese war billig, und so gut lief das Geschäft nicht. Die Preise fielen.*

*Einen gekachelten Raum bräuchte er, wie in einer richtigen Fleischerei. Dann würde einmal durchwischen genügen. Die Bohlen dagegen musste er ewig schrubben, und in den Ritzen blieb das Blut haften, da kam er nicht rein. Aufstehen? Er blieb liegen, ein wenig noch. Der Kleiderhandel machte ihm neuerdings ebenfalls Sorgen. Die Nachfrage nach gebrauchter Kleidung sank, in den Läden lag mehr neue Ware. Den Leuten ging es besser, ein bisschen nur, aber in seinem Geschäft merkte man das sofort. Er schlug die Decke zurück, stand auf, ging zum hinteren Fenster, schaute hinaus. Die Lampen der Häuser gegenüber, Viertelmond. Genug Licht, um zu sehen, aber zu wenig, um erkannt zu werden.*

*Er füllte einen Eimer mit Wasser, gab Pulver hinzu, kniete sich auf den Boden, wischte, wischte. Schnelle, kraftvolle Bewegungen, Routine. Dörchen würde morgen kommen, um sauber zu machen, aber das Blut sollte sie nicht sehen. Sie hatte ihn schon einmal verpfiffen. Nun gut, er konnte das verzeihen, ihre Dummheit hatte keine Folgen gehabt. Menschenfleisch? Was für eine blöde Frage. Was für ein dämlicher Polizist. Pferdefleisch, hatte er gesagt, die Leute sind gierig nach Pferdefleisch, er habe da Quellen. Ob der Polizist nicht auch mal Pferdefleisch … ja, wollte er.*

*Der Boden war sauber, soweit das möglich war, ein paar Flecken blieben immer. Er zog die Schuhe an, öffnete die Tür des kleinen Verschlags, holte den Eimer raus, deckte ihn mit einem Handtuch ab, setzte seinen speckigen Hut auf und verließ seine Wohnung. Schneller Gang, gebeugter Kopf. Ein Arbeitsmensch, wie so viele. Er eilte die Häuserzeile entlang bis zum Ende, wo der kleine Park lag, mit Zugang zur Leine. Tagsüber spielten hier die Kinder, manchmal sah er ein Liebespaar, aber diese Leute waren zu beschäftigt, um sich für einen Mann mit Eimer zu interessieren. Er ging zum Ufer, lauschte kurz dem Gurgeln des Wassers, zog das Handtuch zurück und warf Knochen in die Leine, mit trägen Bewegungen, als würde er Enten füttern. Als der Eimer leer war, kniete er sich hin, wusch ihn aus, bis kein Blut mehr zu sehen war. Seine Hände wurden kalt von dem kalten Wasser. Dann ging er zufrieden nach Hause, sich frisch machen, sich umziehen. Der Abend konnte beginnen.*

# Kapitel 2

*In Dunedin kamen die Winde vom Südpol, das wusste der Junge, das hatte ihm Craig erzählt, kalte, eisige Winde, die einem ins Gesicht schlugen wie Ohrfeigen. Ohrfeigenwind. Das Wort hatte er sich gemerkt. Er wusste nicht mehr, warum Craig in ihr Dorf gekommen war, kurz nach dem Krieg musste das gewesen sein, ein Mann aus Neuseeland, von sehr weit weg. Für ein paar Tage war er da gewesen, wohnte beim Pfarrer, sprach deutsch auf eine eigentümliche Art, mit verdrehten Sätzen, aber Ohrfeigenwind konnte er sagen. Orrfaigänwend. Der Pfarrer brachte ihn mit in den Unterricht, und Craig erzählte von Dunedin, einer Stadt am Meer, auf der Südinsel von Neuseeland, so nah an der Antarktis gelegen, dass man das Wettrennen zwischen Scott und Amundsen mit dem Fernglas verfolgen konnte. Es wurde still in der Klasse, bis dahin hatten sie heimlich gefeixt über diesen wunderlichen Mann, und jetzt: Scott gegen Amundsen. Und dieser Craig hatte zugeschaut. Sie glaubten das, bis er grinste und sagte, das sind noch tausend Meilen bis zum Südpol von Dunedin, aber die Ohrfeigenwinde spüre man trotzdem. Und es gebe Pinguine in Dunedin. Seitdem hatte der Junge diese Sehnsucht, und als er ein Ziel brauchte, war es keine Frage, dass es Dunedin sein würde.*

*Die dritte Klasse war voll, Handwerksburschen, Bäuerinnen, Mütter mit kleinen Kindern, niemand, den er kannte, zum Glück. Stille, nur das Rattern des Waggons, manchmal die Pfeife der Lokomotive. Er sah auf die Uhr, noch zwei Stunden bis Hannover. Dort würde er aufpassen müssen, vielleicht hatten sie eine Vermisstenmeldung nach Hannover telegrafiert. Vermisst wurde er jetzt, das war gewiss. Was dachten in diesem Moment Mutter und Vater? Er rieb sich die Augen, bloß keine Tränen. Er sah sich um, niemand nahm Notiz von ihm.*

*Er konnte ja nichts dafür, dass die Schreinerei, bei der er im dritten Lehrjahr arbeitete, den Auftrag für die neuen Bankreihen in der Kirche bekommen hatte. Dass er jeden Morgen den kleinen Hügel zur Kirche und zum Pfarrhaus hinaufeilte, um erst zusammen mit dem Gesellen die alten, die morschen, die durchgesessenen Bankreihen samt der durchgetretenen Fußbänke rauszureißen, um dann die neuen Bankreihen mit den neuen Fußbänken einzubauen, mit dem Gesellen und dem Meister. Das dauerte einige Tage, und ab dem zweiten Tag kam die Monika, die Tochter vom Pfarrer, und schaute zu. Sie war das jüngste von sechs Geschwistern, sein Alter ungefähr, fast siebzehn.*

*Die Lokomotive pfiff, bremste abrupt, und der Junge stürzte von seiner Holzbank auf die Passagiere, die auf der gegenüberliegenden Holzbank saßen, flog in deren Arme, gemeinsam mit den Sitznachbarn, die ebenfalls durch den Waggon flogen, und dann stand der Zug. Jemand schrie, Kinder weinten. Er lag verkrümmt auf dem Schoß eines älteren Mannes, rappelte sich auf, so wie sich die anderen ebenfalls aufrappelten, schmerzende Gliedmaßen rieben und sich verlegen entschuldigten, vor allem die Männer, die bei einer Frau gelandet waren. Der Zug stand auf freier Strecke, Wiesen, Kühe.*

Darf ich Sie kurz stören? Ich bin die Mutter von Nummer drei.

Lahnstein hörte diese Sätze, als er die Treppe zu seinem Büro hinaufging, in Gedanken versunken, sodass er die Frau nicht gesehen hatte.

Schnell durchforstete er sein Gehirn.

Nummer eins: Fritz Franke, geboren am 31. Oktober 1906, verschwunden am 12. Februar 1923, Schüler, Sohn eines Gastwirts.

Nummer zwei: Wilhelm Schulze, geboren am 31. August 1906, verschwunden am 20. März 1923, Schreiberlehrling.

Nummer drei: Richard Schiefer, geboren am 7. August 1907, verschwunden am 23. Mai 1923, Schüler auf dem Bismarckgymnasium.

Frau Schiefer?

Ja, außerhalb dieses Gebäudes trage ich diesen Namen.

Sie lächelte ihn bitter an, eine ungefähr vierzigjährige Frau, füllig, relativ groß, also massig, ein rundlicher Kopf, dunkelbraunes Haar. Ein dunkelbrauner Mantel, dunkelbraune Stiefel, neu, nicht abgewetzt.

Sie haben die Vermissten doch durchnummeriert, wenn ich das richtig sehe, sagte sie. Aber Sie kennen noch die Namen, das freut mich.

Die Frau streckte ihm ihre Hand entgegen. Lahnstein schüttelte sie kurz.

Lahnstein, sagte er.

Sie sind der Neue, deshalb wollte ich mit Ihnen reden.

Die Eltern von Nummer drei galten als lästig, sie hatten Suchanzeigen in den Zeitungen geschaltet und einen Detektiv beauftragt, ihren Sohn zu finden, ohne Ergebnis.

Es ist durchaus nicht so, sagte Lahnstein, dass wir von den Vermissten nur mit Nummern reden.

Sie winkte ab, hielt dann inne.

Doch, sagte sie, es stört mich. Wollen Sie wissen, warum?

Natürlich.

Darf ich Sie auf einen Kaffee einladen, in das Café gegenüber?

Wir können auch in meinem Büro einen Kaffee trinken.

Ich würde Sie gerne unter vier Augen sprechen, jedenfalls ohne den Kommissar Müller.

Im Café sagte sie, dass es natürlich traurig sei, wenn ein Kind, das man so sehr vermisse, für andere nur noch eine Nummer sei.

Lahnstein schüttelte den Kopf, und sie legte eine Hand auf seinen Arm.

Nicht doch. Für Sie nicht, das glaube ich Ihnen, aber für die anderen schon.

Sie trug ein schwarzes Kleid und sagte, mehr noch als die Kränkung, Mutter einer vermissten Nummer zu sein, lasse sie etwas anderes verzweifeln. Mit der Nummer drei stehe ihr Sohn in einer Reihe, sei ein Fall von vielen, vergleichbar, ähnlich, Teil einer Serie, weshalb man den Fall Richard Schiefer genauso behandele wie alle anderen Fälle. Also nach einem Serienmörder fahnde, der alle Jungs auf dem Gewissen habe. Oder gar nicht richtig fahnde, da man denke, die Jungs seien ausgewandert oder zur Fremdenlegion gegangen, also sämtliche Jungs. Aber das sei ein Fehler, ein schwerer Fehler, der verhindere, dass der Fall ihres Sohnes aufgeklärt werden könne.

Mein Sohn gehört nicht in diese Reihe, sagte sie.

Warum sind Sie sich da so sicher?

Sie sprach von der Herkunft der anderen Jungs, soweit sie das in der Zeitung verfolgt habe, Söhne von Handwerkern, von Arbeitern, Menschen aus der untersten Schicht, zum Teil Herumtreiber, zweifelhafte, zwielichtige Gestalten. Sie wisse nicht, warum diese Jungs verschwunden seien, aber sie wisse genau, warum Richard nicht verschwunden sei.

Mein Richard ist nicht abgehauen, sagte sie vehement, nicht nach Amerika, nicht zur Fremdenlegion, er hatte keinen Grund.

Er habe gern mit seinen Eltern gelebt, sei gern zur Schule gegangen, ein guter, ein ausgezeichneter Schüler, nur die besten Noten, vor allem in Chemie natürlich, sagte sie mit einem feinen Lächeln. Das habe er studieren wollen, unbedingt, wie der Vater. Seine Eltern würden Arzneien mischen, aber Richard würde Arzneien erfinden, es gebe noch so viele Krankheiten, gegen die kein bekanntes Mittel helfe, ein weites Feld für einen begabten jungen Mann in Deutschland, gerade hier, die besten Chemiker der Welt, Emil Fischer, Adolf von Baeyer, Eduard Buchner, Wilhelm Ostwald, Otto Wallach, Richard Martin Willstätter, Fritz Haber, Walther Hermann Nernst, alles Nobelpreisträger, und irgendwann

Richard Schiefer, erst eine Anstellung bei der IG Farben, dann der Nobelpreise in Chemie. Sie sah glücklich aus, als wäre schon wahr geworden, was sie sich ausmalte.

Mit dieser Perspektive geht man nicht nach Amerika, nicht freiwillig in den Krieg. Er hätte geheiratet, Kinder, Enkel.

Lahnstein dachte, sie würde anfangen zu weinen, aber sie weinte nicht.

Und jetzt steht er in einer Reihe mit diesen Jungs, von denen die meisten Tunichtgute waren, wenn Sie mich fragen.

Ich kann das nicht beurteilen, sagte Lahnstein.

Natürlich, entschuldigen Sie bitte. Es ist auch egal, was mit diesen Jungs war, mir geht es um meinen Sohn. Wollen Sie meine Theorie hören?

Unbedingt.

Raubmord. Er trug eine teure Uhr, das Geschenk seines Großvaters. Er trug gute Kleidung, Sie wissen, was das bedeutet in diesen Zeiten.

Absolut.

Sehen Sie. Aber niemand verfolgt diese Spur. Weil bei den anderen Jungs Raubmord nicht infrage kommt, vergibt man die Chance, den Tod meines Sohnes aufzuklären.

Lahnstein erinnerte sich an einen Eintrag in der Akte Schiefer. Der Privatdetektiv hatte ermittelt, dass Richard dabei beobachtet worden war, wie er am Hauptbahnhof mit einem Trödler namens Franz Hörmann ein Gespräch führte. Die Polizei hatte aber keinen Trödler mit diesem Namen ausfindig machen können.

Sie denken an Franz Hörmann?, fragte Lahnstein.

Den oder einen anderen. Ich weiß es nicht. Das muss die Polizei herausfinden. Aber sie tut es nicht. Dieser Müller ist so unglaublich sperrig. Wir tun, was wir können, wir tun, was wir können. Ja, aber was können Sie tun? Jetzt frage ich Sie: Was können Sie tun?

Der Hinweis auf Raubmord ist sehr wertvoll für mich, sagte Lahnstein. Ich verspreche Ihnen, dass ich mich darum kümmern werde.

Ihr Gesicht hellte sich ein wenig auf, verdüsterte sich aber gleich wieder. Er könne sich wohl vorstellen, dass sie das oft gehört habe.

Er nickte.

Ich will Ihnen nicht zu viel versprechen …

Eben haben Sie noch gesagt: Ich verspreche Ihnen …

Ich kümmere mich.

Manchmal sehe ich ihn, sagte sie. Wenn ein Junge an mir vorbeigeht, sein Alter ungefähr, seine Größe, dann drehe ich mich nach ihm um, weil ich denke, er könne es sein. Oder ich sehe einen braunen Ulster, er trug einen braunen Ulster an dem Tag, als er ermordet wurde.

Wir wissen nicht, ob er ermordet wurde.

Für mich ist er das, sagte sie nüchtern. Er ist nicht davongelaufen, da kann er nur ermordet worden sein.

Sie schaute ihn mit leichter Missbilligung an. Eine Frau, die es gewöhnt ist, recht zu bekommen, dachte Lahnstein.

Ist er politisch?

Wie meinen Sie das?

Hatte … hat er Sympathien für eine politische Partei? Die Kommunisten?

Um Gottes willen. Da hatte er anderes im Kopf, Größeres. Und die Kommunisten schon gar nicht.

Ich müsste langsam rüber ins Präsidium, sagte Lahnstein, eine Besprechung.

Klären Sie diesen Fall auf, ich bitte Sie, wir finden sonst keine Ruhe. Und denken Sie an den Raubmord, das ist die einzige Erklärung. Die anderen Jungs sind andere Fälle. Aber denken Sie bitte nicht, wir hätten etwas gegen diese Leute. Sie kommen zu uns in die Apotheke, wir sind nicht kleinlich, wenn Not herrscht. Das können Sie mir glauben.

Als er zurück im Präsidium war, dachte er an den Traum, den er als junger Mann geträumt hatte, einen Traum vom Fliegen, der in Berlin begonnen hatte, als er seinen Onkel dort besuchte, vielleicht eher seine Cousine Wilma. Er hörte, Orville Wright sei mit seiner Flugmaschine in der Stadt. Er hatte sie in Amerika auseinandergeschraubt, in Kisten verpackt, auf einem Schiff über den Atlantik geschickt, bis nach Berlin. Jetzt war sie da, und Wright wollte über das Tempelhofer Feld fliegen, einen neuen Rekord aufstellen. Lahnstein musste dahin, die Cousine nahm er mit.

Bis dahin hatte sie ihn mitgenommen, hatte ihm die große Stadt gezeigt, die Oper, das Brandenburger Tor, das Schloss, in dem der Kaiser lebte. Zum Wannsee waren sie gefahren, zur Krummen Lanke. Wilma war nassforsch, nicht so mild und anmutig, wie Lahnstein sie in Erinnerung hatte. Vielleicht hatte sie sich in den letzten zwei Jahren stark verändert, vielleicht hatte er sie idealisiert, um schöne Träume mit ihr haben zu können. Aber sie war eine gute Gefährtin für diese Stadtwanderungen, klug und gebildet, und ihr Temperament machte es ihnen leicht, in der Stadt zügig voranzukommen und Plätze in Cafés zu finden, obwohl die voll besetzt schienen. Eine hohe Stirn, Zöpfe. Sie war sechzehn, Lahnstein achtzehn.

Sie waren überrascht, wie voll die U-Bahn nach Tempelhof war, wie viele Menschen zum Feld strömten, Zigtausende. Sie waren gekommen, um diesen Amerikaner zu sehen, von dem man wusste, dass er mit seinem Bruder erfolgreiche Versuche im motorisierten Fliegen unternommen hatte. Acht Minuten in der Luft, zehn Minuten. Lahnstein hatte die Berichte in den Zeitungen gelesen, gebannt, begeistert. Er hatte auf dieses körnige Foto gestarrt, auf dem man nicht viel von der Flugmaschine sehen konnte. Aber sie war in der Luft, sie schwebte. Dass das möglich war. Die Zeppeline flogen schon länger, aber die waren so gigantisch und schwerfällig, dass es keine große Freude war, ihnen zuzusehen. Hier flog nicht der Mensch, hier flog eine monströse Maschine.

In Berlin sah er einen Zeppelin, gesteuert vom Grafen Zeppelin selbst, auf Einladung des Kaisers. Orville Wright war schon in der Stadt, stand neben dem Kaiser auf der Tribüne, als der Graf die Spitze seiner Riesenzigarre kurz senkte, als würde sie sich verbeugen. Lahnstein war nicht beeindruckt. Nur die zarten, filigranen Flugmaschinen der Wrights und anderer, mit den schmalen Flügeln, den dünnen Verstrebungen, die machten den Menschen zum Gefährten der Vögel. Mit dem Zeppelin war er nur ein unförmiger Eindringling in ein Element, zu dem er nicht gehörte.

Seit den Zeitungsberichten quälte ihn eine Sehnsucht, die er nicht abschütteln konnte. Er musste auch da hoch, musste durch den Himmel gleiten wie eine Möwe, ein Kranich, ein Bussard.

Die Menschen standen dicht gedrängt auf dem Tempelhofer Feld, es waren über hunderttausend. Lahnstein war enttäuscht, dass er nicht dichter an die Maschine herankam. Gut sah er nur den pyramidenförmigen Holzturm, von dem er wusste, dass er die Konstruktion beherbergte, die das Flugzeug in die Lüfte katapultieren würde. Die Maschine sah er nur schemenhaft neben dem Turm am Boden kleben, ein paar Menschen standen winzig um sie herum. Er hatte Angst, der Start könne abgesagt werden, technische Probleme, ein plötzliches Unwohlsein beim Piloten. Er schaute in den Himmel, ein paar Wolken im großen Blau, keine Gefahr. Plötzlich wurde es still, die Stimmen versiegten, das Gelächter hörte auf, keine Sprüche mehr in dieser seltsamen Berliner Art, bei der Lahnstein schlecht unterscheiden konnte, was Spott war und was Ernst. Es war ganz ruhig, nur ein leises

Surren drang an Lahnsteins Ohr. Wilma legte eine Hand auf seinen Unterarm. Er stellte sich auf die Zehenspitzen und starrte angestrengt zur Flugmaschine hinüber, an der er ein leises Zittern wahrzunehmen schien. Er sah nichts mehr, weil andere Männer sich ebenfalls reckten, weil Kinder auf Schultern gehoben wurden, und dann tauchte sie plötzlich auf, die Flugmaschine der Gebrüder Wright, stieg langsam in Lahnsteins Sichtfeld, hob sich über die Köpfe und Hüte der Zuschauer, die vor ihm standen, über die Kinder auf den Schultern der Väter, über die Baumwipfel und die Häuserfassaden am Rand des Felds, und dann war sie nur noch von Blau umgeben, flog da oben am Himmel, als sei das ihr Zuhause. Lahnstein war überwältigt, war gerührt von dieser so zerbrechlich wirkenden Maschine und dieser kleinen Figur, die zwischen dem dürren Gestänge saß. Ein großer Vogel mit einem leichten Skelett. Ein Dutzend Runden drehte Orville Wright über den abgesperrten Teil des Tempelhofer Feldes, neunzehn Minuten war er in der Luft, Lahnstein hatte das selbst gestoppt und nach jeder vollendeten Minute gehofft, Wright möge der Schwerkraft noch eine Minute abtrotzen und noch eine und noch eine.

Auch an den nächsten Tagen fuhr Lahnstein hinaus zum Tempelhofer Feld, alleine, die Cousine hatte er abgeschüttelt, weil ihre Anwesenheit ihn mehr mit der Erde verband, als er es in diesen Minuten wünschte, wenn Orville Wright am Himmel kreiste. Vielleicht war er sich auch peinlich in seiner Ekstase für den fliegenden Amerikaner, dem er zujubelte, zuwinkte, bis er heiser war und sein Arm zitterte. Neununddreißig Minuten, das war am Ende der Berliner Rekord von Orville Wright, dem Himmelsmenschen. Dann reiste er ab, und Lahnstein schlich sich in Kirchen, kletterte die Treppen und Stiegen in den Türmen hoch, um wenigstens dort oben sein zum können, um Berlin so zu sehen, wie Orville Wright es gesehen hatte, obwohl das nur ein kleiner Trost war, weil Lahnstein fest auf Bohlen stand, neben riesigen Glocken, nicht schwankte, nicht schwebte.

Wie werde ich Pilot, fragte er seinen Vater, als er zurück in Bochum war, aber der lachte nur. Alle lachten, auch Lissy, die er im Mai 1914 kennengelernt hatte. Dann brach der Krieg aus, und Lissy war so erleichtert, dass er nicht an die Front musste, sondern als Polizist unabkömmlich war. Auch Lahnstein war anfangs erleichtert, bis er wahrnahm, dass dieser Krieg auch in der Luft geführt wurde und dass der Krieg seine Chance sein konnte, Pilot zu werden. Er hatte Streit mit Lissy, weil sie nicht einsehen wollte, dass es ihn zum Himmel zog, obwohl es dort oben gefährlich war, dass er das Leben zusammen mit ihr aufs Spiel setzen würde, um seine Sehnsucht nach den Lüften befriedigen zu können. Sie stritten, hässliche Szenen, die ihrer nicht würdig waren. Lissy rannte davon, kam zurück, schrie ihn an, trommelte mit der Faust auf seine Brust, aber er ließ sich nicht von der Idee abbringen, sich freiwillig bei den Kampffliegern zu melden. Sie nahmen ihn. Im Frühjahr 1916 begann seine Ausbildung.

Und jetzt war er hier unten, keine Sehnsucht zog ihn mehr hinauf zu den Wolken, aber Lissy war dort oben geblieben, mit August, die beiden flogen weiter und weiter in den Nächten. Er konnte sich nicht einmal sagen, dass er ihnen nachfliegen und sie einfangen wollte, um sie zur Erde zurückzubringen. Er würde nie wieder in eine Flugmaschine steigen können, das wusste er genau. So sehr konnte er sich gar nicht überwinden.

Er wachte auf aus seinem Tagtraum, saß schon in seinem Büro, etwas verdattert, und setzte im Kopf die Liste der Verschwundenen fort, um in die reale Welt zurückzufinden. Er memorierte sie häufig, damit ihm kein Name und kein Datum verloren ging.

Nummer vier: Hans Sonnenfeld, geboren am 1. Juni 1904, verschwunden Ende Mai 1923, Fabrikarbeiter, Sohn eines Kaufmanns.

Nummer fünf: Ernst Ehrenberg, geboren am 30. September 1909, verschwunden am 23. Juni 1923, Schüler, Sohn eines Schusters.

Nummer sechs: Heinrich Struß, geboren am 23. Juli 1905, verschwunden am 24. August 1923, Bürogehilfe, Sohn eines Zimmermanns.

Nummer sieben: Richard Gräf, geboren am 13. Februar 1906, verschwunden Ende September 1923, arbeitslos, Sohn eines Gelegenheitsarbeiters.

Nummer acht: Wilhelm Erdner, geboren am 4. Februar 1907, verschwunden am 12. Oktober 1923, Arbeiter, Sohn eines Schlossers.

Nummer neun: Hermann Wolf, geboren am 9. Juni 1908, verschwunden am 24. oder 25. Oktober 1923, arbeitslos, Sohn eines Schlossers.

Nummer zehn: Heinz Brinkmann, geboren am 20. Oktober 1910, verschwunden am 27. Oktober 1923, Schüler, Sohn einer Witwe.

Nummer elf: Adolf Hannappel, geboren am …

Lahnstein stockte, überlegte, aber ihm fiel das Datum nicht ein, weshalb er auf seine Liste schaute.

… 28. April 1908, verschwunden am Martinstag 1923, Schreinerlehrling, Sohn eines Zimmermanns.

Zwei Tage ohne einen weiteren Verschwundenen. Er war erleichtert. Nach dem Gespräch mit den Hannappels hatte er Panik, eine Flut könne losbrechen, jeden Tag ein toter Junge, aber warum nur einer? Zwei, drei, vier. Das war doch möglich. Eine lange Schlange vor dem Präsidium, im Treppenhaus, Gedränge vor seinem Büro, in seinem Büro, aufgebrachte, verzweifelte Eltern, die schrien, weinten, ihn anflehten. Wo ist mein Junge? Bringt mir meinen Jungen zurück. Er war schuld, er konnte diesen Fall nicht aufklären, diese Fälle. Müller feixte, grinste. Das hatte Lahnstein alles vor Augen, in seiner Kammer, im Café, in seinem Büro, verzerrte Gesichter, fuchtelnde Arme, Hände, die nach ihm griffen. Er hörte die Schreie, das Flehen. Ruhig, sagte er sich, bleib ruhig. Bis jetzt gab es in deiner Amtszeit einen Verschwundenen, und du hast eine Spur, du kannst etwas tun. So lange war nichts getan worden.

Als Müller kam, fragte er ihn, ob er mal an Raubmord gedacht habe.

Ah, die Mutter von Nummer drei. Hatten Sie eine nette Begegnung mit ihr?

Von nett würde ich nicht reden bei dem Thema.

Sie denkt, ihr Junge sei etwas Besseres als die anderen.

Sie muss mit dem Verlust fertigwerden.

Das müssen alle Mütter, die wir hier gesehen haben. Aber die führen sich nicht so auf.

Lahnstein brach das Gespräch ab, fragte im Archiv, ob es eine Akte Franz Hörmann gebe. Fehlanzeige. Dann fuhr er hinaus zum Bauernhof der Witwe Sürmann, saß im Fond eines Mercedes, der von einem dicken Polizisten gefahren wurde. Sie schwiegen. Flaches Land, kahle Felder, Hecken, vereinzelt Bäume. Manchmal schnappte Lahnstein einen Blick im Rückspiegel auf, zweifelnd, verächtlich. Es war der Blick, den er aus dem Präsidium kannte. Ein Blick für den Fremden, der nach Hannover gekommen war, um den Hannoveranern zu zeigen, wie man es richtig machte, hatte aber noch nichts zustande gebracht. Noch immer verschwanden Jungs. In der Leberwurst hatte sich nur eine Sorte Fleisch gefunden, Schwein. Lachen in den Gängen des Präsidiums, das leiser wurde, wenn er sich näherte.

Der Bauernhof war eher ein Landgut, wenn auch ohne Schloss, aber am Ende eines langen, gebogenen Kieswegs wartete ein Herrenhaus aus Backstein, dessen Ausmaße von Stolz und Reichtum kündeten, ohne Pomp, ohne Schnörkel allerdings. Es ging hier um Arbeit, nicht um die Muße von Erben. Ein Dienstmädchen in bäuerlicher Kleidung führte Lahnstein in ein Wohnzimmer, das etwas düster war, weil die schweren Vorhänge die Fenster halb bedeckten. Die Witwe Sürmann saß in einem Ohrensessel, in dem früher wahrscheinlich ihr Mann gesessen hatte, dachte Lahnstein. Sie war um die vierzig Jahre alt, eine elegante Frau, nicht Bauersfrau, sondern erst Frau eines Großbauern und jetzt Großbäuerin. Sie trug einen schwarzen langen Rock, eine hochgeschlossene schwarze Bluse und ein Band aus schwarzer Spitze im Haar. Sie stand auf, kam Lahnstein aber nicht entgegen. Er ging zu ihr hin, reichte ihr die Hand.

Kommissar Lahnstein, sagte er, es tut mir leid, das mit Ihrem Mann. Es klang etwas unbeholfen. Sie setzten sich, das Dienstmädchen brachte Tee.

Ihr Mann sei Major der Reserve gewesen, sagte sie stolz, und habe sich sofort im August gemeldet. Nach wenigen Tagen in Belgien gefallen.

Das tut mir leid, sagte Lahnstein noch einmal.

Und Sie?

Feldflieger, bei Verdun stationiert.

Verdun war ein Wort, das wirkte. Lahnstein hoffte, dass es damit vorbei war. Vergeblich.

Abschüsse?

Neun.

Zwei war kein Wort, das man in diesem Zusammenhang aussprechen konnte. Richthofen hatte achtzig, Udet zweiundsechzig, Göring zweiundzwanzig, Immelmann fünfzehn, obwohl ihn die Briten schon im Juni Sechzehn abgeschossen hatten. Viele kannten diese Zahlen. Er konnte nur hoffen, dass die Witwe nicht die vollständige Liste im Kopf hatte. Manche hatten das. Die meisten wussten aber nur, wer zwanzig oder mehr Abschüsse hatte, vielleicht zehn oder mehr. Deshalb war neun die ideale Zahl für ihn, die höchstmögliche, aber leider immer noch niedrig.

Die Witwe sah ihn geringschätzig an, schwieg.

Er lenkte das Gespräch auf Adolf Hannappel, der tatsächlich mit einer Pistole erwischt worden war. Der Oberschweizer hatte ihn bei Schießübungen auf einem Feld gesehen, berichtete die Witwe. Wo er sich die Pistole besorgt hatte, warum er eine Pistole besaß, mochte Hannappel nicht sagen, als er vom Oberschweizer dazu befragt wurde. Lahnstein wollte wissen, warum die Witwe annahm, dass Adolf Hannappel Kommunist sei.

Kommunisten wollen für Unheil sorgen, deshalb haben sie Pistolen, sagte die Witwe.

War Adolf Hannappel Mitglied der Kommunistischen Partei?

Das weiß ich nicht, ich habe nie mit ihm gesprochen.

Aber wie kommen Sie darauf, dass er Kommunist war?

Wegen der Pistole.

Sie erwartete, dass die Revolution früher oder später von Russland nach Deutschland herüberschwappen würde, dass man die Bauern auspressen oder enteignen werde. Sie glaubte, dass die Kommunisten Waffen aus Russland bezogen, sie horteten, bis aus Moskau der Befehl kam, loszuschlagen. Zuerst würde es den Großbauern an den Kragen gehen, das sei sicher. Wie in Russland.

Ich verstehe nicht, dass Sie die Kommunisten gewähren lassen, sagte sie.

Das Dienstmädchen kam und goss Tee nach, das Geschirr aus Meißen. Köpfe von Hirschen und Wildschweinen an der Wand, Geweihe, ein Gewehrschrank, gut gefüllt. Schwere Ledersessel. Zigarrengeruch. Wer rauchte hier?

Solange sie nicht gegen die Gesetze verstoßen, sagte Lahnstein.

Der Irrsinn unserer Zeit ist, sagte sie, dass man die bestraft, die gegen unsere Gesetze verstoßen, aber die gewähren lässt, die unsere Gesetze abschaffen wollen.

Würden die Kommunisten gewählt, sagte er, könnten sie die Gesetze legal abschaffen und durch neue ersetzen.

Sind Sie auch Kommunist?

Sie hatte blaue Augen, rotblondes Haar. Sie schaute ihn an, spöttisch, als habe sie eine witzige Bemerkung gemacht. Vielleicht konnte sie sich nicht vorstellen, dass ein Polizist Kommunist war.

Ich bin nicht Kommunist, sagte Lahnstein.

Ich weiß, sagte sie.

Gibt es hier Nationalsozialisten?, fragte er.

Unter meinen Leuten? Nein, ich glaube nicht. Andererseits: Wer weiß schon, was ein Nationalsozialist ist.

Hitlers Leute.

Auch auf dem niedersächsischen Land hat man vom Putschversuch in München gehört. Aber was wollen diese Männer?

Eine andere Ordnung.

Wer will die nicht?

Lahnstein stellte seine Teetasse ab und stand auf. Darf ich noch den Oberschweizer befragen?

Selbstverständlich. Sie werden ihn im Stall finden.

Sie brachte Lahnstein zur Tür.

Passen Sie auf die Kommunisten auf, sagte sie zum Abschied, sie sind nicht so harmlos, wie Sie vielleicht annehmen. Ich gehe davon aus, dass Hannappel in den Untergrund gegangen ist mit seiner Pistole. Irgendwann kommt er zurück, und dann wird er schießen. Ich bin dann hier, Sie sind es wahrscheinlich nicht.

Vom Oberschweizer erfuhr Lahnstein, dass einer der Schweizer, der zwanzigjährige Jens Sieversen, zwei Tage vor dem Putsch in München verschwunden war. Der Oberschweizer hielt ihn für einen Nationalsozialisten. Sieversen konnte Hannappel auf den Tod nicht leiden, ohne dass der Oberschweizer wusste, was ihn so aufbrachte.

Halten Sie es für möglich, dass dieser Sieversen für das Verschwinden von Hannappel verantwortlich ist, fragte Lahnstein.

Ich glaube eher, dass Sieversen nach München gefahren und nach dem Putschversuch untergetaucht ist.

Das mag sein, aber er könnte Hannappel trotzdem umgebracht haben, aus Zorn, aus Rache.

Der Oberschweizer zuckte mit den Schultern. Möglich, sagte er.

Lahnstein fuhr zufrieden zurück nach Hannover. Seine Hypothese war nicht widerlegt, sie war sogar ein bisschen bestätigt worden. Konnte man jedenfalls so sehen, wenn man wollte. Er wollte.

Er saß im Fond des Automobils, schloss die Augen, damit ihn der Chauffeur nicht doch noch ansprach. Er dachte an Yorkshire, die grünen Hügel, die Weiden, Felder. Über ein Jahr hatte er dort verbracht, schrieb Briefe an Lissy, wartete auf Briefe von Lissy. Sie lebten in Baracken, wurden weitgehend sich selbst überlassen, manchmal kamen Leute vom Internationalen Komitee des Roten Kreuzes und vergewisserten sich, dass die Gefangenen gut behandelt würden. Wurden sie. Man sprach sie mit *Sir* an, sagte *please* und *thank you* … Das war nicht das Problem. Das Problem war die Sehnsucht, und manche der Deutschen waren ein Problem, nicht die Briten.

Die Baracken waren in einem passablen Zustand, die Latrinen auch. Das Essen schmeckte nicht, es gab aber genug. Manchmal wurden ihnen britische Zeitungen ausgehändigt, und einige der Offiziere beherrschten das Englische perfekt, lasen den anderen vor, indem sie simultan übersetzten. So wussten sie im Großen und Ganzen, wie der Krieg verlief, auch wenn sie davon ausgingen, dass britische Journalisten die Propaganda der britischen Regierung verbreiteten. Die Gefangenen waren bis zuletzt optimistischer, als es den Berichten entsprochen hätte.

Es war nicht einmal besonders langweilig, jedenfalls nicht langweiliger als ein Wochenende, an dem man wenig vorhatte, das aber jeden Tag. Es gab reichlich Bildung in ihren Kreisen, fast jeder konnte zu irgendeinem Thema einen Vortrag halten, die Ärzte zum Stand der modernen Medizin, die Pioniere zum Stand der Technik. Für Geschichte, Philosophie, Literatur und Musik bildeten sich Kreise, die sich regelmäßig trafen. Eine Theatergruppe, ein Chor. Lahnstein war bei der Philosophie dabei, bei der Literatur und spielte den Karl Moor in den »Räubern«.

Manchmal zog ein Flugzeug den Himmel entlang. Lahnstein hörte das Brummen, sah kurz hinauf, dann wurde ihm schwindelig. Er löste den Blick, ging in eine Baracke.

Lissy schrieb jede Woche zwei Briefe, aber sie trafen nicht regelmäßig ein, manchmal wartete er einen Monat lang vergeblich, dann kamen drei Briefe auf einmal. Mitunter empfing er sie in falscher Reihenfolge und musste über Lücken hinweglesen, weil Lissy etwas voraussetzte, das sie in dem Brief davor mitgeteilt hatte. Oder er las in verspäteten Briefen von Dingen, die überholt waren. Es machte ihm nichts. Er brauchte diese Worte, weil sie von ihr kamen. Chronologie spielte in diesem Lager ohnehin keine Rolle, weil sich die Tage alle glichen.

Die Briefe ließen ihn stets unzufrieden zurück. Lissy konnte ihm flüssig und schön ihren Alltag beschreiben, den Alltag mit August, aber sie war nicht gut darin, ihre Gefühle auszudrücken, auch mündlich eine Schwäche von ihr. Küsse, Umarmungen, das war ihre Art, Liebe zu zeigen, und sie sparte nicht damit, aber sie sprach nur selten aus, was sie empfand. Er vermisste nichts, solange sie ihn umarmte, sobald er ihren Weg kreuzte, und in ihrer kleinen Bochumer Wohnung geschah das oft. Manchmal küsste sie ihn auf der Straße, wenn sie dachte, niemand würde es sehen. Er hatte ein bisschen Angst, trotzdem erwischt zu werden, küssend, weil jemand plötzlich um eine Ecke bog, und doch genoss er diese Zärtlichkeiten.

Im Lager hätte er Worte gebraucht, um ihrer Liebe gewiss zu bleiben, aber diese Worte kamen nicht. Lissy beschrieb ihren Alltag, der im Laufe des Jahres 1918 schwieriger wurde, Engpässe in der Versorgung, vor allem bei Lebensmitteln. Sie schilderte ihre Schwierigkeiten bei den Einkäufen, witzig, launig, manchmal musste er lachen, doch am Ende des Briefes war er jedes Mal traurig, weil er das Wort »Liebe« nicht gefunden hatte, auch nicht Sehnsucht, Verlangen. Hätte sie wenigstens von Küssen und Umarmungen geschrieben, also die Zärtlichkeiten ihres Alltags in Worte gefasst, wäre das nicht wirklich ein Ersatz gewesen, und doch schön. Es kam nicht vor.

Er grübelte, rätselte, im Lager hatte er die Zeit dafür, aber er traute sich nicht, Lissy zu fragen oder gar aufzufordern, liebevoller zu schreiben. Ein anderer Mann? Gleichgültigkeit? Dagegen sprach die Frequenz der Briefe, Lahnstein gehörte zu den führenden Empfängern im Lager, soweit es um die Ehefrauen ging. Vater und Mutter schrieben ihm auch, sonst niemand. Andere bekamen Briefe von Freunden, Kindern und anderen Verwandten. Mit den Monaten wurde er verzweifelter. Er sehnte Lissys Briefe herbei, hatte aber Angst vor der Enttäuschung, sobald er einen in Händen hielt. Umso stärker wuchs das Verlangen, sie zu sehen, von ihr umarmt, geküsst zu werden.

Die meisten Offiziere blieben dem Kaiser treu, manche fanatisch. Lahnstein hielt sich von ihnen fern, sie glaubten an den Sieg und übertrafen sich darin, Szenarien zu entwerfen, was mit denen geschehen würde, die den Sieg angeblich so schwer machten, die schuld daran waren, dass der Krieg so lange dauerte: Kommunisten, Sozialdemokraten, Juden, Pazifisten, Verweichlichte. Bei einigen lief es auf Massenmord hinaus, die Milderen sprachen sich für Umerziehungslager oder Zwangsexil aus.

Kommunisten gab es nicht, aber es fand sich eine kleine Gruppe von Mehrheitssozialdemokraten, der sich Lahnstein anschloss. Vor dem Krieg hatte er sich um Politik nicht gekümmert, war mehr oder weniger einverstanden mit der Ordnung, in die er hineingeboren war, fand den Kaiser durchaus peinlich, aber stellte nicht infrage, dass ihn seine Herkunft dazu legitimierte, über Deutschland zu herrschen. Im Lazarett war er auf andere Gedanken gekommen, wurde Demokrat, weil der Kaiser kein Recht hatte, einen großen Teil seines Volkes in diesen sinnlosen Schlachten verglühen zu lassen. Im Lager in Yorkshire wurde er Sozialdemokrat, weil sich einer kümmern musste um das Volk, und wenn es der Kaiser nicht konnte oder wollte, war nur noch auf die SPD Verlass.

In ihrer Gruppe war Franz, ein Oberleutnant, der an der Eisack gekämpft hatte, in einer Maschinengewehr-Kompanie. Franz Hartwig aus Emskirchen, 24 Jahre alt, mit Erfrierungen an den Füßen, die er sich in Tirol zugezogen hatte. Zwei Zehen fehlten am linken Fuß. Mit Franz machte er Spaziergänge am Zaun entlang, zehn, zwölf Runden, in denen sie nie müde wurden, sich aus ihren Leben zu erzählen. Nach einem halben Jahr dachte Lahnstein manchmal, er habe Franz' Leben geteilt, so genau kannte er sich darin aus. Sie stellten ihre Feldbetten nebeneinander auf, sodass sie auch am Abend miteinander reden konnten, manchmal bis spät in die Nacht. Lahnstein vertraute Franz an, was er an Lissys Briefen vermisste, der aber beruhigte ihn. Kein anderer Mann, sagte er, dann würden ihre Briefe kühl sein, und das waren sie nicht. Lahnstein las Franz Passagen vor und zeigte ihm die Fotos, die Lissy von sich und August hatte machen lassen. Von August schrieb sie warm und liebevoll, ohne das Wort Liebe zu schreiben. So ist sie eben, sagte Franz. Man merkte ihren Briefen an, wie anstrengend das Leben mit einem Säugling war, sie allein in Bochum, ihre Familie weit weg am Irrsee. Über Lahnsteins Eltern schrieb sie eher unfreundlich.

Franz hatte keine Frau, kein Kind. Seine Briefe kamen von Mutter und Vater, von Geschwistern und Freunden.

In einer Sommernacht, als sie unter dem Sternenhimmel lagen, über irgendetwas redeten, fielen sie beide plötzlich in ein Schweigen, das eine Weile anhielt, bis Franz dicht an Lahnstein heranrückte und einen schlichten Satz sagte:

Wenn du mir hilfst, helfe ich dir auch.

Lahnstein verstand, was er meinte. Es waren in den letzten Nächten seltsame Stimmungen zwischen ihnen aufgekommen, eine befremdliche Gefühligkeit, wenn sie nebeneinanderlagen und redeten. Lahnstein hatte die Gedanken, die das hervorrief, beiseitegeschoben, zurückgewiesen, aber nun waren diese acht Worte in die Nacht geplatzt und verlangten nach einer Antwort, einem Verhalten.

Es ist leichter, wenn du die Augen schließt, sagte Franz.

Lahnstein schloss die Augen, dachte an Lissy. Bald hielt ihm Franz den Mund zu, ziemlich fest, fast ein gewaltsamer Maulkorb.

Danach wäre er am liebsten aufgesprungen und davongelaufen, aber er hatte sich auf diesen Handel eingelassen, stand in der Pflicht und war preußisch genug, seine Pflicht zu erfüllen. Er hielt die Augen geschlossen, während er Franz »half«, und hatte es bald überstanden. Sie knöpften ihre Hosenschlitze zu wie in einem simultanen Akt und richteten sich gemeinsam auf.

Geh du zuerst, ich warte eine Weile, sagte Franz.

Lahnstein stand da, unschlüssig, ob er etwas sagen sollte, sagte nichts und ging, ohne Franz anzusehen. Dann lag er auf seinem Feldbett, dachte an Lissy und August, etwas forciert, und tat, als würde er schlafen, als Franz kam und sich hinlegte. Einige

Offiziere schnarchten. Während Franz bald regelmäßig atmete, brauchte Lahnstein eine Weile, bis er einschlief.

Ein paar Tage lang gingen sie sich aus dem Weg, mieden Blicke, dann nahmen sie ihre Spaziergänge wieder auf, ihre Gespräche. Franz spielte den Vater in den »Räubern«.

Es war passiert, man konnte es nicht mehr ändern. Es war ein Trieb, unabweisbar. War es nicht so? Lahnstein schämte sich trotzdem, hätte gerne Lissy davon geschrieben, um ihr Einverständnis einzuholen, auch damit klar wurde, dass dies etwas völlig anderes war als das, was er mit ihr erlebte, mit ihr genoss, aber das tat er dann nicht. Kein Wort. Franz spielte eine große Rolle in seinen Briefen an Lissy, aber nicht in dieser Rolle, für die Lahnstein keinen Namen wusste.

Ins Präsidium oder nach Hause, fragte der Chauffeur.

Lahnstein schreckte aus seinen Gedanken hoch, nahm die Stadt wahr, die Straßen, durch die sie fuhren, immer noch fremd für ihn. Keine Zechen, keine Hochöfen. Er vermisste das Ruhrgebiet, obwohl dort jetzt die Franzosen herrschten.

Ins Präsidium, sagte er. Dort angekommen, gab er einen Fahndungsaufruf für Jens Sieversen in Auftrag. Dann lief er nach Hause.

Am nächsten Tag fuhren sie mit zwei Automobilen zum Hauptbahnhof, sechs Mann, alle bewaffnet, aber entspannt. Sie wollten nicht eingreifen, nur zuschauen. Es war zehn Uhr morgens, ein klarer, kalter Tag. Die beiden Automobile hielten am Bahnhofsvorplatz, auf dem das übliche Gewimmel herrschte, ankommende, abreisende Menschen. Auch hier wurde gehandelt, getauscht. Lahnstein war enttäuscht, weil er nichts sah, was sich von dem unterschied, was er an anderen Tagen gesehen hatte. Männer mit Hüten, mit Mänteln, Frauen in bäuerlichen Kleidern, mit Tüchern.

Kutschen, ein paar Automobile. Er beugte sich in den Fußraum und wischte mit dem Taschentuch über seine Schuhe.

Als er wieder zum Fenster hinausschaute, änderte sich plötzlich das Muster. Rechts von der Mitte des Platzes standen die Menschen dichter, die Bewegungen waren strukturierter, zeigten einen starken Drang genau zu jenem Ort rechts der Mitte.

Aussteigen, sagte Lahnstein.

Die Chauffeure blieben in den Wagen, die anderen verteilten sich über den Platz, näherten sich dem neuen Kern von allen Seiten. Vier Männer mit breitem Gang. Es kam nicht darauf an, dass sie nicht als Polizisten erkannt wurden, das hatte Lahnstein ihnen mitgeteilt. Im Gegenteil, sie sollten erkannt werden, damit ihre Präsenz etwas veränderte, Reaktionen provozierte. Lahnstein wollte Splitter sammeln, Blicke sehen, Gesten, wollte etwas hören. Er wollte verunsichern, suchte Hinweise, nicht den Schlüssel zu diesen Fällen. Bis dahin würde es dauern, das war ihm klar.

Er war überrascht von diesen Leuten. Er hatte bis dahin wenig Vorstellungen davon gehabt, wie ein Nationalsozialist sein könnte, kannte nur das Antlitz von Hitler aus den Zeitungen, hatte die Gestalt Görings vor Augen. Dazu die Fotos vom Putschversuch, man konnte wenig erkennen. Göring war noch immer nicht gefunden worden. Der Staat arbeitete nicht gut, das war ein Problem. Aber galt das nicht noch mehr für Hannover, für ihn selbst?

Es waren Männer, wie er sie kannte, von der Straße, aus den Geschäften, vom Revier. Sie waren Teil dieser Menge auf dem Bahnhofsvorplatz, nicht andere. Das hatte Lahnstein nicht erwartet von Menschen, die einer Putschpartei angehörten, einen Putsch gegen diesen Staat, der ihr Staat war, der von allen. Das war doch das Neue. Auch diese Männer sahen aus, als gehörten sie zu diesem Staat, bis auf das Grüppchen, das hellbraune Uniformen trug, aber noch verlegener wirkte als der Rest. Sie standen unsicher herum, als wüssten sie nicht genau, wie man eine Demonstration macht. Sie waren den Passanten im Weg, bildeten ein Hindernis auf ihren Gängen, zum Bahnhof, vom Bahnhof weg, mussten umrundet werden, es gab Kollisionen, Unmut. Die Männer wussten nicht, wie sie damit umgehen sollten, wichen zurück, entschuldigten sich. Lahnstein dachte schon, sie würden sich zerstreuen, aus Verlegenheit, aus Unentschlossenheit. Er bangte, hoffte, dass sie ihren Mut zusammennehmen würden, endlich losziehen, ihren Zorn hinausschreien. In diesem verzagten Häuflein konnte er keinem Massenmord auf die Spur kommen.

Dann fielen ein paar forsche Worte, gefaucht im Ton der Unteroffiziere, den alle kannten, manche hassten, andere vermissten. Die Männer strafften sich, fanden rasch eine Marschordnung und zogen los, so schnell und wuchtig, dass die Polizisten überrascht waren und eine Weile brauchten, um Anschluss zu gewinnen.

Freiheit für Adolf Hitler.

Juda verrecke, Juda verrecke.

Ludendorff, Ludendorff.

Versailles – Schande, Versailles – Schande.

Sie waren zügig unterwegs, wie eine Phalanx pflügten sie durch die Straßen. Die Passanten wichen aus, standen verblüfft oder erschrocken auf den Bürgersteigen, manche lachten, schmunzelten. Niemand schloss sich spontan an. Zweihundert Männer auf ihrem Weg durch Hannovers Innenstadt, am Anfang normale Bürger, dachte Lahnstein, jetzt ein Haufen Hass.

Nur zweihundert. Lahnstein hatte mehr erwartet. Er sah ein paar Jungs im Alter der Opfer, war erst alarmiert, aber dann wurde ihm klar, dass diese hier ja nicht gefährdet waren, wenn seine Theorie stimmte. War es schon eine Theorie? Er korrigierte seinen Gedanken, eher eine These, eine Vermutung. Eine Beschäftigung? Nein, mehr als das, bei aller Selbstkritik. Er konzentrierte sich auf den Parteichef von Hannover, hatte sich die Akte geben lassen. Es gab eine aus der Zeit des Putsches in Berlin, Kapp, Lüttwitz.

Hinrich Schreyer, 41 Jahre alt, Besitzer eines Schreibwarenladens, den er von seinem Vater übernommen hatte, verheiratet, drei Kinder, erst Russlandfront, Pionier, Eisernes Kreuz zweiter Klasse, später Frankreich, war bei den Aufständen von 1919 in Berlin dabei, aufseiten der Freikorps und damit, Lahnstein musste schlucken, als er das dachte, aufseiten der SPD. Die Akten verrieten nicht, was genau er in Berlin gemacht hatte. Demonstranten erschossen? Am Mord von Rosa Luxemburg beteiligt, von Karl Liebknecht, Schüsse im Wald, in den Rücken, den Hinterkopf? Lahnsteins Fantasie galoppierte, obwohl die Akten nichts davon andeuteten. Schreyer war eben in Berlin gewesen in jener Zeit, mit einem Freikorps. Dann der Putsch, man hatte ihn am Ende gefangen genommen, registriert, entlassen. Dort endete die Akte.

Schreyer marschierte in der ersten Reihe, schrie jede Parole mit. Lahnstein lief neben dem Demonstrationszug her, auf der Höhe von Schreyer, ihre Blicke trafen sich.

War Schreyer ein Mann, der Jungs abschlachtete? Er trug einen Mantel aus Tweed, braune Budapester, einen kleinen Hut mit schmaler Krempe. Wohlgenährt, aber nicht dick, ein Gesicht ohne markante Züge, oval, alles in guter Proportion gestaltet und eher gefällig angeordnet. Keine Kriegsspuren, nicht im Blick, nicht in den Zügen. Dieser Mann hatte als junger Mann gut ausgesehen, vielleicht sah er immer noch gut aus.

Freiheit für Hitler, Freiheit für Hitler.

Was Lahnstein nicht verstand: Warum folgte dieser Mann, der alles zu haben schien, der mit beiden Beinen fest im Leben stand, einer Gestalt wie diesem Hitler, einem Meldegänger im Krieg, von Beruf offenbar Maler. Versailles verfluchen, das konnten auch andere, eindrucksvollere Politiker, wenn Hitler überhaupt einer war. Oder fiel der, der einen Putsch gewagt hatte, per se in diese Kategorie? Juden hassen, das war ebenfalls keine Rarität.

Lahnstein steckte tief in seinen Gedanken, als sich an einer Kreuzung von rechts rasch ein anderer Demonstrationszug näherte, in die Hauptstraße einbog, mit so viel Kraft, dass diese Männer die Nationalsozialisten an den Rand drängten. Rote Fahnen.

Kurz marschierten sie nebeneinanderher. Lahnstein schätzte, dass die neue Gruppe hundertfünfzig Mann umfasste. Er sah sich nach seinen Männern um, erblickte aber nur Müller. Die anderen steckten irgendwo in der Menge oder am Ende. Die beiden Züge nahmen die ganze Breite der Straße ein, Passanten flohen in die Geschäfte und Hauseingänge, eine Frau stürzte. Lahnstein schrie Müller zu, dass sie zwischen die beiden Gruppen kommen müssten, aber es sah nicht so aus, dass er ihn verstand. Lahnsteins Herz pochte, er hätte zwanzig Polizisten gebraucht, mindestens. Er sah Drängeleien an der Nahtlinie der beiden Züge, Fäuste flogen zur Seite, Schubsereien bei hohem Tempo.

Er versuchte, in die Mitte zu kommen, zur Naht, die nun keine gerade Linie mehr war, sondern eine gezackte, je nachdem, wer die Oberhand in einem Abschnitt hatte. Rote Fahnen krachten auf Köpfe.

Er drängelte, zwängte sich zwischen den Linien hindurch, steckte Schläge ein, war eingeklemmt, wühlte, erreichte die Mitte nicht. Aber was hätte er dort ausrichten sollen? Die Züge hatten an Tempo verloren, stoppten nun, die Männer beider Seiten schlugen aufeinander ein, wälzten sich im Pferdekot. Er sah ein Messer blitzen, da musste er hin, das Schlimmste verhindern, er nahm alle Kraft zusammen, bahnte sich mit Tritten und Schlägen eine Gasse, aber es war zu spät, er sah schon Blut und hatte immer noch ein paar Meter vor sich. Bitte nicht ein Junge, blitzte es durch seinen Kopf, nicht noch einer, der mitgezählt würde, der sich seinem Fall hinzuaddierte, Nummer zwölf, das volle Dutzend.

Aber vielleicht würde er den Täter ergreifen, den Mann mit dem Messer, den er in der kämpfenden Menge nicht erkennen konnte. Er schlug noch wilder um sich.

Dann war der Weg frei. Die Leibermasse verlor an Dichte, löste sich auf. Die Männer rannten davon. Er wurde umgerempelt, stürzte und lag eine Weile benommen am Boden. Als er zu sich kam, herrschte schon wieder normaler Betrieb, Passanten verließen die Hauseingänge und Geschäfte, strömten vorüber, eilig, weil sie die verlorene Zeit hereinholen wollten. Müller half ihm auf.

Wo ist das Opfer?, fragte Lahnstein.

Welches Opfer?, fragte Müller zurück.

Der Mann, der niedergestochen wurde.

Müller zuckte mit den Schultern. Gibt keinen, sagte er.

Ich habe es gesehen.

Tödlicher Stich?

Blut jedenfalls.

Eine Leiche sehe ich nicht, sagte Müller.

Lahnstein schaute sich um. Niemand lag am Boden, niemand schleppte sich davon.

Wurde einer weggetragen?

Hab' nichts gesehen.

Lahnstein überfiel die Angst, das nur geträumt zu haben in seiner Benommenheit. Er suchte den Boden ab, suchte eine Blutlache.

Er hatte nicht viel Blut gesehen im Krieg, weniger als die meisten anderen, sein eigenes, blutige Verbände im Lazarett, einen Haufen blutiger Arme, Beine hinter dem Operationszelt. Gegen diese Erinnerung kämpfte er seit Jahren an, meist erfolgreich. Jetzt war sie zurück. Er schaute auf das Pflaster und sah abgetrennte Arme und Beine in den Urinlachen, den Kothaufen.

Reiß dich zusammen.

Die Arme und Beine verschwanden. Er sah ein paar kleine, dunkle Flecken, die Blut sein konnten. Er tauchte eine Fingerspitze hinein, betrachtete den Fleck eingehend, roch daran. Blut.

Blut, sagte er zu Müller.

Eher ein Ritzer, sagte Müller, das sind nur Tropfen.

Aber es hatte ein Messer gegeben, Blut war geflossen oder immerhin getröpfelt, er hatte sich nicht getäuscht. Er war erleichtert.

Sie stiegen in die beiden Automobile, die dem Zug gefolgt waren. Eines fuhr zum Krankenhaus, da sich einer der Männer im Getümmel einen Arm gebrochen hatte. Das zweite Auto, in dem Lahnstein saß, fuhr zurück zum Präsidium. Schweigen.

Immerhin war niemand in seinem Büro und wartete. Heute durfte kein Junge verschwinden, heute auf keinen Fall. Sonst würde es heißen: Kommissar Lahnstein aus Bochum führte Hannoveraner Polizisten in eine Falle, und gleichzeitig geschah anderswo der Mord, den Lahnstein verhindern sollte. So oder so ähnlich würden es die Zeitungen schreiben. Er ging auf die Toilette, nahm das Papier und wischte seinen Mantel und die Hosenbeine sauber, ohne dass das wirklich gelang. Dann die Schuhe, er wienerte, wienerte, bis sie glänzten. Zurück in seinem Büro schrieb er einen Bericht für den Polizeipräsidenten.

Am Abend ging Lahnstein in den Zigarrenladen Burschel. Eine Türklingel kündigte ihn an. Ein Mann wartete vor der Theke und schaute sich kurz um. Die Verkäuferin stand auf einem Schemel, reckte sich und zog eine kleine Kiste aus einem der oberen Regale. Er sah ihre Waden, ihre Kniekehlen. Der Mann an der Theke schaute ebenfalls hin. Sie legte die Kiste auf die Theke, zog ihren Rock glatt, öffnete die Kiste, hielt sie dem Mann hin. Er nahm eine Zigarre raus, roch, schüttelte den Kopf, legte die Zigarre zurück in die Kiste und zeigte nach oben, etwas weiter rechts.

Die Frau verrückte den Schemel mit dem Fuß ein Stück nach rechts, stellte sich auf den Schemel, reckte sich. Waden, Kniekehlen. Lahnstein sah weg, sah den Mann an, der auf die Kniekehlen starrte.

Sie kam runter, mit der Kiste, strich sich den Rock glatt. Der Mann roch wieder an der Zigarre, schüttelte den Kopf, legte sie zurück. Er zeigte nach links oben.

Verschwinden Sie, sagte die Verkäuferin.

Wie bitte?

Sie sollen verschwinden.

Was fällt Ihnen ein, ich will die Zigarren, die da oben sind, und Sie verkaufen mir die gefälligst.

Die Frau stand hinter der Theke und rührte sich nicht. Der Mann langte mit rechts nach ihrem linken Oberarm, packte fest zu. Aber er ließ gleich wieder los, weil Lahnstein seinen anderen Arm gegriffen und ihn auf den Rücken gedreht hatte. Der Mann ging in die Knie, wollte sich losreißen, hatte aber keine Chance. Er schrie auf, sackte zusammen.

Sie gehen jetzt, sagte Lahnstein. Er lockerte den Griff leicht, ließ den Mann aufstehen, dirigierte ihn zur Tür, stieß ihn hinaus.

Danke, sagte sie.

Dreister Kerl, sagte er.

Sie strich noch einmal über ihren Rock, mehr aus Verlegenheit. Sie schloss die Zigarrenkisten, die auf der Theke standen. Sie wünschen?, fragte sie.

Eine kleine, zarte Frau, müde Augen, noch müder als beim letzten Mal, ein runder Kopf, schmale Augen, die fast bis an die Ohren zu reichen schienen. Das sah auf den ersten Blick merkwürdig aus, aber es hatte einen Reiz, der Lahnstein verstörte.

Sie wünschen?, fragte sie noch einmal.

Zigarillos, sagte er.

Kubanische?

Er nickte.

Sie drehte sich um, zog eine Schachtel aus einer Reihe von Schachteln, legte sie auf den Tresen.

Er kramte nach Geld. Ein Junge kam durch eine hintere Tür in den Laden, ging zu der Frau, umklammerte ein Bein, schmiegte eine Wange an ihre Hüfte, schaute Lahnstein an. Er war in dem Alter, in dem August jetzt gewesen wäre, ein bisschen älter vielleicht. Lahnstein wollte ihn fragen, wie er hieß, aber dann ließ er es und zählte Geld auf den Tresen, nahm die Schachtel, bedankte sich und ging zur Tür.

Danke noch mal, sagte sie.

Er drehte sich um, aber sie stand schon auf dem Schemel, mit dem Rücken zu ihm, in der Hand eine Kiste Zigarren. Er ging hinaus, machte ein paar Schritte, verharrte kurz und zündete sich einen Zigarillo an. Rauchend ging er zur Leine-Brücke, blieb in der Mitte stehen, stützte seine Arme auf die Brüstung und schaute auf das träge fließende Wasser. Zum Glück war der Junge zu klein, zu jung, um ein Opfer werden zu können. Es sei denn, er, Lahnstein, würde den Fall in zehn Jahren noch immer nicht aufgeklärt haben. Was denkbar war.

Als er am nächsten Morgen auf sein Büro zuging und eine Frau dort sitzen sah, hoffte er, sie würde vor dem Nebenzimmer sitzen, hoffte, dass man sie dort platziert hatte, bei den Kollegen, die irgendeinen anderen Mordfall bearbeiteten. Die Perspektive konnte täuschen, dachte er, obwohl er in Wahrheit wusste, dass sie vor seinem Zimmer saß, und je näher er kam, desto klarer wurde, dass sie in den richtigen Jahren war, um Mutter von einem der Opfer zu sein, exakt die Zielgruppe, Mutter eines fünfzehn- bis zwanzigjährigen Jungen. Er wollte umdrehen, das Präsidium verlassen, zum Bahnhof gehen, eine Fahrkarte für den nächsten

Zug lösen, der weit fahren würde, bis Salzburg vielleicht. Irrsee. Sich dort verstecken.

Aber es gab nicht nur den Fall der verschwundenen Jungs, es gab andere Mordserien, mit weniger Opfern vielleicht, es gab Einzelmorde. Diese Frau vermisste womöglich ihre Tochter, ihren Mann, ihren Vater, ihre Schwester. Oder sie war Zeugin, hatte etwas gesehen, gehört, was schon länger zurücklag. Alles denkbar.

Sie stand auf, als er fünf Schritte entfernt war.

Sind Sie Kommissar Lahnstein?, fragte sie.

Ich denke schon, sagte er.

Sie sah ihn unsicher an.

Man sagte mir, ich soll hier auf Kommissar Lahnstein warten. Weil er mir helfen kann.

So? Sagte man das?

Er sollte aufhören damit, sie konnte ja nichts dafür. Sie war Anfang vierzig, schätzte er, und das hieß, sie sah aus wie Anfang fünfzig. Plus zehn, das war ungefähr die Regel bei den Menschen, die hart arbeiteten. Er hatte das schon abgezogen. Graues Gesicht, die Haut stumpf, wie abgewetzt, tiefe Furchen, blaue trübe Augen. Sie trug zwei Röcke übereinander, vielleicht weil sie keine Strümpfe hatte und sich so gegen die herbstliche Kälte schützen wollte. Ein dunkler, weiter Mantel, der nicht aufgeknöpft war, ein Hut, der seine Farbe verloren hatte. Die Frau eines Arbeiters, eines Handwerkers, die selbst hart arbeitete. Sie war schwer, das sah man trotz des Mantels und der Röcke.

Es geht um meinen Jungen, den Adolf, sagte sie.

Er hoffte wieder. Adolf war die Nummer elf. Den Fall gab es schon.

Hannappel?

Sie begann zu weinen. Jetzt sah er sie unsicher an.

Ist das Ihr Neffe?

Er legte eine Hand auf ihren Unterarm.

Ich habe solche Angst um meinen Jungen, und Sie sagen nur Dinge, die ich nicht verstehe, sagte sie.

Seine Hoffnung schwand.

Wie heißen Sie?

Hennies.

Ihr Sohn ist Adolf Hennies?

Mein Sohn, ja.

Nummer zwölf. Das Dutzend voll.

Kommen Sie rein, sagte er.

Sie folgte ihm in sein Büro, er bot ihr den Platz gegenüber seinem Schreibtisch an, sie setzte sich. Er sah, dass ihre Füße und Unterschenkel mit Lappen umwickelt waren. Flache Schuhe mit abgelaufenen Gummisohlen.

Ihr Junge heißt auch Adolf? Ist das richtig?

Das ist richtig. Warum »auch«? Ist noch ein Adolf verschwunden?

Der bislang Letzte, ja. Seit wann ist Ihr Adolf verschwunden?

Seit zwei Nächten. Er ist noch nie eine Nacht weggeblieben, kein einziges Mal. Und jetzt sind es zwei. Und er hätte auf jeden Fall etwas gesagt. Das meint auch der Herr Eisenschmiedt.

Wer ist Herr Eisenschmidt?

Schmiedt, mit ie.

Herr Eisenschmiedt, wer ist das? Und was sagt er?

Mein Untermieter. Er hat sich das Zimmer mit dem Adolf geteilt. Ich schaffe es sonst nicht, ich brauche das Geld.

Sie war Witwe, so viele waren Witwen, aber ihr Mann war während des Krieges gestorben, nicht gefallen, Krebs, man fragte sich, wozu es den Krebs noch gab, wo doch der Krieg und die Grippe die Friedhöfe alleine füllen konnten. Aber manchmal rafften Krankheiten aus normalen Zeiten im Krieg Leute hinweg, als wollten sie sagen: Uns gibt es auch noch. Was die Front kann, können wir schon lange. Was die Grippe schafft, schaffen wir erst recht. Und die Witwe hatte das auch mit einem gewissen Bedauern gesagt, aus dem er heraushörte, dass der Krieg sie um das Mitleid gebracht hatte, um das Schicksal, so früh Witwe geworden zu sein. Da so viele junge Frauen Witwen waren, galt das nicht mehr als Einzelschicksal, sondern als Normalität. Nie war ein Krebstod sinnloser als während eines Krieges, in dem nur die Fronttode als sinnvoll galten, als Opfer für das Vaterland. Ein bisschen schien sie das ihrem Mann übel zu nehmen, dass er sie mit dieser banalen Geschichte zurückgelassen hatte, einer Geschichte, die niemand hören wollte, aus der man nichts herausschlagen konnte. Bessere Renten forderte man für die Witwen der Kriegstoten.

Sie sagte, dass sie in den Gummiwerken gearbeitet hatte während des Krieges, an den Maschinen sogar, weil die Männer alle weg waren, aber als der Krieg zu Ende war, kamen die Männer zurück, zum Teil jedenfalls, und man stellte Männer ein von Firmen, die Pleite gemacht hatten, und da gab es keine Arbeit mehr für sie an den Maschinen. Um leben zu können, putzte sie nun nachts in der Fabrik, für weniger Geld. Und sie vermietete das Zimmer ihres Sohnes, der es sich nun mit Herrn Eisenschmiedt teilen musste. In dem anderen Zimmer schlief sie. Dort aßen sie auch.

Verdient Ihr Adolf nichts?, fragte Lahnstein.

Er hat keine Arbeit mehr, sagte sie. Aber vor drei Tagen hat er sich beworben.

Am Tag, als er verschwand?

Ja. Zuerst hat er als Laufbursche beim Großschlächter Ahrberg gearbeitet, die Stelle aber verloren, weil die Geschäfte nicht gut liefen.

Wo hat er sich beworben?

Beim Kaufmann Grusen in der Alten Celler Heerstraße. Als Seifenreisender. Ich will aber nicht, dass er dort anfängt.

Er sah sie überrascht an.

Warum nicht?

Der Grusen ist kein guter Mensch.

Was tut er?

Sie sah ihn verlegen an, sagte nichts.

Schlägt er die Burschen? Zahlt er ihnen die Löhnung nicht pünktlich?

Er hat keinen guten Ruf.

Warum nicht?

Ich kann das nicht sagen.

Aber wir wollen Ihren Adolf doch finden? Das wollen Sie doch so sehr, wie ich es will. Dafür muss ich alles wissen.

Er schwärmt für ein Mädchen, das weiß ich, das hat er mir gesagt.

Und?

Er hat sie kennengelernt, als er Laufbursche beim Großschlächter war. Sie hat für ein Gasthaus gearbeitet. Dem Eisenschmiedt hat er's auch erzählt.

Warum sagen Sie mir das?

Sie sah zu Boden, schwieg.

Ihm war schlecht, er wusste, dass er einen Fehler gemacht hatte, einen großen Fehler, und dass das Kind dieser Frau vielleicht noch leben würde, hätte er diesen Fehler nicht gemacht. Er sah sie an, ihr Blick war immer noch auf den Boden geheftet. Er wollte aufstehen, sie in den Arm nehmen und um Verzeihung bitten. Aber das war unmöglich. Einen solchen Fehler, einen Fehler womöglich mit Todesfolge konnte niemand einräumen, er jedenfalls nicht, weshalb er sich in diesem Moment schwor, dass er alles tun würde, um von diesem Fehler abzulenken und ihn, soweit das möglich war, gutzumachen.

Seine Stimme wurde scharf, als er sagte: Der Kaufmann Grusen hat einen schlechten Ruf, nicht wahr?

Sie schwieg.

Sie müssen nichts sagen, aber Sie könnten nicken oder den Kopf schütteln.

Sie zögerte, dann nickte sie, ohne aufzusehen.

Es geht dabei um Jungs.

Sie zuckte, als wollte sie aufspringen und davonlaufen, nickte aber.

Er mag Jungs.

Sie schüttelte den Kopf, aber er sah sofort, dass dies kein Dementi war, sondern ein Kopfschütteln des Nichtbegreifens, der Ablehnung und Scham.

Sie wollen nicht, dass Ihr Adolf dort hingeht, weil Sie Angst haben, dass sich Grusen an ihm vergreift.

Der Adolf will das ganz bestimmt nicht, aber er braucht doch Arbeit.

Lahnstein nickte. Ja, er braucht Arbeit.

Er mag die Mädchen.

Davon bin ich überzeugt.

Mein Sohn ist ehrbar. Er kommt nachts immer nach Hause.

Das sagten Sie schon.

An den Wochenenden besuchte er mit seinem Freund Wedemeyer Tanzlokale, aber davon hat er mir immer erzählt, und um Mitternacht war er zu Hause. Ich kann doch nicht schlafen, wenn er nicht heimgekommen ist.

Sie weinte, diesmal weniger aus Angst, mehr aus Scham. Er sah sie an und fragte sich, warum er so hart mit ihr war, so erbarmungslos. Dabei wusste er es eigentlich. Weil sie ihren Sohn vermisste, weil sie hier reingeschneit war mit einem Fall, den er lösen musste und der ihn überdies, wahrscheinlich, eines Fehlers überführte. Was musste sie auch einen schwulen Sohn haben. Hör auf, schalt er sich, sie kann nichts dafür, dass du ein Idiot bist.

Was machen Sie jetzt?

Die Stimme der Witwe. Sie riss ihn aus seinen Gedanken.

Wir schauen uns den Kaufmann Grusen an, fragen ihn nach dem Gespräch mit Ihrem Sohn …

Ich war schon dort.

Und?

Seine Haare, sie sind ganz blond, aber so unnatürlich blond. Wie bei einer Frau.

Was hat er gesagt?

Er sagte, dass er einen so aufgeweckten Jungen wie meinen Adolf sehr gut gebrauchen kann, dass er ihn eingestellt hat, aber dann ist der Adolf schon am ersten Tag nicht gekommen und am zweiten auch nicht. Und jetzt sitze ich hier, und der Adolf ist offenbar zu nichts zu gebrauchen, sagte der Grusen, weil Verlässlichkeit muss er schon erwarten können von dem Jungen, der mit seinen Seifen reisen soll. Er weiß aber nicht, wo sich der Adolf jetzt aufhält.

Wir werden ihn da noch etwas eingehender befragen, sagte Lahnstein, und ich schicke einen Mann vorbei, der sich das Zimmer anschaut und mal mit dem Untermieter redet. Ist das auch ein junger Bursche?

Das ist ein alter Herr.

Sie sagte das mit scharfer Stimme.

Ein redlicher Mann, und wenn Sie denken, dass in meiner Wohnung …

Er hob abwehrend die Hände, fiel ihr ins Wort.

Das denke ich nicht, seien Sie unbesorgt.

Er stand auf, reichte ihr die Hand.

Wir werden alles tun, um Ihren Jungen zu finden, das verspreche ich Ihnen.

Wieder dieser Satz. Er konnte nicht anders.

*Er wusch sich in der Schüssel, die auf der Anrichte stand. Zwei Würfe Wasser ins Gesicht, je eine Handvoll Wasser unter die Achselhöhlen gerieben. Er trocknete sich ab, zog ein Unterhemd an, darüber ein weißes Hemd, seinen guten Anzug, die spitzen Schuhe. Den künstlichen Schnurrbart steckte er in die Jackentasche, auch das Papier, das ihn als Kriminalbeamten auswies. Er schaute noch einmal, ob das Zimmer sauber war, einladend, wischte einen dunklen Fleck vom Tisch, dann ging er nach draußen, schloss ab.*

*Es war dunkel, zehn Uhr, leere Straßen. Er hörte das Plätschern der Leine, ging über die Brücke, schlug den Weg zum »Café Kröpcke« ein. Auf den letzten Metern sprachen ihn Jungs an, die er zum Teil kannte, zum Teil nicht. Es kamen immer neue hinzu. Sie interessierten ihn nicht, nicht heute. Er wusste, wie es war mit ihnen. Sie waren krank, nahmen Gifte, die ihre Augen leuchten ließen. Erst waren sie aufgekratzt, dann schweigsam und teilnahmslos. Und vorsichtig waren sie, stets auf der Hut, mit allen Wassern gewaschen.*

*Er hoffte, dass Hans im Café war, aber er sah ihn nicht. Es war voll, Männer und Männer, die wie Frauen aussehen wollten, ein paar Frauen, die Frauen blieben, wenn sie sich auszogen. Schrilles Lachen, Hitze, der Schweiß verwischte die Schminke. Ein schlechter Pianist, manchmal hatten sie auch gute. Man tanzte. Er bestellte ein Bier an der Theke, mied die Blicke, das Zwinkern. Jemand brüllte ihm ins Ohr, er verstand nichts, nahm das Bier und ging weiter, lehnte sich gegen eine Säule, spürte eine Hand an seinem Hintern, er drehte sich rasch um, packte einen Mann am Kragen, hob die Faust. Ein demütiger, flehender Blick, ein alter Mann, er stieß ihn weg.*

*Hans kam herein, hinter ihm Hugo. Hans sah ihn, winkte kurz, stellte sich an die Theke, redete mit Hugo. Er löste sich von der Säule, ging zu Hans, küsste ihn zur Begrüßung auf den Mund. Hans drehte den Kopf weg. Wie geht's? Gut. Dir? Auch, freu' mich, dich zu sehen, komm mal wieder vorbei. Ein Gespräch kam nicht zustande. Hans redete auf Hugo ein, dann kamen zwei Mädchen, die für Hans arbeiteten, gaben Geld ab und tanzten mit Hans und Hugo. Wie schön Hans war, so schönes blondes Haar, das sich auch gut anfühlte.*

*Er ging hinaus, wieder die Jungs, er lachte nur, stellte sich dann hinter einen Baum und klebte den Schnurrbart an. Es war kalt, aber er hatte einen guten Mantel, gedachte dankend des Vorbesitzers, Gott habe ihn selig, und ging in Richtung Hauptbahnhof. Ruhiger Schritt, er hatte es nicht eilig, es war noch nicht einmal Mitternacht. Er freute sich, hohe Erwartungen. Dann tauchte der Bahnhof vor ihm auf, groß, mächtig, sein Revier.*

# Kapitel 3

*Nach einer halben Stunde wurden die Türen freigegeben. Sie durften aussteigen, und der Junge war unter den Ersten, die den Zug verließen, um sich die Beine zu vertreten. Sie standen am Rand eines Wäldchens, in einer Kurve. Vorne bei der Lokomotive waren ein paar Männer mit irgendwas beschäftigt, der Junge sah nicht genau, mit was. Sie gestikulierten, bückten sich, standen wieder auf. Es gab vier Waggons, er hatte im letzten gesessen und machte sich auf den Weg nach vorne, um zu sehen, was den Zug aufgehalten hatte, wahrscheinlich ein Tier auf dem Gleis oder ein Mensch. Er hatte noch nie einen Toten gesehen, anders als sein Bruder, der im Krieg täglich Tote gesehen hatte, auch zerfetzte, zerstückelte Tote, und er hatte seinem kleinen Bruder häufig davon erzählt, wie solche Leichen aussahen. Der Junge hatte so getan, als mache ihm das nichts aus, aber er hatte von den Stümpfen, den Gedärmen und den Gesichtern ohne Kinn, ohne Nasen und mit leeren Augenhöhlen geträumt, auch wenn er wach war. Nun war er älter und fühlte sich gewappnet, eine Leiche zu betrachten. Er wollte es unbedingt, als brauche er ein reales Bild, um seinen Vorstellungen von Toten zu entkommen.*

*Es war eine Kuh, sie sah so schlimm nicht aus, war nicht überrollt, sondern umgestoßen, eingeklemmt und ein Stück weit mitgeschleift worden. Nun taten sich die Männer schwer, sie unter dem vorderen Teil der Lok hervorzuziehen. Sie zerrten, drückten, aber der Kadaver bewegte sich kaum. Der Junge wollte helfen, aber das ließen der Lokführer und der Heizer nicht zu. Sie beschlossen, die Kuh zu zerteilen, und schickten den Jungen weg. Er ging widerwillig, das hätte er seinem Bruder gerne erzählt, dann fiel ihm ein, dass er ihn lange nicht sehen würde, vielleicht nie wieder.*

*Erst hatte er gedacht, die Tochter des Pfarrers käme wegen des Gesellen, aber sie schaute meistens ihn an, wenn sie dort stand, neben der Pforte, und zusah, wie sie arbeiteten. Sie kam am frühen Nachmittag, morgens war sie wahrscheinlich in der Schule. Am dritten Tag nahm er all seinen Mut zusammen, ließ seine Mütze in der Kirche liegen und sagte dem Gesellen und dem Meister, als sie am Fuß des Hügels angekommen waren, dass er zurücklaufen müsse. Er ging in die Kirche, fand die Mütze aber nicht dort, wo er sie hingelegt hatte. Er suchte alles ab, bis er oben ein Geräusch hörte und das Mädchen hinter der Balustrade sah. Sie trug seine Mütze auf dem Kopf, eine grüne Mütze. Er stieg die Treppe hinauf, und so fing es an.*

*Er schaute auf seine Uhr. Es war zehn Uhr, sie standen seit knapp einer Stunde in dem Feld, und er hatte in Hannover drei Stunden, um den letzten Zug nach Bremerhaven zu bekommen. Das müsste zu schaffen sein. Er sah nach vorne, sah den Heizer, der eine Axt über den Kopf schwang und sie niedersausen ließ. Er hörte ein Geräusch, von dem er dachte, es könnten splitternde Knochen sein. Die grüne Mütze saß auf seinem Kopf.*

Es sind wieder Jungs verschwunden, nicht wahr?, sagte seine Zimmerwirtin, als Lahnstein am Morgen von der Toilette kam. Er hatte seinen Schlafanzug an und die Straßenschuhe. Anders konnte er dieses Bad nicht betreten. Die Schuhe schützten ihn. Die anderen Zimmer waren inzwischen belegt.

Ist das so?, fragte er.

Steht in der Zeitung.

Sie trug wieder den grauen Kittel, die grauen Pantoffel.

Es muss aufhören.

Es wird aufhören.

Sperren Sie den Haarmann ein, dann hört es auf.

Wer ist der Haarmann?

Der ist am 17.5. geboren.

Was heißt das?

Der Haarmann steht auf Jungs, und die verschwinden bei ihm, der Klobes kann es bestätigen.

Und wer ist Klobes?

Der hat einen Tabakladen beim Haarmann gegenüber, wo der früher gewohnt hat, und der Klobes sah, dass da Jungs reingingen und nicht mehr rauskamen. Dann ist der Haarmann umgezogen, weil ihm Klobes auf der Spur war.

Er war nicht elektrisiert. Diese Frau war nicht ganz bei Sinnen.

Der Haarmann verkauft auch Fleisch, sagte sie.

Aber wer ist Haarmann? Ein Fleischer?

Nein, er verkauft Kleidung und Fleisch.

Und wer ist Klobes?

Christian Klobes, der Tabakhändler, habe ich doch gesagt.

Aber nicht Burschel?

Nein, Klobes.

Und der sagt, dass Jungs nicht mehr rauskommen?

Der schaute den ganzen Tag und die ganze Nacht, aber die Jungs kamen nicht raus.

Warum ist er nicht zur Polizei gegangen?

Er war bei der Polizei. Die glaubten ihm nicht.

Wie ist die Adresse vom Klobes?

Neue Straße, in Klein-Venedig.

Auf der Leine-Insel?

Ja, Zigarrenhandel Klobes.

Klobes, Neue Straße, ich merke mir das.

Er ging zurück in sein Zimmer, hörte dabei ihre Pantoffel über das Linoleum schlurfen.

Sie hatten eine Razzia im »Café Kröpcke« gemacht, hatten die Strichjungen vernommen, hatten eine Liste von dreißig Männern aus Hannover und Umgebung, die mehrmals gegen den Paragrafen Hundertfünfundsiebzig verstoßen hatten, meist mit Knaben.

Sechs dieser Männer galten als »scharf«, als mögliche Täter, weil sie gewalttätig waren. Die Polizei hatte sie sporadisch beobachtet, mehr ging nicht. Versailles, hieß es. Schulterzucken.

Befragungen erbrachten nichts. Niemand hatte etwas gehört, gesehen, jedenfalls sagte niemand etwas. Die Männer aus dem »Café Kröpcke« oder dem »Schwulen Kessel« zeigten sich Polizisten gegenüber verschlossen in den Befragungen, schüchtern. Sie hatten gelernt, sich zu verstellen, ihr Innerstes zu verbergen, sie waren auf der Hut. Und sie hielten zusammen. Niemand war bereit, andere aus ihrem Kreis zu belasten.

Vor allem hatten sie Angst vor Müller. Lahnstein merkte das, wenn sie gemeinsam jemanden befragten. Müller war freundlich, ruhig, aber er hatte die ganze Zeit diesen spöttischen Zug um die Lippen, in dem eine Menge Verachtung lag. Lahnstein hatte den Eindruck, als hätten diese Gespräche eine Grundlage, die er nicht kannte, als ginge ihnen eine Abmachung voraus, die nur bestimmte Worte zuließ und andere nicht. Müller hörte, was er kannte, und mehr wollte er nicht hören.

Er sprach Müller darauf an. Er sagte: Sie scheinen vertraut mit ihnen, mit allen.

Wollen Sie damit andeuten …?

Nein, Sie verstehen mich falsch. Ich meine das rein beruflich.

Da bin ich beruhigt.

Ich meine, diese Männer scheinen genau zu wissen, was sie sagen können und sagen sollen, wenn Sie dabei sind.

Wir haben hin und wieder mit ihnen zu tun. Meistens lassen wir sie in Ruhe, obwohl wir sie alle hochnehmen könnten mit Hundertfünfundsiebzig, aber das tun wir nicht. Man kann sie nicht alle einsperren, die versauen uns die Gefängnisse, und eigentlich sind sie ganz harmlos. Arme Schweine, nicht wahr? Können nichts dafür.

Lahnstein war unbehaglich zumute. Er wollte etwas erwidern, aber dann ließ er es.

Was haben Sie dann mit ihnen zu tun?

Wir wollen nicht, dass sie sich ausbreiten. Wir wollen nicht, dass man sie in der Stadt sieht, schon gar nicht tagsüber. Die Leute wollen die nicht sehen, die Bürger finden das widerlich.

Noch mehr Unbehagen. Oder war das schon Scham?

Ich sage Ihnen was: Wenn die Hundertfünfundsiebziger sich ausbreiten, würde jeder sagen, dass die Polizei versagt, dass der Staat versagt.

Müsste man nicht eher sagen, dass der Staat der beste und souveränste ist, der sie gut behandelt? Sie sind Bürger, und in einer Demokratie sind alle Bürger grundsätzlich gleich viel wert, wenn ich das richtig verstehe. Jeder hat eine Stimme, und jede Stimme zählt gleich viel.

War das schon zu viel gesagt? Konnte Müller etwas heraushören?

Müller lachte höhnisch auf und sagte: Jetzt dürfen sogar die Frauen wählen in Ihrer schönen Demokratie. Andererseits, warum sollten nicht die Frauen wählen dürfen, wenn es sogar die Schwulen dürfen.

Lahnstein schwieg.

Hören Sie, sagte Müller, dass wir die Schwulen unter Kontrolle halten, ist nicht der einzige Maßstab, an dem unsere Arbeit gemessen wird, aber es ist ein wichtiger. Schwule sind Verlotterung, und wir kämpfen gegen die Verlotterung. Aber man dankt es uns nicht mehr. Das war früher anders.

Lahnstein fiel etwas ein.

Geboren am 17.5. – heißt das, man ist Hundertfünfundsiebziger?

So ist es.

Ein paar Tage später kam Lahnstein nach dem Mittagessen in sein Büro, als dort gerade ein Mann befragt wurde, von Müller und einem Kollegen namens Gerst. Lahnstein hatte schon auf dem Gang Müllers Stimme gehört und sich gewundert, weil er noch nie laut geworden war. Der Mann war vielleicht vierzig Jahre alt. Er trug einen Anzug aus dunkelrotem Samt, darunter ein weißes Hemd, spitze braune Schuhe, Armband und eine Halskette aus Gold, jedenfalls sah es aus wie Gold. Tiefschwarze Haare, cremig glänzend, Schnurrbart. Ein Stock mit einem Messingknauf lehnte an Müllers Schreibtisch. Der Mann saß davor auf einem Stuhl, Gerst lehnte am Tisch, ziemlich dicht bei diesem Mann, Müller saß auf Lahnsteins Platz.

Sie ficken doch gerne kleine Jungs, sagte Müller

Wo denken Sie hin. Ich habe einen festen Freund, und der ist 47.

Sie wollen uns weismachen, dass Sie nur den ficken?

Wir sind ein Paar seit zehn Jahren.

Ich lach mich tot, sagte Gerst.

Ein Paar, und treu. Aber was geht Sie das überhaupt an, meine Herren?

Müller trat gegen ein Bein des Schreibtisches, sodass der Stock umfiel. Der Mann bückte sich, hob den Stock auf, lehnte ihn wieder an den Schreibtisch.

Was macht du hier in Hannover?, fragte Gerst.

Ich habe Ihnen bereits gesagt, dass ich in geschäftlichen Dingen hier bin.

Müller trat wieder gegen den Schreibtisch, der Stock fiel um, der Mann hob ihn auf, legte ihn quer über seinen Schoß.

Lahnstein sagte: Darf ich fragen, warum dieser Mann hier ist?

Wir haben ihn am Hauptbahnhof aufgegriffen, sagte Gerst, schien uns ein Hundertfünfundsiebziger zu sein, und ist er ja auch. Hat er gleich zugegeben. Und jetzt wollen wir wissen, ob er hier ist, um sich das nächste Kind zu schnappen.

Ich importiere Stoffe aus Italien, sagte der Mann. In Hannover sitzen Kunden von mir.

Ein Polizist kam herein und sagte, unten warte eine Frau auf Lahnstein.

Er stand auf, ging zur Tür, nicht eilig, als brauche er noch Zeit, bevor er diese Frau treffen könne. Nummer dreizehn. Die Unglückszahl.

Er hörte noch, wie Müller zu dem Mann sagte: Da sehen Sie's, kaum sind Sie hier, geht's weiter.

Lahnstein sprang die Treppen hinunter, panisch, der Nächste, der Nächste, der Nächste, und du hast es nicht verhindert. Dann sah er die Frau aus dem Zigarrenladen, die einen Hut mit einer Feder trug und auf einer der Besucherbänke saß. Ihr Sohn, dachte er erschüttert, aber der ist doch viel zu klein, viel jünger als die anderen. Sie stand auf, als sie ihn sah.

Es tut mir so leid, dass ich Sie hier behellige, aber ich bin so …

Das muss Ihnen nicht leidtun, sagte er schnell, es ist meine Aufgabe, leider meine Aufgabe, mich um diese traurigen Angelegenheiten zu kümmern.

Das ist es ja gerade, dass dies nicht Ihre Aufgabe ist. Sie kümmern sich doch um Morde, haben Sie mir gesagt.

Er war inzwischen oft in ihrem Laden gewesen, Plauderei, er hatte ihr ein bisschen von seiner Arbeit erzählt, auch von den verschwundenen Jungs. Sie hatte sich das angehört, ohne beeindruckt zu sein, eher gleichgültig, obwohl sie zwei Jungs hatte, jünger als die Opfer zwar, aber das musste sie doch berühren, dass so viele Jungs ums Leben kamen. Lahnstein war es gewohnt, dafür bewundert zu werden, dass er diese Arbeit machte, und er war es genauso gewohnt, deshalb abgelehnt zu werden, verachtet, angegriffen. Gleichgültigkeit kam nicht vor. Aber diese Frau, Emma Burschel, wie er inzwischen wusste, hatte nichts gesagt, hatte nicht eine Frage gestellt. Sie war ohnehin reserviert, fragte nicht, erzählte nichts, schien es aber ganz angenehm zu finden, wenn er nicht nur Zigarillos bei ihr kaufte, sondern sich in einen der beiden Sessel aus rissigem Leder setzte, noch eine Weile blieb und erzählte.

Ich bin nicht wegen eines Mordes hier, sagte sie, zum Glück nicht wegen eines Mordes, sondern wegen eines Einbruchs. Heute Nacht ist jemand in meinen Laden eingebrochen und hat einige Kisten mitgenommen, die teuren Kubanischen.

Das tut mir leid, sagte Lahnstein.

Und jetzt kommt keiner, sagte sie. Der Schutzmann war kurz da und wollte jemanden schicken, der sich auskennt mit Einbrüchen, wegen der Spuren, und der würde dann auch die Anzeige aufnehmen, aber es ist keiner gekommen. Und ich brauche die Anzeige für die Versicherung. Deshalb dachte ich, dass vielleicht Sie, entschuldigen Sie bitte vielmals, aber dass vielleicht Sie mir helfen können.

Warum nicht? Er konnte das machen, kein Problem. Es war nicht sein Ressort, aber es war ein Weg, Sympathien bei dieser Frau zu gewinnen, mit ihr zusammen zu sein, ohne dass es ein Verrat an Lissy war, die er nicht hintergehen konnte, solange sie noch in diesem Flugzeug unterwegs war, in seinem Kopf, und andererseits würde es vielleicht verschwinden, wenn er häufiger an eine andere Frau dachte. An Emma hatte er hin und wieder gedacht, aber das Flugzeug flog noch fast in jeder Nacht. Es war ein Dilemma, er wusste nicht, wie er da rauskommen sollte. Er wusste aber, dass er eine Frau brauchte, dass das notwendig war. Nur reden. Vielleicht würde das schon helfen.

Ich hole nur schnell meinen Hut und meinen Mantel, sagte er.

Er ging nach oben, sein Büro war leer, alle weg, auch der Stock. Er hatte nicht gesehen, dass der Mann in dem dunkelroten Samtanzug das Präsidium verlassen hatte. Es gab andere Türen, nach hinten, aber es wäre ungewöhnlich gewesen, einen Besucher, einen Zeugen, einen Verdächtigten auf diesem Weg hinauszuschicken. Er schaute in anderen Büros nach, fragte, aber niemand wusste, wo sich Müller und Gerst aufhielten.

Lahnstein lief die Hintertreppe hinunter in den Keller, wo die Zellen waren und ein paar Verhörräume ohne Fenster und mit dicken Türen. Er ging dorthin, er lauschte, hörte einen Schrei und stieß die Tür auf. Der Mann lag am Boden, Gerst schlug mit dem Stock auf ihn ein. Der Mann wand sich, schrie, versuchte sich mit den Händen zu schützen, aber der Stock kam schnell, traf bei jedem zweiten Hieb, Schultern, Brust, Schoß. Müller stand mit verschränkten Armen an der Wand und sah zu.

Lahnstein fiel Gerst in den Arm, entwand ihm den Stock, stieß ihn heftig zurück, sodass Gerst gegen die Wand taumelte.

Diese Zeiten sind vorbei, sagte er.

Müller stand noch immer reglos an der Wand, die Arme verschränkt.

Lahnstein half dem Mann auf, gab ihm den Stock zurück. Der Mann stöhnte, schaffte es nicht, sich ganz aufzurichten.

Warten Sie in meinem Büro auf mich, sagte Lahnstein.

Der Mann humpelte hinaus.

Was soll das?, fuhr Lahnstein Müller an.

Sie wollen doch auch Fortschritte, sagte Müller.

Aber nicht auf diese Weise. Wir foltern nicht, schon lange nicht mehr.

Ein paar Schläge sind doch keine Folter. Wir haben zwölf verschwundene Jungs, wir wissen nichts dazu, machen keine Fortschritte, auch nicht, seitdem Sie hier sind, obwohl Sie doch wegen der Fortschritte gekommen sind. Aber es verschwinden weiterhin Jungs. Wollen wir weiter zusehen?

Schläge sind Folter, verstoßen gegen die Grundrechte in unserer Verfassung, und das wissen Sie.

Ja, das weiß ich, höhnte Müller, aber diese Verfassung macht es der Polizei unendlich schwer, ihre Arbeit zu erledigen. Sie macht es den Menschen unmöglich, in Sicherheit zu leben. Zwölf tote Jungs in einem Jahr. Im Kaiserreich hat es das nicht gegeben.

Im Kaiserreich war die Folter ebenfalls verboten.

Müller lachte laut. Das stimmt, sagte er, aber es hat keinen geschert, wenn wir mal zugelangt haben. Auf die Ergebnisse kam es an. Auf die Sicherheit der Bevölkerung, und um die stand es unterm Kaiser weit besser.

Finden Sie? Hat er nicht zwei Millionen Männer in den Tod geschickt? Und wie viele Frauen und Kinder sind verhungert? Nennen Sie das Sicherheit? Da bräuchte unserer Serienmörder aber noch sehr lange, um sich so viele Menschenleben auf das Gewissen zu laden wie der Kaiser.

Müller löste sich von der Wand, machte zwei Schritte auf Lahnstein zu.

Sie beleidigen den Kaiser nicht, fauchte er.

Von der Seite kam Gerst auf ihn zu.

Lahnstein zog seine Pistole, richtete sie in schneller Folge auf Gerst und Müller. Bleiben Sie stehen, sagte er.

Müller lachte laut auf: Sie sind ein Idiot. Wenn Ihre Demokratie so weitermacht, wird es sie nicht lange geben.

Das Kaiserreich hat es nur siebenundvierzig Jahre gegeben, sagte Lahnstein. Das schaffen wir leicht.

Noch zweiundvierzig, sagte Müller, viel Glück. Darf ich jetzt gehen?

Lahnstein senkte die Pistole, Müller ging spöttisch grinsend an ihm vorbei, Gerst folgte.

Er steckte die Pistole ein, verließ ebenfalls das Verhörzimmer und eilte über die hintere Treppe nach oben. Er hatte eben sicherer geklungen, als er war. In seinen Gedanken hatte er den Täter hin und wieder in seinem Gewahrsam, aber noch ohne Geständnis, und in den besseren Stunden überführte er ihn in einem Verhör, aus dem sie noch in hundert Jahren an den Polizeiakademien zitieren würden, als Beispiel genialer Ermittlungsarbeit. Doch manchmal schlug er zu, prügelte die ihn, Hannover und das Deutsche Reich erlösenden Worte aus diesem Monster heraus. Voller Genugtuung, nach den gedanklichen Abgründen, in die ihn die Misserfolge bei der Fahndung getrieben hatten. Er schlug ihn auch für die Vorstellung, dass er einen Menschen schlug, um an ein Geständnis zu kommen.

Sein Büro war leer. Er schaute nach, ob der Mann mit dem Samtanzug auf der Toilette war, um sich das Blut aus dem Gesicht zu waschen, aber da war er nicht. Lahnstein holte seinen Hut und seinen Mantel, ging die Vordertreppe hinunter und begleitete Emma Burschel zu ihrem Zigarrenladen.

Jemand hatte die Hintertür mit einem Kuhfuß aufgebrochen, saubere Arbeit, ein Profi, soweit Lahnstein das beurteilen konnte. So ganz ahnungslos war er nicht, da er in seinen ersten Jahren als Polizist oft Einbrüche untersucht hatte.

Haben Sie einen Verdacht?, fragte er die Frau. Ein Kunde? Ein Nachbar?

Warum glauben Sie, dass er sich auskannte?

Die Hintertür führt nicht direkt zum Laden, es gibt einen Gang, der um zwei Ecken biegt. Man muss schon wissen, dass dieser Gang in Ihrem Laden endet, um das Risiko auf sich zu nehmen, diese massive Tür aufzubrechen. Vielleicht ein Lieferant.

Vielleicht mein Bruder, sagte sie.

Er sah sie überrascht an. Ihr Gesicht zeigte keine Regung.

Ihr Bruder?

Ja, er ist oft hier, holt sich Zigaretten. Manchmal hütet er die Jungs. Er kennt den Gang. Er hat schon mal hier eingebrochen, aber da hat er das Schaufenster eingeschlagen.

Soll ich mich um Ihren Bruder kümmern?

Sie schüttelte den Kopf.

Ich regele das mit ihm, sagte sie. Ich brauche nur die gestempelte Anzeige. Würden Sie das für mich tun?

Natürlich. Aber ich kann gerne mal mit Ihrem Bruder reden.

Er wollte nett sein, sagte sie. Die Versicherung hat beim letzten Mal gesagt, dass sie nicht noch einmal für das Schaufenster bezahlen würde. Es war das dritte. Aber mein Bruder hat nur das letzte zerschlagen. Die davor, das waren andere. Möchten Sie einen Kaffee?

Sie erzählte ihm, dass sie es mit dem Vater der Jungs nicht lange ausgehalten habe, ein Spieler, Trinker, im Krieg sei er auf einem U-Boot gefahren und habe überlebt. Im November Achtzehn habe sie ihn zum letzten Mal gesehen. Er war von Wilhelmshaven gekommen, um den hiesigen Soldaten dabei zu helfen, Räte zu gründen. Einmal habe er sie besucht, um die Jungs zu sehen, dann sei er nach Berlin weitergezogen wegen der Revolution. Seitdem habe sie nichts mehr von ihm gehört.

Ob er noch lebt?

Ich weiß es nicht, sagte sie. Viele sind damals in Berlin gestorben. Wo waren Sie im November Achtzehn?

In Yorkshire, sagte er, in Gefangenschaft.

Sie hörten es von ihren Wächtern, jeweils ein paar Tage nach den Ereignissen.

9. November: Der Kaiser dankt ab, die Republik wird ausgerufen.

11. November: Waffenstillstand. Freude bei den Wächtern, auch Häme. *You lost.* Die Monarchisten unter den Gefangenen trauerten, zwei entleibten sich in der Nacht, nachdem sie von der Flucht des Kaisers nach Holland gehört hatten. Die Sozialdemokraten feierten und wurden dafür von den Monarchisten

angefeindet. Hass, eine Ohrfeige. Da die Anhänger des Kaisers deutlich in der Mehrheit waren, wurde es gefährlich. Die Sozialdemokraten, deren Schlafstellen bislang auf alle Baracken verteilt waren, zogen zusammen, stellten nachts Wachen auf und gingen nur in Gruppen zum Waschen oder zum Essen. Sie galten als Verräter, als schuldig an der Niederlage.

Franz lag nicht mehr neben Lahnstein. Sie hatten sich noch zwei-, dreimal nachts draußen getroffen, dann gingen sie sich aus dem Weg, sprachen kaum noch miteinander, mieden Blicke. Als sie in der neuen Baracke nach Plätzen für ihre Feldbetten suchten, machte niemand den Versuch, auf den anderen zuzugehen. So landeten sie in verschiedenen Ecken. Als sie zufällig gemeinsam Wache hielten, sprachen sie nicht. Halbmond, sie saßen fünf Schritte auseinander, jeder rauchte für sich, schaute manchmal nach dem Mond, lauschte in die Nacht hinaus. Aus Ästen geschnitzte Speere lagen bereit. Irgendwo, weit weg, wurde gefeiert. Lahnstein empfand keine Wut Franz gegenüber, keine Verachtung, er war ohne Vorwurf. Es hatte passieren müssen, aus Gründen, die mit dem anderen nichts, gar nichts zu tun hatten, sagte er sich. Aber danach war er unmöglich, den anderen weiter zu ertragen. Das war der Preis.

Nach ein paar Tagen wurde einer der Sozialdemokraten tot aufgefunden, mit Würgemalen am Hals. Die Engländer leiteten eine Untersuchung ein, sie blieb ohne Ergebnis. Niemand erzählte ihnen, was im Lager los war. Sie waren Engländer.

Für Lahnstein waren all diese Ereignisse bedeutungslos. Sie kamen ihm vor wie eine Theateraufführung, die er aus der ersten Reihe verfolgte, dicht dran, aber in Gedanken weit weg. Seit drei Monaten hatte er keinen Brief mehr von Lissy empfangen. Republik, Frieden, aber Lahnstein beschäftigte nur ein Gedanke: Was war mit Lissy und August, wo waren Lissy und August, wenn sie noch lebten? In Bochum nicht, das wusste er von seinen Eltern. Sie waren vom Irrsee nicht zurückgekehrt.

Tot? Das konnte nicht sein. Der Krieg war nicht nach Deutschland eingedrungen. Ein Unfall? Er glaubte das nicht, ein bisschen wollte er es aber glauben. Die Alternative war schlimmer, fand Lahnstein: Lissy hatte ihn verlassen, war mit August zu einem anderen Mann gezogen, hatte nichts verlauten lassen in der Hoffnung, dass er sie und das Kind aufgeben, nicht nach ihnen suchen würde. Aber da hatte sie sich getäuscht. Da hast du dich getäuscht, dachte er wütend. Er würde sie suchen, würde sie finden. Ich werde euch suchen, werde euch finden, sagte er, leise, mit kaum geöffneten Lippen. Aber dann war es vielleicht doch nicht besser, dass sie tot waren. Er konnte sie zurückholen, mindestens August. Das hielt ihn am Leben. Im Sommer 1919, nachdem die Deutschen den Vertrag von Versailles akzeptiert hatten, kam er frei.

Sind Sie verheiratet?, fragte Emma. Sie waren noch nicht beim Du, sie tranken Cognac, Lahnstein rauchte einen Zigarillo. Sie saßen in ihrer Wohnung, den Laden hatte sie nicht mehr aufgemacht. Nachdem sich die Jungs kurz vorgestellt hatten, waren sie in ihrem Zimmer verschwunden.

Nein, sagte er. Stimmt nicht, dachte er, du bist verheiratet, mit der Frau in dem Flugzeug.

Sie sehen traurig aus, sagte sie.

Ich bin gerne für mich, sagte er.

Ich nicht. Ich hasse es.

Schweigen.

Was ist, wenn er jetzt zuschlägt?, fragte Lahnstein.

Wer?

Der Mörder von den Jungs.

Wie kommen Sie da jetzt drauf?

Es ist dunkel. Aber es müsste nicht einmal dunkel sein. Er könnte jederzeit zuschlagen. Wir wissen nichts darüber. Es könnte in jedem Moment passieren, also auch jetzt.

Er stand auf. Ich muss gehen, sagte er.

Er sah ihre Enttäuschung, wie ein Riss in ihrem Gesicht.

Ich mache die Anzeige fertig, sagte er. Ich bringe sie Ihnen morgen vorbei. Ich schreibe, dass es keine Verdächtigen gibt, in Ordnung?

Sie nickte, weit weg in Gedanken. Sie stand da, regte sich nicht.

Ich gehe jetzt.

Sie begleitete ihn zur Tür, er gab ihr die Hand, verließ die Wohnung. Nach ein paar Schritten drehte er sich um, sah sie aber nicht mehr.

Es war kalt. Er zog den Kragen hoch, verbarg die Hände tief in den Manteltaschen, lief in Richtung Klein-Venedig. Wenn stimmte, dass es jederzeit passieren konnte, und das tat es, dann konnte es auch sein, dass es dort passierte oder dort seinen Ausgang nahm, wo er gerade war. Er schritt zügig aus, konzentrierte sich auf die Ränder des Weges. Die Mitte war nicht der Ort, wo ein Verbrechen passierte oder eingeleitet wurde, eher im Schatten der Häuser, an den Ecken, den Durchgängen. Es war sieben Uhr am Abend, viele Menschen waren auf den Straßen, die meisten auf dem Heimweg, müde, gleichwohl in Eile. Er achtete auf Paare, zwei Männer, einer älter, einer jünger. Die, die er sah, waren auf den zweiten Blick offenkundig Vater und Sohn. Beruhigend, aber auch schade um die Chance, eingreifen zu können. Eine Brücke über die Leine, dahinter Klein-Venedig, er ging jetzt langsamer. Nutten, Stricher, alle noch munter, in Erwartung ihrer Geschäfte, noch nicht von ihren Giften angegriffen, das geschah später in der Nacht. Dazwischen Kinder, die niemand nach Hause gerufen hatte, Arbeiter, die von ihren Schichten kamen, solide Menschen, die hier wohnten, weil sie woanders keine Wohnung fanden, die sie bezahlen konnten. Müll vor den Häusern, in den Rinnen. Eine Frau stellte sich ihm in den Weg, stark geschminkt, ein leuchtend roter Mund, große, große Augen, gelblich, soweit er das im Licht der Gaslaterne erkennen konnte. Komm mit, Süßer. Schlechte Zähne, ihre Zunge kreiste, sie hielt ihn am Arm, er riss sich los, ging weiter. Du Schwuchtel, schrie sie ihm hinterher. Er steckte die Hände tief in die Manteltaschen. Es stimmt nicht, dachte er, es stimmt einfach nicht.

Plötzlich sah er den Mann mit dem roten Samtanzug, hörte ihn zuerst, das Geräusch, das sein Stock auf dem Pflaster machte, tock, tock. Er kam aus einer Seitengasse, bog vor Lahnstein in die Hauptstraße, ein langer Mantel, aber unten sah man die dunkelroten Hosenbeine, dazu der Stock, es gab keinen Zweifel. Lahnstein ging langsamer, folgte dem Mann mit etwas Abstand. Er wünschte sich, dass der Kerl einen Jungen treffen würde, damit dieser Fall endlich zu einem Ende käme, von Kriminalkommissar Lahnstein aufgeklärt mit rechtsstaatlichen Methoden.

Der Mann steuerte auf eine Toreinfahrt zu, und in der Toreinfahrt stand ein Junge, vierzehn oder fünfzehn Jahre alt, er schien gewartet zu haben, aber nicht wie Stricher warten, scheinbar desinteressiert oder mit lüsterner Miene; dieser Junge wirkte bedrückt, brachte kaum ein Lächeln zustande, als er dem Mann die Hand reichte. Ein seltsam langer Händedruck, dann gingen die beiden durch die Toreinfahrt, eine Hand des Mannes lag auf dem Rücken des Jungen, nicht dirigierend, sondern zärtlich.

Lahnstein verstand die Situation nicht und folgte ihnen durch die Toreinfahrt in den Hinterhof, eine Remise, in der eine Sattlerei war, die um diese Zeit geschlossen hatte. Kein Mensch, Stille. Der Mann und der Junge waren links durch eine Tür verschwunden. In den Wohnungen brannte überall Licht. Lahnstein zog seine Pistole, stieß die Tür auf und stand in einem engen Treppenhaus. Er hörte, wie sich oben eine Tür schloss, drittes oder viertes Stockwerk. Jemand schrie, aber weiter unten. Von oben hörte er ein Grammophon, eine Oper. Er eilte die Treppe hinauf, zwei, drei

Stufen mit einem Schritt. Im dritten Stockwerk lauschte er links und rechts an den Türen, links Stille, rechts lief das Grammophon. Er sprintete weiter, unters Dach, Schrägen, nur eine Tür. Sein Herz raste. Eintreten? Jemand lachte, eine helle Stimme, eher eine Frau als ein Mann, und nun war Lahnstein so verwirrt, dass er klopfte, die Pistole aber nicht wegsteckte, weshalb er nach ein paar Sekunden einem verschreckten Jungen gegenüberstand, der sofort die Hände hob.

Polizei, sagte Lahnstein. Dann senkte er verlegen die Pistole und steckte sie weg.

Was wollen Sie?, stammelte der Junge.

Du hast Besuch von einem Herrn?

Mein Vater ist gekommen.

Dein Vater? Aber … du kannst die Hände runternehmen.

Der Junge senkte die Hände.

Darf ich reinkommen?

Bitte.

Der Junge trat zurück, Lahnstein folgte ihm in ein Wohnzimmer. Der Mann, noch im Mantel, eine Frau, sich voneinander lösend, als hätten sie sich gerade umarmt.

Was machen Sie hier?, fragte der Mann, als er Lahnstein sah. Er hatte Blutergüsse im Gesicht.

So genau weiß ich das jetzt auch nicht mehr, ehrlich gesagt.

Der Mann lachte. Die Frau war rund, mittelgroß, trug eine Brille mit dicken Gläsern.

Dieser Polizist hat mich heute gerettet, sagte der Mann.

Sie lud ihn ein, sich zu setzen, und er ließ sich in einen der Sessel fallen. Ein überfülltes Wohnzimmer, obwohl es gar nicht klein war, zu viele Möbel, zu viele Lampen, zu viele Bilder, Kommoden, Vasen. Wenig Licht. Bald tranken sie Likör, und der Mann, der sich als Karl Sass vorstellte, Sass, S-A-S-S, buchstabierte er, nicht Eszett, erzählte erst der Frau die Geschichte seiner Verhaftung, sehr lebhaft, aber ohne Vorwurf und Jammerei, als müsse man für eine gute Geschichte manchmal Schmerzen in Kauf nehmen. Lahnstein bezog er ein, indem er ihn immer wieder fragte: War es nicht so? Lahnstein nickte.

Er hörte, dass die beiden zehn Jahre lang ein Ehepaar gewesen waren, bis Karl Sass dahinterkam, dass er, wie er sagte, gerne aufs andere Ufer schielte. Er lachte. Im Ernst, sagte er, wenn meine Hilda davon erzählte, dass ihr dieser oder jener Herr gefiel, was sie ganz ungeniert tat, dachte ich, dass mir das auch so geht, oder im Gegenteil, dass es mir nicht so geht, aber nicht grundsätzlich, verstehen Sie, sondern weil ich etwas auszusetzen hatte an den Gesichtszügen oder am Körperbau. Da wurde mir klar, dass ich die Männer mit ähnlichen Blicken anschaue, wie es meine Frau tut. Das war meine zweite Geburt, am 17.5.

Er lachte, blieb aber alleine mit seinem Lachen. Die Frau schaute ihn interessiert an.

Hör auf, Papa, sagte der Junge.

Einmal im Monat komme ich her, besuche meine Lieben, lasse ein bisschen Geld da und fahre dann wieder nach Berlin, zu meinem Liebsten.

Schweigen.

Meinen Jungen rühre ich natürlich nicht an, verehrter Herr Kommissar.

Papa!

Aber deshalb ist dieser Polizist hier. Er dachte, dass ich dich abschlachten würde, nicht wahr?

Ich bin eher zufällig auf Sie gestoßen, sagte Lahnstein.

Was für ein Zufall.

Ich denke, dass ich jetzt gehen sollte.

Der Junge brachte ihn zur Tür. Pass auf dich auf, sagte ihm Lahnstein zum Abschied. Im Treppenhaus fiel ihm ein, dass man das missverstehen könne, und er ärgerte sich.

Er ging die Treppen hinunter mit dem Gefühl, das er nach jedem seiner Gespräche in dieser Sache hatte. Kein Hinweis, kein Indiz, nichts. In knapp acht Wochen war er nicht einen Schritt weitergekommen. Sie hatten das Umfeld von Adolf Hannappel und Adolf Hennies genau untersucht, den Seifenhändler observiert, aber das führte zu nichts. Keine Spur, nur Rätsel. Zum Glück war kein Junge mehr verschwunden, seit zwei Wochen nicht. In vier Tagen war Weihnachten. Er würde nach Bochum fahren zu seinem Vater.

Am nächsten Morgen stand er in der Neuen Straße vor der Zigarrenhandlung Klobes, weil er nicht wusste, was er sonst hätte tun sollen. Klobes war winzig, ein Männlein, kleinwüchsig, schmal, ein Strich in einem Laden, der nicht so geordnet war wie der von Emma Burschel. Die Kisten bildeten mehr oder weniger Haufen oder türmten sich, achtlos aufeinandergestapelt, dem Einsturz nahe, Staub, Spinnweben, die Luft dick von altem und neuem Rauch. Klobes saugte an einer Zigarre, die beinahe schwarz war. Lahnstein zeigte ihm seine Dienstmarke und kassierte einen verächtlichen Blick.

Kennen Sie Fritz Haarmann?

Er war hier mal Kunde.

Noch mehr Verachtung.

Ich hörte, dass Sie einen gewissen Verdacht gegen ihn hegen.

Klobes nahm einen langen Zug aus seiner Zigarre, sagte eine Weile nichts, sagte dann: Seit wann interessiert sich die Polizei dafür?

Hat sie sich schon mal nicht dafür interessiert?

Sie hat sich nie dafür interessiert.

Das heißt, Sie waren bei der Polizei und haben von Ihrem Verdacht berichtet?

Das wissen Sie doch.

Ich weiß nichts davon, ich bin neu.

Man war mehrmals bei der Polizei.

Und dann?

Ist nichts passiert.

Was haben Sie für einen Verdacht?

Beim letzten Mal wurde man ausgelacht.

Ich bin hier, weil ich Sie ernst nehme.

Der Haarmann hat da schräg gegenüber gewohnt, zur Miete beim Fräulein Rehbock in der Nummer 8. Ein Mordhaus hat er aus der 8 gemacht.

Zwei Männer kamen herein, Arbeiter, die billige Zigaretten kauften.

Lahnstein war eine halbe Stunde bei Klobes. Er erfuhr, dass Haarmann im Sommer 1921 beim Fräulein Rehbock eingezogen war. Viel Besuch habe er gehabt, sagte Klobes, von Jungs, und da habe man bald gewusst, was der Haarmann für einer sei, aber man habe das hingenommen, weil es einen ja nichts angehe, was so getrieben werde, und in diesen Zeiten sei alles möglich, alles erlaubt, aber in diesem Jahr sei einem aufgefallen, sagte Klobes, dass manche Jungs reingingen, aber nicht mehr rauskamen, und man sehe die Nummer 8 gut vom Laden aus, durch das Schaufenster, der Herr Kommissar müsse nur mal schauen.

Klobes kam hinter der Ladentheke hervor, stellte sich ans Schaufenster und zeigte nach links. Lahnstein stellte sich neben ihn.

Da, das uralte Haus mit der breiten Durchfahrt. Das ist die 8, dahinter ist der Fluss. Haarmanns Zimmer liegt gleich rechts neben der Durchfahrt. Dort. Jetzt lebt da eine Junggesellin im Zimmer vom Haarmann.

Die Jungs konnten ja auch nachts rausgekommen sein, sagte Lahnstein.

Man hat auch nachts geschaut, als man mal einen Verdacht hatte. Aber die kamen nicht raus. Ein paar kamen raus, aber nicht alle.

Seinem Nachbarn, dem Klempner Lammers, habe man gesagt, das gehe nicht mit rechten Dingen zu, das viele Jungensvolk.

Hei let se rinn, aber sei komet nüch wedder rute.

Bitte?

So redet man hier, wenn man untereinander ist, abends, wenn man vor den Türen ein Schwätzchen hält. Er lässt sie rein, aber sie kommen nicht wieder raus. Und der Lammers hat geantwortet: Wat ik glöve, hei verköft Jungs nach Afrika, an de Fremdenlegion. Haben Sie das verstanden?

Ich denke.

Man hat sich beruhigt, sagte Klobes, aber man sah auch Jungs wieder reingehen und nicht wieder rauskommen. Und dann glaubte man nicht mehr an die Fremdenlegion.

Man habe den Haarmann darauf angesprochen, aber der sei ausgewichen. Und es sei ein unheimliches Treiben gewesen in der Nummer 8, vor allem des Nachts, wenn man durch die Gasse kam, an seinem Fenster vorbei, da sah man hinter den Vorhängen Schatten auf und ab wogen, und manchmal sah das aus, als seien die Leute dort nackt.

Wie konnte man … wie konnten Sie das sehen, fragte Lahnstein.

Man sah das einfach.

Er paffte an seiner Zigarre. Er sprach gespreizt, wichtigtuerisch, mit hoher Stimme, die sich manchmal überschlug, wenn er seine Bedeutung kaum noch aushielt.

Bis zum frühen Morgen habe man ein Hämmern und Klopfen gehört, dass es einem unheimlich geworden sei. Pakete mit Fleisch habe der Haarmann rausgetragen.

Fleisch?

Fleisch habe der Haarmann rausgetragen, aber, das müsse man zugeben, manche Jungs hätten ihm Kaninchen gebracht, Fasane oder auch Hunde. Ein Fleischwolf habe in der Wohnung des Haarmann gestanden, das habe man vom Fräulein Rehbock gehört, die natürlich nachgeschaut habe, aber der Haarmann habe sehr darauf geachtet, dass er nicht in seiner Wohnung überrascht wurde, und habe immer abgesperrt, wenn er das Haus verlassen habe. Man habe weiterhin beobachtet, dass der Haarmann seine Wohnung manchmal in der Dunkelheit mit einem schweren Sack verließ, und da sei man ihm eines Nachts gefolgt, weil man ja gelesen habe, dass ständig Jungs verschwunden seien, und dann habe man beobachten können, hinter einem Busch versteckt, dass der Haarmann den Sack in die Leine geworfen habe, und wahrscheinlich, da sei man sich sicher, seien Knochen und Innereien in dem Sack gewesen.

Wahrscheinlich oder sicher?

Wie bitte?

Sie sagten, wahrscheinlich seien Knochen in dem Sack gewesen. Dann sagten Sie, Sie seien sich sicher.

Man kann sich da nur sicher sein, sagte Klobes. Was sonst soll in dem Sack gewesen sein?

Er trat dicht an Lahnstein heran, senkte seine Stimme: Da waren keine Kaninchen drin, keine Fasane und auch keine Hunde. Das waren Menschenknochen.

Seine Stimme klang schrill beim letzten Wort.

Woher wissen Sie, dass es Menschenknochen waren?

Anders ist es nicht möglich. Die Jungen gingen rein, und das, was von ihnen übrig blieb, verließ in einem Sack die Wohnung vom Haarmann. Das Fleisch hat er verkauft, man wusste ja, dass er einen privaten Handel für Pferde- und anderes Fleisch unterhielt, was er angeblich von einem Schlachterkarl bezog. Kleine knochenlose Stücke und Hackfleisch zu günstigen Preisen.

Und das haben Sie alles der Polizei erzählt?

Jedes Wort.

Wurde ein Protokoll von Ihrer Aussage angefertigt?

Selbstverständlich. Man hat es unterschrieben, und dann nichts gehört, der Haarmann blieb unbehelligt, konnte weitermachen mit seinen Untaten.

Und dann ist Haarmann weggezogen?

Ein paar Wochen später. Dem wurde es zu heiß hier, der hat gemerkt, dass man ihm auf den Fersen war, man konnte das ja nicht dulden, so sahen das auch der Lammers und die Rehbock.

Lahnstein kaufte die Zigarillos, die er eigentlich bei Emma Burschel hatte kaufen wollen, bedankte und verabschiedete sich.

Und was passiert jetzt?, fragte Klobes.

Es wird etwas passieren, verlassen Sie sich drauf. Eins noch: Wo lebt Haarmann jetzt?

Man weiß es nicht.

Lahnstein verließ den Laden und ging über die Straße zur Nummer 8. Alt, ein bisschen schief, Fachwerk. Er passierte die Toreinfahrt, ein großer Hinterhof, spielende Kinder. Einen Tatort kann man spüren, hatte sein Vater zu ihm gesagt, eine seiner Weisheiten, von denen nie ganz klar wurde, wie ernst er sie nahm. Er stand da, aber er spürte nichts. Die Kinder sahen ihn verwundert an.

Am Morgen des nächsten Tages erreichte ihn ein Anruf, dass der Präsident ihn zu sehen wünsche. Er rechnete mit seiner Entlassung, mindestens mit einem Tadel. Auf den Treppen legte er sich seine Verteidigung zurecht: Versailles, zu wenig Personal, vielleicht auch Müllers Unzuverlässigkeit, die Verschlossenheit des Hundertfünfundsiebzigermilieus gegenüber den Behörden. Aber das würde ihn nicht retten, das wusste er. In den über zwei Monaten, die er mittlerweile in Hannover war, hatte er keine Fortschritte erzielt. Das war die Wahrheit, die ausreichte, ihn zu entlassen. Andererseits hatte er den Polizeipräsidenten als milden Vorgesetzten kennengelernt, der wenig sagte, sich alles anhörte, dazu nickte und erleichtert schien, wenn das Gespräch beendet war.

Er war nicht allein, bei ihm saß ein Mann, den Lahnstein von Fotos in den Zeitungen kannte. Ihm fiel sofort das Bild ein, das diesen Mann neben dem Reichspräsidenten zeigte, bis zu den Knien im Wasser der Ostsee, beide in Badehosen, der Reichspräsident und der Reichswehrminister, Friedrich Ebert und Gustav Noske. Das Foto war ein Skandal, der nicht verebbte, im Sommer 1919 aufgenommen, nicht lange nach dem Krieg, nicht lange nach den Revolutionskämpfen, kurz nach dem Vertrag von Versailles, und hier zeigten sich zwei herausragende Repräsentanten der Republik entspannt beim Baden, und dann noch in Badehosen statt im Badeanzug, was schicklicher gewesen wäre. Ebert grinste, daran erinnerte sich Lahnstein, Noske schaute immerhin ernst drein. Die Menschen litten, und der Präsident grinste sie in Badehosen an. Sie hatten das Foto sogar im Lager gesehen, eine englische Zeitung druckte es, versehen mit einem höhnischen Kommentar.

Seht ihr, seht ihr, schrien die Kaisertreuen unter den Gefangenen. Das ist die Republik! So sieht sie aus! Eine Schande.

Seit einiger Zeit sah man das Foto manchmal mit einem anderen: der Kaiser in Uniform, groß herausgeputzt.

Als wäre Wilhelm Zwo nicht lächerlich gewesen, dieser affektierte militärische Gestus.

Noske sah immer noch aus wie auf dem Foto, hatte immer noch diesen ausladenden Schnurrbart, der ihm wie ein buschiges Dreieck unter der Nase saß. Eine runde Brille, ernste Augen.

Die beiden Männer saßen in den schweren Sesseln am Fenster, erhoben sich, als Lahnstein den Raum betrat. Kogel, der Polizeipräsident, überragte Noske, der seinerseits Ebert überragt hatte. Kogel war ein hagerer Mann, großer Bart, zu großer Bart für das schmale Gesicht, gelbliche Haut.

Guten Tag, Kommissar Lahnstein, Sie kennen den Oberpräsidenten der Provinz Hannover, Noske?

Selbstverständlich.

Lahnstein reichte Noske die Hand.

Wer kennt ihn nicht, sagte Kogel.

Noske schien bei dieser Bemerkung zu zucken.

Bitte, setzen wir uns, sagte Kogel.

Er wies Lahnstein einen Sessel an, gegenüber von Noske.

Sie können sich vorstellen, sagte Kogel, warum wir mit Ihnen sprechen wollen?

Lahnstein nickte.

Wir sind sehr besorgt, auch der Oberpräsident. Sie lesen ja sicherlich die Zeitungen, hören die Gerüchte. Die Menschen haben Angst, es heißt, die Mägde trauten sich an den Markttagen nicht mehr in die Stadt.

Frauen sind bislang nicht betroffen, sagte Lahnstein.

Ich weiß, ich weiß. Aber da wird nicht mehr unterschieden. Die Stadt sei unsicher, heißt es nur noch. Was können Sie uns zu alldem sagen?

Lahnstein sagte die Dinge, die er hatte sagen wollen, nur Müller erwähnte er nicht.

Vielleicht ist es ja jetzt vorbei, schloss er, aber natürlich müssen wir sämtliche Fälle aufklären. Wir tun, was uns möglich ist.

Noske hatte die ganze Zeit reglos in seinem Sessel gesessen, die Beine übereinandergeschlagen, die Ellbogen auf die Lehnen gestützt, die Hände verschränkt. Sein Blick fixierte Lahnstein. Kogel war unruhig, schaute häufig zu Noske rüber.

Es war einen Moment lang still, dann sagte Noske: Danke für Ihren Vortrag, Kommissar Lahnstein. Sie haben mich nicht überzeugt, darf ich Ihnen das so offen sagen?

Lahnstein war überrascht, von der Direktheit, auch von der Frage.

Selbstverständlich.

Kogels Gesicht war vor Angst verzerrt, glättete sich nur langsam.

Wissen Sie eigentlich, worum es hier geht?, fragte Noske, wartete aber nicht auf eine Antwort.

Wir, das heißt vor allem Sie, verteidigen hier, was wir Achtzehnneunzehn erreicht haben. Die Revolution, Sie wissen schon, Demokratie, Republik. Ich war von Anfang an dabei, schon in Kiel. Wissen Sie das?

Lahnstein nickte. Nachdem die Matrosen der Kriegsflotte in Wilhelmshaven gemeutert hatten, war der Aufstand bald nach Kiel hinübergeschwappt, Soldatenräte, Arbeiterräte. Die SPD hatte Noske dorthin geschickt, um die Lage zu beruhigen.

Wir haben Revolution gemacht, aber wir haben die Revolution auch eingehegt. Sie wissen das. Der Bolschewismus drohte. Meinen Sie, wir hätten das nicht gesehen, was in Russland passiert war? Bürgerkrieg, Verfolgungen, grausam, grausam. Unsere Brüder von der USPD wollten das auch, die Räterepublik, aber wir nicht. Wissen Sie, was die Bürger von uns erwartet haben, von den Mehrheitssozialdemokraten?

Lahnstein wusste nicht, wann er antworten sollte und wann die Fragen nur rhetorisch waren. Er zögerte.

Also? Was? Sie sollten das wissen, sagte Noske.

Ich denke …

Sicherheit, die Leute wollten Sicherheit, Ordnung. Auf den Kaiser konnten sie verzichten, die Leute, aber nicht auf die Sicherheit. Die wollten sie behalten, in der Revolution, nach der Revolution. Das haben wir verstanden, Ebert und ich, und mir hat er die Aufgabe übertragen, für die Sicherheit zu sorgen, für die Ordnung. Sie wissen das.

Er sah Lahnstein auffordernd an.

Sie wurden Volksbeauftragter für Heer und Marine, dann Reichswehrminister.

Wie ein Schüler hatte er gesprochen.

Richtig. Sie kennen sich aus. Ich habe Eberts Auftrag gewissenhaft erfüllt, also den Auftrag des Volkes, Sicherheit, kein Chaos, keine Anarchie, kein Bolschewismus. Die Leute haben uns das zu verdanken, der SPD.

Ich bin Genosse.

Ach so, dann duzen wir uns, sagte Noske.

Wir werden den Täter finden, sagte Lahnstein, verlass dich …

Noske winkte ab.

Die Kommunisten wollten das Chaos, immer wieder Aufstände, die Volksmarinedivision, Spartakus, wir mussten hart durchgreifen, anders ging es nicht. Kämpfe im Ruhrgebiet, Kämpfe in Bayern, diese lächerliche Schriftsteller- und Journalistenrepublik dort, das waren doch Dummköpfe, wir sind schnell mit ihnen fertiggeworden. Sonst wäre Bayern heute Teil der Sowjetunion, glaub mir.

Er lachte.

Lahnstein sah Noske und Ebert in Badehosen, aber nicht im Wasser stehend, sondern in einem Meer aus Blut. Eine Zeitung hatte dieses manipulierte Bild gedruckt.

Die Demokratie war stark, war wehrhaft, sagte Noske behaglich. Wir waren die Demokratie, wir haben schnell wählen lassen, im Januar Neunzehn, Nationalversammlung, Verfassung und so weiter. Du weißt das. Jetzt klagt man uns an, wir hätten uns mit den falschen Leuten eingelassen, die Generäle der Reichswehr, Freikorps. Aber ja doch, mit wem denn sonst? Den Kommunisten? Damit die den Russen die Tore öffnen? Ich bitte dich.

Natürlich nicht, sagte Lahnstein.

Wer hatte denn die Gewehre, die Erfahrung, wer konnte für Sicherheit sorgen? Die Soldaten, die aus dem Krieg kamen. Ganz klar.

Aber sie haben auch Liebknecht und Luxemburg umgebracht, dachte Lahnstein.

Rosa Luxemburg und Karl Liebknecht, sagte Noske, traurig, traurig, Kommunisten, aber das hatten sie nicht verdient, hingerichtet, einfach erschossen, die Leiche der Frau im Landwehrkanal, nicht schön. Mir wurden die Morde in die Schuhe geschoben, aber ich war's ja nicht. Es war der Pabst, also der Hauptmann Pabst, der ist schuld. Ich habe nichts gewusst, ich hätte es nicht gebilligt. Das weißt du doch, oder?

Lahnstein wusste erst nicht, was er sagen sollte, sagte dann: Aber du hast dich nie von den Morden distanziert.

Ein panischer Blick von Kogel, Noske zog eine Augenbraue hoch.

Ich konnte doch nicht. Wir brauchten die Freikorps, wie gesagt. Wir wollten die Sicherheit, die Ordnung, und die meisten Deutschen wollten es auch. Das weißt du ebenfalls.

Schweigen. Lahnstein roch, wie Kogel schwitzte.

Der Putsch im Jahre Zwanzig, Kapp, Lüttwitz, die Marine-Brigade Ehrhardt, Hauptmann Pabst dabei. Ich hatte ihm getraut. Ein Fehler, stimmt ja, ein Fehler. Nicht wahr?

Lahnstein nickte.

Woher sollte ich denn wissen, dass die einen Putsch planen? Ich konnte es nicht wissen, niemand hat es gewusst. Hinterher hat man behauptet, ich hätte es wissen müssen. Nun gut. Bin zurückgetreten. Man hat mir diesen Posten gegeben, in Hannover. Deshalb sitzen wir hier.

Wieder Schweigen.

Nun zu dir, lieber …

Robert.

… Robert. Wir haben die Demokratie errungen, wir haben sie verteidigt. Es war nicht immer leicht, wir haben Kompromisse gemacht, manches tat weh, aber die Republik hat überlebt, sogar dieses grauenhafte Jahr Dreiundzwanzig, Hyperinflation, die Franzosen im Ruhrgebiet, Hitlers Putsch. Aber, haha, es gibt uns noch, wir leben in der Republik, nicht wahr?

Absolut, sagte Lahnstein.

Auch wenn die SPD leider nicht regiert. Aber das ist ein anderes Thema. Wie viele Tote?

Bislang zwölf, sagte Lahnstein und ärgerte sich über das »bislang«.

Die Leute sind beunruhigt, sagte Noske, sie haben Angst. Und weißt du, was sie sich fragen, die Leute?

Lahnstein schwieg.

Liegt es an der Demokratie?, sagte Kogel.

Richtig, sagte Noske, sah aber nicht Kogel an, sondern Lahnstein. Sie fragen sich, ist das jetzt die Demokratie, die Republik, zwölf Tote in einem Jahr, und kein Täter, keine Spur? Unter dem Kaiser wäre das nicht passiert, sagen sie. Kann die Demokratie nicht für unsere Sicherheit sorgen?, fragen sich die Leute, nicht wahr? Ich höre die Leute, ich rede mit ihnen.

Wir haben zu wenig Polizisten, sagte Lahnstein.

Wir dürfen keine Schwäche zeigen, sagte Noske, wir schon gar nicht, ich meine, wir Demokraten. Wir haben sie damals nicht gezeigt, und wir dürfen jetzt nicht damit anfangen.

Ihr habt die alten Kräfte nicht weggeräumt, sondern am Leben erhalten, dachte Lahnstein, die Monarchisten, die Militaristen. Damit habt ihr die Demokratie von Anfang an geschwächt. Damit habt ihr meine Arbeit behindert. Denn hier sitzen sie noch. Er sagte nichts.

Ich denke, du verstehst mich, sagte Noske.

Er stand auf, der Präsident ebenfalls.

Ich habe jetzt einen Termin. Wir bleiben im Gespräch.

Ein fester Händedruck.

Wir haben natürlich sofort eine Hausdurchsuchung veranlasst, sagte Müller treuherzig.

Und?

Wir haben Kleider von dem Jungen gefunden.

Er machte eine Pause, sah Lahnstein herausfordernd an.

Und?

Wir haben den Haarmann scharf verhört, und er hat zugegeben, dass er widernatürlichen Verkehr mit dem Jungen hatte.

Wieder eine Pause.

Reden Sie schon weiter.

Wir dachten, wir hätten den Fall gelöst, aber dann riefen die Eltern des Jungen aus Darmstadt an und sagten, er sei wieder aufgetaucht, unversehrt, so frech wie eh und je. So viel zu Klobes.

Aber wo ist die Akte?

Müller zuckte mit den Achseln.

Eine Anschuldigung, sagte Lahnstein, eine Hausdurchsuchung, ein Geständnis in Sachen Hundertfünfundsiebzig, es muss eine Akte geben.

Fragen Sie das Archiv.

Da ist keine Akte, und das wissen Sie.

Manchmal verschwinden Akten.

Das weiß ich, aber sie verschwinden nicht einfach so, sondern weil jemand ein Interesse daran hat, dass sie verschwinden.

Warum sollte ich ein Interesse daran haben, dass die Akte Haarmann verschwindet?

Lahnstein stand abrupt auf, ging zu Müllers Schreibtisch, stützte sich mit beiden Armen auf und sagte fest: Das weiß ich nicht. Aber ich weiß, dass es eine Akte gibt, und ich weiß, dass Sie diese Akte finden werden, sonst werde ich dafür sorgen, dass dieser Mensch, den Sie haben zusammenschlagen lassen, Anzeige erstattet. Und ich werde dafür sorgen, dass die Presse davon erfährt, dass dies ein Exempel dafür wird, wie die Republik mit einem polizeilichen Verstoß gegen die Grundrechte umgeht. Ihre Karriere können Sie dann vergessen, Ihr Einkommen und Ihre Pension auch.

Er richtete sich auf. Über Weihnachten bin ich bei meinem Vater in Bochum. Am 5. Januar bin ich zurück, dann habe ich die Akte von Haarmann.

Er verließ das Büro. Widernatürlicher Verkehr. Das zu hören tat weh, jedes Mal.

*Er ging zum Büfett am Haupteingang des Bahnhofs, kaufte sich einen Kaffee, stand eine Weile an einem der Tische draußen in der Halle, beobachtete die Leute, die kamen und gingen. Es waren nicht mehr viele. Er wusste, dass noch zwei Züge abfahren würden, zwei ankommen. Er wollte noch nicht im Wartesaal nachschauen, wer so dasaß, es war zu früh, man konnte leicht enttäuscht werden. Man investierte Zeit in ein Gespräch, und dann verschwand der Junge, weil er mit einem der letzten Züge abfuhr. Andererseits würde er gerne nachschauen, weil das so erregend war, jemanden zu sehen, der infrage kam, einer, auf den er hoffen konnte, auch wenn sich die Hoffnung vielleicht nicht erfüllte.*

*Er blieb erst einmal stehen, blies in den heißen Kaffee, betrachtete die Leute. Es war ein Dienstag, da war nicht so viel los. Am Wochenende kamen sie sogar von Berlin angefahren, weil es hier lustiger war als dort, mehr schöne Gifte, mehr günstige Mädchen. Und Jungs, viel mehr Jungs. Aber am Wochenende kamen nicht die, auf die er wartete. Die Werktage waren ergiebiger. Der Bahnhof war zu später Stunde leerer, die Stadt auch. Es war unheimlicher, hier zu verweilen, die Aussicht auf eine lange Nacht, einsam, schutzlos, half dabei, sich fürs Mitgehen zu entscheiden. Vielleicht auch heute.*

*Er nahm einen Schluck Kaffee. Früher war Hans anders gewesen, netter, sogar lieb. Er hatte Nächte mit ihm verbracht, obwohl Hans Frauen liebte, aber er hatte nichts gegen ein paar Zärtlichkeiten von ihm. Schöne Nächte waren das gewesen, und jetzt nichts mehr. Weil Hugo da war, das war der*

*Grund. Hugo hatte dem Hans irgendwas weisgemacht, sodass Hans nicht mehr bei ihm blieb über Nacht, sich nicht küssen ließ, gar nichts. Am Hals hatte er sich nie küssen lassen, da passte Hans auf. Er lachte in sich hinein. Dabei würde er Hans nichts tun, niemals, das war ausgeschlossen, und das wusste Hans auch. Trotzdem blieb er nicht mehr über Nacht.*

*Ein letzter Schluck Kaffee, dann schlenderte er los, Hände in den Hosentaschen, ein Mann mit Zeit. Den eiligen Reisenden gab er nie, dann wäre aufgefallen, dass er nicht abreiste. An der Schranke zeigte er seinen Ausweis vor, wurde durchgewinkt, eine Bahnsteigkarte löste er nicht, war nicht nötig. Der Ausweis bestätigte, dass er ein Kriminaler war, haha. Er näherte sich dem Wartesaal, sein Herz pochte, aber da war nur eine ältere Frau mit einer jüngeren Frau, Mutter und Tochter wahrscheinlich. Er tippte an seine Hutkrempe, ein Lächeln, dann zog er weiter, ging hinaus, enttäuscht. Das hatte er nicht erwartet. Niemand, nicht ein Funken Hoffnung.*

*Er wollte den Bahnhof verlassen, aber dann sah er an der Schranke einen Jungen, der mit dem Mann dort etwas verhandelte, eine Fahrkarte vorzeigte. Hoffentlich, hoffentlich würde der Junge tatsächlich durchgelassen, und er wurde durchgelassen, ging in den Wartesaal.*

# Kapitel 4

*Nach zweieinhalb Stunden wurde die Fahrt fortgesetzt. Der Junge war beruhigt, er würde den Zug nach Bremerhaven erreichen. Er saß wieder auf seinem alten Platz, schloss die Augen, dachte an die Tochter des Pfarrers, aber nicht an das, was gewesen war, sondern an das, was kommen würde, wenn er dereinst zurückkehrte aus Dunedin. Denn das hatte er vor, in zehn, fünfzehn Jahren vielleicht, wenn er ein gemachter Mann war, wenn ihm eine große Tischlerei gehörte, mit Maschinen, eher eine Möbelfabrik, die ganz Neuseeland belieferte, Australien auch. Dann würde er eine Schiffspassage nach Hamburg buchen und sein Dorf besuchen, seine Eltern vor allem, in einem Automobil, in einen feinen Anzug gekleidet. Ihm kamen die Tränen, als er an das Wiedersehen dachte, verstohlen wischte er sie weg. Die armen Eltern, und wie sie sich freuen würden. Dann würde er sich mit dem Automobil den Hügel zur Kirche hinauffahren lassen, wo Monika immer noch lebte, und weil das so sein musste, weil er sie unbedingt dort wiedersehen wollte, suchte er nach einem Grund, was sie dort festgehalten hatte. War sie unverheiratet geblieben und kümmerte sich um den alten Vater? Oder hatte sie den Nachfolger ihres Vaters geheiratet und war die Pfarrersfrau geworden? Die erste Version gefiel ihm besser. Monika lebte mit ihrem Sohn beim Vater. Erst wäre sie ihm böse, dann nicht mehr. Blieb noch die Frage, ob er eine Familie in Neuseeland hatte. Eigentlich schon, er konnte sich nicht vorstellen, dass er dort als einsamer Mann leben würde. In fünfzehn Jahren war er Witwer, entschied der Junge, seine Frau würde wenige Monate vor der Reise bei einem Erdbeben gestorben sein, schnell und schmerzlos. Es gab dort Erdbeben, das wusste er von dem Neuseeländer, der die Schule besucht hatte. Er würde seine Kinder nachholen und im Dorf eine ähnliche Möbelfabrik aufbauen wie jene in Neuseeland. Hochzeit, wieder Tränen. Aber was war dann mit Heiner? Würde er zur Hochzeit kommen?*

*Der Zug hielt in einer kleinen Stadt, hatte zehn Minuten Aufenthalt. Der Junge stieg aus und kaufte sich am Bahnhofsbüfett eine Limonade. Er würde sich schon morgen in Bremerhaven eine Arbeitsstelle suchen, um Geld zu verdienen für die Fahrkarte nach Wellington. Von dort würde er wahrscheinlich über Land nach Dunedin reisen. Er hatte keine Vorstellung davon, wie lange er für eine Schiffsreise nach Wellington würde arbeiten müssen. Mit jedem Tag wuchs die Möglichkeit, dass er entdeckt und ins Dorf zurückgebracht würde. Zum Glück hatte er seinen Eltern und seinem Bruder nie von seinem Ziel Dunedin erzählt, weil sie sich keine Sorgen machen sollten, dass einmal Ozeane zwischen ihnen und ihrem jüngsten Sohn liegen würden. Der Schaffner forderte die Fahrgäste auf, wieder in den Zug zu steigen. Der Junge trank seine Limonade aus und brachte die Flasche zurück. Als er wieder auf dem Bahnsteig war, hatte sich der Zug schon in Bewegung gesetzt. Er rannte, sein Koffer war in dem Zug, alles, was er noch besaß, er rannte und dachte, er würde es nicht schaffen, aber am Ende des Bahnsteigs erreichte er den letzten Waggon und sprang auf. Als er nach Luft schnappte, fiel ihm ein, dass er Monika von Dunedin erzählt hatte, von den Pinguinen dort und dass man die Eisbären mit dem Fernglas sehen könne. Am Südpol gibt es keine Eisbären, hatte Monika gesagt.*

Als Lahnstein ein paar Tage nach Neujahr seinen Dienst wieder antrat, lag eine Akte auf seinem Schreibtisch. Er sah sie schon von der Tür aus, ging rasch hin, drehte die Akte um und las die Aufschrift: Friedrich Heinrich Karl Haarmann. Er hängte Hut und Mantel auf, holte sich einen Kaffee. Es war still im Präsidium, es war früh, vor sieben Uhr, er hatte keine Ruhe gehabt, hatte gehofft, dass die Akte dort liegen würde. Er setzte sich an seinen Schreibtisch, putzte ausführlich seine Schuhe, pustete über den Deckel der Akte, wedelte den Staub mit einer Hand davon und öffnete den Deckel. Ein freundliches Gesicht sah ihn an, runder

Kopf, schütteres Haar, ein schmaler Oberlippenbart, in der Mitte breit geteilt, eher zwei Flügel als ein durchgehender Bart. Ansonsten sauber rasiert. Abstehende Ohren, knapp unterhalb der Augenlinie, mit einem Knick in der Mitte. Starkes Kinn, breite Nasenwurzel, schmale Augen, nach außen leicht abfallend, ein wacher Blick. Es war das Gesicht, das Lahnstein von der Front kannte, das etwas grobe, aber nicht unsympathische Gesicht des Infanteristen aus den Gräben, die einem schweren Alltag mit Geduld und Pfiffigkeit begegneten. Bis die Granate einschlug.

Friedrich Heinrich Karl Haarmann, las Lahnstein, geboren am 25. Oktober 1879, jüngstes von sechs Kindern.

1886 eingeschult auf der Bürgerschule 4 am Engelbostelerdamm in Hannover.

1895 in die Vorschule für Unteroffiziere in Neu-Breisach aufgenommen.

Ein Soldat, das passte.

Am 3. September, nach einem halben Jahr, in das Lazarett der Garnison eingeliefert, wegen »Halluzinationen«, »Anzeichen von geistiger Störung«. Die Ärzte vermuteten einen Sonnenstich oder eine Gehirnerschütterung nach einem Sturz beim Reckturnen.

Befund bei der Aufnahme:

»Mittelkräftiger Patient mit gerötetem Gesicht und heißem Kopfe, Gesichtsausdruck vergnügt, zuweilen etwas ängstlich, manchmal auch kindisch neugierig.«

»Die Pupillen reagieren auf Lichteinfall, sie sind gleichmäßig ziemlich weit. Am Kopfe hat Pat. keine Narben, auch nicht am übrigen Körper. Augenlider und Bulbi sind frei beweglich, zuweilen sehen die Augen etwas starr aus. Gehör und Geruch normal, keine Mobilitätsstörungen.«

»7.9.: Pat. hat sich ruhig verhalten, geht im Garten spazieren und hilft bei der Arbeit mit.«

»11.9.: Status idem.«

»15.9.: Die ganze Zeit über ist Haarmann vernünftig, er bittet entlassen zu werden.«

»18.9.: Pat. wird nach geschlossener Beobachtung gesund zur Schule entlassen.«

Am 11. Oktober wieder im Lazarett, »epileptisches Äquivalent«.

Am 3. November nach Hause geschickt, auch auf eigenen Wunsch.

Lahnstein blätterte weiter, fand ein erstes Strafverfahren gegen Haarmann im Alter von sechzehn Jahren, Mitte Juli 1896. Er hatte in mehreren Fällen kleine Kinder in Hauseingänge oder in Keller gelockt. Unzüchtige Handlungen.

Er las das noch einmal: Unzüchtige Handlungen. Er schlug mit der flachen Hand auf den Tisch. Das konnte nicht wahr sein.

Die Strafkammer entschied, Haarmann in die Provinzial-Heil- und Pflegeanstalt Hildesheim einzuliefern, um seinen Geisteszustand beobachten zu lassen. Dort war er vom 6. Februar 1897 bis zum 25. März 1897 und wurde als »geisteskrank« eingestuft.

»Angeborener Schwachsinn«, las Lahnstein.

Beschluss der Strafkammer II b des Landgerichts Hannover am 27. März 1897:

»In der Strafsache gegen den Haussohn Fritz Haarmann aus Hannover wegen Vornahme unzüchtiger Handlungen wird der Antrag auf Eröffnung des Hauptverfahrens gegen den Angeschuldigten wegen der Anklage, in Hannover im Jahre 1896 mit den Schulknaben Willy und Fritz Ketil und Eduard Störmer, Personen unter 14 Jahren, unzüchtige Handlungen vorgenommen zu haben, auf Kosten der Staatskasse abgelehnt, da nach dem Gutachten des Direktors der Prov. Heil- und Pflegeanstalt in Hildesheim, Sanitätsrat Gerstenberg, der Angeschuldigte sich zur Zeit der Begehung dieser Handlungen in einem Zustande krankhafter Störung der Geistestätigkeit befunden hat, durch den seine freie Willensbestimmung ausgeschlossen war.«

Haarmann wurde in das Städtische Krankenhaus Auf der Bult in Hannover verbracht. Dort blieb er bis zum 28. Mai 1897.

»Kräftig gebauter, gut genährter, für sein Alter sehr gut entwickelter Mensch von blühender Gesichtsfarbe. Keine Abnormitäten im Schädelbau, Pupillen, Reflexen, keine sensiblen, mototrischen, vasomotorischen Störungen. An den großen Körperhöhlen und ihren Organen keine Abnormitäten. Phimose des gut entwickelten Penis, am After keine Abnormitäten. Urin frei von E. und Z.«

E? Z? Eiweiß? Zucker?

»Pat. macht einen schwachsinnigen, kindlichen Eindruck, hat von seiner Lage und von der moralischen Seite der ihm zur Last gelegten Handlungen kein Verständnis. Im Sommer 1896 will er mit mehreren jüngeren Freunden im Keller seines Vaters an seinen und seiner Freunde Geschlechtsteilen gespielt haben, von Onanie etc. weiß er nichts.«

»Er erzählt alles in einem naiven kindlichen Tone, freut sich sehr, lacht oft blöde auf, wiederholt sich oft. Kreiselt dem Arzt oft die Hand bei der Examinierung. 6 x 2/3, 10 x 10, 7 x 6 kann er nicht ausrechnen. Von den 10 Geboten kann er keines aufzählen, ebenso nicht von den Glaubensartikeln. Zu den Erdteilen rechnet er Frankreich und Rußland. Als jetzigen Kaiser bezeichnet er Wilhelm I, der neulich seinen Geburtstag gefeiert habe.«

Ein Gutachten des Stadtarztes Doktor Schmalfuß bescheinigte Haarmann »unheilbaren Schwachsinn«. Der Magistrat von Hannover ließ ihn in die Irrenanstalt Hannover einliefern.

Lahnstein wollte vorblättern, wollte die letzten Einträge anschauen, damit er wusste, was der aktuelle Stand war, aber das versagte er sich. Schön der Reihe nach, er wollte das lesen wie ein Buch. Er zündete sich einen Zigarillo an, hatte er bei Emma gekauft, kurz vor Weihnachten, kurz vor der Abreise nach Bochum. Er hatte eine kleine Kiste genommen, außerdem fünf Zigarren für seinen Vater, als Geschenk verpackt. Sie machte das für ihn, langsam, sorgsam.

Ich hatte gehofft, Sie würden über die Feiertage hier sein, sagte sie, ohne ihn anzuschauen.

Mein Vater wäre sonst allein, sagte er.

Viele sind allein.

Ihr Bruder, haben Sie mit dem gesprochen?

Ich habe ihm gesagt, er soll das lassen.

Das war alles?

Er hatte eine schwere Kindheit, wir alle hatten eine schwere Kindheit. Viel Streit, Schläge … er war verstört.

Was heißt verstört?

Einmal bastelte er aus Stroh eine Puppe, zog sie mit den Kleidern meiner Schwester Anna an und legte sie auf die Treppe vor unserem Haus, sodass es aussah, als sei sie tot. Meine Mutter hat sich so erschreckt, als sie nach Hause kam, konnte sich über Stunden nicht beruhigen.

Feiern Sie Weihnachten mit Ihrem Bruder?

Ich habe drei Brüder und zwei Schwestern.

Und feiern Weihnachten allein, nur mit Ihren Jungs?

So wird es sein. Alle sind zerstritten.

Das tut mir leid.

Es wäre ein schönes Fest gewesen, ich kann kochen, sagte sie.

Wir holen das nach, sagte er.

Sie war fertig mit dem Päckchen, schaute auf. Meinen Sie das ernst?

Ja, wenn ich zurück bin, tun wir so, als wäre Weihnachten.

Ich werde den Tannenbaum stehen lassen, bis Sie da waren.

Hoffentlich lassen mich die Franzosen wieder raus.

Hoffentlich bald. Sonst sitze ich Abend für Abend da und schaue zu, wie die Nadeln vom Baum rieseln. Und irgendwann steht dort nur noch ein Gerippe, das wäre doch traurig.

Sehr traurig. Ich werde mich beeilen.

Sie gab ihm das Paket, er zog sein Portemonnaie.

Nein, bitte nicht.

Er insistierte, aber sie lehnte ab.

Gehen Sie jetzt, sagte sie.

Am 13. Oktober 1897 brach Haarmann aus der Irrenanstalt aus. Fünf Tage später fand ihn die Polizei in der Wohnung seiner Eltern und lieferte ihn in Hildesheim ein. Kurz vor Weihnachten verlegte man ihn in die Irrenanstalt Langenhagen. Am ersten Weihnachtstag floh Haarmann erneut und lebte für ein paar Jahre unauffällig. In der Akte fand sich nichts außer einem Unbescholtenheitszeugnis der Polizei. Lahnstein nahm es raus, betrachtete es eingehend.

»Berichtet wird hierzu, daß Nachteiliges über ihn hier nicht bekannt geworden ist.«

Ein unbescholtener Bürger?

Weihnachten 1899 war eine Verlobung angezeigt, mit einer gewissen Erna Loewert.

Unbescholten? Nicht schwul? Lahnsteins Laune sank.

Am 12. Oktober 1900 erhielt Haarmann einen Gestellungsbefehl und wurde Ersatzrekrut im Hannoverschen Jäger-Bataillon Nr. 10.

»Personalbeschreibung:

Größe: 1,62

Gestalt: stark

Kinn: kl. Grube
Nase: gew.
Mund: -
Haar: dunkelbl.
Bart: Schnur.
Bes. Kennzeichen: Narbe in der inneren rechten Hand.«

Im September 1901 brach er bei einem Marsch zusammen, hatte danach Schwäche- und Schwindelanfälle und landete am 10. Oktober im Garnisonslazarett in Bitsch. Diagnose: »Nervenschwäche (Neurasthenie)«.

Lahnsteins Mutter hatte diese Diagnose ebenfalls gestellt bekommen. Unruhe, Nervosität, Ängste. Viele hatten plötzlich Neurasthenie, man belächelte das. Dann kam der Krieg, und seine Mutter sagte, dass offenbar die Neurastheniker in besonderer Weise gesund waren, weil sie gespürt hatten, dass etwas Schreckliches bevorstand.

Kann man natürlich so sehen, sagte sein Vater.

Als er ihn kurz vor Weihnachten in Bochum sah, fiel ihm auf, dass sein Vater noch schmaler geworden war. Er stand hinter der Bahnsteigschranke, dritte, vierte Reihe, er drängte sich nie nach vorne, ließ sich eher abdrängen. Er winkte, damit sein Sohn ihn sehen konnte. Eine kleine Umarmung, dann gingen sie hinaus. Ein Trupp französischer Soldaten stand neben ihren Fahrzeugen vor dem Bahnhof. Vater und Sohn schauten nicht hin, gingen zügig an ihnen vorbei.

Im Haus des Vaters angekommen, ging Lahnstein sofort zu den Steukers, den einzigen Mietern, die einen Fernsprecher besaßen. Sie erlaubten ihm, ihre Nummer beim Polizeipräsidium in Hannover zu hinterlassen. Er telefonierte, dann saß er mit seinem

Vater in den Sesseln, gegenüber einer Kommode, auf der ein Bild der Mutter stand. Sie waren in Decken eingewickelt, weil es durch die Fensterritzen zog, tranken einen Weinbrand.

Lahnstein erzählte seinem Vater alles, was er zu den Toten sagen konnte. Viel war es nicht.

Es ist der feine Herr, sagte sein Vater am Ende.

Der feine Herr tauchte im Fall Richard Gräf auf. Richard, Nummer sieben, hatte seine Eltern früh verloren, aber nicht durch Tod. Seine Mutter war mit ihrem Geliebten nach Amerika durchgebrannt. Der Vater, ein Gelegenheitsarbeiter, machte sich davon, als er in Eisenach eine Stelle bekam. Fünf Kinder blieben allein zurück. Der älteste Junge, Otto, ernährte seine vier Geschwister, obwohl er erst zwanzig Jahre alt war. Seine Freundin half ihm. Im September 1923 sagte Richard, der Zweitälteste: Ich will nach Amerika, zu Mama. Er verließ die Familie, kam aber nach zwei Wochen zurück. Ohne Pass, ohne Geld hatte er es nicht auf ein Schiff geschafft. Er war ausgehungert und übermüdet, seine Sachen waren ihm gestohlen worden. Er sagte, er habe am Bahnhof einen feinen Herrn kennengelernt, der könne ihm Arbeit auf dem Land besorgen. Deshalb müsse er gleich wieder los. Verdiene er genug Geld, könne er doch noch zur Mama. Richard machte sich wieder auf den Weg, wurde nie mehr gesehen. In der Akte steht: Vielleicht in Amerika.

Glaube ich nicht, sagte Lahnsteins Vater. Habt ihr nach dem feinen Herrn gefahndet?

Natürlich, Papa.

Er hatte sich alle alten Fälle vorgenommen, noch einmal die Verwandten befragt, die Freunde. Ohne Ergebnis. Vom feinen Herrn gab es keine Beschreibung, nur dieses Adjektiv.

Ich war immer wieder am Bahnhof, um nach feinen Herren, die Jungs ansprechen, Ausschau zu halten. Fehlanzeige.

Was ist ein feiner Herr für dich?, fragte sein Vater.

Gute, gepflegte Kleidung, saubere Schuhe, wohlfrisiert, und natürlich …

Da liegt schon ein Fehler, unterbrach ihn sein Vater.

Warum?, fragte er, etwas schnippisch.

Weil du davon ausgehst, was für dich ein feiner Herr ist. Für einen Jungen, der aus solchen Verhältnissen kommt, sieht der anders aus.

Schweigen. Er ärgerte sich, auch über seinen Fehler.

Das macht es noch schwerer, sagte er schließlich, dann kann nahezu jeder ein feiner Herr sein.

Ich weiß. Aber der letzte Kontakt, das ist bei Vermissten der erste Hinweis, das weißt du.

Das weiß ich. Aber mal ist es ein feiner Herr, dann ein Kriminalbeamter, und dann noch direkt hintereinander.

Der Fall Wilhelm Erdner, Nummer acht. Er war der Sohn eines Schlossers und fuhr jeden Morgen auf dem Fahrrad des Vaters zu einer Maschinenfabrik. In der Akte fand sich die Aussage eines Mannes namens Lunghis, der im Krieg beide Arme verloren hatte. Er galt als Herumtreiber, arbeitslos, wirr. Lunghis soll, laut Akte, zu Wilhelm Erdners Vater gesagt haben: Ich weiß, wo Ihr Wilhelm ist. Kriminalbeamter Fritz Honnerbrock hat ihn mitgenommen. Honnerbrock verkehrt in der »Eisbeinecke« an der Goethebrücke. Da sind wir mit ihm gut bekannt geworden. Honnerbrock läuft immer mit Wilhelm rum. Gestern habe ich Herrn Honnerbrock getroffen und nach Wilhelm gefragt. Da sagte er: Ach so, der! Den habe ich in der Schillerstraße verhaftet und im Polizeipräsidium abgeliefert. Wilhelm hat wohl was ausgefressen.

Die Eltern gingen zum Präsidium, wo ihnen gesagt wurde, es gebe hier keinen Honnerbrock. Ein Wilhelm Erdner sei nicht aufgetaucht.

Nach einiger Zeit traf Lunghis wieder auf den angeblichen

Honnerbrock und fragte nach Wilhelm. Antwort: An den Fall kann ich mich gar nicht erinnern. Ich bin jetzt im Dienst. Kommen Sie man heute Abend um sieben Uhr in die »Eisbeinecke«. Dann können wir mal darüber sprechen. Lunghis war zur verabredeten Zeit in der »Eisbeinecke«, traf aber nicht auf Honnerbrock, sah ihn nie wieder.

Warum sollte ein Kriminalbeamter kein feiner Herr sein, sagte sein Vater.

Sie lächelten beide.

Traust du deinen Leuten?

Ich glaube nicht, dass sie einen Serienmörder decken. Aber ich traue ihnen sonst nicht. Die Monarchisten, und das sind fast alle dort, wollen nicht, dass eine Demokratie für Sicherheit sorgen kann.

Das, sagte sein Vater, kann sie ja offenbar auch nicht, jedenfalls nicht in Hannover.

Das hat nichts mit der Demokratie zu tun.

Die Geschichte mit diesem Honnerbrock ist seltsam, sagte sein Vater, dies ist eine Spur, die in die Polizei führt.

Aber es gibt keinen Honnerbrock bei uns.

Sie schwiegen eine Weile. Lahnstein lauschte ins Haus, ob das Telefon klingelte.

Papa, ich muss dich etwas fragen.

Frag.

Habt ihr, nimm's mir nicht übel …

Frag einfach.

Habt ihr Verdächtige geschlagen, gefoltert, wenn es wichtig war, wenn ihr nicht weiterwusstet?

Dem einen oder anderen haben wir ein paar Ohrfeigen verpasst.

Sein Vater schaute auf seine Hände.

Du solltest nicht stolz darauf sein.

Das bin ich nicht, aber manchmal musste es einfach sein, um sich Respekt zu verschaffen.

Und gefoltert?

Nein.

Ich habe Kollegen dabei überrascht, wie sie einen Verdächtigen schwer in die Mangel genommen haben. Später stellte sich heraus, dass er unschuldig war. Aber wenn er der Täter gewesen wäre und ich hätte verhindert, dass er überführt wird, auf welchem Weg auch immer, wäre ich dann schuld an den Vermissten danach?

Es ist müßig, sich diese Gedanken zu machen, sagte sein Vater. Lass uns schlafen gehen, ich muss morgen früh raus, die Gans abholen.

Abrupt stand er auf.

Lahnstein war noch eine Weile wach. Er lag im Wohnzimmer auf dem Sofa, auf dem er zuerst mit Lissy geschlafen hatte. An einem Abend, als seine Eltern in ein Konzert gegangen waren.

Am 14. Mai 1902 wurde Haarmann ins Garnisonslazarett I nach Straßburg überführt, Station für Nervenkranke.

»Kleiner Mann in gutem Ernährungszustand mit frischer Gesichtsfarbe und gut gefärbten Schleimhäuten. Wesen leicht gedrückt, klagt über Druckgefühl in der Herzgegend. Pupillen gleich, mittelweit, von prompter Reaktion. Schädel ohne Abweichungen, nicht empfindlich. Zunge gerade, zittert kaum, Gaumen und Rachenreflexe prompt. Die Reflexe an den oberen und unteren Gliedmaßen lebhaft, auch die direkte Erregbarkeit der Muskulatur lebhaft, ohne gesteigert zu sein.«

17. Mai: »Fühlt sich ganz wohl, will nur mitunter beim Treppensteigen einen Druck in der Herzgegend verspüren. Puls in der Ruhe zwischen 80 und 84, steigt nach Herumlaufen auf 100, ohne dass Dyspnoe eintritt, beruhigt sich bald wieder.

7 x 21 = 147 (nach langem Besinnen)
6 x 18 = 108 (nach 1,5 Minuten)
94 x 6 = -
38 - 24 = 14 (1/2 Minute)
97 - 33 = 64 (2 Minuten)
Alphabet unrichtig. Monate richtig. Vaterunser ziemlich richtig.«

Am 2. Juli 1902 schreibt der Stabs- und Bataillonsarzt Pillath ein militärärztliches Gutachten:

»Die Untersuchung ergibt: Mittelgroßer Mann in mäßigem Ernährungszustande; Gesichtsfarbe blaß. Brustumfang 87/93 cm, Gewicht 65 kg, gegen 64 bei der Einstellung.«

»Haarmann ist nach Beil. IIb No. 17 der D.A. wegen überstandener Geisteskrankheit, die einen gewissen Schwachsinn hinterlassen hat, dauernd ganzinvalide, dauernd untauglich zur Verwendung im Civildienst sowie zeitig (2 Jahre) erwerbsunfähig.«

Er war doch nicht im Krieg. Schade.

In den Entlassungspapieren wird seine Führung als »recht gut« eingestuft. Ein Rentenbescheid spricht ihm eine monatliche Leistung von 21 Mark zu.

Müller kam rein, grüßte aufgeräumt, frohes neues Jahr, tat, als sehe er die Akte nicht, setzte sich an seinen Schreibtisch und fragte: Wie war's beim Alten?

Zu Hause ist man immer das Kind, das man dort war, egal wie lange das her ist.

Ich kenne das, sagte Müller.

Haarmann gilt als schwachsinnig, sagte Lahnstein.

Ah, ist die Akte aufgetaucht?

Ein herziger Blick von Müller, unschuldig, erleichtert.

Sie lag auf meinem Schreibtisch. Sie wissen nicht zufällig …

Müller warf sich in seinen Stuhl zurück, hob beide Hände. Der Dank gebührt nicht mir, sagte er.

Haarmann hat schon als Sechzehnjähriger unzüchtige Handlungen begangen. Wussten Sie das?

Keine Ahnung, wirklich nicht. Ist lange her, dass ich diese Akte in Händen hielt.

Das glaube ich Ihnen, sagte Lahnstein und beugte sich wieder über die Akte.

Am 5. April 1901 starb die Mutter, und die sechs Kinder prozessierten gegeneinander um den Erbanteil. Im Laufe des Jahres 1902 verklagte Fritz Haarmann seinen Vater auf Unterhalt, obwohl er offenkundig wieder bei ihm wohnte. Jedenfalls war die Adresse dieselbe. Wegen seines Nerven- und Herzleidens könne er nicht arbeiten, und die Rente vom Militär sei zu knapp. Der Vater entgegnete, sein Sohn habe die Krankheit nur vorgetäuscht, um dem Militärdienst zu entkommen und wieder mit seiner Verlobten zusammen sein zu können. Er sei nur zu faul, um zu arbeiten.

Im Februar 1903 erstattete der Vater bei der Staatsanwaltschaft Hannover Anzeige gegen seinen Sohn, weil er ihm und den Geschwistern angedroht habe, sie totzuschlagen. Zudem beschuldige er seinen Vater, dass er den Lokomotivführer Schröder ermordet habe. Vom Bruder des Vaters, Adolf Haarmann, habe Fritz Geld erpressen wollen. Der Vater stellte den Antrag, seinen Sohn als gemeingefährlichen Geisteskranken in eine Irrenanstalt zu sperren.

Schöne Familie.

Lahnstein blätterte zurück. Hatte der Vater nicht angegeben, sein Sohn simuliere nur? Ja, so stand es dort. Und nun doch ein

Geisteskranker? Die Geschwister bestätigten die Angaben des Vaters nicht, das Verfahren wurde eingestellt. Fritz Haarmann verklagte seinen Vater wegen falscher Anschuldigungen. Eingestellt.

Das Polizeipräsidium Hannover wollte nun doch wissen, wie es um den Geisteszustand von Fritz Haarmann bestellt sei, und gab beim Kreisarzt Doktor Andrae ein Gutachten in Auftrag. Haarmann, schrieb Andrae, sei »zwar moralisch minderwertig, wenig intelligent, träge, roh, leicht reizbar, rachsüchtig und gänzlich egoistisch, nicht aber im eigentlichen Sinne geisteskrank, so daß kein Anlass besteht, ihn von Amts wegen in einer Irrenanstalt unterzubringen«.

1904 wurde seine Rente auf 24 Mark im Monat erhöht.

Lahnstein nahm die Akte hoch, klappte sie zusammen, ließ aber einen Daumen in der Mitte, um sehen zu können, wie viel er schon geschafft hatte. Der dickere Teil kam erst noch. Er blätterte vor. Es folgten Strafsachen. Er las weiter.

Vom 4. Juli bis zum 19. Oktober 1904 wurde Haarmann viermal wegen schweren Diebstahls und Unterschlagung verurteilt. Im Jahr darauf sammelte er wegen verschiedener Delikte Strafen zu 13 Monaten Gefängnis, die er aber nicht sämtlich absaß. Er kaufte sich zum Beispiel einen kleinen Desinfektionsapparat und suchte damit Leute auf, die gerade einen Angehörigen verloren hatten, wie er aus den Todesanzeigen wusste, und gab vor, Beamter der städtischen Desinfektionsanstalt zu sein. Er müsse das Totenzimmer und die Kleider des Verstorbenen reinigen, um Seuchen vorzubeugen. Die Angehörigen schickte er raus, weil sich das Desinfektionsmittel unangenehm auf die Bronchien legen könne, schloss die Tür und räumte Schubladen oder Schränke aus. Bot man ihm Getränke oder Speisen an, lehnte er ab mit der Begründung: Ich darf als Beamter in den Häusern nichts annehmen.

Das sollte ein Serienmörder sein?

Am 1. November 1906 wurde Haarmann wegen Körperverletzung zu einem Monat Gefängnis verurteilt, Opfer war der Vater. Der Sohn hatte verlangt, dass der Vater ihm endlich das Erbteil der Mutter auszahlt. Schläge.

Den Vater schlagen? Mit leichter Rührung schaute Lahnstein auf das Weihnachtsfest zurück; wie harmonisch es war. Am Tag des Heiligabends hatte sein Vater die Wohnung frühmorgens verlassen, um die Gans zu holen und andere Besorgungen zu machen. Lahnstein wachte erst später auf, weil er ein Telefon hörte, sprang sofort aus dem Bett und schlüpfte hastig in seine Hosen, zog das Hemd an, Socken, Schuhe, strich sich durchs Haar, aber dann kam niemand. Das Klingeln hatte geendet, er wartete, ging zur Tür, lauschte. Nichts. Er lief unruhig durch die Wohnung, setzte sich dann hin, putzte seine Schuhe. Niemand klopfte. Erleichterung.

Im Bad zog er sich wieder aus, wusch seinen Oberkörper, das Gesicht, rasierte sich. Er ging in die Eckkneipe, die er seit dem Abitur an jedem Heiligabend morgens aufsuchte, um Schulfreunde zu treffen. Sie waren nicht mehr viele, neun von fünfundzwanzig waren im Krieg gefallen, zwei hatte die Spanische Grippe dahingerafft, einer war als Gefangener von den Franzosen erschossen worden. Von den dreizehn Überlebenden waren zwei Invaliden, einer hatte einen Arm an der Somme verloren, einer beide Beine bei den Revolutionskämpfen hier im Ruhrgebiet, als ihn ein Lastwagen überfuhr.

Acht kamen an diesem Morgen, von seinen besten Freunden war keiner dabei. Zwei waren tot, einer lebte in Rhodesien und kam nur jedes zweite Jahr zu Weihnachten in die alte Heimat. Sie saßen mit Bier und Fleischwurstbroten an einem runden Tisch, und jeder erzählte von einem Jahr, das mal wieder gelungen war. Große Erfolge überall, Aufstieg, es war die Melodie, die sie alle nach dem Krieg anstimmten, als könne man nur noch gewinnen, nachdem man so schwer verloren hatte. Nicht unbedingt im Krieg, aber danach in Versailles. So redete man.

Lahnstein erfand einen Fall, den er aufgeklärt hatte, eine kleine Heldengeschichte, von den Jungs sagte er nichts. Das Wort »schwul« hätte an diesem Tisch niemand hören wollen.

Dann klagten die anderen über die Franzosen, wie sie sich aufführten, dieses arrogante Gebaren, die Gängeleien, absurden Vorschriften, das brutale Vorgehen, dreizehn Arbeiter von Krupp erschossen. Sie erzählten das auch für ihn, weil sie dachten, es würde ihn trösten, aber so war es nicht. Er sah auf seine Uhr, stand abrupt auf und sagte, er müsse nach Hause, seinem Vater helfen. Jeder verstand das. Sie klopften ihm auf die Schulter, Umarmungen. Schnell weg.

Sein Vater saß in der Küche und rupfte die kleine Gans, die er bei einem der Polen gekauft hatte, einem Zechenkumpel, der in seinem Gärtchen Gänse züchtete. Lahnstein schälte Kartoffeln. Sie sagten eine Weile nichts, dann begannen sie gleichzeitig zu weinen. Der Vater stand auf, nahm eine Zwiebel, schnitt sie auf und legte sie in die Mitte des kleinen Tisches.

Jetzt dürfen wir weinen, sagte sein Vater.

Ich glaube, wir dürfen das auch ohne Zwiebel.

Am Nachmittag, als die Gans im Ofen war, gingen sie mit einem Strauß Blumen zum Friedhof. Dort angekommen, hakte sich Lahnstein bei seinem Vater ein, der Kloß in seinem Hals wuchs, wuchs, wuchs. Aber er riss sich zusammen. Sie standen eine Weile vor dem Grab, Lahnstein mit Bildern seiner Mutter im Kopf, von der fürsorglichen, immer anwesenden Mutter natürlich, aber auch mit Bildern von ihr am Steuer eines Automobils. Weil ihr Vater, ein reicher Mann, eines der ersten Automobile in Bochum besaß, hatte sie früh Fahren gelernt, sodass sie am Steuer saß, wenn sie sich das Auto am Sonntag liehen, um einen Ausflug zu machen, und diese Ausflüge machten sie auch noch mit Lissy und August. Er war so stolz auf diese Mutter, die eine Automobilistin war. Niemand sonst hatte eine Mutter, die ein Auto lenken konnte.

Ihr Vater hatte einen Hispano Suiza, einen Vierzylinder, Vorkriegsmodell, und das war das Gefährt, in dem sie starb, im April dieses Jahres, als sie wahrscheinlich schwungvoll um eine Ecke bog, weil das ihre Art war, und hinter dieser Ecke eine Schießerei stattfand, zwischen französischen Soldaten und ein paar Arbeitern, die sich der Sabotage verdächtig gemacht hatten. Seine Mutter wusste, ahnte das nicht, weil der Hispano Suiza einen gewaltigen Lärm machte, sodass die Schüsse nicht zu hören waren. Sie bekam eine Kugel in den Kopf und war mit Sicherheit sofort tot. Denn der Hispano Suiza krachte in eine Gaslaterne, und das, wusste Lahnstein, wäre seiner Mutter niemals passiert, solange sie halbwegs bei Bewusstsein war.

Nach zwei Tagen ohnmächtiger Trauer gingen Lahnstein und sein Vater zum Kommandanten der Franzosen und fragten mit ihrem Schulfranzösisch, wer die tödliche Kugel abgefeuert hatte, die französischen Soldaten oder die mutmaßlichen Saboteure. Es war ihnen wichtig, das zu wissen, ohne Absicht, dieses Wissen anklagend einzusetzen. Sie hörten die Zusage, dass diese Frage geklärt werde, aber am Tag vor der Beerdigung war es nicht geklärt, und in den Wochen danach auch nicht. Sein Vater gab bald auf, aber Lahnstein nicht. Er sprach zweimal wöchentlich bei den Franzosen vor, immer höflich, zunehmend unwirsch abgewiesen, bis man ihn des Ruhrgebiets verwies. Das war Zigtausenden passiert, er hatte drei Tage Zeit, um dem Befehl nachzukommen. Der Polizeipräsident von Bochum empfahl Lahnstein, den er seinen besten Mann nannte, dem Kollegen in Hannover, der dringend einen Kriminalkommissar von außen brauchte.

Nach dem Friedhofsbesuch schmückten sie im Wohnzimmer den kleinen Weihnachtsbaum. Das hatte Lahnsteins Mutter immer gemacht. Nun versuchten sie sich zu erinnern, wie sie die Kugeln und Kerzen angeordnet hatte, und machten es genauso, aber es sah am Ende anders aus, nicht so gut.

Lahnstein überflog die Blätter in der Akte nur noch, ein Diebstahl, ein Einbruch nach dem anderen, ein paar Monate Gefängnis, dann die nächste Bagatelle. Wieder Gefängnis. Langweilig.

Kgl. Schöffengericht Hannover, 22. April 1907, Urteil:

»Aufgrund des glaubhaften Geständnisses des Angeklagten ist erwiesen, daß er vor dem 22. Okt. 1906 einen Topf mit 103 Eiern, dem Maler Jorpsnuter gehörig, bei dem er in Logis lag, demselben in der Absicht rechtswidriger Zueignung weggenommen hat.«

Ein Eierdieb. Damit verschwendete er seine Zeit. Er blätterte, blätterte, weitere Diebstähle, Urteile. Er blätterte schneller, er hielt inne.

Landgericht Hannover, Anklageschrift vom 20. Januar 1913:

»Am Donnerstag den 14. November 1912 besuchte der am 3. Oktober 1899 geborene Schüler Otto Dörries den Nachhilfeunterricht im Arbeiterverein Burgstr. 30. Als er sich nach Beendigung des Unterrichts nach 8 Uhr abends auf dem Heimwege befand, wurde er von einem ihm unbekannten Manne, dem homosexuell veranlagten Beschuldigten, an der Ecke Georgstr. und Nikolaistr. angesprochen.

Durch die Frage, ob er in einem Kino gewesen sei, verknüpfte der Beschuldigte den Jungen in ein Gespräch. In diesem suchte er zunächst die Begehrlichkeit des Knaben auszureizen durch die Fragen, ob er gerne Zigaretten rauche, ob er sonstige Liebhabereien habe, wieviel Taschengeld er erhielte und dergleichen. Indem er dann im Weitergehen die Richtung auf seine Wohnung, damals in der Tellenkampstraße gelegen, nahm, suchte er den

Knaben durch folgende Versprechungen für unzüchtige Zwecke gefügig zu machen. Bei ihm – dem Beschuldigten – könne er ein schönes Geld verdienen, wenn er regelmäßig zu ihm kommen wolle. Sein früherer kleiner Freund, ein Schüler einer höheren Lehranstalt, sei versetzt. Deswegen müsse er sich einen neuen Freund anschaffen. Als der kleine Dörries ihn offenbar immer noch nicht verstand, wurde der Beschuldigte deutlicher und fragte direkt, ob er denn auch gute Freunde hätte, mit denen er ›Kille Kille‹ mache. Auf die Frage des Jungen, was das heiße, erwiderte er dann: ›Mit der Hand liebhaben‹. Auf die Antwort des Jungen, er verstände das nicht, ging der Beschuldigte nunmehr zur eindeutigen Offenheit über und sagte: ›Man sagt doch mal, zeig mal her, was hast Du für einen Dicken.‹ Das würde er bei ihm noch lernen. Er könne jetzt gleich mal mitkommen. Er erhalte 0,50 M, Äpfel und Birnen und ein Buch zum Lesen.

Als die beiden dann vor der Wohnung des Beschuldigten angekommen waren, sagte der Beschuldigte: ›Wenn du mich wieder besuchst, musst du an ein Fenster des Erdgeschosses klopfen‹ und indem er die Haustür öffnete: ›Komm mit herein, es dauert nur 5 Minuten.‹ Als der Knabe trotzdem auf der Straße stehenblieb, sagte er, indem er seine Hand auf den Kopf des Jungen legte: ›Komm Otto, mach' doch keine Umstände.‹ In diesem Augenblick lief der Junge fort, eilte nach Hause und erzählte seinem Vater den Vorfall, der Anzeige erstattete.«

Das Urteil erging am 8. März 1913: Versuch des Verbrechens nach Paragraf 176,3 StGB und Beleidigung, fünf Jahre und zwei Monate.

Haarmann ist einschlägig vorbestraft, sagte Lahnstein.

Müller las weiter in einer Akte.

Wussten Sie das?

Eine undeutliche Antwort.

Ist Haarmann schwul?

Schwul, was heißt schwul?, fragte Müller.

Männerliebe.

Das weiß ich. Aber ist jemand schwul, weil er mal einen Jungen begehrt hat? Waren die alten Griechen schwul?

Lahnstein zuckte mit den Achseln.

Man war halt mal nett zueinander. Die mochten sich. Die Jungen lernten von den Alten, Philosophie, was weiß ich, aber die Alten hatten ihre Familien, und die Jungen würden bald auch welche haben.

Hat Haarmann eine Familie?, fragte Lahnstein. Hier steht, dass er sich verlobt hat. Aber von einer Hochzeit ist bislang nicht die Rede.

Ich weiß nichts von einer Familie. Aber ist er damit schon verdächtig? Haben Sie eine Familie?

Nein, sagte Lahnstein.

Macht Sie das verdächtig?

Er antwortete nicht, beugte sich wieder über die Akte, ohne zu lesen, dachte verärgert: Dieser Mann sollte nicht verdächtig sein, die zwölf Jungs umgebracht zu haben? Wenn es noch zwölf waren. Er schaute zur Tür, ärgerte sich über diesen Reflex.

Den Krieg über hatte Haarmann im Gefängnis gesessen. Keine Front, kein Maschinengewehr, keine Artillerie, kein Luftschiff. Fritz Haarmann hatte die Zeit des großes Schlachtens hinter Gittern verbracht, in Sicherheit. Die große Verrohung war an ihm vorbeigegangen.

Lahnstein fragte sich, ob er auch lieber im Gefängnis gewesen wäre statt im Krieg, aber dann hätte es August nicht gegeben, den Urlaub am Irrsee nicht gegeben. Er wäre 1914 von Lissy getrennt worden, kurz nach der Verlobung, ein paar Besuche vielleicht, keine Haut, keine Lippen. Auflösung der Verlobung spätestens 1915. Er hätte kein Kind gehabt, es nie in seinen Armen geschaukelt, wäre nie neben ihm aufgewacht, hätte nie gesehen, dass es schon wach war, die Beine angewinkelt in der Luft, vielleicht ein Zeh im Mund, den Blick auf den Vater gerichtet, fragend, sich wundernd, was sie hier zusammengeführt hat und warum. Keine Gefühlsüberschwemmung, nichts von der zweiten Menschwerdung, die ein erster Säugling auslöste. Aber vielleicht wäre das sogar besser gewesen, leichter zu ertragen als ein Flugzeug, das durch die Träume zog, ohne je landen zu können.

Kurz vor Kriegsende wurde Haarmann entlassen. Ebenfalls kurz vor Kriegsende, am 4. Oktober 1918, meldete der Kriegsheimkehrer Alois Rothe seinen 17jährigen Sohn Fritz als vermisst.

»Vermutlich verborgengehalten durch den Kaufmann Fritz Haarmann, Cellerstraße 27 wohnhaft, welcher mit dem Jungen gesehen sein soll. (Anm.: Ist nicht zutreffend).«

Warum nicht zutreffend?

Kurz darauf wurden menschliche Füße und Hände in Hannover gefunden. Am 7. November erschien die Mutter von Rothe bei der Staatsanwaltschaft, um die Gliedmaßen zu begutachten.

»Frau Rothe hat die ihr vorgezeigten Hände nicht als die ihres Sohnes wiedererkannt.«

Weitere Einträge:

»Am 12.10.18 eingeliefert, weil er junge Burschen anlockt und bei sich beherbergt. Hatte letzte Nacht Paul Braun, 15 Jahre alt, bei sich in seinem Bett. Mit ihm unzüchtige Handlungen.«

Am 28. April 1919 verurteilt wegen Beleidigung in zwei Fällen. Hatte zwei Jungs »zur wechselseitigen Onanie mit sich verleitet«.

Auszug aus dem Urteil: »Mag der Angeklagte auch homosexuelle Neigungen haben und deshalb als minderwertig anzusprechen sein, so war er, der schon vielfach und schwer, einmal auch einschlägig vorbestraft ist, strenge zu bestrafen, da er eine Gefahr für die heranwachsende Jugend bedeutet.« Neun Monate Gefängnis.

Minderwertig?

Fritz Rothe wurde nicht gefunden. Fall eins, dachte Lahnstein, das ist der wahre Fall eins. Wir müssen alles neu nummerieren.

Im Jahr 1922 beantragt Haarmann eine höhere Rente. Wieder wird er untersucht: »Alter 42 Jahre, guter Ernährungszustand, gesundes Aussehen, mittelkräftig entwickelte Muskulatur.

Puls 84, Herz o.B.

Psychisch: kindlich, zutrauliches Wesen, kommt leicht bei Schilderung seines Lebensganges in Tränen, beteuert dabei seine Abstammung aus guter Familie. Fragen fasst er ziemlich prompt auf, beantwortet sie aber etwas weitschweifig, ohne ihren Kern richtig zu erfassen; Stimmungslage – abgesehen von der affektiven Labilität – mittel.

Keine Verfolgungs- oder Wahnideen.

Intelligenz: 7 x 8 = 64, 7 x 15 = 105, 6 x 18 = 108, 7 x 8 = 52, 17 + 8 = 35, 47 + 36 = 83, 27 - 14 = 13, 32 - 17 = 0, 27 : 3 = 0. Rechnet sehr langsam und unter ersichtlicher Anstrengung. Wenn er im Kopfe nicht fertig wird, versucht er es schriftlich auszurechnen. Rechenfähigkeit also erheblich herabgesetzt.

Die Kosten einer Zigarre und die Höhe des Briefportos kann er nicht angeben. Die rückläufigen Assoziationen sind schwer gestört, bei der rückläufigen Aufzählung der Monate kommt er nur bis zum Oktober.

Als seine Unkenntnisse ihm klar werden, bricht er in lebhaftes Weinen aus und versichert, er habe früher alles gekonnt.«

Die Rente wird auf 382,75 Mark raufgesetzt.

Vielleicht hat er simuliert, dachte Lahnstein.

Der letzte Eintrag war eine Abschrift aus einer anderen Akte, der Akte Fritz Franke. Haarmann hatte mit Fritz Franke zu tun, sagte Lahnstein zu Müller.

Dem ersten Verschwundenen?

Dem zweiten. Es gab noch einen davor, Fritz Rothe, aber der wurde hier offenbar nicht mitgezählt, weil er vergessen war. Ist fünf Jahre her. Oder vergessen werden sollte.

Lahnstein sah wieder in die Akte. Es war die Abschrift eines Protokolls. Zwei junge Frauen hatten sich kurz nach Frankes Verschwinden bei der Kriminalpolizei am Waterlooplatz gemeldet, Elli Schulz und Dörchen Mrutzek, Prostituierte, die zwei Stücke Fleisch mitbrachten. Sie hielten es für Menschenfleisch und behaupteten, es stamme von Franke.

Hatte seine Zimmerwirtin etwa recht?

Schulz und Mrutzek gaben sich als Freundinnen von Haarmann aus, Mrutzek erzählte zudem, sie würde Herrn Haarmann gelegentlich die Wohnung putzen. Dort, in der Neuen Straße 8, hätten sie Fritz Franke kennengelernt, einen hübschen, netten Jungen, 16 Jahre alt. Man habe gemeinsam gefeiert, Wein, Bier, Schnaps, bis Herr Haarmann sie wegen einer dringenden Angelegenheit hinausgeworfen habe. Sie seien weitergezogen ins »Schützenheim«. Ein Hans Grans, bei der kleinen Feier ebenfalls zugegen, habe sie dorthin begleitet. Es zeigte sich, dass Fritz Franke Klavier spielen konnte, und Mrutzek und Schulz hätten mit Grans getanzt. Der Eintrag erwähnt, dass Grans der Zuhälter der beiden jungen Frauen war. Als sie sich müde getanzt hätten, seien sie mit Fritz Franke zur Wohnung von Haarmann gelaufen, weil er dort habe übernachten wollen. Sie seien aber nicht mit hineingegangen.

Mrutzek gab zu Protokoll: Am nächsten Morgen sei sie wie gewöhnlich zur Wohnung des Haarmann gegangen, um dort zu putzen. Haarmann habe geöffnet, im Bett habe sie Franke liegen gesehen, mit halb entblößtem Oberkörper, der »ganz weiß« gewesen sei. Was mit dem Jungen geschehen sei, habe sie Haarmann gefragt, zu Tode erschrocken. Der habe Franke zugedeckt und geflüstert: Psst, er will schlafen. Geh jetzt. Komm nachmittags wieder. Sie sei gegangen und habe zur Elli gesagt: Da stimmt was nicht. Am Nachmittag sei sie wieder zum Haarmann gegangen, aber der habe sich eingeschlossen gehabt. Sie solle am Abend putzen, er sei beschäftigt.

Am Abend sei die Wohnung schon geputzt gewesen, alle Fenster hätten offen gestanden. Dörchen, riecht es hier schlecht?, habe Haarmann gefragt. Er sei aufgeregt gewesen, habe geschwitzt. Auf dem Bett hätten die Kleider von Fritz Franke gelegen. Sie habe geschrien, was mit ihm geschehen sei. Haarmann habe gesagt: Der hat nach Hamburg weitergemacht. Er wollte andere Montur haben. Hat wohl was ausgefressen. Ich habe sie ihm umgetauscht und noch was zuzahlen müssen. Dann seien Elli Schulz und Hans Grans gekommen. Die beiden Frauen hätten immer wieder gefragt: Was ist mit dem Berliner? Haarmann und Grans hätten sie beruhigt.

Zwei Tage später seien sie, Dörchen Mrutzek und Elli, in Haarmanns Zimmer gegangen, um rein zu machen. Er musste weg, und sie hätten die Gelegenheit genutzt, um alles zu durchsuchen. In der Schublade des Tisches hätten sie die Zigarettenspitze und die Brieftasche von Franke gefunden. Hinter der Butzenklappe unter der Treppe hätten sie einen großen Topf voller Fleischstücke entdeckt, zudem eine blutige Schürze.

Wir nahmen zwei Stücke mit, ganz voller Haare, hier sind sie. Mit diesen Worten präsentierten sie Kriminalkommissar Müller zwei Stücke Fleisch, hieß es im Protokoll.

Als Lahnstein Heiligabend die Gans aß, dachte er plötzlich, er esse Menschenfleisch. Es konnte nicht sein, er hatte gesehen, wie sein Vater die Gans gerupft, zubereitet und in den Ofen geschoben hatte. Er war dabei, als sein Vater das Fleisch prüfte. Er war dabei, als sein Vater die Gans aus dem Ofen holte und tranchierte. Aber als sie aßen und man das Telefon klingeln hörte, kam ihm dieser Gedanke, und er wurde ihn eine Weile nicht mehr los. Er verfluchte die Zimmerwirtin mit ihrem Gerede, er unterdrückte seinen Würgereiz, aß weiter, obwohl er nicht mehr wollte.

Schmeckt es dir nicht?

Doch Papa, es schmeckt ausgezeichnet.

Er trieb sein Messer durch ein Stück Brust, kaute lange, schluckte, machte ein genießerisches Gesicht. Sein Vater sah ihn seltsam an. Niemand klingelte an der Tür. Das Präsidium hatte nicht angerufen.

Sie redeten nicht viel an diesem Abend. Nach den Bratäpfeln spielten sie Halma, Dame, Mühle und rauchten dazu, jeder eine Zigarre von Emma. Der Vater hatte sich gefreut und bestand darauf, dass sein Sohn auch eine nahm. Bevor sie zu Bett gingen, umarmten sie sich.

Lahnstein ging nicht viel raus in den nächsten Tagen. Es waren eine Menge französische Soldaten in den Straßen, und obwohl er versuchte hatte, ihnen zu verzeihen, wühlte ihn ihr Anblick auf. Es war ein unglücklicher Zufall gewesen, seine Mutter schnell unterwegs, sodass sie die Schützen überraschte. Sie konnten das Feuer nicht rechtzeitig einstellen. So malte er sich das aus, und es war ungewiss, von wem die tödliche Kugel gekommen war. Vielleicht hatte einer der mutmaßlichen Saboteure geschossen. Aber dass die Franzosen überhaupt da waren und das Ruhrgebiet seit Anfang des Jahres besetzt hielten, nur weil die Regierung sich mit den Reparationen im Zahlungsrückstand befand, das war zu hart, zu schnell, und deshalb, fand Lahnstein, war der Widerstand gerechtfertigt, auch die Sabotage, obwohl er sich nicht daran beteiligte. Insofern waren die Franzosen auf jeden Fall schuld am Tod der Mutter. Andererseits wollte er so nicht denken, aber wenn er einen Franzosen in Uniform sah, begann diese Gedankenmühle zu mahlen. Also blieb er lieber zu Hause. Dann war er auch schneller erreichbar, falls das Telefon klingelte. Aber es klingelte nicht.

Am Silvesterabend tranken sie Rotwein, aus Baden-Württemberg, nicht aus Frankreich. Bis dahin hatte sein Vater Weine von der Rhône getrunken, seinen Vorrat aber mit den Worten weggekippt: Ich trinke doch nicht das Blut meiner Frau.

Braten, Kartoffeln, Rosenkohl, dann Halma, Mühle, Dame, noch mal zwei Zigarren von Emma.

Einmal, sagte sein Vater, eine Stunde vor Mitternacht, hatten wir in Bochum einen Entführungsfall. Die Tochter von einem Zechenbesitzer, vierzehn Jahre alt, es ging um viel Lösegeld. Wir haben den Kerl schnell gehabt, Einzeltäter, Psychopath. Aber er wollte uns nicht sagen, wo er das Mädchen versteckt hielt. Wir wussten nur von ihm, dass er sie eingesperrt hatte, ohne Vorräte, weil er natürlich nicht damit gerechnet hatte, verhaftet zu werden. Einen Tag lang haben wir auf ihn eingeredet, es sei doch ohnehin vorbei, das arme Mädchen. Wir versprachen ihm Strafnachlass. Aber er grinste nur. Wir haben ihm den Schlaf entzogen, wir haben ihn geschlagen, Ohrfeigen, ein paar Fausthiebe. Er hat gelacht. Wir haben erwogen, ihn zu foltern, aber ich war dagegen, und da ich die Ermittlungen geleitet habe, blieb ihm das erspart.

Und dann?

Das Mädchen wurde nie gefunden. Nun kennst du den wahren Grund, warum ich den Dienst vorzeitig quittiert habe. Es war nicht meine Gesundheit, es geht mir gut, nach wie vor. Aber ich dachte, dass einer, der einen Menschen auf dem Gewissen hat, nicht länger Polizist bleiben sollte.

Aber hast du dieses Mädchen auf dem Gewissen?

Es war meine Aufgabe, sie zu retten. Ich konnte diese Aufgabe nicht lösen. Lass uns jetzt nicht mehr darüber reden. Und jetzt sollte ich den Sekt öffnen, denke ich.

Bei einem der Nachbarn war die Musik angeschwollen, ein fröhliches Lied, es war kurz vor Mitternacht.

Sie stießen an, wieder eine Umarmung, aber nicht so innig wie die von Weihnachten.

Ich bin stolz auf dich, sagte Lahnstein zu seinem Vater.

Um halb eins waren sie im Bett. Er dachte lange über seinen Vater nach. Im Kaiserreich hatte er an den Kaiser geglaubt, jetzt glaubte er an Stresemann, an die DVP, konservativ, aber für die Aussöhnung mit Frankreich, trotz der Mutter, wegen der Mutter vielleicht, damit es aufhörte. Sein Vater. Ein erst strenges, dann nachgiebiges Familienoberhaupt, verlässlich, niemals ungerecht.

Sind Sie der Kriminalkommissar Müller in der Akte?, fragte Lahnstein.

Kann schon sein.

Warum haben Sie mir nie davon erzählt? Warum ist der Name »Haarmann« nie gefallen?

Das waren zwei hysterische Weiber, sagte Müller, Nüttchen, für nichts gut. Da war nichts dran.

Lahnstein schaute in die Akte. Das Fleisch war vom Gerichtsarzt Schackwitz geprüft worden. Schweinefleisch. Trotzdem wurde eine Hausdurchsuchung bei Haarmann angeordnet, ohne Ergebnis.

Was für eine Prüfung war das?

Was meinen Sie?

Wie hat Schackwitz das Fleisch geprüft?

Sichtprüfung. Das war eindeutig.

Eine Sichtprüfung ist nicht gerade genau.

Der Schackwitz kennt sich aus.

Und warum fehlt dieses Protokoll in der Akte Franke? Da müsste doch das Original drin sein.

Ich weiß es nicht. Ich verbitte mir solche Verhöre.

Aber es ist schon merkwürdig, das müssen Sie zugeben. Wir suchen einen Täter im homosexuellen Umfeld, und hier haben wir einen Mann, der ist offenkundig homosexuell und gewalttätig. Und ich erfahre nichts von diesem Mann.

Glauben Sie denn, wir hätten uns nicht um den Haarmann gekümmert? Haben wir natürlich. Wir haben Hausdurchsuchungen veranlasst, haben ihn observiert, verhört, aber da war nichts. Er hat mit dieser Sache nichts zu tun.

Sie hätten mich informieren sollen.

Müller zuckte mit den Achseln.

Hab's einfach vergessen, tut mir leid.

Lahnstein beugte sich vor, stützte die Ellbogen auf den Schreibtisch, legte sein Kinn auf seine gefalteten Hände, sah Müller an.

Ich werde mal mit dem Haarmann reden, sagte er.

Müller nickte.

*Sein Herz schlug, aber er musste sich gedulden. Den Jungen nicht zu früh ansprechen, warten, bis er verzweifelt war, bis er müde war, bis ihn die harte Holzbank mürbe gemacht hatte und er sich nach einem Bett sehnte. Er ging wieder zum Büfett, holte sich ein kleines Bier, stellte sich an einen Tisch, wartete, den Blick hin und wieder zum Wartesaal gerichtet. Seine Beute durfte ihm nicht entkommen, alles schon passiert. Er trank in kleinen Schlucken, das Bier musste noch eine Weile reichen, nie mehr als ein kleines Bier. Er sah, dass Wachtmeister Schöndorf heranschlenderte, kein Problem, mit Wachtmeister Schöndorf kam er gut aus. Doch seitdem der Neue da war im Präsidium, war es ungemütlicher geworden, der Druck stieg, er musste aufpassen, selbst bei Wachtmeister Schöndorf.*

*Schönen guten Abend, Wachtmeister. Wie geht's der Familie?*

*Wachtmeister Schöndorf redete gern über die Familie, die Gattin, das Töchterlein. Bisschen plaudern, gut Wetter machen und natürlich Fleisch anbieten, billiges Fleisch wollen sie alle haben.*

*Bald kommt 'ne Lieferung vom Schlachterkarl, hab' Se ganz oben auf der Liste.*

*Da freute er sich, der Wachtmeister Schöndorf, der Idiot. Hoffentlich zieht er bald weiter, und nach wenigen Minuten brach er tatsächlich auf.*

*Ich dreh noch 'ne Runde.*

*Sicher, sicher, die Pflicht ruft immer bei einem Polizeimann. Und grüßen Se die Gemahlin.*

*Schöndorf zog davon, mächtiger Hintern, an der Seite baumelte der Knüppel. Den könnte er sich ja mal reinschieben, der Wachtmeister.*

*Kurz vor Mitternacht ging er in den Wartesaal. Die beiden Frauen waren immer noch da, der Junge auch. Er sprach erst die Frauen an, damit der Junge sah, dass er sich um alle kümmerte. Er zeigte den Ausweis, fragte nach dem Befinden. Anschluss verpasst, in aller Frühe weiter. O je, ja, richtig, die Hotels sind teuer in Hannover, aber Vorsicht, die Wartesäle sind nicht geheuer, da muss man aufpassen, viel Gesindel, ständig Überfälle. Er sagte das so laut, dass es der Junge hören konnte.*

*Bis später, die Damen.*

*Er schlenderte weiter zu dem Jungen, der klein wirkte im Sitzen, zerbrechlich, weiße Haut, ein Koffer mit einem karierten Muster.*

*N'Abend. Auch gestrandet, wie die beiden Damen dort?*

*Der Junge nickte schüchtern, süß sah er aus dabei.*

*Kann passieren, nich' so schlimm. Wo willste denn hin?*

*Nach Bremerhaven.*

*Ah, Bremerhaven. Von dort ist's nich' mehr weit bis Amerika.*

*Der Junge sah ihn misstrauisch an. Er setzte sich neben ihn auf die Bank.*

# Kapitel 5

*Als der Zug in den Bahnhof einfuhr, ahnte der Junge, dass er seinen Anschlusszug verpasst hatte. Er hoffte noch, dass es eine Verbindung gäbe, von der er nichts wusste, fragte am Schalter, aber hörte das, was zu befürchten war: Der nächste Zug nach Bremerhaven würde morgen um 6.02 Uhr abfahren. Bis dahin waren es noch elf Stunden. Was sollte er so lange machen? Er sah sich um, er war noch nie in einem Gebäude gewesen, das so groß war wie dieser Bahnhof, so hoch, so weitläufig. Erst packte ihn die Ehrfurcht, aber dann war er begeistert und wollte die Stadt sehen, die zu diesem Bahnhof gehörte. Er gab seinen Koffer ab, ging auf die Toilette und verstaute die Uhr in dem Beutel, den er sich um den Leib geschnallt hatte. Dort war auch sein Geld. Dann schlenderte er hinaus und staunte, wie hell es war, überall Gaslaternen, die hellste Nacht seines Lebens. Er hielt inne, weil er nicht wusste, welche Richtung er einschlagen sollte, dann lief er einfach los.*

*Es waren nicht viele Menschen unterwegs. Hinter dem Bahnhofsplatz bog er in eine breite Straße ein, die von Geschäften gesäumt war. Alle hatten geschlossen. Es war kühl, seine Hände steckten tief in den Taschen. Sein Mut sank. Alles war so groß, so hoch, aber auch so leer. Ihm war ein bisschen unheimlich, dann sah er eine Straße, die nicht so breit war, ihm aber belebter vorkam. Er ging hin, hier hielten sich nicht nur Männer auf, sondern auch Frauen, was ihm ein gutes Gefühl gab. Wo sich Frauen sicher fühlten, war er ebenfalls sicher. Eine Frau trat dicht an ihn heran, nahm seine Hand und forderte ihn auf, mit ihr zu kommen. Erschrocken riss er sich los, ging weiter, schneller jetzt. Das waren alles solche Frauen, von denen er gehört hatte, schlimme Frauen, die aber, das wusste er, oft ein böses Schicksal in diese Lage gestürzt hatte. Gefallene Frauen. Monika. Er schob den Gedanken weg.*

*Der Junge hatte Durst, er hatte Hunger, er sah ein Wirtshaus, das hell erleuchtet war, und ging hinein, obwohl ihm mulmig zumute war, aber er musste essen und trinken. Eine Bratwurst mit Bratkartoffeln, eine Limonade. Niemand beachtete ihn.*

*Monika hatte ihn gefragt, ob sie am Samstag gemeinsam eine Kahnfahrt machen würden. Ihr Onkel lebte am Fluss und hatte dort einen Kahn liegen, und samstags fuhr der Onkel regelmäßig in die Stadt. Sie nahmen den Kahn, er ruderte in einen Seitenarm des Flusses, einen Seitenarm mit vielen Biegungen und Weiden, deren Zweige bis ins Wasser reichten. Sie hatte einen Picknickkorb dabei, mit einer Flasche Wein. Und dann lagen sie im Gras, und jeder erzählte von seinen Eltern. Der Pfarrer war streng und duldete keine Widerworte, und ständig hatte er etwas auszusetzen.*

*Bei der vierten Kahnfahrt lagen sie im Gras und küssten sich, und der Junge dachte ständig, dass er jetzt aufhören müsse, und wollte das auch, wollte aufhören, sich aufrichten, Monika in den Kahn helfen und zurückrudern. Aber es ging nicht. Bei Monika auch nicht. Zweimal hatte sie gesagt, dass sie jetzt aufhören müssten, und er hatte zugestimmt, aber sie hatten nicht aufgehört. Manchmal dachte er dabei an Heiner und konnte auch deshalb nicht aufhören. So war es passiert.*

*Er bezahlte das Essen und die Limonade und ging zurück zum Bahnhof, vorbei an den gefallenen Mädchen. Er dachte, dass er morgen vielleicht doch nicht nach Bremerhaven fahren würde, nicht nach Dunedin. Im Bahnhof holte er seinen Koffer ab und setzte sich in den Wartesaal.*

Lahnstein wartete seit zwei Stunden. Er war ins Haus gegangen, bis unters Dach hinaufgestiegen, hatte an die Tür von Haarmann geklopft, keine Antwort. Er kehrte auf die Straße zurück, lehnte sich gegen eine Laterne, rauchte Zigarillos von Emma, dachte an sie, während er dem Rauch nachschaute, dachte an das Flugzeug, warf den Zigarillo auf den Boden, trat ihn aus, drehte eine Runde durchs Viertel, wenig Leute unterwegs. Kinder hockten auf dem Pflaster, wendeten mit einem Stock eine tote oder halb tote Ratte.

Lahnstein stellte sich auf die Brücke, betrachtete die Strömungen der Leine, es begann zu regnen. Er ging zurück in die Rote Reihe, blickte auf das Haus Nummer 2, das glatt verputzt war, während die beiden Häuser links und rechts Fachwerk zeigten. Das Haus links war niedriger, hatte nur zwei Stockwerke, die Nummer 2 hatte drei, genauso das Haus rechts daneben, das aber höher war, weil die Etagen höher waren. Zwei Dachgauben, die links gehörte zum Zimmer von Haarmann. Im Erdgeschoss war ein Restaurant. Lahnstein löste sich von der Laterne, ging ins Haus, stieg bis unters Dach, klopfte, nichts, ging zurück zur Laterne, rauchte.

Als er drei Stunden gewartet hatte, sah er einen Mann durch die Gasse nahen. Lahnstein konnte das Gesicht nicht erkennen, da es hinter einem großen Bündel verborgen war. Es schienen Kleidungsstücke zu sein. Der Mann trug sie vor der Brust, umklammerte das Bündel mit beiden Armen. Er ging unsicher, schlingerte, weil er den Weg nicht richtig sah. Er hielt vor der Nummer 2, ließ das Bündel fallen, öffnete die Tür und setzte einen Fuß über die Schwelle, sodass die Tür nicht zufallen konnte. Als er sich bückte, die Kleidungsstücke zusammenraffte und aufhob, sah Lahnstein das Gesicht von der Seite. Für einen Moment nur, aber es konnte Haarmann sein. Der Mann stieß die Tür mit dem Fuß ein Stück weit auf und zwängte sich ins Haus. Die Tür fiel wieder ins Schloss.

Lahnstein steckte sich einen Zigarillo an, um ein Maß zu haben für die Zeit, wann er losgehen würde. Dann rauchte er immer hastiger und entschied nach der Hälfte, dass er eine Zigarillolänge gewartet hatte, überquerte die Gasse, öffnete die Haustür, trat in den dunklen Flur, ging die schmale Treppe hinauf bis auf den Dachboden. Verschläge mit Gerümpel, zwei Türen, die offenbar zu Wohnungen führten. Er lauschte kurz, hörte nichts, klopfte an der Tür. Es kam ihm vor, als sei aus der Stille tiefe

Stille geworden. Sekunden verstrichen. Schließlich eine Männerstimme, überraschend hoch: Wer is' da?

Lahnstein, Kriminalpolizei.

Wieder Stille. Lahnstein hörte ein Rascheln, als würde etwas beiseite geräumt.

Der Neue?

Sozusagen.

Was woll'n Se von mir?

Ich möchte mich mit Ihnen unterhalten.

Liegt was vor?

Nein.

Warum woll'n Se sich dann mit mir unterhalten?

Verrutschte Worte, verschluckte Buchstaben.

Einfach so. Über das, was so passiert hier im Viertel, Sie kennen sich doch aus, bekommen eine Menge mit.

Sie ha'm kein Recht, mich zu verhörn, wenn nix vorliegt.

Unten fiel eine Tür ins Schloss, Lahnstein hörte Schritte auf der Treppe.

Das weiß ich. Kommen Sie, ich lade Sie zu einem Mittagessen ein. Wir plaudern einfach.

Keine Zeit.

Unten fiel die Haustür ins Schloss.

Ich kann Sie auch vorladen lassen.

Ich dachte, es liegt nix vor.

Für die, die am 17.5. geboren wurden, gilt das nie so ganz.

Er schämte sich ein bisschen für diesen Satz, aber anders kam er hier nicht weiter. Schritte, ein Rascheln. Als die Tür aufsprang, sah er einen mittelgroßen, breiten Mann, Gesichtszüge wie auf den Fotos, vielleicht noch etwas voller, der schmale Schnurrbart, in der Mitte geteilt, etwas struppig, die Augen schmal, die Brauen gerade Striche. Ein Hut mit breiter Krempe. Haarmann streckte ihm ruckartig die Hand entgegen, Lahnstein griff zu, ein weicher

Druck, eine wattige Hand. Haarmann sah ihn nicht an, riss seine Hand zurück und ging wortlos voraus, die Treppe hinunter, raus auf die Straße, schneller Schritt. Lahnstein musste sich beeilen, um ihn einholen zu können.

Warum gehen wir nicht in das Restaurant in Ihrem Haus?

Schlechtes Essen.

Wo gehen wir dann hin?

In'n »Goldenen Hirschen«.

Darf ich fragen, was das eben für ein Bündel war, das Sie da nach Hause getragen haben?

Gebrauchte Kleidung.

Sie handeln damit?

Mein Beruf.

Haarmann grüßte nach links und rechts. Manche Leute grinsten, wenn sie ihn sahen, Hände flogen an Hutkrempen, ein kurzer Gruß mit einem wegschnellenden Zeigefinger. Haarmann grüßte ebenso zurück. Nach wenigen Minuten waren sie am »Goldenen Hirschen« angekommen. Haarmann öffnete die Tür und forderte Lahnstein mit einer Geste auf vorauszugehen. Schwere Luft, ein Geruch nach Kohl und Tabak und altem Schweiß. Die Fenster ließen wenig Licht herein, Bänke und Tische aus dunklem Holz. Haarmann steuerte einen Tisch am Fenster an, sie zogen die Mäntel aus, nahmen die Hüte ab, setzten sich. Haarmann holte eine Zigarre aus seiner Jackentasche, eine überraschend gute, teure, schnitt sie zurecht. Er trug eine Krawatte aus Strick, die mit einer Nadel am Kragen fixiert war. Seine Stirn wuchs hoch, über dem rechten Auge hatte er einen Scheitel, die Haare schlossen in gerader Linie über der Stirn ab.

Das Pferdefleisch is' gut, sagte er.

Beliefern Sie dieses Restaurant?

Sie ham sich mit mir befasst?

Ich habe das eine oder andere aufgeschnappt. Sie handeln auch mit Fleisch? Fleisch und Kleidung.

Haarmann zündete die Zigarre an, nahm zwei Züge, paffte, betrachtete die glühende Spitze, die gleichmäßig abbrannte, nickte zufrieden.

Richtig, sagte er, aber dieses Restaurant beliefer ich nich'. Das macht die Konkurrenz. Nehm' Se das Pferdeschnitzel.

Ein Kellner trat heran, mit zwei großen Gläsern Bier, nickte Haarmann kurz zu und stellte die Biere ab.

Essen?

Der Herr hier nimmt Pferdeschnitzel, oder?

Lahnstein nickte.

Für dich Bratwürste?

Wie immer.

Der Kellner ging. Sie prosteten sich zu, tranken.

Ich dachte, das Pferdefleisch sei so gut, sagte Lahnstein.

Ich ess' kein Pferd.

Lahnstein dachte an die Pferde, die er bei Verdun hatte liegen sehen, nach den Bombardements, wenn er die Wege und Felder überflog, verdrehte Gliedmaßen, zerrissene Körper, halbe Körper, Hälse, die im Nichts endeten, aufgedunsene Leiber, die Beine in den Himmel gestreckt. Sie lagen zwischen den Menschen, waren aber für ihn wegen ihrer Größe besser zu erkennen. Oft waren die Menschen schon abtransportiert worden, die Pferde ließ man erst mal liegen. Manche lebten noch, wenn er über sie hinwegflog, strampelten mit den Beinen, als würden sie ihm zuwinken. Er erinnerte sich an ein Tier, das ohne Hinterbeine vorwärts kroch.

Was woll'n Se von mir?, fragte Haarmann.

Er zog an seiner Zigarre, schaute ihn interessiert, aber unbesorgt an, ein leises Lächeln, fast gönnerhaft und irgendwie listig. Seine Stimme war sehr hoch, etwas gebrochen, als würde eine alte

Frau reden. Ohne den Mantel wirkte er immer noch breit, hatte aber etwas Schwammiges, durchaus Weibliches, dachte Lahnstein, war sich jedoch nicht sicher, ob er das nur zu sehen meinte, weil er Haarmanns Neigungen aus der Akte kannte oder zu kennen meinte.

Wo bekommen Sie die Kleidung her, wenn ich fragen darf?

Doch 'n Verhör?

Nein. Nur eine Frage.

Früher meist von den Toten.

Lahnstein merkte, wie er die Augenbrauen hochzog, vielleicht sogar die Augen aufriss. Haarmann sah das natürlich, blickte ihn kalt an.

Tote?, fragte Lahnstein bemüht gelassen.

Die Spanische Grippe. Die Leute starb'n wie im Krieg, ihre Kleidung wurde nich' mehr gebraucht, un' die Hinterbliebenen hatten Geld nötig, wenn Männer gestorben waren un' das Einkommen wegfiel. So ham wir angefangen, mit gebrauchter Männerkleidung. Un' die Leute hatten nach dem Krieg kein Geld für neue Sachen. Die Geschäfte liefen gut für uns.

Seine Zunge schnellte vor, während er redete, berührte die Lippen, zog sich ebenso schnell zurück. Eine unangenehm fleischige Zunge.

Wer ist »wir«?

Obwohl er die Antwort kannte.

Der Hans un' ich. Hans is' mein Partner.

Hans Grans?

Ich kenn' diesen Ton, das is' der Verhörton. Kenn' ich sehr gut.

Haarmann lachte gutmütig.

Entschuldigung, sagte Lahnstein. Es steht ohnehin in der Akte.

Schon in Ordnung.

Lahnstein machte eine Pause, sammelte sich, sagte dann: Jetzt laufen die Geschäfte nicht mehr gut?

Den Leuten geht's besser, auf beiden Seiten sozusagen. Man stirbt nich' mehr so schnell, man kauft nich' mehr so viel gebrauchte Ware. Die Leute ham wieder Geld, das was wert ist. Wir merken das.

Hans und Sie?

Hans Grans un' ich, ja.

Der Kellner brachte zwei dampfende Teller, Kartoffeln, eine Soße, die fast schwarz war, ölig. Vom Fleisch, überschwemmt von der Soße, war wenig zu sehen.

Zum Glück hab' ich den Fleischhandel, mein zweites Standbein.

Und das Fleisch, wer liefert Ihnen das, wenn ich fragen darf?

Fragen Se ruhig.

Er zog an seiner Zigarre, sagte nichts weiter.

Wer liefert Ihnen das Fleisch?

Hab' einen Lieferanten. Der sitzt aufem Land.

Schlachterkarl?

Se kenn' sich aus. Essen Se, Se müssen essen, solange die Soße heiß is'. Nichts schmeckt schlimmer als lauwarme Soße, nich' wahr?

Lahnstein tauchte sein Messer in die Soße, schnitt da hinein, wo er Fleisch vermutete.

Haarmann sah ihn interessiert an. Er nickte, als der Bissen in Lahnsteins Mund verschwand. Dann schnitt er ein Stück Bratwurst ab, ohne die Zigarre aus der Hand zu legen. Seine Finger waren lang, links fehlte ein Fingerglied. Sie kauten schweigend. Haarmann paffte zwischendurch an seiner Zigarre, blies den Rauch über Lahnsteins Teller. Lahnstein schmeckte nichts außer einem etwas säuerlichen Soßengeschmack. Sein Mund brannte, so heiß war die Soße.

Schmeckt's Ihnen?

Danke.

Lahnstein trank von seinem Bier. Er wollte nicht an Menschenfleisch denken, aber er dachte an Menschenfleisch. Im Lager hatte es gegen Kriegsende Wochen gegeben, da bekamen sie fast nie Fleisch. Sie bekamen auch kaum etwas anderes. Sie hungerten und fingen an, über Kannibalismus zu reden, zunächst nicht als Möglichkeit für sich selbst. Sie erzählten Geschichten aus der Vergangenheit, von anderen, meist Geschichten, auch erfundene, von Seefahrern, die nach Schiffshavarien auf Booten über Ozeane trieben. Nach ein paar Wochen fingen sie an, die Toten zu essen, oder sie töteten die schwächsten Kameraden, um sie zu verzehren. Je hungriger die Gefangenen im Lager wurden, desto mehr redeten sie über diese Dinge, als würden sie sich, dachte Lahnstein, auf den Fall vorbereiten, dass sie einander aufessen müssten. Franz würde er nicht anrühren, da war er sich sicher. Dann wurde die Versorgung wieder besser, und diese Gespräche hörten auf.

Er aß weiter. So schlecht war die Soße nicht, und sein Mund war ohnehin so verbrannt, dass er kaum etwas schmeckte.

In Ihrer Akte steht, Sie hätten auch mit Waffen gehandelt.

Warum komm' Se mir immer mit der Akte?

Ich habe mir natürlich Ihre Akte angeschaut.

So natürlich is' das nich', wenn nix vorliegt.

Was ist mit Ihrem Finger passiert?, fragte Lahnstein.

Haarmann legte die Gabel weg, betrachtete seine linke Hand.

Hab' ich mir abgehackt, als ich'n großes Tier zerlegt hab'.

Er hieb mit der Kante der einen Hand auf die Finger der anderen.

Spricht das gegen mich?

Kommt drauf an.

Plötzlich lachte Haarmann laut los, krümmte sich, schlug mit der Hand, in der er die Zigarre hielt, auf den Tisch.

Jetzt hab' ich Se, schnaubte er, ich seh's Ihnen genau an, was Se sich ausgemalt ham, das große Tier, das aussieht wie 'n Mensch, das Hackebeil, das Blut, das wegspritzt. Geben Se's zu.

Lahnstein versuchte gleichmütig dreinzuschauen.

Haarmann beruhigte sich.

Se hätten's wenigstens zugeben können, sagte er, kindlich schmollend.

Keine Sorge. Wurde mir abgebissen, bei 'ner Schlägerei, sagte er dann.

Warum haben Sie sich geschlagen?

Die Konkurrenz is' hart in mei'm Geschäft.

Haarmann nahm die Gabel wieder in die Hand, quetschte große Stücke von der Bratwurst ab, drehte sie durch die Soße, aß hastig, gierig, als habe er Angst, jemand würde ihm etwas wegessen.

Ich hab' keine Waffen mehr, sagte Haarmann.

Wo hatten Sie damals die Waffen her?

Damals hatte beinahe jeder 'ne Waffe. Millionen Soldaten kamen aussem Krieg zurück, un' se ham ihre Gewehre nich' abgegeben. Da war'n doch gar keine Offiziere mehr, denen man die Gewehre aushändigen konnte, oder man nahm die nich' mehr ernst. Oder dachte, die würd'n damit die Konterrevolution beginnen. Da hat man sein Gewehr lieber an mich verkauft. Da war nix zu befürchten.

Wieder die fleischige Zunge. Lahnstein fragte sich, ob sie auch so unangenehm wirkte, weil sie eine erotische Wirkung hatte, ein Eros des Anmaßenden, Widerlichen. Er schob den Gedanken weg.

Wem haben Sie die Gewehre verkauft?

Den Freikorpsleuten, den Revolutionären, allen, die eins gebraucht haben. Wurd' ja viel geschossen Achtzehnneunzehn. Irgendwann wird wieder geschossen, das sag' ich Ihnen.

Haben Sie auch geschossen?

Ich? Nein, nur beim Kommiss, vorm Krieg. Da war ich Soldat.

Ich weiß.

Alles in der Akte, oder?

Alles in der Akte.

Danach nich' mehr.

Sie aßen schweigend.

Dann sagte Lahnstein: Sie wissen von den Jungen?

Welchen Jungen?

Unbedarft gefragt, naiv. Die Stimme noch ein bisschen höher.

Den Vermissten.

Sind 'se tot?

Das ist die Frage.

Jeder weiß von den Jungs.

Was glauben Sie, was mit ihnen geschehen ist?

Fremdenlegion.

Ich glaube, dass sie umgebracht wurden.

Kommt aufs selbe raus.

Für mich kommt es nicht auf dasselbe raus. Wenn die Jungs im Kampf irgendwo in Afrika oder Asien ums Leben kommen, geht es mich nichts an. Das ist der Krieg. Wenn sie hier sterben, geht es mich etwas an. Es könnte Mord sein.

Krieg oder Mord. Für die Jungs isses egal.

Mir ist es nicht egal.

Warn Se im Krieg?

Ja, Verdun.

Haarmann nickte anerkennend.

Die Blutpumpe, sagte er.

Sie kennen dieses Wort?

Natürlich. Den Franzosen das Blut wegpumpen, bisse nich' mehr können. Dann nach Paris marschieren. Wir ham das auch im Gefängnis gehört. Wir wollten, dass das gelingt. Wir hofften nich' auf'n Sieg der Franzosen und Briten, damit se uns dann befreien konnten. Wir war'n immer für Deutschland, auch wenn's uns nich' gut behandelt hat. Aber die Franzosen un' Briten hätten uns sowieso nich' befreit.

Schwachsinnig klingt das nicht, dachte Lahnstein.

Was denken Sie bei diesem Wort: Blutpumpe?

Haarmann sah ihn verständnislos an. An viel Blut, woran sonst?

Es war ein Schlachthaus.

Und Se mittendrin?

Ich war Flieger.

Abschüsse?

Zwölf.

Wie war'n Ihr Name nochmal?

Idiot, du Idiot, beschimpfte sich Lahnstein im Stillen.

Lahnstein.

Haarmann sah ihn an, rauchte, kaute, nickte.

Se lügen, sagte er.

Die Listen sind nicht vollständig.

Ich weiß, dass Se lügen.

Haarmann hatte seine Bratwürste aufgegessen. Seine Lippen glänzten fettig, er nahm einen großen Schluck Bier, leckte sich die Lippen ab, wischte dann mit dem Ärmel über den Mund. Die Lippen glänzten nicht mehr, dafür der Ärmel.

Sie haben sich früher mit Jungs eingelassen, sagte Lahnstein und hoffte, dass er nicht rot wurde bei diesem Satz.

Haarmann zuckte mit den Schultern.

Das hat doch jeder in seiner Jugend, oder? Nen bisschen polieren is' doch nich' schlimm.

Rot, verdammt, er wurde rot.

Haarmann sah ihn an, ließ es sich aber nicht anmerken, wenn er etwas mitbekommen hatte.

Es ist verboten.

Polieren doch nich'.

Alles.

Mich interessier'n Frauen. Ich war verlobt.

Ich weiß. Es steht in der Akte. Aber geheiratet haben Sie nicht?

Steht das nich' in der Akte?

Nein.

Dann hab' ich wohl nich' geheiratet.

Weil Sie erkannt haben, dass Sie … Lahnstein räusperte sich … dass Sie sich für Männer interessieren?

Blödsinn.

Seine Stimme klang scharf, irgendwie überzeugend.

Die Erna hatte dann mit'nem Studenten poussiert. Hat ihr 'n Kind gemacht.

Lahnstein hieb die Gabel in das letzte Stück vom Pferdeschnitzel, wischte es durch die Soße, steckte es in den Mund, kaute kurz. Zäh war es nicht.

Hat's geschmeckt?, fragte Haarmann.

Ja, danke.

Ich möcht' jetzt gehen. Er drückte die Zigarre in den Aschenbecher, wollte sich erheben. Dann setzte er sich wieder.

Angenommen, ich würd' mich für Männer oder Jungs interessieren, warum sollt' ich se dann umbringen? Das is' doch nich' logisch. Ham Se mal darüber nachgedacht?

Es gibt den Lustmord auch bei denen, die normal sind, sagte Lahnstein.

Ich bin normal. So normal wie Sie, glaub'n Se mir das.

Ich wollte Ihnen nicht zu nahe treten.

Haarmann erhob sich wieder.

Haben Sie denn nie etwas gehört?, fragte Lahnstein. Sie kommen viel rum in Hannover, wenn Sie Kleidung oder Fleisch verkaufen, Sie hören eine Menge. Haben Sie nie etwas von den Jungs mitbekommen?

Nie. Wünsche'n schönen Tag.

Er setzte seinen Hut auf, zog seinen Mantel an, verließ das Restaurant.

Lahnstein bestellte die Rechnung.

Das Fleisch war gut, sagte er dem Kellner, um freundlich zu sein.

Kommt ja auch von Ihrem Freund, sagte der Kellner.

Bitte? Er sagte, es käme von einem seiner Konkurrenten.

Lahnsteins Kehle schnürte sich zu, ihm wurde schlecht.

Hat er das gesagt?

Das hat er gesagt.

Er hat hier keinen Konkurrenten, sagte der Kellner, niemand liefert so billiges Fleisch wie Haarmann.

Lahnstein gab dem Kellner rasch Geld, eilte zum Klo, kniete sich vor die Schüssel, steckte seinen rechten Zeigefinger tief in den Hals und spuckte, spuckte, spuckte.

Am Abend ging er zu einer Versammlung der Sozialdemokraten. Das hatte er lange nicht mehr gemacht, fühlte sich fremd dort unter den Arbeitern, die zumeist bei den Gummiwerken beschäftigt waren und über Arbeitsbedingungen und Stundenlöhne redeten, manchmal auch von den nächsten Schritten ins Reich des Sozialismus, aber das mit weniger Ernst, als hätten sie es nicht besonders eilig, dahin zu kommen. Im Gefangenenlager war die Sozialdemokratie etwas anderes für ihn gewesen, die Auflehnung gebildeter Offiziere gegen die Monarchie und deren Krieg. Unter Gerechtigkeit verstanden sie vor allem politische Gerechtigkeit, ein Recht auf echte Teilhabe, auf die Möglichkeit, eine Regierung zu stellen, die sich dann auch um die Arbeiter kümmern würde, natürlich, bessere Bedingungen, höhere Löhne. So malten sie sich das aus, wenn sie im Sommer auf der Wiese beieinandersaßen, im Winter in einer der Baracken. Sie würden etwas für die Arbeiter tun. Vor allem würden sie eine Republik aufbauen.

Dann saß er da mit Arbeitern, die selbst etwas für sich tun wollten, denen er so fremd war wie sie ihm, und er dachte, dass dies vielleicht ein Missverständnis gewesen war, dass seine SPD des Lagers und die SPD der Friedenszeit nicht dasselbe war. Andererseits gab es den Reichspräsidenten Friedrich Ebert, und wenn eine Runde Bier kam, dann tranken sie alle auf ihn. Derzeit war die SPD nicht an der Regierung beteiligt, Reichskanzler war Wilhelm Marx, ausgerechnet, ein Mann des Zentrums.

Er ging wieder hin, weil er Gesellschaft haben wollte, vielleicht auch einen Halt, Leute, mit denen er sich über ein paar Dinge einig war. Zwei Dutzend Männer waren gekommen, meist noch in ihrer Arbeitskluft, zwei, drei Leute, die Professoren sein mochten oder Lehrer, drei Frauen. Eine von den Frauen kannte er, Magda Hennies, die Mutter vom zweiten Adolf, von Nummer zwölf, die bei Continental während des Kriegs an den Maschinen gearbeitet hatte und jetzt putzen gehen musste, weil wieder Männer da waren, um die Maschinen zu bedienen. Es war ihm unangenehm, sie hier zu treffen. Die anderen wussten, dass er Polizist war, und das hatten sie gleichmütig aufgenommen, aber sie wussten nicht, dass er für die verschwundenen Jungs zuständig war. Magda Hennies saß am anderen Ende des Tisches, zwischen zwei Frauen, beteiligte sich nicht am Gespräch, das sich vor allem um eine neue Organisation drehte, die die Sozialdemokraten bald mit anderen Anhängern der Republik gründen wollten, das Reichsbanner Schwarz-Rot-Gold, und wenn Lahnstein das richtig verstand, sollte das Reichsbanner die Republik gegen ihre Feinde verteidigen, zur Not mit Waffen. Das aber wurde mehr geraunt, geflüstert, er hatte den Eindruck, dass einigen der Männer nicht recht war, dass er zuhörte, als wüssten sie um die Gedanken, die er sich machte. Sollte nicht die Polizei die Republik beschützen?

Die kann ja nicht mal unsere Jungs schützen, sagte einer der Arbeiter.

Jetzt klingst du schon wie ein Kommunist, sagte ein anderer.

Lahnstein sah sie entsetzt an. Die redeten über seinen Fall, seine Fälle. Ohne ihn dabei anzuschauen.

Die Kommunisten nutzen doch diese Sache, um unseren Noske fertigzumachen. Liest du denn keine Zeitung?

Nicht die von den Kommunisten.

So rächen die sich für Luxemburg und Liebknecht.

Die sollen endlich aufhören, das unserem Noske in die Schuhe zu schieben.

Aber mit den Jungs haben die recht, sagte einer der Männer, die gebildet aussahen.

Was sagt denn der Genosse Polizist dazu?, fragte einer der Arbeiter.

Lahnstein schaute kurz zu Magda Hennies, die ihn interessiert ansah. So wie alle anderen.

Er schob es auf Versailles, das schien ihm am einfachsten, keine Leute, keine Möglichkeit, breit zu ermitteln. Aber er sah in skeptische Gesichter. Der Sozialdemokrat Hermann Müller hatte den Vertrag von Versailles unterschrieben, das hatte er nicht bedacht. Der Vertrag von Versailles war das Argument der anderen, der Gegner der Republik. Damit wollten sie die Republik zur Missgeburt erklären. Ausländische Demokraten hatten ihn diktiert, Wilson, Clemenceau, Lloyd George, deutsche Demokraten hatten ihn angenommen.

Lahnstein schwitzte, seine Stimme wurde brüchig, und er verlor sich in weitläufigen Erklärungen, die niemanden überzeugten.

Magda Hennies rettete ihn, indem sie sagte, sie müssten das Thema beenden. Ihr Sohn werde auch vermisst, es täte ihr zu weh, hier zuzuhören. Man war einverstanden.

Lahnstein war für diesen Abend verloren, driftete ab in eine Gedankenwelt, die sich nur um die verschwundenen Jungs und ihren Mörder drehte. Nun kannte er das Gesicht von Haarmann, obwohl er sich noch nicht sicher war, ob es sich bei ihm wirklich um den Serienmörder handelte. Aber er hatte ihn neuerdings in den abscheulichen Szenen vor Augen, die er sich vom Schicksal der Jungs ausmalte. Er passte da rein, es funktionierte, es war auf eine schreckliche Art stimmig, und das hatte ihn selten getrogen, das war seine Methode, sich einen Hinweis zu holen, ob es sich lohnte, eine Spur weiterzuverfolgen oder nicht. Wenn das Gesicht in die Szenen passte, wenn es sich nicht bald auflöste, verschwand, dann war er auf dem richtigen Weg. Obwohl es da natürlich Irrtümer gegeben hatte, nicht viele allerdings.

Er war fast überrascht, als sich die Runde auflöste, die Genossen nach Hause gingen. Vor der Tür sprach ihn Magda Hennies an.

Kann ich mal mit dir reden?

Bitte, gerne.

Ich habe nachgedacht, sagte sie. Du hast mich doch gefragt, ob der Adolf so einer ist, einer von denen, also ich sage es geradeaus.

Sie hielt inne, suchte nach Worten, die sie über die Lippen bringen konnte. Er sah, wie sie rang, ihr Gesicht zuckte, so angestrengt suchte sie nach einem für sie annehmbaren, erträglichen Satz. Dann presste sie ihn heraus: Ob er sich in Jungs verlieben kann.

Er sah weg, er wollte ihr die Zeit geben, sich zu sammeln.

Ist nicht so schlimm, hörte er sie sagen und schaute sie wieder an. Ein entspanntes Gesicht, ein Lächeln, nur eine Spur verlegen.

So ist das wohl, sagte sie. Wenn ich mit ihm durch die Straßen ging, hat er sich nur nach Jungs umgedreht, nie nach Mädchen, und ich habe das gesehen, aber ich wollte denken, dass das Kumpels sind.

Danke, dass du mir das sagst, das hilft mir sehr.

Weißt du, was das heißt?, fragte sie.

Was?

Er hatte gar keine Chance, das, was er machen wollte, zu Hause zu machen, in Sicherheit. Er musste da raus in die Dunkelheit, wo sich auch die schlechten Menschen rumtreiben. Eine andere Möglichkeit hatte er nicht.

Sie begann zu weinen.

Hätte er ein Mädchen mitbringen dürfen und mit ihm in seinem Zimmer alleine sein?, fragte Lahnstein.

Natürlich nicht. Er war zu jung dafür.

Also, es macht keinen Unterschied. Dich trifft keine Schuld.

Es macht einen Unterschied, sagte sie. Ich hätte wissen können, dass das, was er sucht, ihn besonders in Gefahr bringt. Immer die, die sich den Männern ausliefern, müssen aufpassen, ob das nun Mädchen sind oder Jungs. So ist das nun einmal. Ich weiß, wovon ich rede.

Er wusste nicht, was er erwidern sollte. Sie sah ihn an, zuckte dann mit den Achseln.

Ich wollte dir das nur sagen, damit du die richtigen Spuren verfolgst.

Lahnstein gab ihr die Hand, ein wenig gerührt.

Als er wenige Tage später Emma Burschel besuchte, hatte sie den Laden abgesperrt, die Jungs waren im Bett. Ihm war klar, dass er nicht mit ihr schlafen würde, schon auf dem Weg zu ihr war ihm das klar, und er schwankte nur kurz, als sie beim Essen saßen und plauderten und sich das gut anfühlte, besser als alle Gespräche, die er seit seiner Rückkehr aus dem Krieg mit Frauen gehabt hatte, in Wahrheit auch mit Männern. Sie aßen Braten, Kartoffeln, Rotkohl, tranken Bier. Er erzählte von Lissy und August, das hatte er sich vorgenommen.

Ein Tannenbaum stand in der Ecke des Wohnzimmers, braune Nadeln, sechs, sieben Kugeln, zwei, drei Engel mit kindlichen Gesichtern, die Kerzen waren abgebrannt. Eine Hütte aus Holz stand unter dem Baum, Maria und Josef, das Jesuskind in der Krippe, Esel und Ochse, grob geschnitzt. Sie hatte ihm eine Kiste mit ihren besten Zigarren geschenkt, eingepackt, mit Band und Schleife.

Das Flugzeug, das immer noch flog, erwähnte er nicht. Er brach die Geschichte von Lissy und August irgendwann einfach ab, sagte unvermittelt: Jetzt Sie, erzählen Sie mir von Ihren Eltern.

Meine Mutter war sieben Jahre älter als mein Vater, sagte Emma. Sie aßen Marmorkuchen zum Nachtisch.

Sie war eine gute Mutter, leider musste sie unter dem Vater so leiden.

Was hat er getan?

Vielleicht hat er sie nur geheiratet, um an ihr Vermögen zu kommen, ein paar Häuser, ein kleiner Aktienbesitz. Er trank. Er ging schon mittags aus dem Haus, zog durch die Kneipen der Altstadt, suchte Streit und fand Streit, eine Menge. Manchmal kam er blutend nach Hause. Mein Vater war ein kleiner Mann.

Lahnstein nahm eine der Zigarren und schnitt sie sich zurecht, während sie weitererzählte.

Dann brachte er Frauen mit nach Hause. Die Mutter hat es geduldet. Was sollte sie auch tun? Nach der Geburt ihres sechsten Kindes war sie bettlägerig. Sie kränkelte, stand kaum noch auf, lag in ihrer Kammer, während der Vater mit den Mätressen nebenan poussierte. Wir haben sie gehört. Bis er selbst krank wurde, Sie wissen schon, dann ging das nicht mehr mit den Frauen.

Sie gab ihm Feuer.

Syphilis?

Sagen Sie dieses Wort hier bitte nicht.

Entschuldigung.

Er nahm einen ersten Zug, ein fast süßlicher Geschmack.

Schon gut. Wir hielten das kaum aus, wie er die Mutter behandelt hat. Sie lag krank im Bett, und wir hörten ihn in seinem Zimmer lachen. Und die Frauen quiekten. Am schlimmsten war das für meinen kleinen Bruder. Er liebte seine Mama, auch weil sie ihn vor dem Vater geschützt hat, als sie das noch konnte. Er hatte viele Wutausbrüche, aber die schlimmsten bekam der Fritz ab. Die Frauen quiekten, und die Mutter starrte an die Decke, während der Fritz bei ihr im Bett lag. Weil sie nicht aufstehen konnte, lag er oft bei ihr. Und wenn ihn der Vater jagte, rannte er in ihr Zimmer, sprang ins Bett und kroch unter die Decke. Dann hat der Vater ihn nicht angerührt.

Sie öffnete noch eine Flasche Bier, verteilte es auf die beiden Gläser. Der Schaum lief über.

Kein Wunder, dass er lange ins Bett und in die Hosen gemacht hat.

Sie wischte den Schaum mit ihrer Serviette weg.

Hast du die Hose eingeweiht, sagte meine Mutter, wenn er eine neue Hose bekommen und kurz darauf reingeschissen hatte.

Das tut mir leid, sagte er.

Was tut Ihnen leid?

Er wusste nicht, was er sagen sollte, rettete sich in eine Frage: Warum hat Ihr Vater seinen jüngsten Sohn so gejagt?

Der Fritz war seltsam. Er hat gestrickt, Strümpfe gestopft. Unser Vater wollte ihn so nicht sehen. Aber Fritz setzte sich immer wieder zur Mutter ins Bett und tat die Dinge, die sie hätte machen müssen, aber nicht mehr machen konnte. Manchmal spielte er mit einer Puppe. Wenn der Vater ihn dann erwischte, hat er ihn schlimm zugerichtet, mit dem Feuerhaken. Vielleicht tut mein Bruder deshalb manchmal Dinge, die man nicht verstehen kann.

Zum Beispiel bei Ihnen einbrechen und Zigarren klauen, sagte Lahnstein.

Sie lachte, winkte ab. Mein Bruder sagt, dass er das tut, weil ich ihn um einen Teil seines Erbes unserer Mutter gebracht hätte. Er hole sich nur, was ihm gehöre, und vielleicht hat er ein bisschen recht.

Wann starb Ihre Mutter?

Manchmal klingen Sie, als würden Sie mich verhören.

Entschuldigen Sie bitte, das war nicht meine Absicht.

Natürlich war das nicht Ihre Absicht.

Am 5. April 1901. Mein Vater wollte nicht mit uns teilen. Wir haben Prozesse geführt, gegen den Vater, wir Geschwister untereinander, eine schreckliche Zeit. Ich will Ihnen das eigentlich gar nicht erzählen, aber Sie sitzen da so still und hören zu und rauchen dabei.

Ihre Zigarre.

Schmeckt Sie Ihnen?

Ausgezeichnet.

Wir haben auch um das Erbe des Vaters prozessiert.

Sie war nicht schön, das nicht, sie hatte schmale Augen, zu klein für ihr rundes Gesicht. Ihm gefiel nicht so sehr, was ein Foto einfangen würde, der gefrorene Moment, ihm gefielen ihre Mimik, ihre Bewegungen, da sah er einen schönen Fluss, Anmut, Charme, Grazie, was auch immer. Auf seinem ersten Feindflug hatte er ein Foto von Lissy in sein Cockpit geklemmt, sodass er sie sehen konnte, wenn er einen Blick auf die Instrumente warf. Kurz nach dem Start war es davongeflattert. Er wollte umkehren und das Bild einsammeln, flog aber weiter. Vielleicht hat er sie da verloren, dachte er später, nachdem er sie verloren hatte.

Emmas Fotos würde er sich nicht ins Cockpit klemmen, aber diesen Vergleich wollte er gar nicht ziehen, hatte es aber getan. Also führte er ihn zu Ende: Für Emma würde er einen Film brauchen, obwohl es die Filme nicht schafften, die natürlichen Bewegungen der Menschen einzufangen. Alles so eckig, so forsch.

Was ist?, fragte sie, Sie sind so weit weg?

Ich habe nachgedacht, sagte er.

Worüber?

Über Ihren Bruder.

Ich liebe meinen Bruder.

Burschel ist der Name Ihres ehemaligen Mannes?

Können wir nicht Du sagen?

Er hob sein Glas.

Robert Lahnstein, sagte er.

Emma Burschel.

Sie stießen an, tranken.

Geborene?

Das hat mich noch nie einer gefragt.

Vergessen Sie die Frage bitte.

Haarmann.

So war das jetzt. Sie war Emma Haarmann, und er war der Kommissar, der gegen ihren Bruder ermittelte. Er ahnte das seit einigen Minuten, nun war es gewiss. Er sah Ähnlichkeiten, die ihm vorher nicht aufgefallen waren, die schmalen Augen, die strichartigen Brauen, das rundliche Gesicht. Wie hatte er das nicht gleich sehen können? Oder hatte er?

Wie ging Ihr Bruder Fritz mit Ihnen um?

Dein Bruder mit dir.

Entschuldigung, natürlich.

Nett. Meistens. Aber manchmal hat er mich festgebunden.

Nicht schön.

Einmal hat er eine Strohpuppe gebastelt, sie in die Sachen unserer Schwester gesteckt und auf die Treppe zum Haus gelegt, mit dem Gesicht nach unten. Habe ich Ihnen das schon erzählt?

Ja.

So ist es halt unter Geschwistern. Haben Sie keine? Du. Sie lachte. Hast du keine Geschwister?

Nein, keine.

Sei froh.

Was macht dein Bruder jetzt?

Wieder dieser Ton, er musste aufpassen.

Er handelt mit Kleidung, mit Fleisch, mit allem Möglichen. Beklaut mich, schlägt sich so durch. Passt auf meine Jungs auf.

Hast du da keine Angst, wollte es aus ihm rausplatzen, aber er beherrschte sich, sagte nichts.

Warum redest du nur über meinen Bruder?, fragte sie.

Aus Verlegenheit, sagte er.

Sie goss Bier nach.

Pff.

Er wusste nicht, was er sagen sollte, da platzte einer der Jungs ins Wohnzimmer. Lahnstein hatte sich die Namen nicht gemerkt, wahrscheinlich der ältere, im Schlafanzug, rieb sich die Augen wegen des Lichts und sagte: Ich kann nicht schlafen. Er war mitten im Raum stehen geblieben, seine Mutter beugte sich ihm entgegen, breitete die Arme aus, aber er rührte sich nicht.

Warum ist der Mann hier? Er zeigte auf Lahnstein.

Wir erzählen uns was, sagte sie.

Warum? Der Junge hatte Tränen in den Augen.

Sie stand auf, ging zu ihrem Sohn, schloss ihn in die Arme. So standen sie eine Weile, wie eingefroren.

Er schläft, flüsterte sie. Wie bekomme ich ihn jetzt ins Bett?

Soll ich ihn tragen?

Sie nickte. Lahnstein stand auf, hob den Jungen sanft hoch, nahm ihn auf seine Arme und folgte Emma ins Kinderzimmer. Wärme, der Geruch von Schlaf. Sie gingen in ein kleines Zimmer, links und rechts ein Bett, dazwischen ein schmaler Gang. Lahnstein legte den Jungen in das freie Bett, strich ihm kurz über den Kopf, folgte Emma hinaus.

In der Nacht schlief er nicht, weil er daran dachte, wie Lissy aus seinem Leben verschwunden war, damals im Gefangenenlager. Der Krieg war vorbei, aber sie durften nicht nach Hause, weil es noch keinen Friedensvertrag gab. In den englischen Zeitungen, die sie nun regelmäßig bekamen, lasen sie von den Kämpfen in Berlin, Freikorps im Auftrag der sozialdemokratischen Regierung gegen Anhänger von USPD und Kommunisten, dann Streiks im Ruhrgebiet, Schießereien, Freikorps gegen Arbeiter. Er verstand das nicht, gerade war er ein Sozialdemokrat geworden, nun ließ der Volksbeauftragte für Heer und Marine, Gustav Noske, auf Arbeiter schießen, die eigenen Leute, wie Lahnstein dachte. Im Lager entspannte sich die Stimmung. Die Offiziere, die zum gestürzten Kaiser hielten, hielten auch zu den Freikorps und frohlockten gegenüber den Sozialdemokraten, dass die Regierung der SPD die alten Kräfte brauchte, um bestehen zu können. Das müsst ihr uns danken, rief ihm ein Oberst zu, und dann werden wir weitersehen. Lahnstein sagte nichts. Er fror, ein kalter Winter in Yorkshire.

Er fieberte den Briefen noch mehr entgegen als zuvor, Lissy, Vater, Mutter, weil er nun, im Frieden, noch besorgter war als im Krieg. Sie schrieben von wachsender Not, auch von der Gefahr durch die Kämpfe. August wuchs, war aber schmal, ein dünnes Kerlchen. Lahnstein hatte ihn beinahe als Gerippe vor Augen, war manchmal fast wahnsinnig vor Sorgen. Fahrt an den Irrsee, schrieb er Lissy, deren Briefe zurückhaltend blieben. Die Bauern würden zu essen haben, dachte Lahnstein, und auf dem Land würden sie auch sicher sein vor den Schießereien. Schickt sie an den Irrsee, schrieb er Vater und Mutter. Dann vergingen Wochen, bis ihn ein Brief des Vaters erreichte. Lissy und August waren an den Irrsee gefahren, Erleichterung. Wieder warten. Im April erreichte ihn ein Brief von Lissy, aufgegeben im Februar, alles gut, sie wurden wieder satt, ein bisschen Husten, Schnupfen. Noch mehr Erleichterung. Das war der letzte Brief, den er von Lissy bekam. Im Mai schrieben die Eltern, die Streiks seien beendet, es herrsche wieder Ruhe im Ruhrgebiet. Nichts von Lissy.

In den Zeitungen lasen die Gefangenen von den Pariser Verhandlungen, alle hofften auf einen milden Frieden, auf den amerikanischen Präsidenten Woodrow Wilson, der den Völkern ein Recht auf Selbstbestimmung einräumen wollte. Man hatte ihn bejubelt, als er durch Europa reiste. Jetzt frohlockten die Sozialdemokraten im Lager gegenüber den anderen: Seht ihr, nur ein demokratischer Politiker kann uns retten. Schweigen.

Die Nachrichten aus Paris wurden schlechter. Die Franzosen forderten härteste Bedingungen, Deutschland sollte einen bedeutenden Teil seines Territoriums verlieren, Soldaten der Entente große Landstriche bis weit über den Rhein hinaus besetzen. Und warum durften die Deutschen nicht mit am Verhandlungstisch sitzen? Warum wurde über ihre Köpfe hinweg entschieden? Wut. Dann aber Sympathie, gar Zuneigung gegenüber den Bewachern. Die Franzosen forderten, das Rheinland vom Reich abzutrennen, die Amerikaner und Briten waren dagegen. Die Gefangenen verfassten eine Dankesadresse an ihre Bewacher, alle unterschrieben. Der Offizier, der am besten zeichnen konnte, hatte ein Porträt des englischen Königs gefertigt, das wurde ebenfalls übergeben. *Thank you.* Die Bewacher dankten kühl, blieben distanziert.

Nichts von Lissy. Lahnstein schrieb an die Adresse ihres Bruders in Zell am Moos, keine Antwort. Auch seine Eltern hatten nichts mehr gehört. Er forderte den Vater auf, an den Irrsee zu reisen, um aufzuklären, warum sich Lissy nicht mehr meldete. Der Vater zögerte, hatte Angst, Bochum zu verlassen, weil man damit rechnete, dass die Franzosen jederzeit tief in den deutschen Westen marschieren könnten. Wenn er dann abgeschnitten war, nicht nach Bochum zu seiner Frau zurück könne? Lahnstein schwankte zwischen Wut und Verständnis. Und warum musste alles so lange dauern? Von dem Moment, in dem er eine Frage aufgeschrieben hatte, dauerte es manchmal sieben, acht Wochen, bis er die Antwort las. Scheißkrieg, Scheißgefangenschaft, Scheißfriedenskonferenz.

Im Juni druckten die englischen Zeitungen die Ergebnisse der Verhandlungen. Alle Gefangenen versammelten sich auf der Wiese, als der Major, der in Birmingham aufgewachsen war und deshalb am besten Englisch sprach, die Bedingungen vorlas. Elsass-Lothringen war verloren, gut, damit musste man rechnen, aber warum auch die größten Teile Westpreußens, Posens, das Hultschiner Ländchen, das Reichthaler Ländchen? Ein Mann schrie auf, er stammte wohl aus dem Reichthaler Ländchen. Eupen-Malmedy auch weg, fiel an Belgien. In einigen Gebieten sollten die Bewohner abstimmen, ob sie sich anderen Staaten anschließen wollten, Dänemark, Polen, Frankreich. Die Franzosen wollten sich das Saarland einverleiben. Es wurde immer stiller auf der Wiese. Tränen.

Rüstungsbeschränkungen, Reparationen, alle Kolonien verloren. Die Schuld am Krieg wurde allein dem Deutschen Reich zugesprochen. Als der Major geendet hatte, schrien einige Soldaten auf, trampelten auf den Boden, einer rannte mit dem Kopf voraus gegen eine der Hütten. Man musste ihn davon abhalten, es wieder und wieder zu tun. Wir sind noch gut davongekommen, sagte ein Oberleutnant. Eine Faust zertrümmerte seine Nase, Blut, er wurde ins Lazarett geführt.

Wachen zeigten sich mit Gewehren. Die deutschen Offiziere zerstreuten sich. Den Rest des Tages saßen sie in kleinen Gruppen zusammen und unterhielten sich flüsternd. Lahnstein blieb für sich, stand dann auf, ging zum Tor und fragte den britischen Wachmann, wann sie wohl freikämen. Der wusste es nicht.

Ich will zu meiner Familie, sagte Lahnstein.

Der Mann nickte.

Sind Briefe gekommen?

Der Mann schüttelte den Kopf. *Go back to your comrades*, sagte er.

Lahnstein trollte sich. Er las den letzten Brief, den er von Lissy bekommen hatte, abgegriffen, rissig, so oft hatte er ihn in seinen Händen gehalten. August hatte keine Angst vor den Kühen mehr, Schnee, jeden Tag Neuschnee. Der Bruder musste das Dach von der weißen Last befreien, sonst würde es einstürzen. Jetzt war es Sommer.

Plötzlich blieb er hängen. Moment, dachte er, das war doch seltsam. Er las den letzten Satz noch einmal: »Ich lese in einem Buch einer dänischen Schriftstellerin.« In den ersten Buchstaben der Wörter ab »lese« erkannte er das Wort »liebe«. Sein Herz klopfte. Lese In Einem Buch Einer. War das ihre scheue Art, ihren Gefühlen für ihn Ausdruck zu verleihen? Er las den Satz wieder und wieder, meinte zu erkennen, dass Lissy die Anfangsbuchstaben mit größerem Nachdruck geschrieben hatte, dass die Buchstaben dicker waren, dunkler, mehr blaue Tinte. Dann sah er das nicht mehr. Alles Einbildung, der Wahnsinn seines Vermissens, seiner Ängste.

Er ging die Burschen des Dorfes durch, wie er sie erinnerte, abends im Kaminzimmer des Seewirts sitzend, rauchend, trinkend, schwadronierend. Es waren nur wenige, vom Kriegsdienst für die Landwirtschaft freigestellt. Jetzt würden es mehr junge Männer sein, aus dem Krieg heimgekehrt, gestählt, heldenhaft, attraktiv. So malte er sie sich aus. Oder invalid, nur ein Bein, ein Arm, ein entstelltes Gesicht, alles zusammen. Mitleid konnte auch Liebe entfachen, oder nicht? Der Vertrag von Versailles untersagte es,

Deutschland und Österreich zu vereinen, aber er untersagte keine Reisen von Deutschland nach Österreich und umgekehrt, warum auch? Hör auf mit diesem Wahnsinn! Er würde sofort an den Irrsee fahren, sowie er freikam.

Dann war es so weit. Sie wurden nach Dover gebracht, überquerten den Ärmelkanal mit einem Dampfer, Züge, die oft hielten, auch auf freier Strecke. Er wusste nicht, in welches Land er zurückkehrte, hatte keine Vorstellung von einem Deutschen Reich ohne Kaiser, von einer Republik, an deren Spitze Sozialdemokraten standen.

Sein Zug lief in Bochum ein. Niemand erwartete ihn, niemand wusste, dass er kam. Auf den ersten Blick erkannte er die Stadt, die er drei Jahre zuvor verlassen hatte, nach seinem vorletzten Urlaub, aber als er den Bahnhof verließ, fiel ihm die Ruhe auf. Da waren weniger Automobile, weniger Menschen, die eilig ihrer Wege gingen. Sie waren schlechter gekleidet, waren langsamer, viele standen herum, Bettler, Invalide, Elende. Die Republik wirkte grauer als das Kaiserreich, das war ein Schock. Lahnstein lief nach Hause, mit seinem kleinen Bündel, traf die Eltern wohlbehalten an, aber sie hatten keine Nachricht von Lissy und August. Er wurde krank, war monatelang nicht reisefähig. Im Januar erst brach er zum Irrsee auf.

Wie war's mit Haarmann, empfing ihn Müller im Büro.

Ihrem Freund?

Freund? Ich bitte Sie.

Er lässt Sie schön grüßen.

Das glaube ich Ihnen nicht.

Warum nicht?

Er hat keinen Grund, mich zu grüßen.

Aber Sie kennen sich?

Wir kennen uns, habe ihn oft festgenommen, befragt.

Lassen ihn aber jetzt in Ruhe.

Wie meinen Sie das?

Er musste von Anfang an ein Hauptverdächtiger sein. Warum sind Sie dieser Spur nicht gefolgt?

Warum sind Sie denn dieser Spur nicht gefolgt?

Mir wurde die Akte vorenthalten.

Vielleicht haben Sie sich nicht ausreichend bemüht.

Lahnstein beherrschte sich, sagte eine Weile nichts.

Es stimmt. Er lässt Sie nicht grüßen.

Was sind Ihre Erkenntnisse aus dem Gespräch?, fragte Müller schließlich, versöhnlicher Ton.

Wir müssen ihn beobachten. Weisen Sie die Leute an, ihn rund um die Uhr zu observieren.

Eine originelle Idee.

Bitte?

Das haben wir längst getan, soweit wir dazu in der Lage waren durch Versailles. Aber bitte. Man kann es noch mal tun.

Müller lächelte spöttisch, stand auf und verließ den Raum. Lahnstein griff nach dem Telefonhörer und forderte Müllers Personalakte an, sofort.

Seine Karriere war lange nicht in Gang gekommen, nur eine Beförderung in den ersten zehn Jahren, bis zum Krieg. Er galt als träge, hatte zweimal seinen Urlaub überzogen, traf häufig zu spät zum Dienst ein. Seine Vorgesetzten führten zwei Disziplinargespräche mit Müller, ohne Erfolg. Seine Bewertungen wurden nicht besser. Verdacht der Korruption, der Betreiber eines Schwulencafés hinter der Oper hatte ihm offenbar kleinere Summen bezahlt, um nicht schließen zu müssen. Es wurde ermittelt, aber dann erschoss in Sarajewo ein Irredentist Erzherzog Franz Ferdinand, den Thronfolger. Russland machte mobil, Deutschland erklärte Russland den Krieg. Müller meldete sich im August

Vierzehn freiwillig zu den Waffen. Nach dem Krieg war man froh über jeden Mann, der noch alle Gliedmaßen hatte. Lahnstein kannte das aus Bochum. Müller hatte bald Erfolg im Kampf gegen Schieberbanden, die ihre Reviere brutal verteidigten, und ließ einen Geldfälscherring auffliegen. Der Polizeipräsident belohnte ihn mit zwei Beförderungen in kurzer Folge.

Als Müller zurückkam, warf er einen kurzen Blick auf Lahnsteins Schreibtisch.

Eine Personalakte? Ich nehme an, es ist meine.

Wenn ich zynisch wäre, würde ich sagen, der Krieg hat Sie gerettet.

Im Krieg habe ich dem Vaterland gedient, so würde ich es sagen.

Womöglich stimmt beides.

Während Sie die Landschaft von oben genossen haben, musste ich unten kämpfen.

Ich habe keine Zweifel an Ihren Leistungen für das Vaterland während des Krieges. Auch danach ist Ihre Leistung eindrucksvoll. Davor hingegen …

In manchen Männern weckt der Krieg die besten Eigenschaften. In anderen weniger.

Er grinste Lahnstein an.

Der sagte: Sie erinnern sich an diesen Gastwirt im Hundertfünfundsiebzigermilieu?

Ein Lügner.

Natürlich. Man hat das allerdings nie aufgeklärt.

Müller sprang auf und schrie los: Ich sage Ihnen was. Ich war in Verdun dabei, ich habe in den Gräben gehockt, als die Granaten einschlugen, Hunderte Granaten, als der Boden bebte, die Erde aufspritzte und uns halb begrub, mich halb und andere ganz, ich lag zwischen den Toten, ich hörte die Schreie der Verwundeten, ich sah Beine und Köpfe fliegen, ich hatte Hunger und Durst, habe gefroren, habe mein Bajonett in französische Leiber gestoßen und mir ein paar Kugeln eingefangen. Da saßen Sie wahrscheinlich in Ihrer beheizten Kiste, weit weg von allem. Und jetzt kommen Sie mir mit Ihren lächerlichen Anwürfen. Der Krieg hat getilgt, was vor dem Krieg war, hundertfach.

Sein Kopf war rot, er fiel in Schweigen, stand so für ein paar Sekunden hinter seinem Schreibtisch, dann setzte er sich wieder.

Gut, einigen wir uns darauf, sagte Lahnstein.

Müller nickte.

Reden wir über das Danach. Haarmann wurde im April Achtzehn aus dem Gefängnis entlassen, Sie kamen im Dezember Achtzehn aus dem Krieg zurück. Danach wirkten Sie beide in Hannover, jeder in seinem Bereich, der allerdings eine Schnittmenge hat. Das Milieu der Hundertfünfundsiebziger war Ihnen vertraut, und Haarmann bewegt sich dort, davon können wir ausgehen, nicht wahr?

Wenn Sie meinen.

Schon im Jahr Neunzehn haben Sie ungewöhnliche Erfolge zu verzeichnen.

Müller lachte auf. Sie meinen, ich habe Haarmann meinen Aufstieg zu verdanken?

Kann doch sein, sagte Lahnstein, dass er einen Beitrag dazu leistete. Hier und dort ein Tipp aus dem Milieu, schon wird die Polizeiarbeit zum Erfolg, die Karriere ist gemacht.

Jeder hat seine Informanten. Anders geht es nicht, das wissen Sie.

Das weiß ich. Die Frage ist immer nur: Was ist die Gegenleistung? Da wird's dann ethisch, nicht wahr? Wie weit darf man dem Verbrechen entgegenkommen, um Verbrechen aufzuklären?

Was ist Ihre Meinung dazu, würde mich interessieren?

Einen Eierdieb laufen lassen, wenn er einen Einbrecher verrät – kein Problem. Einen Serienmörder decken, wenn er einem bei der Karriere hilft – undenkbar. Jetzt Sie, Ihre Meinung?

Sie wollen mir hoffentlich nicht unterstellen, dass ich einen Serienmörder decke.

Ich frage nur.

So sagen wir das immer.

Also?

Ich bin genau Ihrer Meinung. Das eine ist kein Problem, das andere undenkbar.

Ist Haarmann Ihr Informant?

Müller sah aus dem Fenster, sagte dann: Hin und wieder steckt er uns etwas, schon seit Neunzehn. Aber damals stand er nicht im Verdacht, ein Serienmörder zu sein.

Das stimmt. Aber im Fall des Verschwindens von Fritz Rothe tauchte er schon als Verdächtiger auf, Neunzehn.

Er war zwei hysterischen Frauen verdächtig, zwei Nutten, es gab nicht den kleinsten Beleg dafür, dass er Rothe umgebracht haben könnte. Ich habe Ihnen dazu alles gesagt.

Vielleicht nicht alles, dachte Lahnstein, schlug die Akte zu und ging hinaus, um sie ins Personalbüro zurückzubringen.

Draußen saß eine Frau, Mitte dreißig, verweinte Augen. Nummer dreizehn. Die Unglückszahl, nun wirklich.

Kommen Sie bitte mit in mein Büro.

Hermann Spicker wurde am 15. Juni 1906 geboren, Spross einer Jugendliebe seiner Mutter. Der junge Mann heiratete sie nicht, aber seine Eltern gaben ihr Geld.

Verlegenheit, eine Pause, dann erzählte die Frau weiter.

Die Bedingung war, dass sie nicht mehr Kontakt zum Vater ihres Sohnes suchen durfte. Sie ließ sich darauf ein, was sollte sie tun? Sie waren beide minderjährig, und Geld konnte sie gebrauchen. Nicht lange, und sie lernte einen anderen Mann kennen und nahm den Hermann mit in die Ehe. Ein bescheidener, ruhiger, fleißiger Junge, der bei einem Herrenschneider in die Lehre ging. Geschickte Hände, schnell mit der Nadel. Er hatte ein Glasauge. Ein Unfall.

Am Abend des 4. Januar kam er mit einem schönen Anzug aus dem Laden nach Hause, eine Leihgabe des Schneidermeisters, weil Hermann am folgenden Tag vor Gericht als Zeuge aussagen sollte. Er hatte zufällig einen Zusammenstoß zwischen einem Kutschpferd und einem Automobil beobachtet. Das Pferd war verendet, und der Besitzer wollte den Schaden ersetzt haben.

Am Morgen ist er gemeinsam mit seinem Freund Siegfried Kurt losgegangen, sagte die Frau. Sie trug Kleider, die nicht zueinanderpassten, hatte dünnes Haar, wirkte ungepflegt.

Seinem Freund?, fragte Lahnstein.

Ja, der Siegfried, ein netter Junge. Sie sind viel beisammen.

Haben Sie eine Adresse für mich?

Ich kann Ihnen eine Adresse geben, aber sie nützt Ihnen nichts.

Warum nicht?

Der Siegfried ist nach Argentinien ausgewandert.

Wann?

Heute. Gestern sind sie zusammen in die Stadt gegangen, Hermann hat den Siegfried am Gericht verabschiedet und ist am Mittag nach Bremerhaven gefahren. Heute Morgen ist er aufgebrochen.

Wissen Sie das genau?

So haben die beiden mir das erzählt, das hatten sie vor.

Hatten die beiden Streit miteinander?

Lahnstein war beinahe enttäuscht. Das klang nach einer anderen Geschichte, jemanden verschwinden lassen, umbringen, bevor man selbst verschwindet und sich für alle Zeiten entzieht. Eine lang geplante Tat wahrscheinlich. Eifersucht, Hass, der lange versteckt gegärt hatte, was auch immer. Oder sie waren zusammen nach Argentinien abgehauen.

Die hatten nie Streit, sagte die Frau.

Hat Ihr Sohn vor Gericht ausgesagt?

Ja, er hat ausgesagt, und dann hat ihn keiner mehr gesehen. Heute Nacht ist er nicht nach Hause gekommen.

Dann war es danach passiert, nach seinem Gespräch mit Haarmann, dachte Lahnstein. Was für eine Unverfrorenheit. Aber es war auch unwahrscheinlich.

Kann es sein, dass Ihr Sohn mit seinem Freund nach Argentinien ausgewandert ist?

Ohne sich zu verabschieden? Ohne seine Sachen? Das glaube ich nicht, auf gar keinen Fall.

Er stellte die Fragen, die er stellen musste, begleitete die Frau hinaus und sah dort auf der Bank die Frau des Apothekers sitzen. Sie warf der anderen Frau einen kurzen Blick zu, drehte sich dann weg, blieb sitzen. Lahnstein ging zu ihr, reichte ihr die Hand.

Sie können das erst abschließen, sagte sie, bitte. Mit einer Hand wies sie auf die andere Frau.

Darf ich Sie miteinander bekannt machen.

Lahnstein deutete eine verbindende Geste mit beiden Händen an, aber die Mutter von Nummer drei schaute ihn nicht mehr an. Drei und Dreizehn, neun Vermisste lagen zwischen diesen beiden Frauen.

Die Frau des Apothekers tat, als habe sie nichts gehört, schaute versonnen den Gang hinunter, in die andere Richtung. Lahnstein brachte die andere Frau zur Treppe.

Vermisst sie auch ein Kind?

Ja.

Wie lange?

Fast ein Jahr.

Sie begann wieder zu weinen. Lahnstein verabschiedete sich an der Treppe, ein bisschen unwirsch. Ihre Tränen waren eine Anklage, die er gerade nicht aushalten konnte.

Sie müssen das trennen, sagte die Frau des Apothekers in seinem Büro. Ich habe Sie beim letzten Mal darum gebeten.

Ich wollte Sie nur miteinander bekannt machen.

Aber warum? Uns verbindet nichts.

Die Trauer?

Gerade das sollten Sie nicht vergleichen. Es gibt durchaus eine edle Trauer und eine andere.

Sie meinen?

Einer stirbt bei einem Sturmangriff, bei dem er der Erste ist. Ein anderer stirbt mit Schüssen in den Rücken. Würden Sie sagen, dass es dasselbe ist?

Beide fehlen gleichermaßen.

Ich verbitte mir das. Es geht bei den anderen Jungs womöglich um Unaussprechliches. Ich glaube nicht, dass Sie mich beleidigen wollen.

Natürlich nicht. Warum sind Sie gekommen?

Gibt es Fortschritte? Haben Sie die Raubmordspur weiterverfolgt?

Wir haben einen Verdächtigen, der mit Kleidung handelt.

Ah. Sehr gut. Und einen Verdächtigen für die anderen Fälle?

Er nickte. Wir kommen voran, in der Tat.

Müsste man das nicht trennen? Sie übernehmen den einen Fall, dieser Müller übernimmt die anderen.

Wir sind sehr knapp mit Personal, Versailles, Sie verstehen, es gibt Obergrenzen.

Versailles ist unser Unglück, sagte die Frau des Apothekers. Ich weiß nicht, warum wir diesen Krieg verloren haben, ich verstehe es immer noch nicht. Unsere Soldaten standen tief in Frankreich, wir haben den Feind nie in unserem Land gesehen, bis wir ihn hereinließen, einfach so, ohne Gegenwehr, ohne einen Schuss. Jetzt ist er da und macht alles kaputt. Ich war nicht gegen die Republik, das sollten Sie wissen, wir Frauen dürfen jetzt wählen, das bedeutet mir etwas. Ich war immer nur die Frau des Apothekers, obwohl ich die gleiche Arbeit mache wie mein Mann, aber er konnte studieren, und ich habe mir alles selbst beigebracht in der Apotheke. Meine Eltern wären nie auf die Idee gekommen, mich studieren zu lassen, und dann wurde ich Mutter, und ich dachte, mein Sohn würde ein großer Mann, auch weil er mein Sohn ist, weil er viel von mir hat, viel von mir lernt, und dann ist da die Republik, und alles wird unsicher, vielleicht wegen Versailles, vielleicht auch wegen der Republik, wer weiß das schon. Die neuen Freiheiten, jeder darf alles machen, wir sollen alles tolerieren, aber man muss auch sicher leben können, und das können wir nicht mehr. Ständig wird in unsere Apotheke eingebrochen. Niemand hilft uns. Mein Mann wird sich bald eine Waffe zulegen, und er wird schießen, das garantiere ich Ihnen. Ich kann mit ihm nicht mehr über unseren Sohn sprechen, er will nichts mehr hören, zieht sich zurück, mischt die Substanzen, sagt kein Wort. Manchmal fürchte ich, er mischt sich ein Gift.

Sie stand auf.

Ich komme wieder, sagte sie, so lange, bis Sie die Leiche gefunden haben, bis Sie uns sagen können, wie unser Kind gestorben ist. Vorher finden wir keine Ruhe. Es ist Ihre Pflicht, uns unseren Sohn zurückzugeben, auch wenn er nicht mehr lebt.

Warum sind Sie sich so sicher, dass er nicht mehr lebt?

Lebte er, wäre er bei uns.

Sie ging.

Vielleicht wünscht sie sich, dass er nicht mehr lebt, dachte Lahnstein.

*Wann fährt dein Zug?, fragte er den Jungen. Um sechs. Mensch, sagte er, du kannst doch nich' die ganze Nacht im Wartesaal verbringen. Irgendwann schläfst du ein, und dann klaut einer dein Gepäck, oder er klaut dich. Er lachte, der Junge lachte auch, leise, scheu. Meine Güte, sagte er besorgt, in welchem Hotel könnten wir dich denn noch unterbringen? Ich habe kein Geld für ein Hotel, sagte der Junge. Ach was, lass das mal meine Sorge sein. Er tat, als würde er überlegen. Schwierig, es is' Messe, da is' fast alles ausgebucht, un' für die kleinen Hotels is' es schon zu spät. Er schaute auf seine Uhr, schüttelte den Kopf. Die haben keinen Nachtconcierge. Ich kann hierbleiben, sagte der Junge. Kommt nich' infrage, zu gefährlich, weißt du, was hier schon alles passiert ist? Hier verschwinden dauernd Jungs. Wenn wir kein Hotel finden, bring' ich dich bei mir unter. Der Junge hob abwehrend die Hände. Hast du etwa Angst?, fragte er lachend. Nein, sagte der Junge. Hier, ich zeig dir was, sagte er und nestelte den Polizeiausweis aus seiner Tasche. Der Junge schaute drauf, entspannte sich.*

*Er stand auf, nahm die Tasche des Jungen. Irgendwann musste man mit Entschlossenheit überzeugen. Komm, sagte er, ich geb' einen aus, dann seh'n wir weiter. Er ging voraus und wusste, dass der Junge ihm folgte, ohne sich umzudrehen. Sie gingen zum »Esel«, einer Kneipe, von der er wusste, dass sie garantiert geschlossen sein würde. Auf dem Weg fragte er den Jungen nach seiner Herkunft, seinen Eltern, nach Geschwistern. Er war nicht zufrieden mit den Antworten, dieser Junge würde vermisst werden, das war klar. Aber von den anderen wurden auch viele vermisst, und das hatte niemanden auf seine Spur gebracht.*

*Hast du 'ne Freundin, fragte er den Jungen. Nein. Einen Freund?, wollte er fragen, verschluckte aber die Worte. Sie würden diesen Jungen verschrecken. Ihm waren schon welche vor der Haustür davongelaufen. Die Gier stieg in ihm hoch, sie brauchte Erlösung, das hier durfte nicht mehr schiefgehen.*

*Er redete über die Schwierigkeiten der Polizeiarbeit, über die Tücke der Ganoven. Das faszinierte solche Jungs, und er musste nur das erzählen, was er täglich erlebte und hörte, aber aus der anderen Perspektive. Das fiel ihm leicht. Dann standen sie vor seinem Haus, das war der entscheidende Moment, und das war auch der Moment in seiner Erzählung, in dem noch unklar war, ob er einen Trickbetrüger am Ende doch noch erwischen würde, und der Junge wollte das unbedingt wissen, wie fast alle Jungs vor ihm, und so gingen sie beide ins Haus und dann die Treppe hinauf und in die kleine Wohnung. Kerzenlicht, dann wirkte alles freundlicher. Setz dich dorthin, er zeigte auf das Bett, holte eine Flasche Schnaps hervor und goss zwei Gläser voll.*

*Sie tranken. Ich habe doch eine Freundin, sagte der Junge, sie ist schwanger.*

# Kapitel 6

*Was war das für ein Mann? Er sprach mit den beiden Frauen, die erst misstrauisch schienen, aber dann hellten sich ihre Mienen auf. Der Junge lehnte sich zurück auf der Holzbank, war müde, nestelte die Uhr hervor, die er hatte mitgehen lassen. Wie würde er dem Vater das erklären? Den Diebstahl zugeben? Wahrscheinlich gab es keine andere Möglichkeit. Aber das würde nur ein kleiner Teil des Ärgers sein. Die Tochter vom Pfarrer geschwängert. Abgehauen. Aber zurückgekehrt. Vielleicht würden sie so erleichtert sein, dass er wieder da war, dass sie ihm die Strafe ersparten. Der Vater war milde, aber manchmal verlor die Mutter die Nerven, dann schlug sie zu. Und Heiner? Was würde er dem sagen?*

*Na, Anschluss verpasst? Der Satz galt ihm, der Mann war gekommen, stand da, lächelte ihn an. Der Junge nickte. Passiert häufig, sagte der Mann, der eine Zug hat Verspätung, der nächste is' dann weg, und dann sitzt man hier. Ja, sagte der Junge. Er fühlte sich unwohl, der Mann stand dicht bei ihm, ein mittelgroßer, kräftiger Kerl, mit Hut, mit Schnurrbart. Irgendwas war anziehend an ihm, beunruhigend anziehend. Hör auf, sagte der Junge zu sich selbst.*

*Wann fährt dein Zug?, fragte der Mann. Der Junge wollte das eigentlich nicht sagen, was ging diesen Mann das an, aber dann sagte er es doch. Was sollte verkehrt sein an dieser Auskunft? Er legte eine Hand auf sein Gepäck und reckte ein wenig den Hals, hoffentlich unauffällig, um nach dem Polizisten zu sehen, der noch vor wenigen Minuten am Wartesaal vorbeigeschlendert war.*

*Er glaubte an Polizisten, so wie er mal an die Soldaten geglaubt hatte, die in den Kasernen am Rand des Dorfes lagen. Sie waren die Männer, vor denen alle Respekt hatten. Die Leute liefen zusammen, wenn die Kompanien zum Manöver ausrückten, auf ihren Pferden, vorne stolze Offiziere mit Säbeln, dahinter die Mannschaften, ebenfalls stolz. Der Dorfgendarm war immer da, achtete darauf, dass niemand den Pferden zu nahe kam. So wie er auf alles achtete. Im Krieg wurden es immer weniger Soldaten, und manchmal kamen welche zurück, nicht mehr ganz so stolz. Dann war der Krieg vorbei, und in den letzten Jahren hatten die Kasernen leer gestanden. Wegen Versailles, sagten die Leute. Aber der Gendarm war geblieben und achtete weiterhin auf alles.*

*Ein Kriminal, das war mehr als ein Dorfgendarm, weit mehr. Der Junge ging mit.*

*Die Kneipe hatte zu, dann standen sie vor dem Haus, wo der Kriminal wohnte. Rechts ein Wirtshaus, auch geschlossen. Der Junge wunderte sich, dass der Kriminal in einem so kleinen und heruntergekommenen Haus wohnte. Im Treppenhaus waren Bretter aus den Stufen gerissen worden, Vorsicht, flüsterte der Mann. Wir müssen ganz still sein, die Leute schlafen, und die Wände sind dünn. Einen Moment lang dachte der Junge daran, umzukehren, zurück in den kühlen Wartesaal mit den harten Bänken, und vielleicht wäre er einfach gegangen, wäre der Weg frei gewesen. Aber der Mann ging nicht voraus, er hatte den Jungen vorausgehen lassen und folgte so dicht, dass der Junge ihn manchmal spürte.*

Es war ruhig geblieben in den letzten sechs Wochen, keine neuen Vermissten. Aber auch nichts Neues zu den Jungen, die verschwunden waren. Lahnsteins Leute hatten das Umfeld abgegrast, wie immer, nichts, keine Hinweise, auch wie immer. Schwul? Frechheit.

Lahnstein traute der Ruhe erst nicht, entspannte sich aber allmählich. Dass nichts mehr passierte, seitdem Haarmann überwacht wurde, legte nahe, dass Haarmann der Täter war. Dann musste die Polizei nur warten, bis ihn der Trieb übermannte und er versuchen würde, seine Überwacher abzuschütteln. Er würde

Fehler machen, damit konnte man rechnen. Hin und wieder heftete sich Lahnstein selbst auf Haarmanns Fersen, sah ihn Altkleider kaufen, Altkleider verkaufen, manchmal traf er Hans Grans. Wenn sie Lahnstein sahen, winkten sie ihm zu. Dann setzten sie ihr Gespräch fort.

Er hatte Hans Grans einvernommen, hatte ihn abgepasst auf der Straße, angesprochen, und Grans war davongerannt. Eine kurze Jagd durch die Gassen von Klein-Venedig, nicht besonders wild, fast sportlich, Lahnstein kam näher, wurde abgehängt, kam näher, verlor Grans kurz aus dem Blick, sah ihn wieder, ein Spurt und er war bei ihm, sprang ihn nicht von hinten an, sondern griff nach seiner Jacke und hielt ihn einfach fest. Der sanfte Weg. Grans gab auf.

Im Präsidium ging er mit Grans dessen Akte durch.

Bürgerschule, Oberrealschule. Die Eltern führten in der Altstadt einen Papier- und Buchbinderladen, mit einer kleinen Leihbücherei.

Da habe ich viel gelesen, sagte Grans.

Ein blonder, zarter, etwas mädchenhafter Mann, in abgetragenen Sachen, aber dennoch elegant gekleidet, ein Schnösel, der sich gut ausdrücken konnte.

Nach der Schule Handelslehrling in der Metallwarenfabrik Söhlmann, unterschlug dort Geld aus der Portokasse und ging mit gefälschten Quittungen zu Kunden, um Geld zu kassieren.

Anschließend Berlin, Bergmann-Elektrizitäts-Gesellschaft, dann Aushilfe bei der Post.

1918 wurde er beim Minenwerfer-Sturm-Detachment Heuschel eingezogen.

Front?

Zum Glück nicht mehr. Manchmal sage ich auch leider.

Er grinste.

Wegen Unpünktlichkeit entlassen. Trieb sich am Bahnhof rum, übernachtete in Spelunken, handelte mit alten Kleidungsstücken.

Wie haben Sie Fritz Haarmann kennengelernt?

Wir nannten ihn »das schwule Paket«.

Und?

Er gab mir zwanzig Mark.

Wofür?

Grans zuckte mit den Schultern.

Er sagte, ich sei behaart wie ein Affe. Dann habe ich mich rasiert für ihn.

Sie haben bei Fritz Haarmann gewohnt?

Er hat sich um mich gekümmert, wollte nicht, dass ich wieder auf Abwege gerate.

War er nett zu Ihnen?

Nett, ja.

Ich meine, war er auch gewalttätig, bei … in der Ekstase?

Manchmal tobte er, aber sobald ich ihm die Zunge in den Hals steckte, war er ganz lieb.

Aha.

1920 die ersten Anzeigen gegen Grans, Diebstahl, widernatürliche Unzucht, ein gestohlenes Fahrrad.

Ich bin nicht so einer, sagte Grans.

Ich auch nicht, dachte Lahnstein. Dann war er einen Moment lang irritiert, weil er dachte, er habe diesen Satz aus Versehen ausgesprochen. Ängstlich sah er Grans an, keine Reaktion.

Was für einer?, fragte Lahnstein.

Geboren am 17.5. Bin ich nicht.

Ich auch nicht. Nur gedacht, nicht gesagt. Er war sich sicher, wollte diese Sätze aber nicht einmal denken. Damit war es ja schon sein Thema.

Aber warum diese Anzeige? Warum Haarmann?

Ich brauchte Geld. Aber ich bin nicht so einer.

Verstehe.

Haarmann wollte doch auf Sie aufpassen. Wie konnte er da zulassen, dass Sie ständig mit dem Gesetz in Konflikt kamen?

1920 war er meistens im Gefängnis, da konnte er mich nicht kontrollieren

Am 5. März 1921 wurde Grans wegen Hehlerei verhaftet und zu drei Wochen Gefängnis verurteilt. Bedingte Strafaussetzung für drei Jahre.

Während der Inflation verkaufte er auf dem Schwarzmarkt unechtes Gold, unechtes Silber, wurde deshalb nach einer Razzia erneut wegen Hehlerei verhaftet. Aber er konnte nachweisen, dass er das Metall bei einer Firma rechtmäßig erworben hatte, womit er zwar als Betrüger, nicht aber als Hehler gelten konnte. Man ließ ihn ziehen, die Strafaussetzung blieb.

Sehr schlau, sagte Lahnstein.

Danke.

Ein schönes Lächeln, charmant.

Zuhälterei, der nächste Punkt. Eines seiner Mädchen stahl einem Ingenieur die Brieftasche, gab sie weiter an Grans. Der schwor, sie geschenkt bekommen zu haben. Das Mädchen wurde bestraft, er nicht.

Eine weitere Verhaftung, Grans kam wieder davon.

Haben Sie die ganze Zeit mit Haarmann zusammengelebt?

Immer mal für ein paar Monate, im »Christlichen Hospiz«, im Gasthof »Fürst zur Lippe«.

Hat er sich andere Jungs aufs Zimmer geholt?

Wir haben Feste gefeiert, sonst nicht. Er hatte ja mich.

Wieder dieses charmante Lächeln, unangenehm, aber Lahnstein wusste nicht genau, warum unangenehm.

Nach zwei Stunden ließ er Grans ziehen. Es war nichts Brauchbares aus ihm herauszubekommen.

Lahnstein wartete. Manchmal machte ihn die Ruhe nervös. Er saß noch immer in der alten Falle, es musste etwas passieren, damit sich eine Chance auf eine Spur eröffnete, und andererseits durfte nichts passieren, weil er dafür da war, Verbrechen zu verhindern.

Als er eines Abends die Pension betrat, sah er durch die Tür zum Wohnzimmer die Wirtin in ihrem Ohrensessel schlafen. Er zog die Schuhe aus, wollte sich an ihr vorbeischleichen, aber dann hörte er sie rufen: Herr Kommissar.

Er überlegte kurz weiterzugehen, machte kehrt und stellte sich ins Wohnzimmer.

Haben Sie es gemerkt?, fragte sie.

Was?

Die Preise für Fleisch steigen.

Und?

Das heißt, dass das Angebot knapper geworden ist.

Ich kenne mich auf dem Fleischmarkt nicht aus.

Aber mit den verschwundenen Jungs kennen Sie sich aus.

Gute Nacht, sagte er. Gehen Sie ins Bett, der Sessel ist zu unbequem.

Sind wieder Jungs verschwunden?

Er schüttelte den Kopf.

Sehen Sie, sagte sie.

Schlafen Sie gut.

Er ging auf sein Zimmer, schlief ein, wachte bald wieder auf, weil Lissy und August durch seine Träume flogen.

Während seiner Ausbildung hatte sie ihn besucht. Das Flugfeld lag im Bergischen Land, sie schlief in einer Pension in Kürten, er in den Baracken neben den Maschinen. Während des Tages saß sie in einem Stuhl neben der Rollbahn und schaute den Übungen zu, mithilfe eines Fernglases, das ihr der Ausbilder überlassen hatte. Sie drehten Platzrunden, machten die Manöver, die sie im Krieg brauchen würden. Lahnstein glänzte, er galt als Mann mit Gespür für die Winde, zeigte sich als treffsicher mit dem Maschinengewehr. Er war glücklich, er war da, wo er sein wollte, hatte ein Flugzeug für den Himmel und eine Frau für die Erde. Dass der deutsche Vormarsch im Westen stecken geblieben war, machte ihm nichts, im Osten lief es ausgezeichnet, und im Westen würden sie sich bald mit den Gegnern einigen. Das konnte nicht anders sein. Vielleicht musste er nicht mehr in den Krieg ziehen, und dann war er Pilot, und er war sich sicher, dass nach dem Krieg eine zivile Luftfahrt aufgebaut werden würde, mit regelmäßigen Verbindungen wie bei der Eisenbahn, und dafür würde man ihn brauchen.

Der Ausbilder wollte ihn für seine Leistungen belohnen und bot ihm an, er könne eine Platzrunde mit seiner Frau drehen. Lahnstein war begeistert von der Vorstellung, das Glück des Himmels und das Glück der Erde im selben Moment genießen zu dürfen. Er unterbreitete ihr den Vorschlag nach einer Flugübung wie einen Hochzeitsantrag, kniete vor ihrem Stuhl, die Stimme feierlich. Sie verzog das Gesicht.

Er hielt das erst für einen Irrtum und wollte den Moment wiederholen, um Lissys wahres Gesicht sehen zu können, das ein freundliches sein musste. Aber er musste mit dem unfreundlichen leben.

Was ist?

Sie gab Unwohlsein vor, vielleicht sei sie schwanger, und wer wisse schon, was das Fliegen für eine Schwangere bedeute. Er wollte sie überreden, sagte, was könne daran falsch sein, wenn man sich wenige Hundert Meter von der Erde entferne, sich einen frischen Wind um die Nase wehen lasse, das könne doch niemandem schaden. Er würde vorsichtig fliegen, nur eine kleine

Runde, nicht hoch hinaus und schon gar keine gewagten Manöver. Sie schüttelte den Kopf. Er stand auf.

Sie müsse auch bedenken, sagte er, was ihm das bedeute, mit ihr zu fliegen, umso mehr, da sie nun vielleicht schwanger sei, seinem Sohn, seiner Tochter diese frühe Flugtaufe zu bescheren, damit er dann auch ein Meister der Lüfte werde. Sie lehnte ab. Er ärgerte sich.

Am Abend, als sie in Kürten in einem Gasthof saßen, entschuldigte sie sich für ihre Schroffheit. Sie könne es nicht verwinden, dass ihm die Leidenschaft für das Fliegen mehr bedeute als ihre Angst, ihn im Krieg zu verlieren.

Du verlierst mich nicht, sagte er. Der Krieg ist bald vorbei.

So viele sind schon tot, sagte sie, Gertrud und Rosalinde haben keine Männer mehr. Was wird nun mit ihnen?

Sie werde sich nicht gemeinmachen mit den Lüften, die ihr den Mann nehmen könnten. Das sei unwiderruflich.

Drei Wochen später las er in einem Brief, dass sie davon ausgehe, schwanger zu sein. Ob er sich freue? Sie machte einen Scherz über die Pensionswirtin, die Männerbesuch geduldet hatte, weil das Reich Soldaten brauche. Ich bin aber für ein Mädchen, schrieb Lissy. Es war ihm recht.

Wie ungerecht es war, dass Lissy ewig durch seine Träume fliegen musste, obwohl sie die Lüfte so verabscheut hatte, dachte Lahnstein in seinem schmalen Bett. Er wälzte sich eine Weile, dann schlief er doch noch ein.

Es blieb ruhig, zu ruhig, keine Jungs, die verschwanden, auch sonst passierte nichts. Als er schon anfing, diesen Zustand zu hassen, saßen ein Mann und eine Frau vor seinem Büro. Es war der 15. Januar 1924. Endlich. Es ging weiter, Hoffnung auf eine Spur.

Nummer vierzehn: Heinrich Koch, geboren am 22. September 1905, achtzehn Jahre alt. Lernte beim Pantoffelmacher Otto Moshage. Sagte seinen Eltern am 13. Januar, er würde auf einen Maskenball gehen. Kam nicht mehr nach Hause.

Die Verzweiflung der Eltern, ihre Anklagen, die Tränen. Lahnstein sagte seine Sätze, immer noch mit Wärme, aber auch eine Spur routiniert.

Vielen Dank für Ihre Auskünfte, ich bringe Sie noch hinaus.

Werden Sie ihn finden, lebend?

Wir tun, was wir können.

Habt ihr den Haarmann wirklich im Blick gehabt?, fragte er danach Müller.

Wir mussten die Schichten neu ordnen, ab übermorgen sind wir rund um die Uhr in seiner Nähe.

Sie ermittelten das Umfeld, hörten die Lügen, die sie kannten, wenn sie das Gespräch vorsichtig in Richtung Männerliebe lenkten. Aussagen wie hinter Nebel. Am Ende blieb nichts, womit Lahnstein etwas anfangen konnte, kein Hinweis auf einen Täter, kein Indiz, kein Steinchen für ein Mosaik.

Fast vier Wochen Ruhe, dann, am 10. Februar, Nummer fünfzehn: Hermann Speichert, geboren am 11. April 1908, keine sechzehn Jahre alt. Er machte eine Lehre als Elektrotechniker bei der Firma Mühe & Co. in Linden. Im Januar fiel den Eltern auf, dass ihr Sohn neuerdings in sauberen Sachen von der Arbeit kam. Sie fragten ihn danach, bekamen eine verdruckste Antwort, aus der sie nicht schlau wurden. Der Vater fuhr zu Mühe & Co. und redete mit dem Meister. Hermann war seit vier Wochen nicht mehr zur Arbeit erschienen. Nach großem Bitten und Betteln der Eltern ließ sich der Meister erweichen, noch einen Versuch mit ihrem Sohn zu machen. Sie beknieten Hermann, seine Ausbildung nunmehr ernst zu nehmen. Er habe keine Lust auf Technik, maulte er, fügte sich dann aber dem Wunsch der Eltern, allerdings erst nach Drohungen des Vaters. Am 8. Februar kam der Junge nicht mehr nach Hause, zwei Tage später gingen die Eltern zur Polizei.

Es konnte nicht Haarmann sein, das war entschieden. Sie hatten ihn rund um die Uhr observiert, hatten ihn nie aus den Augen verloren. Lahnstein selbst verbrachte manche Nächte vor dem Haus, in dem Haarmann lebte. Manchmal kam der spät heim, weit nach Mitternacht, aber immer alleine. Keine Jungs, keine Frauen. Konnte man ein besseres Alibi haben als durch eine permanente Observierung durch die Polizei?

Sehen Sie, sagte Müller.

Vielleicht gibt es nicht nur einen Täter. Oder vielleicht ist dieser Junge einfach abgehauen.

Müller sah ihn spöttisch an.

Die Kollegen stöhnten, fluchten. Hass gegen Lahnstein, das spürte er. Sie waren zu wenige für eine solche Operation. Er sagte die ständige Überwachung ab, ersetzte sie durch Stichproben, stundenweise.

Es wurde wieder ruhig. Kein Vermisster im März. Die Preise sinken, sagte die Wirtin. In München standen die Putschisten vom 9. November vor dem Volksgericht. Lahnstein las jede Zeile in den Zeitungen, am 1. April fiel das Urteil: Ludendorff wurde von der Anklage des Hochverrats freigesprochen, Ernst Röhm und fünf andere bekamen drei Monate Festungshaft und mussten eine Strafe von hundert Mark zahlen.

Drei Monate, dachte Lahnstein. Hundert Mark. Für einen Putsch, der die Republik auslöschen sollte.

Hitler und drei Mitverschwörer wurden zu fünf Jahren Festungshaft und zweihundert Mark Geldstrafe verurteilt.

Immerhin.

Dann las er die Urteilsbegründung. Die Angeklagten hätten sich bei »ihrem Tun von rein vaterländischem Geiste und dem edelsten, selbstlosen Willen« leiten lassen.

Die Angeklagten hätten geglaubt, »daß sie zur Rettung des Vaterlands handeln mußten und daß sie dasselbe taten, was kurz zuvor die Absicht der leitenden bayerischen Männer war«.

Klang das nicht wie ein Freispruch? Ein moralischer Freispruch mit läppischen Strafen. Er legte die Zeitung weg, rührte in seinem Kaffee. In gut vier Wochen waren wieder Wahlen, am 4. Mai. Die Nationalsozialisten waren verboten worden, hatten sich aber mit der Deutschvölkischen Freiheitspartei verbündet und führten einen aggressiven Wahlkampf, auch um Fragen der Sicherheit.

Hoffentlich gab es keinen Vermissten bis zum Wahltag. Das konnte das Ergebnis beeinflussen, dachte Lahnstein.

Er sah Haarmann zufällig auf der Straße, er kam ihm entgegen, ihre Hände schnellten synchron zu den Hüten, kurzer Gruß, kleines Lächeln. Musste er ein schlechtes Gewissen haben, wegen falscher Verdächtigung? Lahnstein entschied sich dagegen. Es lag nahe, Haarmann zu verdächtigen. Und es konnte immer noch sein, falls Hermann Speichert abgehauen oder im Maschsee ertrunken war. Dann sah er ein Gesicht, das er aus dem Präsidium kannte. Haarmann wurde beschattet, gut so.

Langeweile. Er wusste nicht, was er tun sollte, und grämte sich. Anderen wäre vielleicht noch etwas eingefallen, wie man den Täter ermitteln konnte. Aber er hatte keine Idee mehr, wurde träge, schlief länger, saß in Cafés, las Geschichten über den Wahlkampf. Manchmal ging er zu Emma Burschel, kaufte Zigarillos, sie plauderten, ihm war, als würde sie warten. Aber für ihn kam es nicht infrage. Er dachte daran, zu einer Prostituierten zu gehen, das hatte hin und wieder funktioniert. Eine andere Welt, reiner Trieb, mit Lissy hatte das nichts zu tun, sagte er sich. Das Flugzeug flog nicht, wenn er in den schmutzigen Betten lag.

Einmal stellte sich heraus, dass die Frau ein Junge war, gut verkleidet, gut geschminkt. Er hatte das nicht gesehen in dem schummerigen Licht, aber vielleicht hatte er nicht richtig hingeschaut. Als er es merkte, spät, erregt, gierig, sprang er nicht auf, sondern ließ es geschehen, wurde erlöst und ging rasch und beschämt. Auch bei Frauen war er rasch und beschämt gegangen. Ob es da jetzt einen graduellen Unterschied gab, konnte er nicht sagen. War auch egal.

Ein halbes Jahr, nachdem man sie aus der Gefangenschaft entlassen hatte, bekam er einen Brief von Franz. Er lebe jetzt in Bonn und arbeite dort in der Stadtverwaltung, guter Posten. Ein paar Erinnerungen an das Lager in Yorkshire, aber nichts Anzügliches. Ob man sich mal sehen wolle, er würde nach Bochum kommen, falls Lahnstein dort noch lebe. Der Umschlag war an seine Eltern adressiert. Lahnstein hatte inzwischen eine eigene Wohnung, klein, aber renoviert, man hörte das Stahlwerk. Er überlegte eine Weile, was er antworten solle, dann vergaß er die Sache. Als sie ihm wieder einfiel, schrieb er zurück, dass sie sich gerne treffen könnten. Es gehe ihm gut, schrieb er, wahrheitswidrig.

In den nächsten Briefen machten sie ein Lokal und einen Zeitpunkt aus. Lahnstein musste sich eingestehen, dass er etwas aufgeregt war, als er dorthin fuhr. Das ärgerte ihn.

Franz war füllig geworden, kleidete sich stutzerhaft, roch nach Kölnisch Wasser. Er erzählte ewig von seiner Arbeit in der Stadtverwaltung, von der es in Wahrheit nichts zu erzählen gab. Lahnstein hätte ihm von einigen interessanten, teils gruseligen Kriminalfällen erzählen können, schwieg aber, und Franz fragte ihn nicht. Sie redeten über den Krieg, das Lager, einige Kameraden aus dieser Zeit, mit denen Franz noch in Kontakt war.

Wann fährt dein Zug?, fragte Lahnstein um acht Uhr am Abend.

Franz sah auf seine Uhr und sagte: Oh, er ist schon weg.

Der letzte?

Ich fürchte.

Und nun?, fragte Lahnstein.

Ein Sofa wirst du wohl haben.

Meine Wohnung ist klein, sagte Lahnstein.

Ich brauche nicht viel Platz, sagte Franz, und Lahnstein meinte, zum ersten Mal etwas Anzügliches in seinem Blick zu sehen.

Ich überlasse dir meine Wohnung und schlafe bei meinen Eltern, sagte Lahnstein.

Das kann ich nicht annehmen.

Lahnstein bestand darauf, brachte Franz in seine Wohnung, ein Zimmer, eine Küche mit einer Sitzgelegenheit, eine Gemeinschaftstoilette auf dem Treppenabsatz. Er bezog das Bett neu, Franz stand im Türrahmen, die Arme verschränkt, beobachtete ihn. Lahnstein spürte seinen Blick im Rücken. Er dachte, er müsse sich vielleicht wehren, wenn er an ihm vorbeiwollte, hinaus auf den kleinen Flur, aber so war es nicht. Franz ließ ihn passieren, ein kurzer Abschied.

Lahnstein schlief kaum, als er auf dem Sofa seiner Eltern lag. Am nächsten Morgen ging er früh in seine Wohnung, Franz war schon weg. Sie schrieben sich hin und wieder, nach zwei Jahren hörte das auf.

Er konnte nicht in Hannover zu einer Prostituierten gehen, dachte Lahnstein, unmöglich. Er musste nach Hamburg fahren, oder nach Berlin.

Am 6. April verschwand Alfred Hogrefe, Nummer sechzehn,

geboren am 6. Oktober 1907, wohnhaft in Lehrte. Er hatte eine Lehrstelle als Mechaniker in Hannover, fuhr morgens um sechs Uhr mit dem Zug in die Stadt, kam abends um halb sechs nach Hause. Montags ging er in die Gewerbeschule. Anfang April meldete die Schule den Eltern, dass ihr Sohn nicht gekommen sei, den dritten Montag hintereinander. Für die beiden ersten Fehltage habe er schriftliche Entschuldigungen der Eltern vorgelegt, diesmal aber nicht. Die Eltern wussten nichts von schriftlichen Entschuldigungen. Ihr Sohn, ein Fälscher.

Der Vater war Lokomotivführer, die Mutter Hausfrau. Sie waren wie die anderen, die Lahnstein in seinem Büro gesehen hatte. Er konnte sie nicht mehr unterscheiden. Anfangs fragte er gierig nach allen Details, ob diesmal etwas dabei sein würde, das ihm weiterhalf. Als er merkte, es würde sein wie immer, ließ sein Interesse nach.

Nummer siebzehn, elf Tage später: Wilhelm Apel, geboren am 4. Juni 1908, Sohn des Drehers Wilhelm Apel aus Leinhausen. Der jüngere Wilhelm war Lehrling bei der Spedition M. Neldel in der Nikolausstraße. Morgens um sechs Uhr fuhr er mit der Bahn zur Arbeit, abends um acht Uhr kam er zurück. Seit Beginn des Jahres hatte die Mutter an ihrem Sohn ein gedrücktes Wesen beobachtet, er saß über seinen Büchern, ohne darin zu lesen, leerer Blick, er konnte seiner Mutter nicht mehr frei ins Gesicht sehen. Im Februar hatte ihn sein Vater beim Rauchen erwischt. Strenge Reaktion.

Die Eltern weinten, weinten, weinten.

Haut ab, ich kann euch nicht ertragen.

Das sagte er nicht. Aber er fragte: Ist Ihr Sohn schwul?

Ganz direkt, es rutschte ihm raus. Entsetzen in den Gesichtern. Empörung.

Er entschuldigte sich. Ich wollte nicht. Ich muss nur.

Sie beruhigten sich, beschrieben die Kleidung, die Wilhelm Apel am Tag seines Verschwindens getragen hatte, wurden mit den üblichen Worten verabschiedet.

Wir kümmern uns.

Sie hatten siebzehn Jahre lang mit ihrem Sohn leben dürfen, er mit seinem nur drei Wochen. Und jetzt heulten sie hier rum.

Dann sah er siebzehn Jungs an sich vorbeidefilieren, schwarze Anzüge, Zylinder in den Händen, den Blick auf Lahnstein gerichtet. Sie verschwanden in einem Fleischwolf. Immer wieder, bis er einschlief.

Ein Geräusch, er riss die Augen auf. Müller saß an seinem Schreibtisch, die Füße oben. Er sah ihn an.

Nickerchen gemacht?

Ich habe nachgedacht.

Erkenntnisse?

Wir haben einen neuen Fall, Nummer siebzehn. Die Eltern waren eben hier.

Es wird nie aufhören, sagte Müller. Zum ersten Mal, seitdem sie über diesen Fall redeten, klang er traurig.

Was können wir noch tun?, fragte Lahnstein.

Müller zuckte mit den Achseln. Irgendwelche Auffälligkeiten bei dem neuen Fall?, fragte er.

Nein, alles wie immer.

In den folgenden Tagen spulten sie ihr Programm ab. Lahnstein warnte sich stündlich davor, es nicht routiniert zu tun, sich so zu verhalten, als wäre es das erste oder dritte Mal, aber es gelang ihm nicht wirklich. Er wusste keinen neuen Fragen mehr, keine originellen. Und was sollte Originalität schon bringen?

Einen Freund Apels fragte er, ob Apel Spaß daran gefunden habe, sich als Mädchen zu verkleiden.

Der Junge sah ihn ratlos an, Müller unterdrückte ein Grinsen.

Nein, warum auch, sagte der Junge.

Lahnstein ließ das Thema fallen.

Gute Frage, sagte Müller, als sie nach diesem Gespräch im Auto saßen. Lahnstein schaute aus dem Fenster, wollte Müllers Gesicht nicht sehen.

Er wurde jeden Tag nervöser, aufgeregter, rannte die Gänge des Präsidiums entlang, schrie Leuten irgendwas zu, berief Sitzungen ein, in denen nach fünf Minuten alles gesagt war, weil man sich schon am Tag zuvor über dieselben Dinge ausgetauscht hatte.

So müde war er nicht einmal im Krieg gewesen. Er ging früh schlafen, gegen neun Uhr, weil er am nächsten Tag hellwach sein wollte, rege, geschmeidig im Kopf für neue Einfälle, aber dann wachte er schon um Mitternacht auf, dachte zunächst, es sei Morgen, fühlte sich ausgeruht und erleichtert wegen der gelungenen Nacht, aber dann kam der Blick auf die Uhr. Ein Schock. Stundenlang lag er wach, grübelte, die Jungs, Haarmann, der Fleischwolf, Lissy, Emma, Franz. Er schlief ein, sah zu, wie Fritz Haarmann einen groß gewordenen August zerteilte. Er wachte panisch auf, schweißnass. Wieder Grübeleien, er schlief um fünf ein, wurde um sechs von seinem Wecker aus dem Schlaf gerissen. Träge Tage, er war zu still in den Sitzungen, ihm fiel nichts ein. Er schlug dem Polizeipräsidenten vor, alle Kleider aus Haarmanns Handel zu beschlagnahmen, dann einen reichsweiten Aufruf zu machen. Vielleicht würden Eltern von Vermissten kommen und Kleider identifizieren. Dann hätten sie Indizien, immerhin. Abgelehnt. Zu viel Aufmerksamkeit auf den Fall, auf Hannover.

Das sieht nach Panik aus, sagte der Präsident.

Ich bin in Panik, dachte Lahnstein.

Wir müssen Haarmann wieder rund um die Uhr beobachten lassen, sagte er eines Abends zu Müller. Es war halb elf, sie saßen hinter ihren Schreibtischen, werteten Protokolle von Vernehmungen und Befragungen aus.

Als wir das gemacht haben, ging es trotzdem weiter.

Vielleicht haben wir es nicht gründlich genug gemacht.

Was wollen Sie damit sagen?

Nichts will ich damit sagen!, schrie Lahnstein, gar nichts. Ich will nur, dass wir diesen Täter finden. Und es gibt keinen Verdächtigen außer Haarmann.

Für mich ist er nicht einmal verdächtig, sagte Müller.

Fritz Haarmann ist homosexuell, er ist einschlägig vorbestraft, es gibt eine Anschuldigung, dass er einen Jungen zerteilt haben soll.

Aber es gibt keinen Beweis, nicht mal ein Indiz.

Eine Hausdurchsuchung, wir führen sofort eine Hausdurchsuchung durch.

Jetzt? Haben Sie mit einem Richter gesprochen?

Ja. Ich wollte es morgen machen. Aber wir schlagen jetzt zu.

Er steckte seine Pistole ein, lief los, sah sich auf dem Gang kurz um, ob Müller ihm folgte. Er folgte, nestelte im Rennen seine Pistole in das Holster. Sie sprangen in ein Auto der Bereitschaft, fuhren in die Rote Reihe.

Wenn wir ihn kriegen, dann nur durch Überrumpelung, sagte Lahnstein. Er zitterte innerlich, all die Demütigungen, all die Vergeblichkeit.

Sie stießen die Haustür auf, stürmten die Treppe hinauf, drei Stufen je Schritt. Unter dem Dach hämmerte Lahnstein gegen die Tür.

Polizei, aufmachen!

Stille, dann ein Rascheln, Knistern.

Aufmachen.

Haben Sie einen Haftbefehl?

Haarmanns Stimme.

Wir haben eine richterliche Genehmigung, wir brauchen keinen Haftbefehl für eine Hausdurchsuchung.

Doch. Für eine Hausdurchsuchung zur Nachtzeit ist ein Haftbefehl die Voraussetzung. Paragraf 106.

Wussten Sie das?, flüsterte Lahnstein.

Ich erinnere mich schwach, sagte Müller.

Warum erst jetzt?

Warum wissen Sie das nicht?

Ich würd' gern schlafen, sagte Haarmann.

Sind Sie alleine?, fragte Lahnstein.

Selbstverständlich.

Wollen wir nicht ein bisschen reden?

Nein.

Lahnstein boxte gegen die Tür, dann wendete er sich abrupt ab und ging zur Treppe, überlegte es sich anders, machte kehrt, schlug energisch gegen die Tür der Nachbarwohnung.

Eine Frau, um die vierzig, öffnete die Tür.

Wir wollen mit Ihnen über Ihren Nachbarn reden.

Jetzt?

Natürlich.

Sie stand verdattert da. Lahnstein zeigte seine Polizeimarke.

Also?

Er ist ein ruhiger Nachbar. Mehr kann ich nicht sagen.

Sie schloss die Tür. Lahnstein drückte dagegen, aber Müller zog seinen Arm weg.

Lassen Sie das. Es ist sinnlos.

Müller ließ sich nach Hause fahren. Lahnstein ging in das Wirtshaus nebenan, fragte nach Haarmann, nach Fleischlieferungen, aber der Kellner konnte nichts sagen. Frau Engel, die Chefin, sei nicht da, morgen wieder. Eine Spelunke, schmutzig, dunkel, er würde hier keinen Bissen runterbekommen.

Er würde nicht nach Hause gehen, das war gewiss. Haarmann sollte nicht die Chance haben, irgendwas beiseitezuschaffen. Eine Weile lief er vor dem Haus auf und ab, lehnte sich schließlich gegen die Laterne auf der anderen Straßenseite, sah die Lichter verlöschen, die Fenster dunkel werden, es nieselte. Er ging wieder auf und ab, dann setzte er sich auf das Pflaster, im Schneidersitz, starrte auf den Eingang, kämpfte gegen den Schlaf, verlor den Kampf gegen vier Uhr morgens. Um sechs Uhr wachte er auf, weil ihm jemand die Pistole aus dem Holster zog. Ein schneller Griff zum Arm des anderen, ein kurzer Kampf, dann hatte er seine Pistole wieder. Den Angreifer, den er mehr gerochen als gesehen hatte, ließ er laufen. Lahnstein rappelte sich auf, durchgefroren, verdreckt. Es hatte keinen Sinn mehr, zu Haarmann zu gehen, der hatte Zeit genug gehabt, Dinge beiseitezuschaffen. Also lief er nach Hause in dem Bewusstsein, der dümmste Polizist der Welt zu sein.

Zwei Tage später hörte er am Abend, als er nach Hause ging, die Zeitungsjungs seinen Namen ausrufen.

Kommissar Lahnsteins böses Spiel mit dem Rechtsstaat.

Kommissar Lahnsteins böses Spiel mit dem Rechtsstaat.

Kommissar Lahnsteins böses Spiel mit dem Rechtsstaat.

Er hielt einen der Jungen an, schaute auf die Zeitung, sah sein Gesicht auf dem Titelbild. Darunter die Schlagzeile, die er gehört hatte.

Er kaufte die Zeitung, ohne den Jungen richtig anzuschauen, damit er nicht merkte, dass er seiner Hauptfigur den Bericht über die Hauptfigur verkaufte.

Sind Sie das?, fragte der Junge.

Nein, sagte Lahnstein, griff nach der Zeitung und hastete davon, ohne auf das Wechselgeld zu warten. Er hätte Trinkgeld gegeben, aber niemals so viel. Er wollte sich in ein Café setzen, um gleich nach der Lektüre ein Bier zu trinken, aber er wusste nicht, wer er nach dieser Lektüre sein würde, und verwarf die Idee. Er eilte nach Hause, überrannte fast seine Vermieterin und war dann endlich in seinem Zimmer, schloss die Tür ab und las den Artikel noch im Stehen.

Danach setzte er sich auf sein Bett, ließ sich rückwärts fallen, lag da mit geschlossenen Augen.

Erscheint nur selten zum Dienst.

Hat Rechtsbruch begangen.

Nutzt die Dienstzeit für politische Agitation.

Benimmt sich unverschämt gegenüber trauernden, verzweifelten Angehörigen.

Ihm fehlt die Erfahrung für einen großen Fall.

Gilt als Franzosenfreund.

Zeigt eine verdächtige Milde gegenüber Straftaten aus dem Hundertfünfundsiebzigermilieu.

Das Erste, was er sich fragte: ob sein Vater das lesen würde. Es war eine regionale Zeitung, die wegen der Schärfe ihrer Kommentare auch anderswo gelesen wurde. Aber sie kam aus dem Konzern von Hugenberg, und sein Vater würde eine solche Zeitung normalerweise nicht anrühren. Es sei denn, jemand erzählte ihm, dass sein Sohn dort als jemand hingestellt wurde, der eine »verdächtige« Milde gegenüber Hundertfünfundsiebzigern an den Tag legte.

Der Text war frei von Belegen, nur Behauptungen, hier und dort ein anonymes Zitat eines »Kollegen«. Aber frei erfunden war der Text nicht, spitzte zu, was man im Präsidium aufschnappen konnte. Müller, das war klar.

Es klopfte. Seine Vermieterin wollte dringend mit ihm sprechen. Er wies sie ab. Er würde dieses Zimmer nicht mehr verlassen, nie mehr, jedenfalls nicht in absehbarer Zeit, in den nächsten Tagen und Wochen. Er konnte das nicht. Es gab ihn da draußen nicht mehr als den Mann, der er war. Es gab ihn dort als den Mann, der in der Zeitung beschrieben wurde, und der wollte er nicht sein. Der war er einfach nicht.

Obwohl, die Erfahrung für diesen Fall fehlte ihm tatsächlich. Ein Hundertfünfundsiebziger war er nicht, aber die allgemeine Abscheu gegen die Männerliebe teilte er nicht, hatte Erfah… er versagte sich den Gedanken.

Konnte man ihm das ansehen?

Blödsinn.

Die Kollegen bekümmerten ihn am allerwenigsten. Da der Text das ausdrückte, was viele auf dem Polizeipräsidium in ihm sahen, erfuhren sie durch die Zeitung nichts Neues über ihn, wurden nur in dem bestätigt, was sie ohnehin vermuteten oder zu wissen meinten. Die anderen Kollegen, die wenigen wohlmeinenden, kannten die Gerüchte und konnten sich denken, aus welchen Quellen dieser Artikel gespeist war.

Er ging nicht raus zum Essen, ging nicht auf die Toilette, sondern pinkelte ins Waschbecken. Er zog sich nicht einmal aus, lag hungrig und durstig auf seinem Bett, schlief früh ein, wachte bald wieder auf, der nun schon vertraute Terror der Nacht.

Am nächsten Tag stand er auf wie immer, verließ das Zimmer zur gewohnten Zeit, wurde von der Vermieterin abgefangen, die ihm eine Zeitung mit dem Artikel ins Gesicht hielt.

Sind Sie an solchen Schweinereien beteiligt?

Was für Schweinereien?

Hundertfünfundsiebzig.

Er schob sie zur Seite, verließ die Wohnung und lief zum

Präsidium. Er hatte nie Besuch auf seinem Zimmer empfangen, nicht von einer Frau, nicht von einem Mann. Was dachte sich diese Hexe?

Franz fiel ihm ein. Würde Franz diesen Artikel lesen? Und was würde er denken? Plötzlich hatte er Angst, Franz würde sich bei der Zeitung melden und von ihren Berührungen aus dem Gefangenenlager berichten. Er hatte jetzt schon Angst vor der Zeitung von heute Abend.

Unsinn. Hör auf.

Im Präsidium trafen ihn ein paar höhnische Blicke, aber weniger, als er erwartet hatte. Im Prinzip ein normaler Tag. Auch weil bald Eltern bei ihm saßen, Nummer achtzehn, Konrad Heidner.

Er hörte kaum hin. Drei Tote in einem Monat.

Er verließ das Präsidium zeitig, weil er wissen wollte, was in den Zeitungen über ihn zu lesen war, wenn dort etwas zu lesen war. Vielleicht konnte er in einem schlimmen Fall alle Exemplare aufkaufen, wusste aber im Moment, als ihm dieser Gedanke kam, wie albern er war. Angst, Panik. Sie konnten alles schreiben. Was nicht real war, wurde real in dem Moment, in dem es in der Zeitung stand.

Nieselregen. Die Zeitungsjungs hatten andere Themen, er kam nicht vor. Lahnstein kaufte sich einen Stapel Zeitungen, er würde sie alle durchforsten. Ein Café, ein großes Bier, ein Schnaps. Das war die Ausrüstung, die Rüstung für die Lektüre. Die Zeitungen, die der Republik oder der Sozialdemokratie feindlich gesinnt waren, berichteten nichts über die verschwundenen Jungs oder Lahnstein. Mit denen hatte er angefangen, weil er von dort die nächste Attacke erwartete. Erleichterung. Er war kein Thema mehr.

Gleichwohl ging er als Hundertfünfundsiebziger, als Rechtsbrecher, als Franzosenfreund durch die Straßen, als Verderber der Republik, als das, was die Zeitungen aus ihm gemacht hatten, nicht als das, was er war.

Was dachte wohl Haarmann über ihn, nachdem er diesen Artikel gelesen hatte, wenn er ihn gelesen hatte? Genugtuung? Freude? Einer von uns. Ein Lachen. Er lenkte seine Schritte um, nicht zu seiner Wohnung, sondern zum Haus, in dem Haarmann lebte.

Es war ein stiller, klarer Abend, frühlingshaft, erste Wärme. Aber es waren kaum Menschen unterwegs, das fiel ihm auf. Er gab sich die Schuld. Weil er den Fall nicht aufklären konnte, weil die Menschen Angst hatten vor einem Serienmörder, blieben sie lieber zu Hause, sobald es dunkel wurde. Eine ganze Stadt wurde so lahmgelegt. Was machte das mit den Lokalen, den Restaurants und Kneipen? Wann würde sich in den Umsätzen ein Einbruch zeigen?

Vor Haarmanns Haus blieb er kurz stehen, sah niemanden, obwohl er den Befehl erteilt hatte, die Beobachtung wieder aufzunehmen, rund um die Uhr. Vielleicht war das auch ein gutes Zeichen, dass jemand im Einsatz war, der sein Handwerk verstand, der unsichtbar observieren konnte. Lahnstein ging einmal auf und ab, schaute in die Hauseingänge, suchte seinen Mann, fand keinen. Er stellte sich selbst in einen Hauseingang und blieb die ganze Nacht, schlief nicht ein, registrierte nichts Ungewöhnliches.

Morgens um fünf Uhr kam ein Kollege, der überrascht war, Lahnstein hier anzutreffen.

Ein anderer macht es ja nicht, sagte Lahnstein mürrisch und ging nach Hause. Er würde mit Müller reden müssen.

Die Zimmerwirtin zeigte sich nicht. Er legte sich aufs Bett, schlief zwei Stunden, mit Flugzeugtraum, dann machte er sich frisch und ging ins Präsidium. Dort sah er eine Menschenmenge, einige Hundert Leute, die Plakate hochhielten und Sätze riefen, die Lahnstein zunächst nicht verstand. Als er näher kam, hörte er die Worte: Schützt unsere Kinder.

Schützt unsere Kinder.

Schützt unsere Kinder.

Schützt unsere Kinder.

Dasselbe stand auf einigen Plakaten. Auf einem anderen, ungelenk gereimt: Sicherheit statt schlechter Polizeiarbeit.

Er sah die Hannappels, Magda Hennies, Frau Koch, die Mutter der Nummer zwei, der Nummer sechs, vierzehn. Sie schauten ihn an, er schaute weg, wühlte sich durch die Menge, stieß, wurde gestoßen, arbeitete sich vor.

Schwuchtel.

Er hatte das genau gehört. Er sah sich um. Ein Mann griente ihm ins Gesicht. Lahnstein wühlte sich weiter, schwitzte stark, als er es endlich ins Präsidium geschafft hatte. Der Präsident stand im Foyer, die Hände ringend.

Tun Sie was!, schrie er Lahnstein an. Tun Sie endlich was!

Am 26. April verschwand Nummer neunzehn, Robert Witzel, geboren am 18. März 1906, zweiter Sohn des Werkmeisters Georg Witzel aus Linden, alle drei arbeiteten bei den Excelsior-Gummiwerken.

So ein lieber Junge, sagte die Mutter. Immer war er zu Hause, wenn er nicht arbeiten war. Nur manchmal gönnte er sich einen Kakao im »Café Kröpcke«.

»Kröpcke«?, fragte Lahnstein, meinten Sie das »Café Kröpcke«?

Kann auch sein, sagte der Vater, ein kleiner, fast winziger Mann, dessen Frau ihn um einen halben Kopf überragte.

Kann auch sein, sagte die Mutter.

Ist etwas mit diesem Café, fragte der Vater, ein bisschen

Hoffnung in der Stimme, als könne es ein Ort sein, dachte Lahnstein, an dem man sich mal mehrere Tage aufhielt.

Nichts Besonderes, sagte Lahnstein. Ich will nur sicherstellen, dass wir über dasselbe Café sprechen.

Ach so.

Keine Hoffnung mehr in der Stimme.

Die Witzels kotzten Lahnstein an. Warum konnten sie nicht besser auf ihren Jungen aufpassen? Und jetzt saßen sie verheult da und taten, als wäre er ihr Ein und Alles, die kleine Schwuchtel.

Er bereute das mit der kleinen Schwuchtel sofort. Der Junge war achtzehn. Wie sollten sie da aufpassen.

Achtzehn Jahre hatten sie mit ihm leben dürfen.

Am 26. April gab ihm die Mutter fünfzig Pfennig mit, damit er sich was kaufen könne in der Stadt. Ihr fiel auf, dass er seine beste Jacke angezogen hatte, die für Sonntage. Aber es war nicht Sonntag.

Sie hatten ein Foto mitgebracht, dünne Haare, munterer Blick. Lahnstein behielt das Foto und ließ sich genau schildern, was der Junge am Tag seines Verschwindens getragen hatte.

Er versammelte die Leute, die da waren. Es kamen fünf, mit acht hatte er gerechnet. Krank, hieß es. Unterwegs, hieß es.

»Café Kröpcke«, sagte Lahnstein und achtete nicht mehr auf die Reaktionen. Er kannte sie. Schon wieder. Bringt doch nichts.

Sie stiegen in zwei Autos, fuhren zum Café. Vier Polizisten stiegen aus. Wo der fünfte war, wusste niemand, er hatte sich nicht abgemeldet. Kommt vielleicht noch, sagte jemand.

Gehen wir rein, rief Lahnstein, drei Mann vorne, zwei hinten, keine Waffen.

Ein paar Jungs würden entwischen, das war klar. Man hätte acht Polizisten gebraucht für eine wirkungsvolle Razzia. Sie stürmten los, bauten sich breitbeinig an den Eingängen auf. Fünf, sechs

Gäste versuchten rauszukommen, zwei schafften es. Fliegende Hände, wahrscheinlich warfen sie Drogen auf den Boden, dann kehrte Ruhe ein.

Lahnstein zählte zweiundzwanzig Männer und drei Frauen. Das war eine gute Quote für einen Nachmittag. Haarmann war nicht dabei. Lahnstein trat vor und zog das Foto aus der Tasche.

Ich gehe jetzt rum und zeige euch das Foto von einem Jungen, Robert Witzel, achtzehn Jahre alt. Er war hin und wieder hier, das wissen wir. Ihr schaut euch das Bild genau an, und wenn ihr den Jungen erkennt, gebt ihr ein Zeichen. Verstanden?

Ein paar Gäste nickten, ein paar grinsten. Er ging mit dem Foto rum, beschrieb dabei die Kleidung, die Witzel am Tag seines Verschwindens getragen hatte, eine dunkelbraune Tweedjacke mit Karomuster, eine hellbraune Hose, rötlichbraune Schnürstiefel. Niemand reagierte, manche betrachteten das Foto eingehend und sahen dabei aus, als würden sie scharf nachdenken. Man konnte gute und schlechte Schauspieler unterscheiden. Andere wieder nahmen die Sache ernst, erkannten Ähnlichkeiten zu jungen Männern, die sie hier gesehen hatten, waren sich aber nicht sicher. Am Ende hatte Lahnstein nichts erreicht, eine Demütigung mehr.

Das Wahlergebnis machte alle noch nervöser. Für Lahnstein waren die Zahlen ein Schock. Die SPD sank auf 20,5 Prozent, ein Minus von 1,2 Prozentpunkten, was erträglich schien. Aber die USPD spielte keine Rolle mehr, und Lahnstein hatte gedacht, die SPD würde den größten Teil ihrer 17 Prozent von der Wahl 1920 übernehmen, aber so war es nicht.

Meine Schuld, meine Schuld. Sein Gehirn ratterte.

Die Kommunisten legten um 10,9 Prozent zu und sprangen auf 12,6 Prozent. Eine Katastrophe.

Meine Schuld, meine Schuld. Hör auf. Sei nicht blöd. Nimm dich nicht so wichtig.

Die DNVP kletterte auf 19,5 Prozent, war nun fast so stark wie die SPD. Die Nationalsozialistische Freiheitspartei, um die sich die Anhänger der verbotenen NSDAP scharten, holte erschreckende 6,6 Prozent. Das machte fast 39 Prozent für die Gegner der Republik, rechnete Lahnstein aus.

Meine Schuld, meine Schuld.

Am 20. Mai stürmte ein Schutzpolizist in Lahnsteins Büro, nahm vor ihm Haltung an, rang nach Luft.

Im Lustgarten, japste er, machte eine Pause, rang wieder nach Luft. Im Lustgarten haben spielende Kinder ...heftiges Atmen ... am Ufer ... einen Totenschädel gefunden. Wahrscheinlich angespült aus der Leine.

Mann? Frau?, rief Lahnstein, während er aufsprang. Jung? Alt?

Ich weiß es nicht, sagte der Schutzmann, ich kenne mich da nicht aus.

Gehen Sie zu den Autos, ich bin gleich bei Ihnen.

Er lief zu Schackwitz, forderte ihn auf mitzukommen, es gebe eine Spur.

Eine Spur, eine Spur, eine Spur, hämmerte es in seinem Kopf, während das Auto zum Lustgarten fuhr, vorne Schackwitz, hinten Lahnstein und der Schutzmann.

Dann hielt er den Schädel in Händen, so fest, als würde er ihn nie wieder hergeben. Eine kleine Menge Schaulustiger hatte sich gebildet, vor allem Kinder, ein paar Erwachsene. Der Schutzmann und ein Kollege hielten sie auf Distanz, Grusel in manchen Blicken. Lahnstein starrte den Schädel an.

Die Kinder hatten ihn direkt an der Leine gefunden, an einer Stelle, wo das Ufer flach war.

Was meinen Sie?, fragte Lahnstein den Kollegen Schackwitz.

Wenn Sie mir den Schädel mal überlassen würden, könnte ich ein paar Angaben machen.

Lahnstein sah ihn noch einmal an, die leeren Augenhöhlen, die trotzdem einen Blick hatten. Die Schneidezähne fehlten. Er gab den Schädel weiter.

Schackwitz drehte, kippte ihn, ließ ihn sanft durch seine Hände gleiten.

Ein Mann?

Wahrscheinlich ein junger Mann, sagte Schackwitz. Die Schneidezähne fehlen, ein Backenzahn oben links ist ausgebohrt, die Plombe fehlt, hier an den Seiten sind Riffel, sehen Sie.

Er hielt Lahnstein den Schädel hin, wies auf einige feine Einkerbungen, dünn wie Striche.

Wahrscheinlich, sagte der Pathologe, wurde hier eine Rasierklinge oder ein feines Messer angesetzt, um Fleisch von den Knochen zu schaben.

Sehr gut, sagte Lahnstein. Das hilft uns.

Er fragte, wer den Schädel gefunden habe. Ein Mädchen meldete sich.

Ich zuerst, sagte sie.

Lahnstein gab ihr ein paar Münzen.

*Die Leiche des Jungen lag auf dem Bett, das Laken rot, das Kissen auch. Er machte sich einen Kaffee, an dem er sich die Lippen und die Zunge verbrannte, aber das spielte keine Rolle. Fein säuberlich breitete er ein Tuch auf dem Fußboden aus, stellte einen Eimer daneben, zudem eine Wachstuchtasche. Zwei Geschirrtücher legte er bereit, ein dickes Schneidebrett und zwei große Küchenmesser, eins mit glatter Klinge, eins mit gezackter, zudem ein kleines Küchenmesser, ein Hackebeil. Er hob die Leiche vom Bett und legte sie auf das Tuch. Ein kurzer Blick auf das Gesicht des Jungen, dann bedeckte er es mit einem Geschirrtuch. Er mochte die Augen nicht sehen, wenn er an der Leiche arbeitete. Manchmal guckten sie vorwurfsvoll oder sogar böse.*

*Mit dem glatten Messer öffnete er die Bauchhöhle mittels zweier Schnitte. Den Darm zog er raus und ließ ihn in den Eimer rutschen, genauso den*

*Magen. Er griff nach dem zweiten Geschirrtuch, tunkte damit das Blut auf, das sich in der Bauchhöhle des Jungen gesammelt hatte, und wrang das Tuch über dem Eimer aus, sorgfältig, damit nichts auf den Fußboden tropfte. Das tat er so oft, bis alles Blut aufgetunkt war.*

*Mit dem gezackten Messer sägte er die Rippen auf, drei Schnitte. Er griff unter die Rippen und drückte so lange nach oben, bis sie in der Schultergegend knackten. Dort setzte er das Messer an, schnitt die Rippen weg und legte sie beiseite. Er nahm einen Schluck Kaffee, er schwitzte.*

*Weiter. Er fasste in den Leib, riss das Herz raus und legte es auf das Schneidebrett. Er schnitt das Herz in feine Streifen, die er im Eimer versenkte. Genauso machte er es mit den Lungen und den Nieren. Kleine Pause, Kaffee.*

*Das Hackebeil war an der Reihe. Erst trennte er die Beine vom Körper ab, dann die Arme. Er löste das Fleisch von den Knochen und verstaute die besten Stücke in der Wachstuchtasche. Den Rest wickelte er in Wachspapier. Er reinigte die Brust- und Bauchhöhle mit dem Geschirrtuch, dann schnitt er das Glied ab, legte es auf das Schneidebrett, unversehens von Grauen gepackt. Er wollte das nicht wieder tun, aber der Drang war zu stark, und er zerschnitt das Glied, nun erregt, in mehrere Teile, die er in den Eimer warf.*

*Er holte eine Bastmatte aus einem Schrank, ein paar Lumpen und ein Beil. Das alles legte er auf den kleinen Küchentisch, stellte die Kaffeetasse daneben. Er schnitt den Kopf vom Rumpf und legte ihn auf die Bastmatte. Er trennte die behaarte Kopfhaut ab, wie ein Indianer, der sein Opfer skalpiert. Das war der Gedanke, den er jedes Mal dabei hatte und der ihn schmunzeln ließ. Die Kopfhaut zerteilte er in Streifen, die er in den Eimer warf. Er drehte den Schädel, sodass er auf einer Wange lag, legte die Lumpen drüber, damit es nicht zu laut wurde. Dann schlug er mit der scharfen Seite des Beils auf den Schädel ein, ihn dabei mit einer Hand ständig drehend, bis er platzte und in viele Teile auseinanderbrach. Das Gehirn versenkte er im Eimer, die Knochensplitter sammelte er ein und warf sie in eine Kiste, in der er auch die anderen Knochen stapelte. Damit war diese Arbeit getan, jetzt musste er nur noch den Boden und den Tisch säubern sowie die Bettlaken und Tücher waschen.*

# Kapitel 7

*Nur ein Zimmer, ein schmutziges Bett, dunkle Flecken auf den Bodendielen, helle Flecken an den Wänden. Eine Küchenzeile, ein kleiner Tisch, Dachschrägen. Der Mann hatte die Tür abgesperrt, hier müsse man immer aufpassen, Hannover sei ein unsicheres Pflaster, hatte er dabei gesagt. Er stellte eine Flasche Schnaps auf den Tisch. Der Junge überlegte, wie er abhauen könne, aber der Schlüssel steckte nicht, und so schnell würde er die Tür nicht eintreten können. Aber eigentlich war der Mann ja nett, und ein bisschen aufregend war das hier auch.*

*Der Mann setzte sich mit der Flasche und zwei Gläsern auf sein Bett, goss ein und prostete ihm zu. Sie stießen an und tranken. Er dachte daran, dass mit Wein alles angefangen hatte, dass er wegen des Weines Vater wurde und jetzt hier saß mit diesem seltsamen Mann in diesem schäbigen Zimmer.*

*Der Mann plauderte, erzählte von Kriminalfällen, die er aufgeklärt hatte, und bald lag eine Hand von ihm auf dem Bein des Jungen, der das geschehen ließ, da der Mann einfach weiterplauderte, als sei das normal so. Dann fragte er unvermittelt, ob der Junge es schon machen würde, bei sich zu Hause, ob sie sich es da gegenseitig machen würden. Der Junge wusste erst nicht, was der Mann meinte, aber dann ging ihm ein Licht auf, und er musste grinsen, obwohl er das nicht wollte.*

*Hast du einen kleinen Freund?, fragte ihn der Mann, und seine Hand rutschte ein wenig höher. Da durfte man doch nicht drüber sprechen. Und hatte er nicht. Das war der Heiner nicht. Nur dass da was passiert war und er manchmal gerne daran dachte. Und das hier fühlte sich ein bisschen so an wie das damals, als es anfing in Heiners Zimmer, als die Eltern nicht da waren. Nie wieder, hatte er sich danach gesagt, nie, nie, nie, und dann passierte es noch mal und noch mal. Aber noch mal nicht. Dann war da die Tochter vom Pfarrer, und der Heiner schaute ihn immer so an mit seinen großen Augen, so sehnsüchtig.*

*Plötzlich riss ihn der Mann um, sodass er auf dem Rücken lag, zwischen der Wand und dem Kriminal, der ihm einen Kuss auf den Mund drückte und dann lachte. Da lachte der Junge auch. Aber dann überfiel ihn brüllende Angst. Nichts wie weg hier. Er sagte, dass er jetzt gehen wolle, zurück in den Wartesaal, aber der Mann schüttelte den Kopf mit ernster Miene. Sein Griff war fest, und es würde nicht möglich sein, an ihm vorbei zur Tür zu kommen, und hinter dem Jungen war die Wand. Dann blieb er eben, und vielleicht war es ja schön, was jetzt passieren würde. Mit dem Heiner war es auch schön gewesen.*

Am Bahnhof Zoo stieg er aus, ging über die Straße und setzte sich ins »Romanische Café«.

Er bestellte einen Kaffee und einen Apfelkuchen mit Sahne. Es war vier Uhr nachmittags, er hatte den Abend für sich, wusste aber nicht, was er mit dieser Zeit machen sollte, hatte ein bisschen Angst davor. Er fühlte sich frei hier, niemand kannte ihn, außer dem Mann, den er morgen früh treffen würde. Bis dahin? Konnte er alles tun in dieser Stadt. Er holte sich ein Abendblatt vom Zeitungsständer, vertiefte sich in die Berichte zur Regierungsbildung. Die verschwundenen Jungs spielten keine Rolle.

Bald spukte das Wort »Wiking« durch seinen Kopf, und er verlor die Konzentration. Als er am Morgen aufgestanden war und aus dem Fenster geschaut hatte, las er dieses Wort an der gegenüberliegenden Hauswand. Wiking. Nur das. Mit Kreide hingeschrieben, etwas ungelenk, vielleicht wegen der Hast, aus Sorge, erwischt zu werden. Warum stand es da? Er musste an den Bund Wiking denken, das war das Einzige, was ihm dazu einfiel. Im Bund Wiking versammelten sich die Männer, die zuvor in der Organisation Consul gewesen waren. Ihre Leute hatten Rathenau und

Erzberger ermordet. Republikfeinde, Antisemiten, Rechtsterroristen. Meinten sie ihn? Eine Warnung? Eine Drohung? Aber warum? Wir wissen, wo du wohnst. Pass auf. Hör auf. Aber womit? Haarmann verfolgen? Dann konnte es nur auf Müller zurückgehen. Er traute ihm zu, Mitglied im Bund Wiking zu sein.

Lahnstein dachte an die Jungs, an Haarmann. Der Schädel war eine Enttäuschung, wies keine Merkmale auf, die zu einem der verschwundenen Jungs führten. Ein Loch im Backenzahn hatte jeder. Die Schneidezähne waren wahrscheinlich nach dem Ableben rausgebrochen worden, warum auch immer. Das Interessanteste waren die kleinen Kerben, weil sie dafür sprachen, dass der Junge entbeint worden war, was wiederum die Gerüchte, dass Menschenfleisch verkauft wurde, in die Nähe der Realität rückte. Damit war man bei Haarmann, dem Fleischhändler. Der Fundort lag nur wenige Hundert Meter von seiner Wohnung entfernt.

Hatte ihn das weitergebracht? Kein bisschen. Müller folgte seiner Argumentation noch immer nicht, die Überwachung, die total sein sollte, war noch immer lückenhaft, wie Lahnstein bei einer Stichprobe festgestellt hatte. Und nun dieses Wahlergebnis.

Lahnstein legte die Zeitung weg. Wieder würde Marx Reichskanzler werden, wieder vom Zentrum, von der DDP und der DVP getragen werden, von der bürgerlichen Mitte. Für Mehrheiten im Parlament brauchte er aber die SPD oder die DNVP. Das Gewürge würde weitergehen, eine Notverordnung nach der nächsten, aber da vertraute er Ebert. Der würde es schon richtig machen. Er rief den Kellner, zahlte und verließ das Romanische Café. Es war ein wunderbarer Maiabend, milde Luft, keine Mäntel mehr, die Leute saßen draußen. Er brachte seine Tasche in ein Hotel, das nahe am Bahnhof Zoo lag. Dann nahm er einen Pferdebus zum Alexanderplatz.

Er ließ sich treiben, lief außen den Platz entlang, bog in eine der Gassen ab, schaute in die Schaufenster der Geschäfte, kaufte einen Regenschirm, nur weil ihm der Holzgriff gefiel, der war so schön gemasert, etwas Ähnliches hatte er in Hannover nicht gesehen. Danach kam er sich albern vor, mit einem Regenschirm an einem sonnigen Frühlingsabend durch Berlin zu laufen. Hätte er sich früher überlegen sollen.

Er setzte sich in ein Restaurant, aß Gulasch und trank zwei Bier dazu. Seine Gedanken waren bei Lissy, bei seinem Vater. Es sollten schöne Gedanken sein. Er erwog ein drittes Bier, aber verwarf diese Option, weil beim dritten Bier seine schönen Gedanken zu Lissy in düstere Gedanken kippen würden. Ein Kaffee, dann nahm er seinen Regenschirm und zog weiter, lenkte seine Schritte dorthin, wo die Prostituierten warteten. Wilma hatte ihm das vor dem Krieg gezeigt, ein bisschen aufgeregt, aber auch stolz auf die Verruchtheit, die ihre Heimatstadt zu bieten hatte.

Hallo, Regenmann.

Er ging weiter, sah nicht auf. Ein paar lockende Pfiffe. Ignoriert.

Nicht so schüchtern, Süßer.

Er floh in eine Kneipe, trank hastig ein Bier. Er dachte wieder den Gedanken, den er am wenigsten mochte, dass die Trauer über Lissys Tod nur ein Vorwand war, sich Frauen, normalen Frauen nicht mehr nähern zu können, dass er im Gefangenenlager etwas entdeckt hatte, das besser zu ihm passte.

Andererseits: Er hatte vorher nie einen Mann begehrt, und hinterher auch nicht. Es war nur manchmal ein diffuser Wunsch da, den er nicht einmal in Gedanken benennen konnte, wollte.

Noch ein Bier.

Er nahm einen langen Zug. Unsinn, alles Unsinn, Hysterie. Er trank das Bier aus und ging in sein Hotel, wo ihm auffiel, dass er den Regenschirm vergessen hatte. Egal. Er legte sich hin und wollte sich mit Gedanken an Lissy befriedigen, aber das ging nicht, weil sie mal in seinem Bett war und mal in dem Flugzeug. Er gab es auf und war bald eingeschlafen.

Den Freund traf er in einem Café unweit des Hackeschen Marktes. Während er auf ihn wartete, hatte er die Bilder von Verdun vor Augen, Verdun von oben, die aufgerissene Erde, das zerschossene Fort Deaumont, die Fesselballons mit den Artilleriebeobachtern, der Rauch nach den Explosionen. Wenn die Sicht gut war, stieg Lahnstein auf, um die Truppenbewegungen der Franzosen hinter der Front zu beobachten, später warf er Bomben ab, ohne größere Wirkung.

Georg lag im Lazarett zwei Betten weiter, aber da der Mann zwischen ihnen komplett einbandagiert war, auch am Kopf, nie sprach, weshalb unklar blieb, ob er etwas hörte, er sich jedenfalls nicht beschwerte, ließen sie sich durch seine Anwesenheit nicht stören und unterhielten sich über seinen weißen Mullkopf hinweg.

Georg hatte zu den Ersten gehört, die das Fort Deaumont eingenommen hatten. Dann lag er dort über Wochen unter Dauerbeschuss von schwerer Artillerie.

Wart ihr nicht halbwegs sicher in dem Fort?, fragte Lahnstein.

Das Fort war vor allem gegen Angriffe aus dem Osten geschützt, sagte Georg, Angriffe von uns Deutschen. Als wir drin waren, schossen die Franzosen aus dem Westen, und diese Seite war naturgemäß längst nicht so stark gesichert.

Bei einem Artillerieangriff schaffte es Georg nicht rechtzeitig in den Bunker und wurde von mehreren Granatsplittern getroffen, aber nicht lebensgefährlich. So redeten sie über die Mumie hinweg, tauschten ihre Erlebnisse bei der Polizei aus. Georg war schon vor dem Krieg Kriminalbeamter in Berlin gewesen.

Als er kam, zehn Minuten zu spät, begrüßten sie sich herzlich,

Lahnstein hatte ihn zweimal in Berlin besucht, aber nicht viel Zeit mit ihm verbracht, da Georg vier Kinder hatte und es vermied, neben der Dienstzeit noch Termine zu vereinbaren, die ihn von seiner Familie fernhielten. Lahnstein kam auch wegen der großen Stadt, ließ sich gerne mitreißen, was meistens gelang, das gestern war eine Ausnahme.

Er sprach die Situation in Hannover an. Georg wusste ungefähr, was los war, aus den Zeitungen.

Ich brauche deine Hilfe, sagte Lahnstein. Kannst du für ein paar Wochen zwei Leute abstellen, die Haarmann observieren? Ich brauche Polizisten, auf die ich mich verlassen kann, und in Hannover kann ich mich auf niemanden verlassen. Die stecken alle mit dem Müller unter einer Decke.

Aber warum sollte Müller ihn decken? Was hat Haarmann ihm zu bieten?

Ich glaube, dass er Müller mit Tipps versorgt, die ihm immer wieder große Erfolge bescheren. Das hat seiner Karriere gutgetan. Er will das nicht aufs Spiel setzen.

Aber für die Karriere einen Serienmord in Kauf nehmen, kann jemand so grausam sein? Achtzehn Jungs, oder wie viele sind es bislang?

Neunzehn. Du hast recht, aber du musst auch bedenken, wo er herkommt, wo wir alle herkommen.

Du meinst aus dem Krieg?

Genau das meine ich. Ich dachte erst, ich müsse einen Täter suchen, der im Krieg war, dem die Maßstäbe verrutscht sind, für den der Tod eine Alltäglichkeit ist, auch der Tod in Massen. Im Krieg ging einem doch zwangsläufig das Gefühl dafür verloren, dass es ein Recht auf Leben gibt, dass jedes Leben wertvoll ist.

Das stimmt, sagte Georg, aber man kann sich dieses Gefühl zurückerobern, wie man an uns beiden und den meisten anderen Kameraden sieht. Wir haben das Töten beendet.

Das haben wir, aber es gelingt eben nicht allen. Wir haben doch erlebt, wie sie im Wahlkampf aufeinander losgingen.

Das mag sein, aber ein Serienmörder ist noch einmal ein anderes Kaliber.

Ich bin mir da nicht so sicher. Wie gesagt, erst habe ich den Täter unter ehemaligen Soldaten vermutet, und weil Haarmann während des Krieges im Gefängnis saß, habe ich mich zu lange nicht richtig um ihn gekümmert. Mein Fehler. Aber ich glaube, dass ich mit meiner Vermutung dennoch in gewisser Weise richtig lag. Nicht der Täter ist im Krieg verroht, sondern seine Freunde im Präsidium haben dort die Maßstäbe verloren, das Gefühl für den Wert des Lebens. Für ihre Karriere gehen sie über Leichen. Fast alle waren an der Front. Wir denken, der Krieg ist vorbei, aber er wirkt nach.

Könnte sein. Bei Müller leuchtet mir das ein. Aber was ist mit den anderen? Haben die auch Karriere gemacht mithilfe von Haarmann?

So ganz durchschaue ich das nicht, aber ich nehme an, den einen oder anderen hat er mitgezogen. Es gibt da zudem einen Korpsgeist, das sind fast alles Monarchisten, die wählen die DNVP oder Schlimmeres.

Die Nationalsozialisten?

Nicht viele, glaube ich. Der Kaiser wäre ihnen lieber als dieser Hitler.

Der ist ja zum Glück erst mal für fünf Jahre hinter Gittern.

Lahnstein wollte den Bund Wiking erwähnen, ließ es dann aber. Er wollte nicht, dass ihn Georg für paranoid hielt. Es reichte, wenn er selbst das tat.

Viel zu wenig, ein skandalöses Urteil. Er wollte diesen Staat aus den Angeln heben, und die sind nachsichtig mit ihm. Hast du die Urteilsbegründung gelesen?

Sie sprachen noch ein bisschen über die politische Lage, dann musste Georg zurück ins Präsidium. Er sagte, dass es nicht leicht werde, zwei Mann loszueisen, aber er werde dem Präsidenten die Dringlichkeit klarmachen, dann werde er schon zustimmen.

Drei Tage später trafen zwei Polizisten aus Berlin in Hannover ein. Lahnstein hatte ihnen ein Zimmer in einer kleinen Pension besorgt. Dort besprach er sich mit ihnen, da niemand wissen sollte, dass sie für ihn arbeiteten. Sie vereinbarten, dass sie sich vor allem am Bahnhof rumtreiben sollten, als Obdachlose verkleidet. Viele der Jungs waren mit dem Zug in der Stadt eingetroffen, Lahnstein hoffte, dass sie Haarmann dort auf die Spur kommen würden. Er zeigte den beiden Berlinern das Foto aus der Akte und schärfte ihnen ein, sich niemals an Polizisten aus Hannover zu wenden. Niemandem sei zu trauen. Er verließ die Pension mit einem guten Gefühl.

Am 27. Mai saßen der Schlosser Wilhelm Mayhofer und seine Frau Therese, verwitwete Abeling, in Lahnsteins Büro und meldeten das Verschwinden ihres Stiefsohnes beziehungsweise Sohnes Ferdinand Abeling.

Wie alt ist Ihr Sohn?

Elf Jahre, sagte Therese Mayhofer, am 14. März 1913 wurde er geboren.

Nummer zwanzig.

Elf Jahre, wirklich?

Natürlich, ich muss es schließlich wissen.

Entschuldigen Sie bitte, natürlich wissen Sie das.

Ist was nicht in Ordnung?, fragte der Mann, ich meine, mit dem Alter?

Was sollte er sagen? War es nicht in Ordnung, mit elf Jahren zu verschwinden, weniger in Ordnung als mit zweiundzwanzig

Jahren? Aber die Zahl hatte ihn entsetzt, so jung war noch keines von den Opfern gewesen, wenn es denn Opfer waren, aber davon war er inzwischen überzeugt. Ein Kind, und er wollte sich auf keinen Fall fragen, ob das Fleisch eines Elfjährigen besonders zart sei, noch zarter als das eines Sechzehnjährigen, aber der Gedanke schoss ihm schon durch den Kopf. In der Welt, in der er seit einigen Monaten lebte, kamen diese abscheulichen Gedanken ungefragt, sie gehörten zu dieser Welt.

Bevor er zur Schule ging, hat er mich um zwanzig Pfennig gebeten, sagte die Frau. Die habe ich ihm gegeben, aber ich habe nicht gefragt, wofür er die braucht. Das bereue ich jetzt, denn dann gäbe es vielleicht einen Hinweis für Sie, was er zuletzt getan hat. Ich meine, was er getan hat, bevor er verschwunden ist. Wir wissen nur, dass er in der Schule war, wie jeden Tag.

Er fragte sich, warum die Frau so kühl redete, so maschinenhaft, immer die gleiche Tonlage, keine Trauer in der Stimme, keine Tränen. Was war los mit ihr? Alle anderen waren traurig oder verzweifelt gewesen. Der Mann saß teilnahmslos an ihrer Seite.

Lahnstein stellte routiniert seine Fragen, während er sich ärgerte, dass die Berliner dieses Verschwinden nicht hatten verhindern können, aber sie waren erst seit zwei Tagen im Einsatz. Immerhin war der Täter aktiv, es konnte nicht mehr lange dauern, bis sie ihn hatten.

Haben Sie noch etwas vergessen, das wichtig sein könnte?, fragte er zum Schluss.

Die beiden dachten nach, dann schüttelte die Frau den Kopf.

Darf ich Sie noch etwas fragen?, sagte Lahnstein, obwohl er sich innerlich geschworen hatte, diese Frage nicht zu stellen.

Was denn?

Sie wirken gar nicht traurig?

Die Frau sah ihren Mann an, er sah zurück.

Wir sind sehr traurig, sagte die Frau, ich hatte meinem ersten Mann versprochen, als er im Sterben lag, dass ich auf den Ferdinand aufpasse, und jetzt ist er nicht mehr da. Ich frage mich, wo er sein könnte. Vielleicht bei den anderen Jungen, glauben Sie, dass die Jungs alle irgendwo zusammen sind, an einem Ort? Das könnte doch sein, oder?

Wieder dieser maschinenhafte Tonfall.

Ich weiß nicht, ich halte das für unwahrscheinlich. Wo sollte das sein?

Ich weiß auch nicht. Sie sind doch von der Polizei. Sie kennen sich aus.

Aber diesen Fall hatten wir noch nicht, dass Menschen verschwinden und wir sie alle am selben Ort wiederfinden.

Vielleicht dieses Mal, sagte der Mann.

Wer weiß.

Müller kam herein, wirkte verärgert, genervt, als er die beiden sah, als könne er einen weiteren Fall gerade nicht gebrauchen, aber wer konnte das schon? Ich, sagte sich Lahnstein sofort und zum wiederholten Male, ich brauche Fälle, bis Haarmann einen Fehler macht und ich alle Fälle aufklären kann.

Was Besonderes?, fragte Müller, als die beiden das Büro verlassen hatten und Lahnstein wieder auf seinem Platz saß.

Elf Jahre alt.

Ziemlich jung. Hat da einer seine Vorlieben geändert?

Immerhin glauben Sie jetzt auch, dass hier ein Homosexueller Opfer jagt.

Es wäre jedenfalls eine Lösung.

Bitte?

Er sah Müller scharf an, der den Blick freundlich erwiderte.

Ich sagte, es wäre jedenfalls eine Lösung.

Aber wie meinen Sie das?

Ich meine nichts, ich sagte nur, das wäre eine Lösung.

Das habe ich verstanden. Aber ich frage mich, was Sie mit Lösung meinen. Eine Lösung für den Fall? Eine Lösung für die Homosexuellen? Für Hannover?

Suchen Sie sich doch etwas aus.

Lahnstein stand auf, baute sich vor Müllers Schreibtisch auf und sagte: Ich weiß, was Sie damit meinen, und endlich ist es heraus. Sie meinen, dass es die beste Lösung für diese Stadt oder für die Welt insgesamt wäre, wenn möglichst viele Hundertfünfundsiebziger verschwinden. Weil Sie die gar nicht ausstehen können, weil Sie die für Abschaum halten, für Ekelgeschöpfe, die ausgerottet gehören. Sie finden es gut, dass schon mal einer damit angefangen hat. Und warum sollten Sie sich da ein Bein ausreißen, um ihn aufzuhalten. Er macht doch das Richtige, er hat die Lösung für die Hundertfünfundsiebziger. So sehen Sie das. Und deshalb kommen wir hier nicht weiter.

Müller erhob sich von seinem Stuhl, stand Lahnstein direkt gegenüber.

Und jetzt sage ich Ihnen etwas: Sie sind vor über einem halben Jahr nach Hannover geholt worden, um diesen Fall aufzuklären, weil man dachte, wir hier würden das nicht schaffen, man brauche nur so ein Bochumer Genie und hätte diesen Fall ruckzuck gelöst. Und wo stehen wir jetzt? Es geht so weiter wie zuvor. Aber mit mir hat das nichts zu tun. Sie sind hier der Chef, Sie haben dieses Desaster zu verantworten, nicht ich oder irgendjemand sonst hier.

Sie standen sich ein paar Sekunden gegenüber, dann drehte sich Lahnstein um und ging zu seinem Schreibtisch zurück. Er setzte sich und starrte auf die Aufzeichnungen, die er sich zum Fall Abeling gemacht hatte. Er hatte keinen Satz gehört, den er nicht so ähnlich selbst gedacht hatte, außer: Aber mit mir hat das nichts zu tun. Dieser Satz war falsch.

Er sah auf und fragte Müller: Waren Sie übrigens Mitglied bei der Organisation Consul?

Müller sah ihn überrascht an. Die ist doch verboten, sagte er.

Ich fragte ja auch, ob Sie Mitglied waren. Bevor die Organisation verboten wurde.

Ich war nie Mitglied.

Heißen Sie die Taten der Organisation Consul gut?

Heiße ich es gut, dass sie geholfen haben, die Münchener Räterepublik auszulöschen? Wir haben darüber gesprochen. Ich muss das nicht noch einmal sagen.

Den Mord an Erzberger?

Dass ich kein glühender Verehrer von Erzberger war, können Sie sich denken. Er hat die Waffenstillstandsvereinbarung in Compiègne unterzeichnet. Obwohl wir nicht geschlagen waren. Wir haben vier Jahre lang jedes Opfer gebracht an der Front, haben den Feind in Schach gehalten, und dann kommt die Republik und brockt uns einen Schandfrieden ein. Mehr muss ich zu Erzberger nicht sagen.

Er hat unterzeichnet, weil Ludendorff und Hindenburg dafür zu feige waren. Sie wussten, dass die Front nicht mehr zu halten war, und haben es den Demokraten überlassen, die Niederlage des Deutschen Reiches zu besiegeln.

Unsinn.

Mehr sagen Sie nicht? Nur Unsinn?

Müller schwieg.

Rathenau. Was sagen Sie zum Mord an Rathenau? Er hat in Compiègne nicht unterschrieben.

Woher soll ich wissen, warum er ermordet wurde?

Weil er Jude war?

Mag sein.

Die Organisation Consul war antisemitisch. Sie war übrigens auch antisozialdemokratisch.

Lahnstein sah Müller an. Keine Regung.

Müller sagte: Unser Oberpräsident hatte nichts dagegen, dass die Organisation Consul mithalf, die Räterepublik niederzuschlagen.

Lahnstein sah den Triumph in Müllers Augen. Er suchte nach einer Erwiderung, fand aber nichts, was Noske nicht diskreditiert hätte. Er schwieg. Stille, dann sagte Lahnstein: Nach dem Verbot gründeten die Consul-Leute den Bund Wiking. Ist er auch in Hannover aktiv?

Woher soll ich das wissen? Ich habe mit diesen Leuten nichts zu schaffen.

Es könnte sein, dass diese Leute mich bedrohen.

Er hatte das nicht sagen wollen, es war ihm rausgerutscht.

Vielleicht ist es einfach so, dass Sie krank sind. Dass Sie alles auf sich beziehen, was in diesem Land passiert. Und wissen Sie, wie man das nennt?

Müller wartete auf eine Antwort, aber Lahnstein sagte nichts.

Größenwahn.

Müller stand auf, zog seinen Mantel an und verließ den Raum ohne ein weiteres Wort.

Am Abend besprach Lahnstein sich mit den beiden Berlinern in deren Zimmer. Sie waren zerknirscht, weil sie nicht hatten verhindern können, dass ein Junge verschwunden war. Tatsächlich hatten sie Haarmann an einem Abend gesehen, ziemlich spät, um kurz vor elf Uhr, als er im Bahnhof auftauchte, mit ein paar Leuten plauderte, auch mit dem Schutzmann, der gerade Dienst hatte. Er schaute in die Wartesäle, schlenderte wieder davon.

Das ist die Spur, sagte Lahnstein, hier kriegen wir ihn.

Dann kaufte er zwei Flaschen Wein und ging damit zu Emma.

Ich möchte dich etwas fragen, sagte sie, während sie aßen.

Alles, du kannst mich alles fragen.

Es gab einen Artikel über dich in einer der Zeitungen.

Du hast ihn gelesen?

Mein Bruder hat ihn mir gegeben.

Weiß dein Bruder von uns?

Von uns? Was soll er da wissen? Dass du Zigarillos bei mir kaufst? Dass ich dich zum Abendbrot eingeladen habe?

Hast du es ihm erzählt?

Ich habe ihm nur erzählt, dass ein Kriminalkommissar aus Bochum hier häufiger seine Zigarillos kauft. Dass er ein netter Kriminalkommissar ist, der mir einmal in einer unangenehmen Situation geholfen hat.

Der Kerl, der wollte, dass du ständig auf den Hocker steigst?

Der Kerl, ja, über den haben wir uns kennengelernt.

Also, was möchtest du mich fragen?

Er wusste es schon.

Sie legte ihr Besteck zur Seite, nahm dann die Gabel wieder auf, spielte damit rum, drückte die Spitzen leicht in den Ballen der linken Hand, betrachtete die winzigen Einbuchtungen in der Haut. Dann sah sie ihn unvermittelt an.

Da steht eine Menge Dreck, das ist mir klar, das sind die Rechten, die wollen dich fertigmachen.

Die Kommunisten auch. Aber?

Kein Aber. Ich habe nur eine Frage. Sei mir nicht böse, bitte nicht.

Bist du schwul?

Er hatte das gefragt, nicht sie, mehr ausgespuckt als gefragt in Wahrheit. Emma sah ihn erschrocken an.

Das wollte ich dich nicht fragen, bestimmt nicht. So nicht.

Es tut mir leid, sagte er und empfand das wirklich. Ich bin etwas überspannt in letzter Zeit. Die vielen Jungs, die verschwinden, das ist alles so furchtbar.

Sie schwieg verdrossen.

Hast du Angst um deine Jungs?, fragte er nach einer Weile.

Weil so viele verschwinden? Aber die sind doch alle viel älter.

Einer ist elf. Dein Ältester ist acht.

Mach mir keine Angst. Sie sind nicht viel alleine. Ich bringe sie morgens zur Schule, hole sie ab und schließe dafür den Laden zu. Wenn ich mal nicht kann, springt mein Bruder ein. So geht es schon.

Lass es, sagte sich Lahnstein, lass es bitte, aber da wusste er schon, dass er sich nicht würde bremsen können. Er fragte: Traust du deinem Bruder wirklich?

Er hat mir mal von einem Jungen erzählt, der hieß Fritz Rot oder Rothe oder so ähnlich.

Fritz Rothe, dachte Lahnstein, der erste Vermisste. Der bislang nicht mitgezählt wurde.

Das war noch im Krieg, da war der Fritz gerade aus dem Gefängnis gekommen. Diesen Jungen habe er sehr lieb, hat er gesagt, und er würde viel Zeit mit ihm verbringen. So wie er das gesagt hat, wusste ich, dass er mir sagen wollte, dass er Jungs eben lieb hat, ich meine insgesamt lieb, du weißt, was ich meine.

Ja.

Ich meinte nicht, dass du weißt, was ich meine, weil du selbst … nein, das ist so kompliziert.

Es ist nicht kompliziert, nicht an sich, sagte er. Kompliziert wird es erst, wenn man nicht zulässt, was in einem ist.

Ich habe immer mal nach diesem Jungen gefragt, aber mein Bruder sagte irgendwann, der sei weg, abgehauen. Ich habe dann in der Zeitung gelesen, dass der Junge von seinen Eltern vermisst wurde. Aber vielleicht ist er später wieder aufgetaucht, ich weiß es nicht.

Und wenn jetzt andauernd Jungs verschwinden, denkst du dann nicht, dein Bruder könnte etwas damit zu tun haben?

Ob ich das denke? Natürlich denke ich das. Ich habe Angst. Andererseits vertraue ich meinem Bruder. Ich sehe ihn hier mit meinen Jungs, er spielt so schön mit ihnen, ganz vernarrt ist er in sie, und nie ein falscher Ton, eine falsche Geste. Ich kann das einfach nicht glauben.

Schweigen.

Ist mein Bruder für dich der Hauptverdächtige?

Ich fürchte.

Und du besuchst seine Schwester? Sagst ihr kein Wort?

Sie stand auf.

Geh jetzt, sagte sie.

Ich wusste erst nicht, dass du seine Schwester bist.

Kläglich, was für ein kläglicher Satz, dachte er, gleich nachdem er ihn gesagt hatte. Aber die Wahrheit.

Hör auf zu lügen. Du hättest es mir sagen können.

Er stand ebenfalls auf.

Das Einzige, was du von mir wolltest, waren Informationen über meinen Bruder.

Sag etwas, dachte er, lass das nicht so stehen. Sei nicht grausam mit ihr. Vielleicht stimmt das auch gar nicht.

Geh jetzt.

Er ging zu ihr, legte eine Hand auf ihre Schulter, aber sie schüttelte sie ab und wies ihm mit einer schroffen Geste den Weg zur Tür.

Es war Wochenende, und er fuhr zu dem kleinen Flugfeld vor den Toren der Stadt. Seine Hände waren nass, als er in der Droschke saß. Ein paarmal war er so weit zu sagen, dass sie umdrehen sollten, aber dann sagte er es doch nicht.

Eine Baracke aus Holz. Drei Maschinen aus dem Krieg, darunter eine Albatros, unbewaffnet.

Er setzte sich an den Rand des Flugfelds und wartete. Lange passierte nichts, er saß im Gras, die Sonne brannte, Insekten. Er dachte an seinen letzten Flug.

Ein wechselhafter Tag, sich hoch auftürmende Wolken, dazwischen tiefes Blau, gleißende Sonne. Er sollte aufklären, wie weit die englischen Verstärkungen vorgerückt waren. Zwei deutsche Flugzeuge am Himmel. Sie waren alarmiert, weil sie englische Maschinen in der Ferne gesehen hatten, doch der Sichtkontakt ging verloren.

Den Angriff bemerkte er erst, als sein Heckruder getroffen war. Der Engländer musste direkt aus der Sonne gekommen sein. Lahnsteins Maschine kippte, trudelte, stürzte der Erde entgegen. Seine Steuerversuche schlugen erst fehl, dann reagierte das Ruder wieder, er konnte die Maschine kurz stabilisieren, aber den Absturz nicht verhindern. Immerhin bewahrte ihn das Manöver vor dem freien Fall, er schaffte eine Art Notlandung, die Maschine überschlug sich trotzdem. Als er zu sich kam, saß er eingeklemmt in seinem Sitz. Er sah ein paar Bauern auf sich zulaufen, mit Rechen oder Mistgabeln in den Händen. Dann hörte er ein seltsames Grollen, und ein Tank rollte aus einem Wald heraus, begleitet von britischer Infanterie. Er war erleichtert, weil er geglaubt hatte, die Bauern würden ihn lynchen. Die Bauern waren vor den Soldaten bei ihm, aber sie erwiesen sich als freundlich, halfen ihm aus der Maschine und rauchten mit ihm eine Zigarette, bis die Briten eingetroffen waren. *Lucky you!* Sein Krieg war vorbei.

Er schreckte aus seinen Gedanken hoch, weil er ein Geräusch hörte, das er kannte. Er sprang auf, rannte los, stoppte. Es war der Motor einer Albatros, der da brummte, ein Propeller wirbelte durch die Luft, aber der Krieg war wirklich vorbei. Lahnstein hielt eine Hand über seine Augen und sah, wie die Maschine auf das Flugfeld rollte, zwei Mann an Bord. Zwei weitere standen neben der Baracke. Lahnstein setzte sich ins Gras. Er schätzte den Wind ein, gab dem Piloten im Kopf die Handgriffe vor, die jetzt nötig waren, aber die kannte der sicherlich selbst. Und wenn er im Krieg gewesen war, hatte er mit Sicherheit mehr Abschüsse als Lahnstein. Es spielt keine Rolle mehr, beruhigte er sich, es ist vorbei.

Das Flugfeld war holprig, die Maschine zitterte, wackelte, als sie in die Startposition rollte. Dann stand sie da, der Propeller raste, der Motorlärm schwoll an, die Albatros fuhr los, etwas schwerfällig erst, dann schnell. Lahnstein sprang auf, riss die Arme hoch, als wolle er sie noch aufhalten, aber die Räder lösten sich schon vom Boden, die Maschine hob ab, gewann rasch Höhe, flog, auf die Sonne zu.

Achte auf die Sonne, dachte Lahnstein. Nein, falsch, halte Ausschau nach meiner Lissy, meinem August. Bring sie mit, wenn du kannst. Dann setzte er sich wieder ins Gras, stützte den Kopf in die Arme und verharrte so, bis die Albatros nach einer Stunde zurückkehrte. Er schaute zu, wie sie sicher landete, trotz erheblichen Seitenwinds, dann stand er auf und ging zu der Baracke.

Der Pilot war jung, hielt sich nicht militärisch, das machte es leichter für Lahnstein, der ihn fragte, ob er einmal mitfliegen könne, eine halbe Stunde lang, mehr nicht. Der Pilot fand das eine merkwürdige Idee, warum solle er einen Wildfremden mitnehmen, aber Lahnstein erzählte von den Sehnsüchten, die er nicht erfinden musste. Er rief einfach auf, was er vor dem Krieg gedacht und gesagt hatte, die Liebe zu den Lüften, der unbezwingbare Wunsch, mit den Vögeln zu fliegen. Der Pilot war nicht unbeeindruckt, brachte aber die hohen Kosten eines Fluges ins Gespräch, und damit waren sie auf dem Pfad, für den sich

Lahnstein vorbereitet hatte. Er bot eine Geldsumme, bot eine höhere, als er in ein skeptisches Gesicht blickte. Sie vereinbarten einen Termin am übernächsten Wochenende, da der Pilot am nächsten nicht in Hannover war.

Lahnstein ging den ganzen Weg zurück, da er hier draußen nicht auf eine Droschke traf.

Am Montag wurde er erneut zum Präsidenten gerufen und machte sich auf seine Entlassung gefasst.

Noske war wieder da, eine kurze Begrüßung, die Frage, wie es ihm gehe, dann sagte Noske ohne Umstände: Wir sind die Gegner, die sich alle wünschen, während wir alle anderen als Gegner fürchten müssen. Verstehst du mich?

Ich glaube, nicht ganz.

Sehen wir es mal aus der Sicht eines Entführers, sagte Noske. Dann wird's nämlich interessant. Angenommen, deine Feinde erwischen dich, was für Feinde wünschst du dir da, Demokraten, Monarchisten, Kommunisten, Nationalsozialisten? Das ist doch die Frage.

Noske beugte sich vor. Also, Antwort?

Ich verstehe nicht ganz …

Na, wer würde dich fair behandeln oder sogar milde? Wer nicht?

Luxemburg und Liebknecht sind in einer Republik gefangen genommen worden …

Also, das ist doch …, schnaubte Kogel.

Noske machte eine beschwichtigende Geste mit der Hand.

… einer Republik, fuhr Lahnstein fort, die von Sozialdemokraten regiert wurde.

Da hast du einen Punkt. Aber das war eine Ausnahme, direkt nach einer Revolution, in einem Chaos, das sie selbst angerichtet hatten. Sonst? Wie ist es sonst?

Lahnstein dachte an die Gefangenschaft, die Zeit in den Händen der Engländer, die alles in allem fair gewesen waren.

Ich wünsche mir natürlich Demokraten.

Noske klatschte in die Hände und rief: Natürlich Demokraten, selbstverständlich. Nicht jeder ist ein Demokrat, bedauerlicherweise, aber jeder wünscht sich einen Demokraten als Gegner. Auch der Verbrecher. Denn der Kommunist würde nicht lange zögern, das wissen wir von den Bolschewisten, die machen kurzen Prozess.

Er tat, als würde er ein Gewehr abfeuern.

Von den Nationalsozialisten würde ich mir auch keine Schonung erwarten, wenn ich richtig deute, was wir bislang von Herrn Hitler und seinen Freunden gehört haben. Die Monarchisten, nun gut, da käme es wohl darauf an, in wessen Hände man geriete. Ob er bereit wäre, sich an die Gesetze zu halten oder nicht.

In die Fänge vom Bund Wiking möchte ich auch nicht geraten, warf Lahnstein ein.

Richtig, richtig, unangenehme Leute, erst Marine-Brigade Ehrhardt, dann Organisation Consul, jetzt Bund Wiking. Andere Namen, immer dasselbe Pack.

Kogel wischte heftig, aber verstohlen mit den Händen, was Lahnstein so verstand, dass er das Thema wechseln solle.

In München wurden sie noch gebraucht, sagte Lahnstein, ein leichtes Zittern in der Stimme.

Wir redeten schon darüber, sagte Noske. Nach einer Pause: Niemand konnte ahnen, dass sie den Kapp-Putsch unterstützen und sich dann zu Terroristen entwickeln würden.

Sie bedrohen mich, wollte Lahnstein sagen, ließ es aber.

Verlässlich sind nur die Demokraten, sagte Noske unvermittelt. Verstehst du jetzt, was ich meine?

Lahnstein brauchte ein paar Sekunden, bis er sich erinnerte, wovon sie vor dem Bund Wiking geredet hatten.

Natürlich. Aber wir haben in diesem Fall ja keinen Verdächtigen, den wir verhören könnten, wie auch immer.

Ich weiß, ich weiß, ich meine das nur im übertragenen Sinne. Sind wir hart genug, die schwierigen Fälle zu lösen?

Denkst du an Folter?, fragte Lahnstein.

Diese Unterstellung geht entschieden zu weit, rief Kogel.

Lassen Sie, lassen Sie, sagte Noske. Wie meinst du das?, fragte er an Lahnstein gewandt.

Angenommen, wir hätten einen Entführer, der ein Kind in seiner Gewalt hat, eingesperrt in irgendeinem Loch, der Hunger, der Durst, die Angst. Es will nur eins, zu Mama und Papa, und es gibt nur einen, der weiß, wo dieses Kind ist.

Der Entführer, sagte Noske.

Genau, der Entführer, sagte Lahnstein.

Wir kommen jetzt weit ab vom eigentlichen Thema, rief Kogel und rang die Hände.

Nein, nein, lassen Sie, sagte Noske, ein interessanter Fall.

Folter oder nicht?, fragte Lahnstein.

Schweigen. Lahnstein dachte an den Vater, seine Entscheidung.

Keine Antwort, sagte Noske.

Ist das die Antwort?

Ja.

Aber ist das nicht, mit Verlaub, feige? Drückst du dich da nicht?

In gewisser Weise, aber anders geht es nicht. Man kann diese Frage stellen, aber man kann sie nicht beantworten. Nicht vorher. Ist man in der Situation, muss man das Richtige tun.

Aber was ist das Richtige? Woher weiß ich das in der Situation?

Du weißt es, glaub mir. Wir hatten keinen Plan für die Revolution, wir hatten keinen Plan, wie wir mit den deutschen Bolschewisten umgehen sollten. Als es so weit war, haben wir das Richtige getan. Und komm mir nicht wieder mit Luxemburg und Liebknecht.

Könnte das auch Folter sein, das Richtige?

Sprich nicht dauernd von Folter. Denk nach. Was kannst du tun, um den Täter zu finden?

Was soll ich tun?, fragte Lahnstein. Ständig Razzien? Mir auf gut Glück Leute rausfischen und so lange bearbeiten, bis sie mir irgendeinen Hinweis geben? Und wenn ich auf diese Weise einen Verdächtigen ermittelt habe, ihn foltern, bis er die Taten gesteht, weil er die Schmerzen nicht mehr aushalten kann? Was hätte ich von diesem Geständnis?

Um Himmels willen, natürlich nicht. Du verstehst mich falsch.

Sie verstehen den Herrn Oberpräsidenten wirklich falsch, sagte Kogel streng.

Dann weiß ich in der Tat nicht, was du meinst.

Noske lehnte sich zurück, stützte die Ellbogen auf die Armlehnen seines Sessels und sein Kinn auf die gefalteten Hände.

Sei nicht zimperlich, nutz den Spielraum der Gesetze, es gibt Grauzonen, nicht alles ist bis ins Letzte geregelt, sei pragmatisch. Nur das will ich dir sagen. Der Rest ergibt sich aus der Situation.

Er stand auf, Lahnstein auch, ebenso Kogel.

Aber du musst die Situation herbeiführen, sagte Noske.

Wir haben eine Spur, sagte Lahnstein.

Gut, gut. Denk immer an das, was wir, deine Genossen, am Anfang gemacht haben, in den ersten Tagen und Monaten der Republik. Wir haben für Freiheit gesorgt, aber auch für Sicherheit. Es geht nur beides zusammen. Die Freiheit braucht die Sicherheit, sonst verkehrt sie sich bald ins Gegenteil. Glaub mir das bitte. Und wir können das, wir haben das damals geschafft, wir müssen es jetzt auch schaffen. Wir dürfen nicht die Schlappschwänze der Nation sein. Wir müssen den Leuten zeigen, dass die anderen nicht gebraucht werden für die Sicherheit. Ich verlasse mich auf dich.

Er schüttelte Lahnstein die Hand, sah ihn freundlich an.

Kogel nickte Lahnstein zu, sagte: Wir sprechen uns später.

Am 5. Juni verschwand Friedrich Koch, aus Herrenhausen, geboren am 4. Mai 1908. Schlosserlehrling, Sohn des Malers Friedrich Koch.

Warum mussten die ihren Söhnen denselben Namen geben? Warum waren sie so eitel? Warum wollten sie Kopien von sich selbst?

Lahnstein sah Friedrich Koch den Älteren an, der seine Malerkluft trug, weißer Anzug aus grobem Stoff, buntes Muster, ein bisschen wie von Kandinsky gemalt, die Jacke spannte über dem Bauch. Warum meinst du, dass du einen Wiedergänger brauchst?, dachte Lahnstein und dachte dann: Du musst aufhören, du musst dich versetzen lassen, du kannst diesen Job nicht mehr machen, es geht nicht mehr. Du hasst diese Leute, die ihren Sohn verloren haben, du darfst sie nicht hassen. Du musst gehen.

Der Sohn, Schlosserlehrling, war am 5. Juni mit seinem Freund Paul Warnecke, ebenfalls Schlosserlehrling, mit dem Zug nach Hannover gefahren, zur Fortbildungsschule. Auf dem Weg dorthin, an der Ecke Tiefental, sei ein Herr gekommen, habe dem Friedrich mit dem Spazierstock gegen die Stiefel geklopft und gesagt: Na, Junge, kennst du mich nicht mehr? Daraufhin sei der Friedrich mit dem Mann mitgegangen. So habe es der Paul Warnecke erzählt, sagte der Maler.

Habe ich das richtig verstanden, fragte Lahnstein. Ein Mann hat Ihren Sohn angesprochen?

Ja.

Hat mit dem Spazierstock gegen seinen Stiefel geklopft?

So hat es der Paul erzählt.

Hat gesagt: Kennst du mich nicht mehr?

Genauso.

Und Friedrich ist mitgegangen, mit dem Mann?

Glauben Sie, das war ein schlechter Mann?

Hat der Friedrich jemals einen Mann erwähnt?

Nein, oder?

Der Maler schaute seine Frau an. Sie schüttelte den Kopf.

Wissen Sie, wo dieser Paul Warnecke wohnt?

Das sind Nachbarn.

Gut, dann fahren wir da jetzt hin.

Jetzt sofort?

Jetzt sofort.

Aber der Paul ist bestimmt arbeiten, in der Schlosserei.

Dann fahren wir in die Schlosserei. Haben Sie die Adresse?

Lindensteig 5.

Er nahm den Mantel der Frau vom Garderobenhaken, half ihr hinein.

Paul Warnecke war ein kräftiger Junge, breite Schultern wie ein Athlet, mittelgroß. Sein Gesicht war ölverschmiert, die Hände fast schwarz. Dunkelblauer, fleckiger Overall. Er schraubte an einem Automobil herum, als Lahnstein und die Kochs in der Schlosserei eintrafen.

Darf ich Sie bitten, uns alleine zu lassen?, sagte Lahnstein zu dem Meister, der sie zu Paul gebracht hatte. Der Mann trollte sich unwillig.

Paul wirkte erschrocken, irgendwie schuldbewusst. Lahnstein schilderte ihm das Szenario von der Begegnung mit dem Mann mit dem Spazierstock.

Kannst du das bestätigen?

Ja.

Kennst du den Mann?

Nein.

Ich zeige dir jetzt ein Foto, und du sagst mir, ob der Mann auf dem Foto der Mann mit dem Spazierstock ist, in Ordnung?

Lahnstein reichte ihm Haarmanns Foto aus der Akte. Der Junge nahm es nicht, hielt sich an seinem Schraubenschlüssel fest, sagte schnell: Den kenne ich nicht.

Bist du sicher?

Ja.

Enttäuschung, maßlose Enttäuschung.

Schau noch mal genau hin, bitte. Keine Ähnlichkeit? Dies ist ein älteres Foto, der Mann kann sich verändert haben. Schau dir die Augen an. Kommen dir die Augen bekannt vor?

Der Junge schaute eine Weile, schüttelte den Kopf.

Das sind Schweinsäuglein, siehst du das?, richtige Schweinsäuglein. Kennst du jemanden mit Schweinsäuglein?

Nein.

Wirklich nicht?

Außer einen.

Also?

Der dicke Lutz, mit dem wir früher in der Schule waren.

Gut, mein Junge, reiß dich mal zusammen, ich will, dass du das hier ernst nimmst. Du gehst jetzt zu dem Waschbecken dort, wäschst deine Hände und dann kommst du wieder, nimmst dieses verdammte Foto in deine sauberen Hände und schaust es dir genau an. Hast du mich verstanden?

Er war laut geworden. Die Kochs sahen ihn erschrocken an. Der Meister spähte herüber. Paul ging zum Waschbecken, wusch sich die Hände, nahm das Foto, betrachtete es ausführlich, gab es Lahnstein zurück.

Keine Ahnung, wer das ist.

Wirkte er zunächst eingeschüchtert, schien er sich am Waschbecken erholt zu haben. Lahnstein fand ihn trotzig, als habe er eine Strategie gefunden, mit der er hier mit heiler Haut rauskam. Sein Fehler. Den Druck aufrechterhalten, immer.

Lahnstein steckte das Foto ein, sagte: Gut, ein anderer Punkt. Und lüg mich bitte nicht an.

Er wandte sich den Kochs zu: Darf ich Sie bitten, mich für ein paar Minuten mit dem Zeugen allein zu lassen?

Selbstverständlich.

Danke.

Die beiden wirkten pikiert, zogen sich aber an den Rand der Schlosserei zurück.

Warst du schon mal im »Café Kröpcke«?

Schrecken in den Augen des Jungen, dann Gleichmut.

Nein.

Wirklich nicht?

Ganz bestimmt nicht.

Im »Schwulen Kessel«?

Ein Anflug von Grinsen, wieder Gleichmut.

Auch nicht.

Du weißt aber, was dort los ist, im »Café Kröpcke« und im »Schwulen Kessel«?

Da sind nur Männer.

Richtig. Da sind nur Männer. Und du weißt auch, dass diese Männer andere Männer lieb haben. Das weißt du doch?

Sie küssen sich.

Richtig. Sie küssen sich. War Friedrich im »Café Kröpcke« oder im »Schwulen Kessel«?

Hat er mir nichts von gesagt.

Hast du gesehen, dass er dort hinging?

Nie.

Es konnte die Wahrheit sein, es konnte eine Lüge sein. Lahnstein kannte den Modus, in dem Paul jetzt war. Lüge oder Wahrheit machten für ihn kaum noch einen Unterschied. Er wollte nur die aus seiner Sicht richtigen Antworten geben. Das Richtige war das Wahre. Wer in diesem Modus war, ließ sich nicht mehr vom Lügen abbringen. Ein Versuch noch, trotzdem.

Du weißt, dass viele Jungs verschwunden sind?

Paul nickte.

Es kann sein, dass diesen Jungs schreckliche Dinge angetan

wurden, vielleicht sofort, vielleicht erst nach ein paar Tagen, vielleicht über viele Tage oder Wochen hinweg. Auch Monate. Alles ist denkbar. Alles, was man sich nur vorstellen kann, und darüber hinaus.

Er schaute in ein betretenes Gesicht.

Der Friedrich und du, ihr seid richtig dicke Freunde, oder?

Aber nicht mit Küssen.

Nein, nicht mit Küssen, das weiß ich doch. Es könnte sein, dass der Friedrich gerade in einer schlimmen Lage ist, dass man ihn quält, dass man ihn hungern lässt, dass man ihn vergewaltigt. Es kann sein, dass gerade alles Vorstellbare und Unvorstellbare mit ihm geschieht. Und dass man ihn, wenn man genug von ihm hat, tötet. Du weißt, dass wir diesen Schädel gefunden haben, die Zeitungen haben darüber berichtet. Ich sage dir jetzt etwas, was wir den Zeitungen nicht gesagt haben. Es ist ein Geheimnis, und du musst es für dich behalten. Kannst du das?

Paul nickte. Lahnstein machte einen Schritt auf ihn zu, senkte die Stimme.

An dem Totenschädel waren Kerben. Weißt du, was das heißt?

Er schüttelte den Kopf.

Das heißt, dass jemand das Fleisch abgeschabt hat, das Fleisch auf den Wangenknochen.

Er strich in Pauls Gesicht genau über diese Stelle. Der zuckte zurück.

Blicke vom Meister, von Friedrichs Eltern.

Warum sollte jemand das tun?, fragte Lahnstein.

Ich weiß nicht.

Denk mal nach. Wenn jemand das Fleisch abschabt, will er es haben, will etwas damit machen. Was könnte das sein?

Er sah den Horror in Pauls Gesicht.

Du weißt es. Er will das Fleisch essen oder er will es verkaufen, damit es andere essen können. Das sage ich nur dir. Der Presse haben wir es nicht gesagt, damit keine Panik ausbricht. Verstehst du das?

Ja.

Was ich dir sagen will: Es kann sein, dass dein Freund Friedrich demnächst abgeschlachtet wird, dass man ihm das Fleisch von den Knochen schabt, dass man es verkauft, als Schweinefleisch, Rindfleisch, Pferdefleisch, was auch immer. Es kann sein, dass dieses Fleisch von deinem Freund Friedrich demnächst in der Metzgerei auftaucht, in der deine Mutter die Wurst und den Sonntagsbraten kauft. Es kann also sein, dass du demnächst ein Stück von deinem Freund Friedrich verspeist, wenn du mir nicht endlich sagst, was du weißt.

Ich weiß ja nichts.

Ein Flüstern, Entsetzen in den Augen.

Lahnstein packte Pauls Arm.

Das glaube ich dir nicht. Du kennst den Mann auf dem Foto. Du weißt, dass Friedrich im »Café Kröpcke« verkehrt, und vielleicht verkehrst du selbst dort. Du musst es nur endlich zugeben.

Der Junge schluckte. Lahnstein ließ seinen Arm los.

Also?

Das ist alles nicht wahr, was Sie da sagen. Lassen Sie mich in Ruhe, ich muss arbeiten.

Er winkte seinem Meister. Der kam rasch angelaufen.

Ich schaffe die Arbeit nicht, wenn ich hier weiter reden muss.

Haben Sie alles besprochen?, fragte der Meister Lahnstein, froh, wieder die Herrschaft in seiner Werkstatt übernehmen zu können.

Ja, wir haben alles besprochen, vielen Dank.

Ich komme wieder, sagte er zu dem Jungen.

Er gab dem Fahrer die Anweisung, die Kochs nach Hause zu bringen, er würde zum Polizeipräsidium laufen. »Wiking« an zwei Wänden, aber weit entfernt von seiner Pension.

Scheißparagraf 175, das war das Problem, sein Problem. Niemand wollte die Wahrheit sagen, weil alle Angst hatten, als schwul zu gelten und deshalb mit dem Gesetz in Konflikt zu geraten, verachtet zu werden.

Als er in Klein-Venedig ankam, marschierte er direkt auf den »Goldenen Hirschen« zu, riss die Tür auf und stürmte in die Küche. Der Kellner folgte ihm, der Koch stellte sich ihm in den Weg. Was er hier wolle, raus. Lahnstein zückte seinen Polizeiausweis, hielt ihn Koch und Kellner ins Gesicht, auch dem Hilfskoch. Dann riss er die Kühltruhe auf, holte Fleisch raus, helles, dunkles, mitteldunkles Fleisch. Hier, schrie er und reckte die Hand mit den Fleischstücken hoch, Menschenfleisch oder nicht, das werden wir jetzt prüfen. Verständnislose Blicke. Er sah sich um, eine schäbige Küche, Kakerlaken huschten über den Boden, Schimmel über dem Waschbecken. Drecksloch, schrie er, ich schick euch Leute, die sich darum kümmern werden. Er stürmte hinaus, die Fleischstücke in der rechten Hand, rannte eine Frau um, half ihr auf, erschrockene Blicke ringsum. Dann verließ er das Restaurant, eilte zum Präsidium, stürmte mit dem Fleisch die Treppen hinauf, durch die Gänge, schrie hier schon nach Schackwitz, landete in der Pathologie, wo er Schackwitz das Fleisch in die Hand drückte. Er wolle wissen, ob Menschenfleisch dabei sei, aber bitte nicht nur eine Sichtprüfung. Er müsse das ganz genau wissen.

Er holte sich einen Kaffee, ging damit in sein Büro, setzte sich. An Müllers Gesicht sah er, dass sich schon rumgesprochen hatte, wie er ins Präsidium gekommen war.

Ich kriege Ihren Haarmann, sagt er zu Müller, darauf können Sie sich verlassen.

Das »Ihren« verbitte ich mir.

Ich kriege Haarmann, ob Ihr Haarmann oder nicht.

Aber nicht mit diesen beiden Vogelscheuchen.

Wen? Wen meinen Sie?

Diese beiden Polizisten, die so zum Herzerbarmen abgerissen am Bahnhof rumlungern. Die meine ich.

Es steht Ihnen nicht zu, die Männer zu enttarnen.

Fällt mir nicht ein. Enttarnt haben sie sich selbst, durch blödsinniges Auftreten.

Nun gut, dachte Lahnstein, dann war eben auch diese Chance vertan. Er würde noch den Befund aus der Pathologie abwarten, noch einmal mit Paul Warnecke reden, und wenn das alles nichts ergab, würde er seinen Abschied nehmen.

Ich habe einen Zeugen, sagte er zu Müller, Sie werden schon sehen.

Und wer ist das bitte?

Das sage ich Ihnen nicht. Ich kann Ihnen nicht trauen.

Wie Sie meinen.

Er ging zum Bahnhof, um den Berlinern zu sagen, dass sie die Observierung einstellen könnten und lieber einen Blick auf Paul Warnecke werfen sollten, aber sie waren nicht da, was ihn erst wunderte, dann ärgerte. Also lief er zu ihrer Pension, er war etwas beunruhigt wegen Warnecke. Vielleicht hätte er Müller nichts von einem Zeugen erzählen sollen. Vielleicht kam er darauf, wer es war.

Er klopfte an der Tür der beiden Berliner. Keine Antwort. Die Tür war verschlossen. Er klopfte noch einmal, sagte, dass er es sei, Kommissar Lahnstein. Eine undeutliche Stimme, ein Geräusch, als erhebe sich jemand langsam aus seinem Bett, ein Schlurfen. Die Tür öffnete sich und Lahnstein sah in ein zerschlagenes, verquollenes, blau und rot gefärbtes Gesicht. Der Berliner drehte sich um, humpelte zum Bett, legte sich wieder hin. Im anderen

Bett lag der zweite Berliner mit einem ähnlich zugerichteten Gesicht.

Was ist passiert?, fragte Lahnstein, obwohl er es sich denken konnte.

Fünf Mann, sagte der Berliner, der rechts im Bett lag. Sie haben uns in eine Toreinfahrt gezogen, sie hatten Knüppel und Totschläger dabei.

Polizeiknüppel?

Kann sein. Wir haben uns teuer verkauft, aber wir hatten keine Chance.

Braucht ihr einen Arzt?

Es geht schon, denke ich.

Kann ich euch sonst irgendwie helfen?

Die Pensionswirtin bringt uns Essen.

Fahrt wieder nach Berlin, sagte Lahnstein und verließ das Zimmer.

Am übernächsten Tag brachte die Zeitung einen weiteren Artikel über Lahnstein. Er las ihn in einem Café, in das er sich nach Feierabend gesetzt hatte. Er war nicht darauf vorbereitet. Beim Blättern wurde sein Blick vom Foto eines Kampfflugzeugs angezogen. Die Maschine stand auf einem Flugfeld, umringt von deutschen Soldaten. Ein Pfeil zeigte auf einen dieser Soldaten, der eine Fliegermütze trug. Das war er selbst. Nun erst nahm er die Überschrift wahr: Ein Feigling sucht den Serienmörder.

Sie hatten recherchiert, wie er durch den Krieg gekommen war, hatten mit ehemaligen Fliegerkameraden aus seiner Staffel gesprochen, die sich anonym zitieren ließen.

Ein Ass war er nicht.

Der wurde doch dauernd abgeschossen.

Nach Einsätzen hat er sich nicht gerade gedrängt.

Die Franzosen konnten froh sein, wenn er in der Luft war.

Zwei Abschüsse, das ist doch lächerlich.

Dann wurde breit berichtet, dass er mit einer falschen Zahl von Abschüssen »renommierte«.

Müller.

Die Zeitung prangerte an, dass jemand, der »kein richtiger Mann ist«, damit betraut wurde, »den Mörder unserer Kinder zu fangen«. Das könne ein Oberpräsident wie Noske nicht durchgehen lassen, der »bei allen Fehlern immerhin Manns genug war, den Linksextremen die Stirn zu bieten und den Bolschewismus in Deutschland zu verhindern«.

Der letzte Satz: »Für Hannover, die Stadt, aus der der Kriegsheld Ernst Jünger stammt, die Stadt, in der der Kriegsheld Generalfeldmarschall Paul von Hindenburg seine Heimat gefunden hat, ist der Kriminalkommissar Robert Lahnstein eine Schande.«

Er sah sich um, niemand nahm Notiz von ihm. Er stand auf, zog seinen Mantel an, setzte sich wieder, löste die Zeitung vorsichtig aus der Holzleiste, in die sie gesteckt war, rollte sie zusammen, ganz leise, und verbarg sie unter dem Mantel. Die Holzleiste ließ er unter dem Sofa verschwinden. Nachdem er den Preis für den Kaffee mit reichlich Trinkgeld auf den Tisch gezählt hatte, verließ er das Café. Die Zeitung warf er in einen Mülleimer. Er schaute zum Himmel. Er wollte da hoch, zu ihr. Noch zehn Tage.

Als er am nächsten Morgen eine der Leine-Brücken überquerte, sah er, dass Leute am Wasser standen. Er blieb stehen, schaute näher hin. Fünfzig, sechzig Männer und Frauen, ausgerüstet mit Netzen an Stielen, mit Rechen. Sie stocherten im Wasser, versenkten ihre Utensilien in der Leine, zogen sie wieder heraus, schauten, ob etwas an den Rechen hängen geblieben war oder in den Netzen steckte. Stocherten weiter.

Lahnstein ging zu den Leuten, stellte sich ans Ufer, schaute ihnen zu. Ein toter Fisch in einem Netz, ein Fetzen Stoff an einem Rechen. Es war warm, er zündete sich einen Zigarillo an. Ein alter Mann zog eine Gasmaske aus dem Wasser.

Könnte von meinem Sohn sein, sagte er, nicht direkt zu Lahnstein, aber so, dass er es hörte.

War Ihr Sohn im Krieg?

Die ganzen Jahre.

Ich hoffe, dass er nach Hause gekommen ist.

Er ist da. Ihm fehlt nur ein Ohr, das ist glimpflich. Seine Gasmaske hat er mitgebracht. Weiß aber nicht, wo die abgeblieben ist.

Der Mann betrachtete die Gasmaske, warf sie zurück in die Leine, tunkte seinen Rechen ins Wasser, zog ihn über den seichten Ufergrund, der im dunklen Fluss nicht zu erkennen war.

Was suchen Sie? Was suchen die Leute hier?

Knochen.

Was für Knochen?

Von Jungs.

Er hatte es gewusst, wollte aber fragen, um vielleicht doch eine andere Antwort zu hören. Er rauchte, sagte nichts.

Viele Jungs sind verschwunden, sagte der alte Mann, niemand weiß, wohin, warum. Es ist ein Rätsel, das keiner auflösen kann.

Er zog den Rechen hoch. Nichts.

Viele Jungs, sagte Lahnstein.

Viele, ja.

Ein Verwandter von Ihnen dabei?

Nicht direkt. Ein Freund vermisst seinen Enkel. Ich will helfen. Die Polizei tut nichts.

Wer hat das hier organisiert?

Eine Frau.

Er zeigte in eine unbestimmte Richtung auf der anderen Uferseite.

Eine Frau?

Eine Mutter. Ihr Junge ist schon lange weg.

Furchtbar, sagte Lahnstein.

Ich kenne das vom Krieg, sagte der alte Mann.

Aber Ihr Sohn kam nach Hause.

Der eine. Der andere nicht.

Das tut mir leid.

Man wartet auf den nächsten Brief, wartet, wartet, wartet. Manchmal brauchen die Briefe etwas Zeit. Man versagt sich die Angst, die Panik, aber sie sind immer da. Dann kommt ein Brief. Der falsche.

Es tut mir wirklich sehr leid.

Sie schwiegen beide.

Ich gehe mal zu der Frau, sagte Lahnstein.

Eine gute Frau, sagte der Mann, lässt sich nicht unterkriegen, kämpft.

Auf Wiedersehen, alles Gute.

Schönen Tag.

Er lief zur nächsten Brücke, überquerte die Leine, ging am Ufer entlang zurück, bis er eine Frau sah, die er kannte.

Magda, was tust du hier?

Ich übernehme deine Aufgabe, lieber Genosse Kriminal, könnte man sagen.

Sie trug Gummistiefel unter ihrem langen Rock, eine weiße Bluse. Ihr Haar war offen. Sie stützte sich auf einen langen Stiel mit einem Netz am oberen Ende.

Es tut mir leid, sagte sie, ich wollte dich nicht attackieren. Ist mir rausgerutscht.

Schon gut. Was soll das bringen?

Wir brauchen Gewissheit, dass die Jungs ermordet wurden. Sonst glaubt ihr, dass sie bei der Fremdenlegion sind, bei ihren Mädchen oder ihren … sie machte eine kurze Pause … Liebhabern. Dann schien sie froh zu sein, dieses Wort gesagt zu haben. Wir brauchen Beweise für das Verbrechen, damit ihr euch anstrengt. Der Schädel hat nicht gereicht.

Wir tun alles, um …

Ich weiß, ich weiß, schon gut. Nimm's nicht persönlich.

Er warf seinen Zigarillo ins Wasser, schaute auf die Leute am Ufer. Für einen Moment schien es, als hätte sie alle den gleichen Rhythmus gefunden und zogen ihre Stiele durchs Wasser wie bei einem lustigen Ballett. Um mich zu verhöhnen, dachte Lahnstein.

Es geht mir nicht nur um den Adolf, sagte sie, glaub mir das bitte. Obwohl ich alles für ihn täte. Aber dass die Kommunisten, diese Schweine, jetzt unseren Genossen Oberpräsidenten attackieren, weil er angeblich nicht in der Lage ist, für Sicherheit zu sorgen, das ertrage ich nicht.

Ertrage ich auch nicht, sagte er nach einer Weile.

Hast du das gelesen?

Habe ich.

Von wegen die Verräter der Arbeiterklasse schauen wieder zu, wie die Arbeiterklasse bluten muss, diesmal die Kinder der Arbeiterklasse. Was wissen die Kommunisten denn von der Arbeiterklasse? In Russland lassen sie die doch ausrotten, und hier ködern sie die Dümmsten der Dummen mit Versprechungen, die niemand halten kann. Und sie selbst können das schon gar nicht. Die reden ja nur.

Hallo, rief jemand.

Auf den Noske lass ich nichts kommen, sagte sie.

Ich hab' hier was.

Dieselbe Stimme. Ein Mann schwenkte ein Netz, in dem etwas Weißes in der Sonne glänzte.

Bestimmt ein Schädel, dachte Lahnstein, irgendwie gleichgültig. Dann ging er mit Magda Hennies zu dem Mann, der am anderen Ufer stand.

Am 14. Juni verschwand Erich de Vries, geboren am 4. Mai 1908. 15 Jahre alt. Nummer zweiundzwanzig. Er lernte bei einem Kaufmann in Hannover. Die Eltern schrien Lahnstein an.

Kaum waren sie weg, begann er damit, seinen Schreibtisch aufzuräumen. Hier ein Stapel für die Sachen, die er mitnehmen würde. Dort ein Stapel für die Sachen, die er hierlassen würde. Lamm, Rind, Schwein, das hatten die Fleischproben ergeben. Das Lammfleisch war alt und nahezu ungenießbar. Der Besitzer des Restaurants würde Ärger bekommen. Der Schädel aus der Leine hingegen war ein Menschenschädel, wieder mit Schabespuren, wahrscheinlich von einem scharfen Messer. Wahrscheinlich handelte es sich um einen Jungen oder einen jungen Mann. Ohne Frage war es eine Mordserie, die man aufklären musste, aber das war nicht mehr seine Sache. Er hatte einen neuen Spitznamen im Präsidium: der Fleischer.

Der Präsident rief ihn in sein Büro. Noske war nicht zugegen, ein langer Vortrag, eindringlich, aber nicht scharf. Was alles zu tun sei. Er hörte kaum hin.

Wieder demonstrierten Leute vor dem Präsidium, diesmal annähernd tausend. Plakate, Sprechchöre, Erbitterung. Lahnstein sah keine Chance, unbehelligt ins Präsidium zu kommen, wollte schon kehrtmachen, als ihn eine Faust am rechten Ohr traf. Der Schlag kam seitlich von hinten, er hatte ihn nicht kommen sehen, war seiner Wucht schutzlos ausgeliefert. Ein rasender Schmerz, er taumelte, wollte nicht fallen, fiel aber, schlug ungebremst auf das Pflaster, wurde ohnmächtig.

Die Abendzeitungen druckten ein Foto, das ihn auf einer Trage zeigte, als er ins Präsidium gebracht wurde.

Die rechte Zeitung schrieb: Die Republik auf Mördersuche.

Die linke: Noskes bester Mann.

Er ging in Emmas Tabakladen, brauchte tatsächlich Zigarillos, wollte aber vor allem mit ihr reden. Einen Versuch hatte er schon gemacht, war abgewiesen worden. Sie stand hinter der Ladentheke, bediente einen Kunden. Als er eintrat, trafen sich kurz ihre Blicke, dann wandte sie sich sofort wieder dem anderen Mann zu. Kein Gruß. Der Mann zahlte, verließ den Laden. Lahnstein machte zwei Schritte vor, bis an die Ladentheke.

Wie immer?

Emma, lass uns noch mal reden.

Wie immer?

Emma, bitte.

Sie holte die Zigarillos, die er immer nahm, aus dem Regal, legte ihm die Packung hin.

Sie sind umsonst, sagte sie, und nun verlass bitte meinen Laden.

Er nahm die Zigarillos und ging.

Als er am Wochenende zum Flugfeld hinausfuhr, sagte er dem Droschkenfahrer, er solle auf ihn warten. Der Pilot war schon da, hatte die Maschine vorbereitet. Lahnstein hatte Angst, dass er zittern würde, aber er blieb ruhig. Er ging einmal um die Maschine herum und prüfte mit Blicken, was er im Krieg auch geprüft hatte. Alles in Ordnung.

Sie sind auch Pilot?, fragte der Pilot.

Im Krieg.

Wollen Sie steuern?

Nein. Ich will nur noch mal da hoch.

Der Pilot sah ihn etwas misstrauisch an, fragte aber nicht nach Abschüssen, und damit war es in Ordnung für Lahnstein.

Temperatur?, fragte er.

27 Grad.

Wind?

Schwach. Nordnordwest.

Als er in der Maschine saß und der Propeller lief, erst etwas unrund, stockend, dann geschmeidig, dachte Lahnstein, er würde in Ohnmacht fallen. Schwarze Punkte vor den Augen, schwindende Sinne. Die Maschine rollte los, Lahnstein griff nach der Pistole, die unter seiner Jacke steckte, als könne er dort Sicherheit finden.

Deine Frau ist dort oben, dein Sohn ist dort oben, reiß dich zusammen. Du schaffst es auch hinauf. Er wurde ruhiger.

Die Maschine rumpelte über das Rollfeld in die Startposition. Dann stand sie leicht schwankend dort, der Pilot drehte sich um, hob fragend einen Daumen. Lahnstein hob seinen Daumen, der Pilot gab Gas, die Albatros beschleunigte mit der Verzögerung, die Lahnstein so gut kannte, dann wurde sie schnell und schneller und hob ab. Ein leichtes Wackeln, bis die Tragflächen den Luftstrom hatten, den sie brauchten, und die Albatros zog in gerader Linie in den Himmel.

Lahnstein sah nach unten, hakte seine Blicke in den Boden, die Landschaft, die Erde. Das half ihm über die ersten Minuten. Dann wagte er erste Blicke in den Himmel, der blau war an diesem Tag, keine Wolken. Er zwang sich dazu, nicht ständig nach der Sonne zu schauen, und auch das gelang nach einer Weile. Alle Anspannung löste sich, er ließ sich auf den Rhythmus der Maschine ein, das gleichmäßige Zittern des Rumpfes, ihr kleines Kippen, Fallen, Aufsteigen, je nach Thermik. Manchmal sah er hinunter, sah die flachen Felder, die Höfe und Dörfer, sah Kinder, die winkten.

Es war schön hier oben, er hatte keine Angst. Das war Frieden, keine Angst haben. Und dann war es vielleicht nicht so schrecklich für Lissy und August, Frau und Sohn des Piloten, dass sie immerzu fliegen mussten, dachte er. Sie flogen im Frieden, und vielleicht fühlte sich das für sie so gut an wie für ihn in diesem Moment, ein entspanntes Gleiten durch die Luft, grüne Wiesen, gelbes Getreide, rote Dächer. Stille, wenn man sich an das Brummen des Motors und das Rauschen des Windes gewöhnt hatte, und das hatten sie ja wohl inzwischen. Lissy und August.

Sie flogen durch kleine Turbulenzen, dann war es wieder ruhiger. Der Pilot zeigte nach rechts, wo ihnen, etwas höher fliegend, eine Maschine entgegenkam.

Das kann nicht sein, dachte Lahnstein. Für ihn war irgendwann nicht mehr wichtig gewesen, ob Lissy und August tatsächlich für alle Zeiten in einem Flugzeug flogen. Wahrscheinlich ja wohl nicht. Aber dass sie es in seinen Träumen taten und die Träume für ihn eine Tatsache seines Lebens waren, hatte den Unterschied irrelevant gemacht. Sie flogen in seiner Realität. Mehr musste er dazu nicht wissen. Aber jetzt tauchte hier dieses Flugzeug auf. Er starrte und starrte. Es war ebenfalls eine Albatros, mit zwei Leuten darin. Da die Maschine die Sonne im Rücken hatte, konnte er wenig erkennen, nur Umrisse. Aber hinten schien ihm ein kleinerer Mensch zu sitzen als vorne.

Sein Herz pumpte. Der Pilot der anderen Maschine winkte, und jetzt sah er, dass hinten kein Kind saß, sondern ein Mann. Und vorne auch ein Mann. Er winkte zurück.

Im Taxi dachte er, dass er vergessen hatte, wie schön Fliegen war, Fliegen ohne Krieg, und dass, wenn Lissy und August nun tatsächlich in einer Albatros gefangen waren, sie nicht leiden mussten, sondern eine angenehme Existenz im Himmel hatten. Das müsste ihm doch helfen.

Am 22. Juni saß Lahnstein an seinem Schreibtisch und ordnete seine Bleistifte mal zu einem Quadrat, mal zu einem Dreieck. Er war allein. Es war 18 Uhr, als Müllers Telefon klingelte. Es war 18.04 Uhr, als es ein zweites Mal klingelte. Lahnstein stand auf, ging zu Müllers Schreibtisch, nahm ab.

Apparat Müller.

Die Bahnhofswache meldete sich. Sie hätten hier den Haarmann und einen Jungen, die Sache sei etwas verworren.

Fritz Haarmann?

Genau den.

Mit einem Jungen?

Ja. Der Haarmann will mit Ihnen sprechen.

Mit mir?

Ja, Sie sind doch Kommissar Müller, oder?

Ich komme sofort. Sagen Sie ihm das.

Auf der Bahnhofswache saß Haarmann am rechten Ende einer Bank, ein junger Mann am linken Ende, vielleicht sechzehn, siebzehn Jahre alt.

Was machen Sie'n hier?, fragte Haarmann.

Nichts hatte sich an ihm verändert seit ihrer letzten Begegnung. Er trug dieselben Kleider, hatte einen Stumpen im Mund. Sein Hut lag auf seinem Schoß, sein Spazierstock lehnte gegen die Wand.

Ich dachte, der Müller würd' kommen, sagte er zu einem der Bahnhofspolizisten, vorwurfsvoll.

Das dachte ich auch, sagte der Polizist.

Kommissar Müller ist verhindert, aber mich interessiert diese Angelegenheit auch. Worum geht es?

Der Junge da ist mit falschen Papieren unterwegs, sagte der Polizist zu Lahnstein.

Zeigen Sie mal her.

Ein plump gefälschter Ausweis, ausgestellt auf Kurt Fromm, 21 Jahre alt.

Und wie heißt du wirklich?

Ich bin Kurt Fromm, sagte der Junge.

Aber du bist nicht 21 Jahre alt.

Der Junge sagte nichts.

Siebzehn, sagte Haarmann.

Fünfzehn, sagte der Junge.

Wo wohnst du?

Im Fürsorgeheim, sagte Haarmann.

Ich würde das gerne von diesem jungen Mann selbst hören, sagte Lahnstein.

Stimmt, sagte Fromm.

Im Fürsorgeheim also. Und warum ist der Junge mit Herrn Haarmann hier?, fragte Lahnstein.

Haarmann hat den Jungen angezeigt, wegen der falschen Papiere.

Und warum?, fragte Lahnstein an Haarmann gewandt.

Ich helf' der Polizei immer gern.

Das stimmt, sagte einer der Polizisten.

Woher kennt ihr beiden euch?, fragte Haarmann den Jungen.

Wir sind ein paar Tage zusammen rumgezogen.

Das is'n ganz Schlimmer, sagte Haarmann, der lügt und stiehlt.

Was heißt rumgezogen?

Ich hab' ihm mal'n Saft spendiert.

Ich frage den Jungen.

Der Junge saß zusammengesackt auf der Bank, die Hände zwischen den Beinen verschränkt, den Kopf gesenkt.

Dann sah er Lahnstein an und sagte, dass der Herr ihn hier am Bahnhof angesprochen habe, vor vier Tagen, und dann sei er mitgegangen, zu dem Herrn nach Hause, weil er einen Schlafplatz brauchte und nicht ins Heim zurückwollte, und da habe der Herr angefangen, merkwürdige Sachen mit ihm zu machen … widernatürliche Unzucht.

Hör auf zu lügen!, rief Haarmann und sprang auf.

Lahnstein baute sich vor ihm auf und sagte: Sie setzen sich jetzt wieder und lassen den Jungen ausreden.

Haarmann setzte sich unwillig. Müller kam rein.

Ich habe gehört, wir haben einen kleinen Betrüger gefasst.

Wir hören hier erst einmal zu, sagte Lahnstein.

Widernatürliche Unzucht, hast du eben gesagt, sagte er an den Jungen gewandt, woher kennst du dieses Wort?

Im Heim war was mit diesem Wort.

Und du weißt auch, was dieses Wort bezeichnet?

Der Junge grinste, nickte.

Also weiter, sagte Lahnstein.

Vier Tage hat mich der Haarmann bei ihm eingesperrt.

Aber du hättest doch schreien können, Herr Haarmann war doch sicherlich nicht den ganzen Tag zu Hause.

Er lügt, geiferte Haarmann, Sie hör'n doch, dass er lügt. Kann er denn hier einfach so lügen?, fragte er Müller.

Lassen wir den Jungen weiterreden, sagte Lahnstein. Also, warum hast du nicht um Hilfe gerufen?

Achselzucken.

Hat dieser Mann dich zur Unzucht gezwungen?

Verleitet, sagte der Junge.

Haarmann prustete heraus. Ich lach' mich tot.

Eines Morgens, sagte der Junge, sei er aufgewacht, weil ihm der Herr Haarmann ein scharfes Brotmesser an die Kehle gehalten habe. Er sei heftig erschrocken, und dann habe ihn der Herr Haarmann gefragt, ob er den Tod fürchte.

Ja, habe ich gesagt, sagte der Junge.

Und dann?

Hat er das Brotmesser weggenommen. Und als er weg war, bin ich abgehauen.

Mit meinem Geld!, rief Haarmann.

Gut, sagte Lahnstein, wir haben hier den Verdacht auf mehrere Straftaten, darunter eine schwere. Herr Haarmann, ich nehme Sie mit aufs Präsidium.

Sie könn' mir gar nix nachweisen.

Das scheint mir auch so, warf Müller ein.

Wir werden sehen, sagte Lahnstein. Herr Müller, darf ich Sie bitten, auf der linken Seite von Herrn Haarmann zu gehen, ich sichere die rechte Seite. Und Sie, sagte er zu einem der Polizisten, begleiten bitte den Jungen. Wir gehen zum Auto und fahren ins Präsidium.

In Wahrheit hatte Müller recht. Es gab keine Beweise, nicht einmal für den Hundertfünfundsiebziger.

*Die Jungs wollten das doch immer. Fritze, Fritze riefen sie ihm zu, sobald sie ihn sahen am Theater, Fritz, nimm mich mit, lass uns polieren, ich will auch. Die meisten hatte er doch weggeschickt, hundert bestimmt, denn das wusste er ja, was passieren konnte, aber oft war das nicht passiert, schon gar nicht immer.*

*Was die jetzt mit ihm machen würden? Was konnten sie denn machen? Die hatten doch gar nichts, was ihn überführen könnte, keine Leiche, nichts. Da hatte er doch für gesorgt, dass sie nichts finden würden, sechs-, siebenmal musste er gehen, bis so ein Mensch verschwunden war, viermal zum Abort mit den kleinen Stücken, zweimal zur Leine mit den Knochen, nachts mit dem Eimer oder der Wachstuchtasche. War ganz schön gewesen, da so am Wasser zu stehen und die Knochen hineinzuwerfen, als würde er die Enten füttern, manchmal stand oben der Mond.*

*Fritze, Fritze, kann ich bei dir übernachten? Hab' kein Dach über dem Kopf heute.*

*Fragen würden die Kriminaler ihn, ganz viel fragen, das kannte er, da würde er auf der Hut sein und nichts verraten.*

*8 mal 13 gleich 104, jawohl.*

*War gar nicht so unbequem, die Pritsche, konnte man aushalten, aber die Fesseln an den Armen und den Beinen taten weh.*

*Wenn er hier raus war, in ein paar Tagen, würde er ein bisschen warten, auch wenn die Puppenjungs wieder riefen, Fritze, Fritze, lass uns polieren, aber nee, er würde keinen mitnehmen. Es war ja nicht sicher, was passieren würde, wenn erst mal einer bei ihm lag und sie poussierten. Wie schön das immer war. Der Junge an der Wand, dann konnte er nicht mehr abhauen. Und so schöne Jungs. Und wenn er morgens wach wurde, dann lagen die ja noch da und lebten und wollten weiter poussieren. Außer wenn er ihnen in den Hals gebissen hatte, dann waren sie so blass, was sollte er da machen. So ging das eben, auch wenn er das gar nicht gewollt hatte. Und er hatte dann die Schererei.*

*Wenn sie noch lebten, dann kamen sie wieder. Fritze, Fritze, nimm mich mit. Geht weg, geht weg, haut ab. Erst mal eine Pause.*

*36 minus 11 gleich 25.*

*18 durch 3 gleich 6.*

*14 mal 7 gleich …*

*Fritze, Fritze.*

*Emma war so gut zu ihm. Vielleicht würde sie ihn besuchen. Aber lohnte sich das denn? Ein paar Tage und dann raus. Doch nicht wegen der paar Puppenjungs. Das war doch gar nicht denkbar. Und überflüssig. Nur Puppenjungs.*

*Wenn sie ihm nur nicht wehtaten. Nicht hauen und solche Sachen. Das durften die gar nicht, aber er hatte gehört, dass sie das dennoch machten. Aber nicht wegen der Puppenjungs. Die waren doch uninteressant.*

*98.*

# Kapitel 8

*Manchmal stand sie auf dem Hügel vor der Kirche und schaute, ob er kommen würde. Sie wusste nicht, ob sie hoffen sollte, dass er kommt, oder nicht. In Wahrheit wusste sie es. Besser, er kam nicht. Sie würde ihm auch nicht folgen, obwohl es leicht wäre, ihn zu finden, in Dunedin, das war klar. Bei den Pinguinen. Aber was sollte sie dort?*

*Mit Papa, so streng er war, gab es eine Abmachung, die ihr gefiel. Sie würde studieren, die Rechtswissenschaften, in Göttingen. Musikstunden. Lesestunden. Bildungsstunden, immer wieder, Nachmittag für Nachmittag, Abend für Abend. Das sollte nicht an einen Herd führen, sondern in einen Beruf und dann zum Erfolg. Da waren sie sich einig, Vater und Tochter. Einen Sohn hatte er nicht. Zum Glück, dachte sie, aber vielleicht war das ungerecht. Konnte ja sein, dass er sich um ihre Bildung gekümmert hätte, auch wenn da ein Bruder gewesen wäre.*

*Ihr war schlecht. Ständig musste sie sich erbrechen. Aber das würde nicht mehr lange so sein. Es war ihr recht, wenn ihr Vater eine kränkelnde Tochter erlebte. Vielleicht würde sie ab morgen noch kränklicher sein für ein paar Tage. Sie hatte ihren Zustand zuletzt auch übertrieben, damit es nicht auffallen würde, wenn sie darniederlag. Vater machte sich schon Sorgen, aber aus den falschen Gründen.*

*Vielleicht hätte sie es Martin gar nicht sagen sollen. Es einfach tun, sich langsam von ihm lösen, dann von ihm verabschieden. Sie hatte es gewollt, unbedingt, seit einiger Zeit schon, und dann hockte er da in der Kirche, schraubte Bänke ab, schraubte Bänke an. Ein hübscher Junge. In den Lesestunden hatten ihr immer die Frauen am besten gefallen, die taten, was sie tun wollten, Emma Bovary, Anna Karenina. Vater hatte das wahrschein-*

*lich als Mahnung mit ihr gelesen. Aber sie sah das eher als Aufforderung, weil diese Frauen zwar taten, was sie unbedingt tun wollten, aber sie folgten, sie führten nicht. Das ging auch anders, besser.*

*Dass der Junge nicht aufgepasst hatte, Pech. Sie hatte auch nicht aufgepasst, brauchte seine Erlösung für die ihre, damit war es unvermeidlich. Trotzdem Pech. Es hätte ja nicht einer dieser Tage sein müssen. War es aber. Wenn es nur nicht wehtat.*

*Hätte sie dem Jungen nichts gesagt, wäre er nicht davongelaufen, hätte nicht nach Dunedin gemusst. Aber da wollte er doch sowieso hin. Nun hatte sie ihm einen Anlass verschafft, es wirklich zu wagen. Konnte man so sehen. Traurig war das für seine Eltern. Ständig hielten sie sich beim Vater auf, Tür zu, stundenlang, und versäumten keinen Gottesdienst. Als würde ihn das zurückholen. Das glaubte nicht einmal der Vater.*

*Morgen hatte sie einen heimlichen Termin bei einem Arzt, hatte sie sich selbst besorgt. Selbstständigkeit, auch das hatte ihr der Vater beigebracht. Es würde traurig sein, das schon, aber es war auch entschieden. Wenn es nur nicht wehtat.*

Er stieg die Treppe hinauf, bis ins vierte Geschoss, dann stand er wieder vor dieser Tür, diesmal mit dem Schlüssel, den er Haarmann abgenommen hatte. Herzklopfen, als er ihn im Schloss drehte. Die Tür klemmte, er drückte fester, dann sprang sie auf. Die Kammer, in die Lahnstein trat, war vielleicht sieben, acht Quadratmeter groß. Ein schmales Bett, Eisengestänge, eine dünne Matratze, Wäsche mit feinen Streifen, fleckig. Lahnstein hielt kurz inne und dachte an die Todeskämpfe, die sich in diesem Bett ereignet hatten.

Neben dem Bett stand ein Tisch mit gedrechselten Beinen, ein Stuhl. Ein kleines Brett über dem Tisch, darauf eine Uhr. Ein Kessel hing von der Decke, der Boden darunter war schwarz versengt. Wahrscheinlich stellte Haarmann eine Kerze unter den Kessel und kochte so. Bilder an den Wänden, eins zeigte die Schill'sche

Schar, andere waren oval gerahmt. Eine Waschschüssel auf einem dreibeinigen Gestell, Flecken auf dem Boden. Noch ein Tisch, ein Stuhl. Man konnte sich kaum umdrehen in diesem Raum. Lahnstein stellte sich an das kleine Fenster, das von bodenlangen Gardinen gesäumt war. Die Rote Reihe, die Synagoge, die Laterne, an der er gelehnt hatte.

Er öffnete einen kleinen Schrank, Messer, ein Hackebeil, Holzgriff, eine breite Klinge, unten nicht gerade, sondern krumm. War das Rost oder Blut?

Er klopfte bei den Nachbarn, den Lindners. Der Hund bellte, die Frau öffnete.

Sie schon wieder. Wir können Ihnen nichts sagen.

Sie wollte die Tür schließen.

Machen Sie das lieber nicht, sagte Lahnstein. Es hat sich etwas geändert, Herr Haarmann steht im dringenden Verdacht, mindestens einundzwanzig Jungs ermordet zu haben, er sitzt in Untersuchungshaft. Wir werden klären müssen, ob es bei Ihnen eine Mitwisserschaft gibt.

Sie öffnete die Tür, er trat ein. Die Wohnung war etwa doppelt so groß wie die von Haarmann und bestand aus zwei Zimmern. In einem Sessel saß Herr Lindner, trank Bier aus einer Flasche. Aus dem Nebenraum kam eine Frau, die mit einem Bademantel bekleidet war und wahrscheinlich hin und wieder Herrenbesuche hatte, die sich für sie auszahlten.

Unsere Untermieterin, Frau Lapaschinski.

Die Untermieterin lehnte sich gegen den Türrahmen, zog eine Zigarette aus der Tasche ihres Bademantels und steckte sie in den Mund, ohne sie anzuzünden.

Lahnstein trat an die Wand zu Haarmanns Wohnung, klopfte dagegen.

Dünn, sagte er, man müsste eine Menge hören.

Wir haben kaum was gehört, sagte Frau Lindner.

Von Haarmann dachten sie, er würde sich um Jungs von der Straße kümmern, um Obdachlose, Fürsorglinge. Er brachte sie mit, ließ sie bei sich schlafen. Ein guter Mensch.

Das waren ruhige Genossen, sagte der Mann.

Keine Schreie?

Ach was, nie Schreie.

Manchmal hatte er einen Knochen für Fuchsie, sagte Frau Lindner.

Er trug immer Schüsseln mit Fleisch nach unten, zu den Engels, sagte die Untermieterin.

Und Kleiderbündel schleppte er durchs Treppenhaus, ich glaube, er ist Kleiderhändler, sagte der Mann.

Als er einzog, sagte Frau Lindner, hat er gesagt, er sei sehr apart, deshalb würde er die Klosetts im Hof nicht benutzen, sondern einen Eimer auf seinem Zimmer.

Dann lief er immer mit dem Eimer durchs Treppenhaus, sagte Herr Lindner und erwähnte, dass er Glasarbeiter sei.

Mit einem Tuch drüber, ergänzte seine Frau.

Ziemlich oft ging er mit dem Eimer runter, sagte die Untermieterin.

Sehr oft, sagte Frau Lindner.

Vielleicht der Darm, sagte ihr Mann.

Die Klosetts sind ständig verstopft, sagte die Untermieterin, eine Zumutung.

Mehr können wir nicht sagen, sagte Frau Lindner und zuckte mit den Achseln.

Die drei sahen ihn an, ängstlich, verstört.

Was passiert jetzt mit uns?, fragte Frau Lindner.

Denken Sie nach, erinnern Sie sich. Kommen Sie morgen gegen Mittag auf das Präsidium. Dann sehen wir weiter.

Er stieg die Treppe hinunter, ging ins Restaurant im Nebenhaus. Hier hatten sie schon erfahren, dass Haarmann verhaftet worden war. Elisabeth Engel setzte sich mit Lahnstein an einen Tisch und sagte, dass von ihren acht Kindern nur eins überlebt habe, der Theodor, der dort hinter dem Tresen stehe. Er sei achtzehn und arbeite eigentlich bei den Continental-Werken, aber manchmal auch hier. Ihr Mann sei Ordner bei der SPD, sagte sie, die beiden Männer seien stark beim Radfahr- und Turnverein »All Heil« engagiert. Sie selbst neige zu den Kommunisten. In diesen Zeiten könne man nur Kommunistin sein.

Was meinen Sie?, fragte sie Lahnstein.

Lassen Sie uns über Haarmann reden, sagte er.

Sie schluckte, seufzte, dann erzählte sie, dass sie ihn am Großmarkt kennengelernt habe, direkt nach dem Krieg. Sie wollte Pferdefleisch kaufen, aber es habe gab kaum welches gegeben oder es sei zu teuer gewesen. Haarmann habe es für 35 statt für 60 Pfennig verkauft. Da seien sie natürlich ins Geschäft gekommen, auch mit der Kleidung. Sie habe Altkleider für ihn weiterverkauft, man habe eine Menge miteinander gemacht.

Der ist ein guter Kerl, wenn Sie mich fragen, ehrlich, anständig.

Die Kleidung war doch wahrscheinlich gestohlen, sagte er.

Erbettelt. Das hat er mir gesagt.

Mit großen Platten Fleisch sei er in ihre Küche gekommen, habe Wurst gemacht, auch Sülze. Das Fleisch, vom Schwein, habe er in kleine Würfel geschnitten, die er in kochendes Wasser schüttete. Das Fett habe er abgeschnitten, ausgeglüht und in Flaschen abgefüllt. Oder er habe das Fleisch durch den Wolf gedreht und dann gut gewürzt in Hammeldärme gepresst.

Die Wurst war lecker, sagte sie, alle mochten die Wurst von Haarmann.

Er auch? Ich meine, hat er auch von der Wurst gegessen?

Natürlich, wir saßen hier oft zusammen, der Fritz, mein Mann, mein Sohn, Bierchen und Haarmanns Wurst.

Aber im April sei ihnen mal ganz schlecht geworden von Haarmanns Fleisch, seitdem würden sie es nicht mehr essen.

Aber verkaufen?

Sie zuckte mit den Achseln.

Haben Sie noch was da?

Im Moment nicht.

Wissen Sie, dass es Menschenfleisch gewesen sein könnte?

Das glaube ich nicht, nein, das auf keinen Fall. Das hätte ich gemerkt.

Woran?

Sie sah ihn an mit einem Blick, als würde sie gleich weinen.

Ich sage Ihnen, was Sie jetzt tun werden: Sie raffen sämtliche Kleider zusammen, die Sie von Haarmann bezogen haben und die noch hier sind. Sie geben diese Kleider den Schutzmännern, die nachher kommen werden. Sie machen eine Liste von allen Leuten, denen Sie Kleider von Haarmann verkauft oder geschenkt haben. Diese Liste geben Sie ebenfalls den Schutzmännern, möglichst mit Adressen. Ist das klar?

Sie nickte.

Die Hose ist von Haarmann. Sie zeigte auf ihren Sohn.

Ausziehen.

Jetzt?

Sofort.

Moment, ich gehe nach oben.

Das tun Sie nicht. Sie geben mir auf der Stelle die Hose.

Der junge Mann zog die Hose hinter dem Tresen aus, wickelte sich ein speckiges Handtuch um die Hüfte und kam dann mit der Hose in der Hand hinter dem Tresen hervor. Eine braune Hose aus grobem Stoff. Lahnstein stand auf.

Das Fleisch, das da ist, nehme ich auch mit.

Er ging mit dem Sohn in die Küche, überwachte ihn, während er das Fleisch einpackte.

Waren Sie auch manchmal oben bei Haarmann?

Der Junge sah ihn betreten an, nickte.

Glück gehabt.

Der Junge nickte noch einmal.

Haarmann hatte nur gelacht, als Lahnstein ihn zum ersten Mal verhört hatte, zusammen mit Müller, der schwieg. Ein Geständnis würde er nur bekommen, wenn er Haarmann mit Indizien in die Ecke drängen, ihn massiv verunsichern konnte. Ein Handel war unmöglich, denn Haarmann konnte mit einem Geständnis nichts herausholen, da für ihn ausschließlich die Todesstrafe infrage kam. Lahnstein redete ihm ins Gewissen, das Leid der Eltern, die Menschen in Hannover, die ein Recht hätten zu erfahren, was wirklich passiert war in ihrer Stadt, und die sich sicher sein können müssten, dass die Mordserie beendet sei. Und so weiter.

Der Polizeipräsident hatte ihm endlich freie Hand für die Suche nach Kleidungsstücken gegeben, und Lahnstein ließ zwei Aufrufe verfassen. Einer forderte dazu auf, Kleidungsstücke, die man von Haarmann und Grans oder deren Zwischenhändlern erworben hatte, beim Präsidium abzugeben. Der zweite richtete sich an alle Eltern, deren Kinder vermisst wurden, dass sie in zwei Tagen auf dem Polizeipräsidium Hannover Kleidungsstücke sichten könnten, die eventuell den Vermissten gehört hatten. Beide Aufrufe ließ er an die Telegrafenbüros aushändigen. Die Abendblätter in Hannover machten alle damit auf, dass Fritz Haarmann verhaftet war, weil die Polizei ihn einer Mordserie verdächtige.

Als Lahnstein am nächsten Morgen ins Präsidium kam, saßen drei Jungs vor seinem Büro, die sich als Hermann Wiese, Konrad Farin und Karl Köhler vorstellten. Angst in ihren Gesichtern, zittrige Stimmen, gesenkte Blicke. Er nahm sie mit in sein Büro, bot ihnen keine Stühle an. In Wahrheit war er so aufgeregt wie sie. Das konnte der Durchbruch sein.

Was gibt's?

Wir sind Freunde vom Adolf, von Adolf Hogrefe, sagte Farin.

Lahnstein suchte die Akte heraus, überlas rasch die erste Seite, geboren am 6. Oktober 1907, Nummer sechzehn, verschwunden am 6. April 1924, Sohn eines Lokomotivführers.

Wir haben das in der Zeitung gelesen von Haarmann, und jetzt wollen wir etwas aussagen.

Nur los.

Wiese erzählte, dass er den Adolf am 2. April am Bahnhof Lehrte getroffen hat, stark bekümmert, da er zu Hause schlecht behandelt werde. Sein Vater sei so streng und schreie ihn dauernd an. Deshalb wolle er abhauen, habe aber kein Geld. Ob ihm Wiese nicht sein Fahrrad abkaufen wolle. Wiese hat das Fahrrad zu einem guten Preis gekauft. Am darauffolgenden Abend traf er den Adolf wieder, diesmal am Hauptbahnhof in Hannover. Er hatte einen Reisekoffer aus Lederimitat dabei und zeigte diesen stolz vor. Den habe er von dem Geld für das Fahrrad gekauft. Wo er denn geschlafen habe, wollte Wiese von Hogrefe wissen. Auf dem Bahnhof, hat Adolf gesagt. Dann fragte er, ob er die nächste Nacht bei den Wieses auf dem Heuboden schlafen könne.

Meine Eltern haben eine kleine Landwirtschaft, sagte Wiese zu Lahnstein.

Wollte er nicht mehr abhauen?, fragte Lahnstein.

Nein, er hatte schon Heimweh, traute sich aber nicht nach Hause, weil er Angst vor den Strafen des Vaters hatte.

Weil er gelogen hatte und nicht in die Gewerbeschule gegangen war?

Genau.

Ihr geht natürlich immer.

Sie nickten beflissen.

Dann sprach Farin, der sich als Schneidergeselle vorstellte. Er hatte Hogrefe ebenfalls am Bahnhof in Hannover getroffen, am 4. April. Der habe ihm die Geschichte von dem verkauften Fahrrad und dem Koffer erzählt, der jetzt in der Handgepäckaufbewahrungsstelle liege. Die kommende Nacht würde er bei einem Herrn schlafen, der in der Neuen Straße wohne und Kriminal sei.

Kriminalbeamter?

Hat er gesagt, ja.

Wie hieß der Kriminalbeamte?

Dazu kann ich was sagen, sagte der dritte Junge, Köhler.

Deshalb sind wir ja hier, sagte Farin.

Auch er hatte Hogrefe am Hauptbahnhof getroffen und sich seine Geschichte angehört. Ihm hat Hogrefe erzählt, sein Vater habe ihn rausgeschmissen. Er zeigte Farin stolz den Gepäckschein vom Koffer.

Am nächsten Abend, sagte Köhler, habe ich den Adolf mit dem Kriminal Fritz gesehen, sie saßen an einem Tisch im Wartesaal.

Moment, wer ist Kriminal Fritz?

Fritz Haarmann, sagte Farin.

Schweigen.

Und das wusstet ihr?

Wir wussten nicht, sagte Farin, dass er Haarmann heißt. Das haben wir gestern Abend in der Zeitung gelesen. Und dass er ein Serienmörder sein soll.

Ich muss noch was sagen, sagte Köhler. Zwei Tage später habe ich den Adolf wieder getroffen, wir gingen ein Stück zusammen vom Bahnhof die Heuschelstraße entlang. Er sagte mir, dass er den Kriminal Fritz häufiger treffe.

Also Fritz Haarmann?

Ja. Danach hat ihn keiner mehr von uns gesehen.

Moment, Jungs, sagte Lahnstein und stand auf. Erzählt ihr mir gerade, dass euer Freund verschwunden ist in einer Stadt, in der Aufruhr herrscht, weil so viele Jungs vermisst werden, und ihr habt euren Freund kurz vor seinem Verschwinden häufig mit einem Mann gesehen, und keiner von euch kommt auf die Idee, das der Polizei zu sagen? Habe ich das richtig verstanden?

Betretene Gesichter, Knöchel, die weiß wurden, weil die Hände so krampften.

Er wollte ja verreisen.

Er hatte den Koffer.

Ich habe den Gepäckschein gesehen.

Und ich den Koffer.

Lahnstein setzte sich wieder.

Wie kommt ihr darauf, der Haarmann könne ein Kriminal sein?

Das hat jeder gedacht.

Der hatte einen Ausweis.

Als die Jungs weg waren, saß Lahnstein ratlos auf seinem Stuhl. Haarmann war im Bahnhof ein und aus gegangen, hatte offen dort mit Jungs verkehrt, unter den Augen der Bahnhofspolizei, unter den Augen so vieler Passanten, die täglich den Bahnhof nutzten, wie diese Jungs, und niemand hatte etwas gemerkt oder wollte etwas merken. Und der Vater von Hogrefe war Lokomotivführer und hatte sicherlich Kontakte in den Bahnhof hinein – und auch er hört nichts?

Er war empört, erleichtert, im schnellen Wechsel. Wenn es so war, wie sollte er da diesen Fall aufklären? Es hatte sich doch eine ganze Stadt darauf geeinigt, nichts wissen zu wollen, Haarmann gewähren zu lassen.

Er ließ sich zeigen, was man Haarmann abgenommen hatte, als er ins Untersuchungsgefängnis eingeliefert worden war. Kleidung, ein Stumpen, ein Bleistiftstummel und einen Ausweis, der auf ein Detektivbüro ausgestellt war. Ähnelte den Ausweisen der Kriminalpolizei tatsächlich. Als Lahnstein zu seinem Büro zurückging, sah er vor einem der Büros Leute, die Bündel oder einzelne Kleidungsstücke in den Armen hielten. Am Ende der Schlange stand Emma. Er blieb stehen, sie drehte sich weg. Kurz hielt er inne, ging weiter.

Als er am Morgen in sein Büro kam, lagen vier Totenschädel auf Müllers Schreibtisch. Er hantierte mit rotem Papier und einer Schere.

Was machen Sie da?

Müller erklärte ihm, dass dies die vier Totenschädel seien, die sie gefunden hätten. Er klebe jetzt rotes Papier in die Augenhöhlen, dahinter werde er Wachslichter befestigen. Die Schädel hänge er in Haarmanns Zelle, einen in jede Ecke. Dort werde er auch einen Sack mit den Knochen ablegen. Haarmann sei naiv, im Prinzip ängstlich. Er werde ihm sagen, dass die Seelen der Toten zu ihren Gebeinen zurückkehren würden und ihn nicht zur Ruhe kommen lassen würden, bis er ein Geständnis abgelegt habe.

Lahnstein lachte auf.

So kindisch ist er nicht, auf diesen Hokuspokus reinzufallen.

Ist er doch. In den Akten wird es immer wieder erwähnt.

Meinetwegen.

Es war ein regnerischer Tag, als sie die Türen ihres großen Sitzungssaals öffneten. Auf Tischen und Stühlen lagen und hingen vierhundert Asservaten, vor allem Kleidungsstücke, zudem Taschen, Schlüsselanhänger, Geldbörsen. Das alles ließ sich auf Haarmann zurückführen. Was zusammen verkauft oder gekauft worden war, lag nebeneinander, dazu ein Zettel mit dem Kaufdatum, oft nur eine ungefähre Angabe. Alle Lampen waren eingeschaltet. Ein Geruch von Moder hing in der Luft, von altem Schweiß. Regen schlug heftig gegen die Fenster.

Haarmann stand seitlich an der Wand, an Händen und Füßen gefesselt, gerahmt von zwei Polizisten, die ihn an den Armen festhielten. Ein halbes Dutzend weiterer Polizisten war über den Raum verteilt. Schwere Waffen, nicht weil sie hier nötig waren, sondern weil sie das Gefühl von Sicherheit vermitteln sollten. Zwei Frauen vom Roten Kreuz saßen in einer Ecke, falls jemand ohnmächtig wurde. Schackwitz war im Haus und jederzeit abrufbar, sollte es zu einem Herzinfarkt oder einem Gehirnschlag kommen.

Schon am frühen Morgen fanden sich Leute ein, warteten unten im Foyer, und als es dort zu eng wurde, in den Treppenhäusern, auf den Gängen. Um neun Uhr setzten sie sich in Bewegung, zögerlich, mit scheuen Blicken, in banger Ungewissheit, was sie erwarten würde. Lahnstein stand neben einem Fenster, und sein Blick wanderte zwischen den Ankommenden und Haarmann hin und her, dessen Regungen ihn sämtlich interessierten. Haarmann zwinkerte ihm zu.

Bald wirkte der Raum wie eine Markthalle, die Leute standen an den Tischen, begutachteten Hosen, Jacken, Hemden, Selbstbinder, prüften die Stoffe mit den Fingern, sahen im Inneren nach Etiketten. Dann zogen sie weiter zum nächsten Tisch. Gedämpfte Stimmen, niemand sprach laut. Eher Friedhof als Markthalle. Haarmann wurde verstohlen angeschaut, aus Augenwinkeln, ängstlich, auch mit Hass oder Verachtung. Ein Schrei, alle schreckten auf, Lahnstein sah eine Frau, die ihr Gesicht in eine Jacke presste. Neben ihr stand ein Mann, hielt sie fest, Tränen. Keine Regung bei Haarmann.

Ein Polizist sprach die beiden an, führte sie zu einem Tisch am Rand, wo ihre Angaben aufgenommen wurden. Lahnstein ging hin, es waren die Eltern von Erich de Vries, dem letzten der Verschwundenen. Ein dunkler Anzug, die Mutter hatte ihn an einem Loch im linken Hosenbein erkannt.

Lahnstein bezog wieder seinen Posten, beobachtete die Leute und Haarmanns Gesicht. Er sah die Hannappels, die Kochs, Frau Hennies, die meisten kannte er nicht. Die Dialekte, die er hörte, kamen aus ganz Deutschland. Er hatte den Eindruck, dass so ziemlich jeder, der einen Angehörigen vermisste, gekommen war. Gegen Mittag mussten sie die Türen schließen, da der Saal zu voll war. Von da an bildeten sie Gruppen.

Verächtliche, böse Blicke trafen auch ihn. Ein Mann raunte ihm zu: Mein Bruder hatte sechsunddreißig Abschüsse, bis er vom Himmel geholt wurde. Anders als Sie hat er nicht überlebt.

Das tut mir leid, sagte er zu dem Mann.

Der winkte verächtlich ab und zog weiter. Der nächste Schrei, dann noch einer.

Ist das der Mörder?, fragte ein Kind laut und drückte sich gegen die Beine seines Vaters. Haarmann nahm auch das gleichmütig auf.

Ein Polizist brachte einen Mann und eine Frau zu Lahnstein. Die wollen den Chef sprechen, sagte der Polizist.

Ein grobschlächtiger Mann mit riesigen, schwieligen Händen, eine wasserstoffblonde Frau, beide ärmlich gekleidet. Der Mann hielt einen braunen Mantel in den Händen, die Frau einen Selbstbinder.

Was kann ich für Sie tun?

Das hier gehört unserem Willi, sagte die Frau und streckte Lahnstein den Selbstbinder entgegen.

Wie war noch Ihr Name?, fragte Lahnstein.

Senger, sagte der Mann, unser jüngerer Sohn heißt Willi. Den Selbstbinder hat ihm sein Bruder Heinrich geschenkt.

Selbst gemacht, sagte die Frau.

Sie müssen mir helfen, sagte Lahnstein, ich kann mich im Moment nicht an Sie erinnern. Waren Sie bei mir, um Ihren Sohn als vermisst zu melden?

Nein.

Dann gehört er wahrscheinlich zu den älteren Fällen.

Aber ich habe doch alle Namen im Kopf, dachte er.

Wir haben ihn nicht als vermisst gemeldet, sagte die Frau. Er hatte mal gesagt, dass er verreisen will. Und dann war er plötzlich weg.

Wann war das?

Anfang Februar.

Nummer fünfzehn.

Bitte?

Schon gut.

Nummer fünfzehn, dachte Lahnstein, und bei den höheren Zahlen würden sie die Nummerierungen ändern müssen. Die alte fünfzehn war die neue sechzehn und so weiter.

Wie alt ist Ihr Sohn?

Neunzehn.

Und Sie haben sich nichts dabei gedacht, als er weg war? Trotz der Gerüchte um einen Serienmörder? Die haben Sie doch mitbekommen, oder?

Achselzucken.

Stumpfsinn, dachte Lahnstein, was für ein Stumpfsinn.

Kommen Sie bitte morgen um zehn Uhr in mein Büro. Ich brauche genaue Angaben von Ihnen.

Er wendete seinen Blick wieder Haarmann zu. Der stand gleichmütig da und schaute sich das Treiben an.

Zweiundzwanzig.

Eine Frau brach zusammen, sackte lautlos zu Boden, dicht bei Haarmann. Der sah es und wandte schnell den Blick ab. Die Schwestern vom Roten Kreuz eilten zu ihr, richteten sie auf, führten sie zu einem Stuhl. Haarmann schaute sich das nicht an. Es war die Mutter von Hermann Speichert, ihre Tochter war bei ihr. Das Mädchen hielt den Zirkelkasten ihres Bruders in Händen. Man hatte ihn bei Hans Grans gefunden, die Kleidung des Jungen bei Haarmann.

Die Hannappels, die aus Düsseldorf angereist waren, kamen mit einer Holzkiste und einem großen Packen Sachen zu Lahnstein.

Das gehört alles dem Adolf, sagte der Vater.

Sie waren schmaler geworden, seitdem sie bei Lahnstein angezeigt hatten, dass ihr Sohn nicht mehr nach Hause kam. Lahnstein ging mit ihnen die Sachen durch.

Ein olivgrüner Hut mit dunkelgrünem Band.

Woran erkennen Sie ihn?

Das Schweißband habe ich selbst nachträglich eingenäht, sagte die Mutter.

Zwei Maroccohemden.

Das sind neue Bündchen, die habe ich selbst angefertigt.

Hosenträger.

Den Lederbesatz für die hinteren Strippen habe ich selbst ausgebessert. Hier, schauen Sie.

Ein Paar schwarze Boxcalfschnürstiefel.

Da sind Ausbesserungen, die habe ich selbst gemacht, sagte der Mann.

Eine Breecheshose, beste Qualität.

Hier ist eine Stoffprobe. Die ist übrig geblieben, als wir die Hose haben machen lassen.

Ein schwarzer Strumpf.

Da haben wir zu Hause ein weiteres Paar dieser Sorte. Können wir Ihnen schicken.

Eine graugrüne Arbeitshose aus Cord.

Hier sind Ausbesserungen, sagte die Mutter und zeigte auf die linke Tasche und unter den hinteren rechten Knopf.

Ein blauer Sweater.

Hier habe ich einen Flicken draufgenäht, aus dem Sweater unseres anderen Sohnes.

Eine feldgraue Weste.

Ein schwarzer Rock.

Ich kann Ihnen dazu nichts zeigen, sagte die Frau, aber es ist seiner, das weiß ich genau.

Ein Karton mit Holzschrauben.

Die habe ich ihm gegeben, weil er einen Kaninchenstall bauen wollte, sagte der Vater. Er schluchzte. Die Mutter hatte sanft über die Sachen gestrichen, als streichele sie ihren Sohn. Sie blieb gefasst.

Die Wasserwaage war nicht unter den Asservaten.

Am zweiten Tag war der Andrang etwas schwächer, aber es wurden immer noch Kleidungsstücke erkannt. Und es trafen weiterhin Sachen ein. Ein Mann stellte sich als Fahrradhändler Raupus vor und hielt Lahnstein einen Bremshebel hin. Haarmann kenne er gut, sagte Raupus, eines Tages sei er mit Grans bei ihm gewesen. Der Grans sei in Not, habe Haarmann gesagt, brauche Geld und müsse daher sein Fahrrad verkaufen.

Ich hab's genommen, war ein altes Modell, dunkelblau, ohne Freilauf, mit Keiltretlager. Dann hab' ich's umgebaut und weiterverkauft. Nur der Bremshebel ist bei mir geblieben, das ist Aluminiumbronze.

Er reichte Haarmann den Hebel. Im Laufe des Tages wurde er von den Eltern von Richard Gräf erkannt, verschwunden Ende September 1923, 17 Jahre alt. Sie fanden auch eine feldgraue Hose und einen Anzug.

Als man die Tür am Abend des zweiten Tages schließen wollte, kam ein gut gekleideter Mann daher, eigentlich zu spät, aber man ließ ihn noch herein.

Mein Name ist Schiefer, sagte er zu Lahnstein.

Sie sind der Apotheker?

Sie hatten bislang nur mit meiner Frau zu tun.

Ich hatte mir schon gedacht, dass sie nicht kommen würde. Nach der Theorie Ihrer Frau kann Ihr Sohn nicht das Opfer Haarmanns gewesen sein, weil er dann mit den anderen in einer Reihe stünde. Und wir müssen wohl eher von Lustmord als von Raubmord ausgehen. Auch das will Ihre Frau anders sehen.

Wir sind uns nicht ganz einig, was diese Sache betrifft, sagte der Apotheker.

Sie wollen sagen, Sie haben nicht den Dünkel Ihrer Frau.

Das war sehr hart, fand Lahnstein selbst und fragte sich, ob es daran lag, dass der Apotheker die DNVP wählte. Für Lahnstein waren das die Schlimmsten, nationalistisch, Anhänger des Großkapitals. Hugenberg-Leute. Ihre Zeitung hatte ihn fertiggemacht.

Sie müssen ihren Schmerz verstehen, sagte der Apotheker. Er war unser einziges Kind. Der Gedanke einer ... einer Vergewaltigung ist ihr unerträglich. Deshalb beharrt sie auf dem Raubmord.

Ich verstehe das gut, sagte Lahnstein milde. Schauen Sie sich bitte um.

Sie hatten weggeräumt, was identifiziert worden war. Noch immer volle, aber nicht mehr übervolle Tische und Bänke. Der Apotheker ging die Reihen entlang, verharrte hier und dort, ging weiter. Lahnstein fragte sich, ob er hoffte, etwas zu finden, damit die Ungewissheit ein Ende hatte, oder hoffte, nichts zu finden, damit seine Frau Recht behalten konnte.

Der Apotheker fand einen Dufflecoat und eine Hose aus englischem Stoff, entdeckt im Lager von Haarmann. Sein Gesicht zuckte, als er Lahnstein die Sachen überreichte. Lahnstein wollte etwas sagen, aber der Mann winkte ab und verließ rasch den Saal.

Als Lahnstein spät am Abend zu Hause eintraf, saß sein Vater im Wohnzimmer und plauderte mit der Vermieterin.

Du? Was machst du hier?

Er war so überrascht, dass er nicht freundlich klang.

Sein Vater stand auf, umarmte ihn.

Ich dachte, du könntest einen kleinen Rat gebrauchen.

Lahnstein sah auf die Vermieterin.

Komm, wir gehen auf mein Zimmer, es ist nicht viel Platz, aber …

Ich gehe ja schon, sagte sie und ging wirklich.

Vater und Sohn setzten sich. Sie erzählten einander, was passiert war in den Monaten, in denen sie sich nicht gesehen hatten. Nicht viel bei seinem Vater, der über den Fall Haarmann das meiste aus den Zeitungen wusste.

Deshalb bin ich gekommen, sagte er. Du brauchst ein Geständnis, fürchte ich.

Der Untersuchungsrichter hat das angemahnt, stimmt.

Ich möchte dir etwas erzählen, sagte sein Vater, weil ich dir beim letzten Mal nicht die ganze Geschichte erzählt habe.

Von dem verschwundenen Mädchen? Warum nicht?

Weil ich mich geschämt habe.

Lahnstein sah seinen Vater an, der ihm geschrumpft zu sein schien, seitdem er ihn in Bochum gesehen hatte, ein schmaler, kleiner Mensch. Und alt, sehr alt.

Ich weiß, dass es eine Last sein kann, wenn der Vater ein Vorbild ist. Nicht dass ich denke, dass ich in allem dein Vorbild bin, aber manchmal vielleicht schon, und vielleicht auch in diesem Fall. Es läge ja nahe.

Du warst immer ein Vorbild für mich, das weißt du.

Danke, mein Junge. Aber wenn schon dein Vater dein Vorbild ist, dann der richtige und nicht die Illusion eines Vaters.

Ich verstehe nicht, was du sagen willst.

Ich war nicht ehrlich mit dir. Ich will, dass du frei entscheidest. Dich soll nicht einschränken, was dein Vater getan hat. Beziehungsweise eben nicht getan hat. Also umgekehrt. Ich habe in Wahrheit nicht nichts getan, sondern etwas getan.

Jetzt verstehe ich noch weniger.

Als wir diesen Entführer bei uns hatten, wussten wir natürlich, dass ein Mensch drei bis vier Tage ohne Wasser auskommt. Nachdem er zwei Tage geschwiegen hatte, fingen wir mit den Ohrfeigen an. Schlafentzug und so weiter. Er lachte nur. Wir haben ihn mit eiskaltem Wasser überschüttet, immer wieder. Er zitterte, aber er schwieg.

Sein Vater machte eine Pause, und Lahnstein wusste nicht genau, ob er wollte, dass sein Vater weiterredete.

Am dritten Tag habe ich den Kollegen morgens gesagt, sie sollten mich mit ihm allein lassen. Zwei jüngere Kollegen sagten, sie würden das übernehmen, aber das kam nicht infrage. Es war mein Fall. Ich nahm ein Rasiermesser mit in die Verhörzelle. Ich habe …

Papa.

Ich habe ihn mit …

Ich will das nicht hören.

Ich habe ihm in den Arm geschnitten, aber als ich das Blut sah, viel Blut, konnte ich nicht weitermachen. Es ging nicht. Es war nicht recht. Wir haben weitergemacht mit Schlafentzug und den anderen Dingen, ihn aber nicht mehr verletzt. Das Mädchen konnten wir nicht retten.

Wusste Mama, was du getan hast?, fragte Lahnstein.

Ich habe es ihr erzählt.

Was hat sie gesagt?

Sie hätte es auch getan, aber konsequent.

Mama. Was geschah mit dem Mann?

Wir mussten ihn laufen lassen, weil wir nicht einmal die Leiche des Mädchens gefunden haben. Manchmal denke ich, dass sie noch lebt, dass alles nur eine Inszenierung war, damit sie durchbrennen konnte, nach Amerika, nach Australien, mit einem Jungen vielleicht. Dieser Gedanke ist eine Erleichterung. Das Schlimme ist die Ungewissheit. Ich habe mich versündigt, weil ich ihn verletzt habe, aber ich war nicht brutal genug, um ihn richtig fertigzumachen. Deshalb weiß ich nicht, ob ich das Mädchen nicht doch hätte retten können, wenn ich nicht so zimperlich gewesen wäre.

Und noch schlimmer gegen die Gesetze verstoßen hättest.

Er sah seinen Vater nicht an, als er das sagte.

Auch das.

Sie schwiegen.

Was soll ich jetzt damit anfangen?, fragte Lahnstein nach einer Weile.

Ich kann dir die Entscheidung nicht abnehmen, sagte sein Vater. Ich will ihr nur nicht im Wege stehen. Du bist nicht der Mann, der einen Vater hat, der sich in einer ähnlichen Situation korrekt verhielt.

Der damit aber nichts erreichte, sagte Lahnstein.

Wahrscheinlich, weil er nicht konsequent unkorrekt war, sagte sein Vater.

Wir wissen es nicht.

Nein.

Und jetzt?

Ich vertraue dir. Ich werde deine Entscheidung liebevoll annehmen und begleiten. Das wollte ich dir sagen.

Ich danke dir.

Er überließ seinem Vater das Bett und schlief auf dem Boden, zugedeckt mit seinem Mantel. Am nächsten Morgen reiste sein Vater zurück nach Bochum.

Und was hat die Aktion gebracht?, fragte Müller, als sie am nächsten Morgen in ihrem Büro saßen. Lahnstein drehte den Aluminiumbronzegriff in seiner Hand.

Viel. Wir können hundertfünfzig Kleidungsstücke den Vermissten zuordnen. Wir haben natürlich noch offene Fragen, zweifelhafte Angaben. Unsere Leute werden das aufklären müssen. Aber ich denke, es werden am Ende deutlich über hundert identifizierte Kleidungsstücke sein.

Eine schöne Zahl. Was ist sie wert?

Es war klar, dass dies das Erste ist, was Sie sagen.

Es tut mir leid, aber einer muss den Rechtsstaat verteidigen.

Und das sind ausgerechnet Sie? Lahnstein zeigte mit dem Bremshebel auf Müller.

Zufällig bin das gerade ich. Wir wissen, dass die Kleider wahrscheinlich durch Haarmanns Hände gegangen sind, aber das heißt nicht, dass er den Jungs, denen sie gehörten, begegnet ist. Er ist Kleiderhändler, er hat einen Gewerbeschein, er kauft Altkleider auf, stiehlt Altkleider, auch das, verkauft Altkleider. Einen Mann, dem die Todesstrafe droht, können Sie so nicht überführen, und das wissen Sie auch.

Das wusste er. Verdammte Todesstrafe.

Ich kann mit diesen Informationen den Druck auf Haarmann erhöhen.

Viel Erfolg.

Lahnstein sah nicht hin, er kannte dieses Grinsen.

Und Ihr Hokuspokus mit den Totenschädeln, fragte er, hat der denn was gebracht?

Nein, das wissen Sie ja.

Eine Weile schwiegen sie, Lahnstein drehte den Bremshebel in seinen Händen, schaute in Gedanken versunken zum Fenster. Dann hörte er, wie Müller aufstand und ein paar Schritte durch den Raum machte, stehen blieb, weiterging, wahrscheinlich in die Richtung, aus der er gekommen war. Noch einmal das Ganze. Dann blieb Müller vor seinem Schreibtisch stehen.

Lassen Sie uns vernünftig sein, sagte er.

Lahnstein wandte sich ihm zu: Das ist meine Grundhaltung.

In Ordnung. Ich mache Ihnen einen Vorschlag.

Einen vernünftigen?

Bitte. Ich glaube, dass wir hier ähnliche Interessen haben.

Da bin ich mir nicht so sicher.

Wir könnten es so machen: Erst helfe ich Ihnen bei Haarmann, dann überlassen Sie ihn mir.

Was soll das heißen? Sie helfen mir bei Haarmann?

Sie haben noch drei Tage. Wenn Sie bis dahin kein Geständnis von Haarmann haben, lässt der Untersuchungsrichter ihn frei. Und dann sind die Hürden für die nächste Verhaftung noch höher. Und Sie wissen, was die Zeitungen schreiben werden.

Von Ihnen gefüttert, das kann ich mir ausmalen, in der Tat.

Wie auch immer.

Ich dachte, sagte Lahnstein, es liegt in Ihrem Interesse, dass er freikommt.

Als Informant ist er verbrannt. Nach dem Wirbel hier kennt ihn jeder. Eine der Zeitungen hat schon geschrieben, dass er womöglich Polizeispitzel sei.

Und jetzt lassen Sie ihn fallen?

Einen wie Haarmann kriegen Sie nicht ohne ein bisschen Gewalt, da bin ich mir sicher. Ich kenne ihn, der versteht nur eine Sprache. Ich weiß, wie schwer Ihnen das fällt, als Demokrat und so weiter. Ich mache das für Sie, das ist mein Angebot.

Ich soll Sie als Folterknecht engagieren? Lahnstein lachte auf.

Es ist Ihre Sache, wie Sie es nennen.

Und was heißt: Ich überlasse Ihnen Haarmann?

Wenn er gestanden hat, werde ich noch mal mit ihm reden.

Worüber?

Das ist auch in Ihrem Interesse. Wir möchten doch nicht, dass Fritz Haarmann vor Gericht, wenn zwanzig Journalisten im Saal sitzen, erzählt, wie sein Verhältnis zur Polizei so war, welche Kooperationen es gegeben hat, welche Pannen und Versäumnisse. Das könnte peinlich werden, nicht wahr?

Sehr peinlich, dachte Lahnstein.

Aber das muss ja nicht sein, fuhr Müller fort. Ich werde ihm das ausreden. Er wird von der Polizei schwärmen.

Ausreden?

Das ist meine Sache.

Sie sind verrückt, Müller. Niemals lasse ich mich auf einen solchen Handel ein.

Dann kommt Haarmann frei, und wahrscheinlich mordet er weiter. Die Bürger von Hannover werden es Ihnen danken, vor allem die Eltern von schönen Söhnen.

In der Nacht träumte Lahnstein, wie seine Maschine abhob, langsam Höhe gewann, über die Schlachtfelder flog, dann über die Felder, die noch unversehrt waren. Er schrak auf, weil er plötzlich einem Fuchs ausweichen musste, aber warum einem Fuchs? Mit dieser Frage wachte er auf und sah auf seine Uhr. Es war Viertel nach drei. Immerhin saßen nicht Lissy und August in dem Flugzeug, sondern er selbst. Er nahm das als Fortschritt. Dann hatte er ein schlechtes Gewissen, weil er die beiden aus seinen Träumen vertrieben hatte, und rief Gedanken an seine letzte Fahrt an den Irrsee hervor.

Das Land lag ruhig und leer. Das war sein Eindruck bei der Fahrt in den Süden. Manchmal musste er einen halben Tag auf einen Zug warten. Die Waggons standen im Bahnhof, aber die Lok fehlte. Im Krieg waren viele Züge zerstört worden, und nun, sagten Leute in den Wartesälen, holten die Franzosen Lokomotiven aus dem Land, als Reparationen. Aber warum? Sie hatten den Krieg selbst gewollt, rief ein Mann in Stuttgart, und nun sollten die Deutschen an allem schuld sein und dafür bezahlen. Flüche. Lahnstein schwieg, er hörte den Husten, sah die ausgemergelten Gestalten, die eingefallenen Gesichter. In Stuttgart schlief er im Wartesaal, auf dem Boden, weil die Bänke von Frauen und Kindern besetzt waren. Husten, vielstimmig, die ganze Nacht, am Morgen stand ein Mann nicht mehr auf. Alle redeten von der Grippewelle, die furchtbar wüten würde. Schlimmer als der Krieg, sagte jemand. Hatte nicht auch Lissy von einem Husten berichtet? Er verdrängte den Gedanken, stieg am nächsten Morgen in den Zug nach München, aber der fuhr nicht los, weil es keine Lok gab. Sie standen zwei Stunden im Bahnhof, ein volles Abteil, bald sprach niemand mehr, Agonie, schlafen, dämmern, schlafen, dann dampfte eine Lok heran, und sie fuhren ohne Probleme über München bis Salzburg.

Er stritt mit einem Droschkenfahrer, bis er einen Preis ausgehandelt hatte, den er bezahlen konnte. Seine Eltern hatten ihm Geld für die Reise gegeben, aber viel war das nicht. Er würde es ihnen zurückgeben, wenn er wieder Geld verdiente. Er zählte dem Droschkenfahrer das Geld in die Hand, es seien so viele Lumpen unterwegs in diesen Zeiten, deshalb Vorauskassa, sagte der Mann, dann fuhren sie hinaus an den Irrsee, langsam, sehr langsam, es schneite leicht, das Auto schlingerte, wenn der Fahrer vor den Kurven bremste. Einmal glitt es in eine Wiese. Die Räder drehten durch, gruben sich in den Schnee. Die beiden Männer sammelten Zweige, legten sie unter die Räder, aber das half nicht, sie sammelten noch mehr Zweige, kalte Hände, beim dritten Versuch kam das Auto frei. Sie fuhren weiter, sprachen nicht. Es dämmerte, die Berge als graue Schatten, schwaches Licht in den Bauernhäusern, totenstille Dörfer, der Mondsee, der Irrsee. Gegen dreiundzwanzig Uhr hielt die Droschke vor dem Haus von Lissys Bruder, kein Licht, zu dieser Zeit schlief hier jeder. Lahnstein bat den Fahrer, ihn und seine Familie am Morgen des übernächsten Tages abzuholen.

Mich und meine Familie, das sagte er ausdrücklich.

Wenn er das so sagte, würde es auch so sein. Er zahlte die Hälfte des Fahrpreises im Voraus, dann fuhr das Auto davon. Bei Schneesturm würde er nicht kommen, hatte der Fahrer gesagt. Dann eben nach dem Schneesturm, sagte Lahnstein.

Er stand vor der Tür, klopfte, obwohl er wusste, dass niemand wach war und niemand wach werden würde, wenn er so zaghaft klopfte. Die Tür war nicht abgeschlossen, das wusste er auch. Er lauschte, nichts, kein Geräusch, nicht einmal aus dem Kuhstall, und von dort war fast immer ein Schnauben zu hören gewesen. Aber es schneite heftig, und der Schnee schluckte die Geräusche, das war doch so. Er drückte die Klinke nach unten, öffnete die Tür, betrat das Haus.

Innen rief er, leise erst, dann laut. Nichts. Er suchte tappend eine Kerze, fand eine in der Küche, Licht, alles aufgeräumt, aber kein Geschirr auf dem Tisch, und das alarmierte ihn richtig, denn die Frau des Schwagers deckte am Abend den Tisch für das Frühstück. Die Schlafzimmer waren leer, Kälte, überall war es so kalt, als sei den ganzen Winter nicht geheizt worden. Der Kuhstall stand ebenfalls leer. Vergammeltes Stroh. Er legte sich in eins der Betten. Es konnte so vieles sein, es sagte gar nichts über das Schicksal von Lissy und August. Aber er schlief nicht.

Als er am Morgen gegen halb sechs hörte, dass der Nachbar in seinem Stall war, stand Lahnstein auf und ging hinüber. Sie sind alle tot, sagte der Nachbar, erstickt. Im letzten März, als es plötzlich so kalt wurde, hat die ganze Familie in der Küche geschlafen, weil nur noch die warm wurde, und sie hatten ja alle die Grippe, aber der Ofen hat wohl nicht richtig funktioniert, obwohl es ein moderner Ofen war. Irgendwas stimmte mit dem Abzug nicht. Es tut mir leid, sagte der Nachbar, während er am Euter einer Kuh zog und Milch in einen Eimer spritzte. Der Mann, der die Öfen gewartet hatte, ist in Galizien gefallen, sagte er, sein Gehilfe an der Eisack. Er stand auf und kippte die Milch aus dem Eimer in einen großen Behälter. Der Krieg fordert überall seine Toten, sagte der Bauer, auch hier, auch noch im Frieden. Er nahm einen Trinkbecher von einem Regal, schöpfte Milch aus dem Behälter, hielt sie Lahnstein hin.

Trinken Sie, sagte er, sein Blick so unsicher, verlegen, als sei ihm vollkommen klar, dass ein Becher Milch nicht helfen würde, aber es war das, was man jetzt hier tun konnte für einen anderen. Lahnstein nahm den Becher, der Bauer setzte sich an den Euter der nächsten Kuh.

Lahnstein trank, aber ließ den Becher nach zwei Schlucken fallen und stürzte hinaus ins Freie. An der Straße wendete er sich nach links, stapfte hastig durch den Schnee, der nicht hoch lag. Es hatte wohl nicht lange geschneit, nun taute es. Er lief und lief, an den erwachenden Höfen vorbei, der See zu seiner Rechten, zugefroren. Lissy. August. Reale Bilder aus seinem Leben mit ihnen, auch vom Urlaub am Irrsee, fantasierte Bilder von ihren letzten Tagen, ihrem Tod, der wahrscheinlich sanft gewesen war, und das fand er so beruhigend wie verstörend. Kein Leid, sie lagen ruhig da, der Kleine in den Armen der Mutter, ein friedvolles Bild, gleichzeitig der Horror. Er bog nach rechts ab, lief eine verschneite Wiese hinunter, rutschte aus, fiel, glitt ein Stück abwärts, rappelte sich auf, lief weiter, betrat das Eis, setzte seine Füße erst zögerlich, dann entschlossen, schritt über den See, erst dem anderen Ufer zu, dann im Kreis, ohne dessen gewahr zu sein. Immer dieselben Bilder vor Augen, manchmal ein Schrei. Neinneinnein. Er blieb stehen, das Eis knirschte, es war ihm egal. Irgendwann fiel er erschöpft zu Boden.

Zwei Eisfischer fanden ihn um acht Uhr, bewusstlos. Er lag in der Nähe des Ufers. Sie brachten ihn in ihre Hütte, machten Feuer, gaben ihm einen Selbstgebrannten und noch einen. Sie kannten einen Vetter zweiten Grades von Lissy und ihrem Bruder, dort brachten sie ihn hin mit ihrem Pferdewagen. Der Vetter wollte den Hof verkaufen, fand aber niemanden, der ihn haben wollte, zu wenig Männer. Warum er ihn nicht vom Tod seiner Frau und seines Sohnes unterrichtet habe, wollte Lahnstein wissen. Er habe keine Adresse gehabt, sagte der Vetter. Aber da waren doch Briefe aus Bochum, aus dem Gefangenenlager. Der Vetter zuckte mit den Achseln. Vielleicht konnte er nicht lesen, das kam vor hier.

Lahnstein lief zum Friedhof in Zell am Moos, ein Familiengrab, der Bruder, seine Eltern, seine Frau, seine drei Töchter, Lissy, August, ein kleiner, schlichter Grabstein. Neun Tote in einer Nacht. Er kaufte Blumen, legte sie in den Matsch, der einmal Schnee gewesen war. Ringsum ein leises Plätschern, weil unablässig Tropfen von den Bäumen fielen, überall Pfützen, Bäche, Rinnsale, eine Welt, die sich auflöste. Lahnstein kehrte nicht zum Bauernhof seines Schwagers zurück, sondern nahm ein Zimmer beim Seewirt, saß am Abend in der Stube mit dem grünen Kachelofen, abseits von den anderen. Er nahm wahr, dass die Wirtin ihn erkannt hatte, und wahrscheinlich wusste sie vom Schicksal seiner Familie, aber sie sagte nichts, niemand sagte etwas zu ihm, und das war Lahnstein recht. Er trank im Tempo der Burschen, wenn sie bestellten, bestellte er auch, Biere, Schnäpse, und dann trank er alleine weiter, und als er um Mitternacht bezahlen wollte, nahm die Wirtin sein Geld nicht. Er stand früh auf, lief zu der

Kreuzung, von der die Straße zum Hof seines Schwagers abging, wartete dort auf die Droschke, die bald kam. Er winkte, stieg ein und ließ sich nach Salzburg bringen.

In Galizien ist das österreichische Heer zusammengebrochen, die Deutschen mussten sie raushauen, sagte er zu dem Fahrer, war es nicht so?

Der Fahrer drehte sich nach ihm um. Warum sagen Sie das?, fragte er.

Ich weiß es nicht, sagte Lahnstein.

Sie schwiegen bis zum Bahnhof.

Es ist auch egal, sagte Lahnstein zum Abschied. Für die Rückreise nach Bochum brauchte er drei Tage. Zwei Wochen später nahm er den Polizeidienst wieder auf.

Er schlief nicht mehr ein, machte das Licht an, rauchte im Bett, bis er um fünf Uhr aufstand. Um kurz vor sechs war er im Präsidium und ließ Haarmann wecken und in die Verhörzelle bringen.

Gähnend saß er vor ihm.

Reden wir über Willi Senger, begann Lahnstein.

Willi? Willi vom Bahnhof?

Sie kennen ihn?

Natürlich kenn' ich den, ein schöner Junge, aber nich mein Fall, groß, kräftig, so breite Schultern – er breitete seine Hände aus. Ein roher Kerl, da müssen Se sich in Acht nehmen. Gewalttätig.

Wie haben Sie ihn kennengelernt?

Och, der trieb sich immer am Bahnhof rum, wenn ich da meine Runden gedreht hab'. Da kam man dann ins Gespräch.

Ging Senger mit Männern nach Hause oder ins Hotel, für Geld?

Haarmann rupfte an seinen Fingern. Lahnstein fielen wieder diese weißen weichlichen Hände auf.

Kann sein, ja, ich glaub', der war so einer. Aber weiß nich' genau.

Haben Sie ihn mit zu sich nach Hause genommen?

Ich. Nö. Der war nix für mich, hab' ich doch gesagt. So 'n rohen Kerl mag ich nich'.

Aber Sie haben Jungs mit nach Hause genommen?

Ham wir doch schon beim letzten Mal besprochen, zum Feiern, wir ham immer ordentlich gefeiert bei mir zu Hause. Die Jungs kommen gern zu mir, auch wenn Se mir das nicht glauben. Sie denken, der Haarmann is' immer so hinter den Jungs her, aber das stimmt gar nich', die laufen den ganzen Tag hinter mir her, un' dann geht's immerzu: Fritze, woll'n wir mal. Fritze, nimm mich auch mit. Fritze, was gibste mir dafür? So läuft das, und das sind so schöne Jungs, die das rufen, das kann ich Ihnen aber sagen, Herr Kommissar.

Während er redete, rollte er mit den Schultern, beugte sich vor, schnellte zurück.

Und den einen oder anderen haben Sie mitgenommen und umgebracht. Wie eigentlich? Erwürgt? Mit einem Messer? Erschlagen?

Nee, nee, Herr Kommissar, da meinen Se 'nen anderen, ganz sicher. Die schönen Jungs sind lieb mit mir, und ich bin lieb mit den schönen Jungs.

Müller kam herein, setzte sich auf den Hocker, der in einer der Ecken stand, verschränkte die Arme.

Guten Morgen, Herr Kommissar Müller, krähte Haarmann.

Müller reagierte nicht. Haarmann schaute verunsichert, leckte seine Lippen.

Wir haben Sengers Mantel in Ihrem Kleiderlager gefunden, zudem einen Selbstbinder, sagte Lahnstein.

Bei mir? Nee.

Doch. Die Eltern haben die Sachen identifiziert.

Glaub ich nich'. Die lügen doch.

Warum sollten sie das tun?

Wahrscheinlich hab' ich den Mantel irgendwo gekauft.

Warum sollte Senger seinen Mantel verkaufen? Er war relativ neu, er hatte keinen zweiten. Es war Winter. Können Sie mir das erklären?

Das müssen Se den Senger fragen.

Wir gehen davon aus, dass Willi Senger nicht mehr lebt.

Haarmann zuckte mit den Achseln, zupfte, leckte.

Lahnstein sprang auf: Und Sie haben ihn umgebracht, davon gehen wir auch aus.

Quatsch.

Lahnstein ging um den Tisch, stellte sich dicht zu Haarmann, legte eine Hand schwer auf dessen Schulter.

Hören Sie auf mit dem Lügen. Wir wissen, dass Sie es waren.

Ich war's aber nich'.

Lahnstein vermied es, Müller anzusehen. Er setzte sich wieder.

Ein anderer Name: Adolf Hogrefe.

Nie gehört.

Eine komplette Garnitur seiner Kleider wurde gefunden, bei Ihnen, bei der Engel, bei anderen.

Er schaute auf seine Liste, las vor: Marengojacke, Krimmermantel, Barchenthemd und so weiter, acht Sachen.

Hat er schön Reibach gemacht, sagte Haarmann, un' dann der Mama sagen, die Sachen sind ihm in der Schwimmanstalt gestohlen worden. Er lachte königlich.

Lahnstein schob ihm ein Foto von Adolf Hogrefe hin.

Ich kenn' den nich', nölte Haarmann, hab' ich Ihnen schon beim letzten Mal gesagt, gestern oder vorgestern.

Aber Sie haben acht Sachen von ihm verkauft?

Ich kenn' den nich'.

Kennen Sie die Bezeichnung: Kriminal Fritz?

Haarmann grinste stolz: Das bin ich. So nenn' mich alle.

Ein Blick zu Müller, nach Anerkennung heischend.

Das sind Sie, ja. Wo haben Sie denn diesen schönen Ausweis her?

Och, vom Olfermann, der hat so'n Detektivbüro, für den hab' ich manchmal gearbeitet.

Jetzt habe ich eine kleine Überraschung für Sie.

Was denn?

Wir haben drei Zeugen, denen Hogrefe kurz vor seinem Verschwinden gesagt hat, dass er in Kontakt zu einem Kriminal Fritz stand und bei ihm zu Hause übernachten werde.

Jetzt komm'Se wieder damit. Noch mal: Ich kenn' keinen Hogrefe, ich hab' keinen Hogrefe zu mir mit nach Hause genommen.

Er verschränkte die Arme, schmollte.

Wie ein Kind sieht er jetzt aus, dachte Lahnstein.

Es war so. Wir beide wissen das.

Beweisen Sie's.

So ging das über Stunden. Nichts, womit etwas anzufangen gewesen wäre. Auch nicht seine Aussagen zu Grans. Nach einigen Stunden ergab sich aus Haarmanns Sicht dieses Bild: Haarmann hatte Grans im Herbst 1919 am Bahnhof kennengelernt.

Der hat mich angemacht, sagte er.

Aus Mitleid hat er Grans Geld gegeben, auch mal zwanzig Mark, ob es dafür eine Gegenleistung gab, ließ Haarmann offen.

Ich hatt' einen »Tick« auf den, sagte Haarmann.

Nach einer Weile hat er ihn mit nach Hause genommen, weil Grans keinen Schlafplatz hatte. Er mochte ihn, obwohl Grans behaart war »wie ein Affe«. Später hat er sich rasiert für Haarmann.

Aber ein Hundertfünfundsiebziger is' der nich', sagte Haarmann. Der liebt Mädchen.

Zum ersten Mal sah Lahnstein eine starke Regung in Haarmanns Gesicht. Er sah traurig aus.

Ich weiß, sagte Lahnstein.

Aber mit mir hat er auch gekuschelt, sagte Haarmann, plötzlich strahlend, glücklich.

Zusammen bauten sie den Kleiderhandel auf. Haarmann spielte einen Kriegsinvaliden und zog hinkend durch die vornehmen Stadtteile, klopfte an den Türen und sagte, er kaufe abgetragene Kleidung für seinen alten Vater oder für die »Herberge zur Heimat«, wo Obdachlose Unterschlupf fanden. Meistens wurden ihm die Sachen geschenkt. Grans verkaufte sie dann bei den Trödlern in der Burgstraße. Damit verdienten sie dreißig bis sechzig Mark am Tag. Das gaben sie manchmal komplett aus, wenn sie zusammen feiern gingen, Cognac, Sekt, aber nur für Grans. Haarmann verschmähte in der Regel Alkohol, brachte seinen Freund frühmorgens nach Hause, manchmal trug er ihn.

Dann flog der Betrug auf, die Zeitungen warnten vor dem angeblichen Kriegsinvaliden, sodass sich Haarmann aufs Stehlen verlegen musste. Er schlich sich in die Höfe und nahm Wäsche von den Leinen, die Grans ebenfalls in der Burgstraße verkaufte.

Ich wollt' einen haben, dem ich alles war, sagte Haarmann und zupfte an seinen Fingern. Der Hans lachte mich oft aus, weil er mich für bedeppert hielt, un' er hat ja viele Bücher gelesen, aus dem Laden seiner Eltern. Aber ich ging immer wieder hin. Ich hatt' einen Narren an dem gefressen.

Grans hatte noch einen anderen Freund, Hugo Wittkowski, auch nicht homosexuell. Lahnstein hatte den Eindruck, dass Haarmann ihn als Rivalen empfand. Als Haarmann für ein halbes Jahr in die Gefangenenarbeitsstelle Jägerheide im Müggenburger Moor musste, weil er Wäsche gestohlen hatte, zog Wittkowski zu Grans in Haarmanns Wohnung. Sie feierten so viel, so wild, dass die Vermieterin Haarmann einen Brief schickte und sich beschwerte.

Als er entlassen wurde, waren Grans und Wittkowski ausgezogen und hatten alle Möbel mitgenommen.

Ich hab's ihm verziehen, seufzte Haarmann, um dann aufzubrausen: Aber nich' dem Wittkowski. Dem hab' ich Geld geliehen, das hat er mir nich' zurückgegeben. Er ballte die Faust.

Haarmann schwadronierte endlos über diese seltsame Beziehung, die zugleich die von Freier und Stricher, Vater und Sohn, liebendem Ehemann und nicht-liebender Ehefrau war. Er lachte auf, kicherte, kniff die Augen zusammen, leckte sich mit seiner fleischigen Zunge die Lippen, fasste sich an die Stirn, immer an dieselbe Stelle, dachte nach, brach in Gelächter aus. Sex schien Grans ihm nicht mehr zu gewähren, hielt aber offenbar bei Haarmann die Hoffnung aufrecht, es könne wieder dazu kommen.

Weiß Hans Grans, dass Sie Jungs abschlachten?

Für einen Moment wirkte Haarmann erschüttert. Bis dahin hatte er sich als relativ souveräner Schauspieler gezeigt, mehr Komödiant als Held, eher Provinz als Max Reinhardt. Aber Haarmann blieb in seiner Rolle, wackelte nicht. Bis zu diesem Punkt.

Seine Schultern zuckten, die Augen fanden nirgendwo Halt, der Blick irrte rastlos umher.

Dafür müsst' ich ja Jungs abschlachten. Die Stimme sehr hoch, fast Diskant.

Lahnstein setzte nach, aber Haarmann hatte sich wieder erholt, war nicht mehr zu erschüttern.

Nach sechs Stunden brach Lahnstein das Verhör ab.

Er war müde, holte sich einen Kaffee, blieb in der Kantine sitzen, weil er nicht mit Müller in einem Büro sein wollte nach dieser Niederlage. Er war ratlos, hatte noch sechsunddreißig Stunden, aber keine Idee, wie er Haarmann knacken sollte. Nach einer halben Stunde ging er doch ins Büro, Müller war nicht da. Er sah sich die Berichte von den Erkenntnissen des Tages durch. Weitere Kleidungsstücke waren klar zuzuordnen, auch ein Duden, den ein Schüler an seinem letzten Tag dabeihatte. Es hatten sich weitere Zeugen gemeldet, die Haarmann mit einem der Vermissten zusammen gesehen hatten. Aber der Durchbruch fehlte. Und wo sollte er herkommen? Lahnstein sah Haarmann schon grinsend aus dem Polizeipräsidium stolzieren. Sah das Blut des nächsten Jungen.

Müller kam herein, setzte sich an seinen Schreibtisch.

Das war gut heute, sagte er.

Lahnstein schaute ihn überrascht an.

Vor allem das Ende. Haben Sie es gemerkt? Grans ist seine schwache Stelle, da können wir ihn kriegen. Auch das Monster hat einen, den es liebt. Und, tief verletzt, momentan eher hasst. Das Monster als Seelchen, das ist unsere Chance.

Lahnstein freute und schämte sich ein bisschen, dass ihm ein Lob von Müller etwas bedeutete.

Und jetzt stellen Sie sich vor, sagte Müller, Sie fragen Haarmann danach, welche Rolle Grans bei den Morden spielt, wenn unser Freund müde ist, sehr, sehr müde, wenn seine Sicherungs- und Kontrollsysteme nur noch träge arbeiten und er endlich schlafen möchte.

Lahnstein versenkte sich wieder in die Akten, las aber nicht konzentriert. Er gähnte.

Gehen Sie nach Hause, sagte Müller, Sie sind müde, schlafen Sie sich aus. Ich sorge hier dafür, dass Sie morgen auf einen anderen Haarmann treffen.

Lahnstein verschränkte die Hände hinter dem Kopf, starrte aus dem Fenster. Dann packte er seine Sachen zusammen, schloss die Akten ein, zog den Mantel an und ging.

Er verbrachte den Abend in einem Kino, wollte abgelenkt sein, eine Komödie, er lachte nicht mit. Nach einer halben Stunde schlief er ein. Ein Mann mit einem Besen weckte ihn, der Saal war leer. Lahnstein kaufte sich in einem Wirtshaus zwei Flaschen Bier, die er auf seinem Zimmer trank, während er daran dachte, wie es Haarmann jetzt ging, wie er sich wunderte, dass man ihn nicht schlafen ließ, seine Proteste, der kindliche Zorn, das Schmollen, der Diskant. Nach einer Weile richtete er sich auf, zog die Schuhe an, um ins Präsidium zu gehen, um Müllers Anweisungen aufzuheben. Aber beim zweiten Schnürsenkel gab er den Gedanken auf, schlüpfte wieder aus den Schuhen, putzte sie gründlich, legte sich hin und trank weiter Bier. Dann schlief er ein, schlief durch bis um halb acht.

Ein kurzer Blick auf die Zeitungen, gespannte Erwartungen, mäßige bei den Blättern von rechts. Die Republik würde auch das nicht hinkriegen. Nicht genug Härte. Waschlappen. Wie gehabt. Die Kommunisten hingegen sorgten sich um den Proletarier Haarmann. Dabei hatte er im Verhör über sie geschimpft. Das machen nur Kommunisten, sagte er einmal, als von einem demolierten Auto die Rede war.

Haarmann war über Nacht ein anderer geworden, die Wangen eingefallen, das ganze Gesicht irgendwie spitzer, die Pupillen riesig, graue Haut, zerwühltes Haar. Er leckte sich dauernd die Lippen. Strenger Geruch. Ein Beamter stand neben ihm.

Herr Kommissar, rief er weinerlich, die ha'm mich die ganze Nacht nich' schlafen lassen, mich ständig geweckt, un' manchmal kam einer, der hat Trompete gespielt, direkt an meinem Ohr. Lassen Se mich schlafen, um Himmels willen, wir könn' doch später reden.

Lahnstein sah ihn an. Er tat ihm leid, so wie die Typhuskranken, die er im Lazarett gesehen hatte. Ein bisschen sah er ihnen ähnlich. Schnell zog Lahnstein die Fotos von den vermissten Jungs aus der Tasche, legte sie vor sich auf den Tisch.

Wir reden erst, dann können Sie schlafen. Es kann ganz schnell gehen.

Bitte!

Haarmann faltete die Arme auf dem Tisch, ließ seinen Kopf in die Kuhle sinken, schloss die Augen.

Der Beamte riss seinen Kopf an den Haaren hoch.

Etwas sanfter bitte, sagte Lahnstein.

Haarmann, ich zeige Ihnen jetzt noch einmal die Fotos von den vermissten Jungs, und Sie sagen mir, wen davon Sie kennen. Und Sie sagen mir, wen Sie umgebracht haben. Danach lasse ich Sie schlafen.

Die Tür sprang auf, Müller kam rein, setzte sich auf den Hocker in der Ecke. Er hatte einen Gummischlauch dabei, den er auf den Boden legte. Haarmann sah ihn irritiert, dann flehentlich an.

Herr Kommissar Müller, helfen Se mir.

Keine Reaktion.

Fangen wir an, sagte Lahnstein.

Er schob Haarmann das erste Foto hin.

Fritz Rothe, sagte er.

Kopfschütteln.

Wirklich nicht?

Nee.

Denken Sie nach.

Hab' schon nachgedacht.

Das nächste Foto.

Adolf Hannappel.

Kopfschütteln.

Sie gingen alle Fotos durch. Kopfschütteln. Nein. Haarmanns Blick wurde wirrer, das Kopfschütteln schneller, länger, bis sein

Kopf hin- und herflog, als sei er nicht mehr mit dem Hals verbunden.

Nun denn, wir machen das Ganze noch mal. Vielleicht erinnern Sie sich dann. Nehmen Sie sich Zeit, denken Sie gründlich nach.

Haarmann ließ den Kopf in seine Armkuhle sacken. Der Beamte legte beide Hände an seine Schläfen und zog seinen Kopf wieder hoch.

Wieder gingen sie die Fotos durch, diesmal mit längeren Pausen zwischen den Bildern. Haarmann fielen die Augen zu, wenn er auf die Gesichter starrte, dann gab Lahnstein dem Beamten ein Zeichen mit der Hand, und Haarmann wurde angestupst. Ein Ruck ging durch seinen Körper. Er starrte wieder auf das Bild, schüttelte den Kopf. Sehr große Augen, sehr kleine Augen.

Die meiste Zeit gelang es Lahnstein, dies für ein normales Verhör zu halten, eines von den Hunderten, die er hinter sich hatte, mal sanft, mal robust, ohne körperliche Gewalt. Einmal hatte er sich zu einer Ohrfeige hinreißen lassen, das aber sofort bereut und sich entschuldigt. Er ignorierte den Schlafentzug, ignorierte den Gummischlauch, der hinter ihm auf dem Boden lag, in Haarmanns Blickfeld. Er stellte seine Fragen, wartete, fragte erneut. Normale Polizeiarbeit.

Als sie die Bilder ein drittes Mal durchgehen wollten, sagte Haarmann: Ich hab' Hunger, ich hatt' kein Abendbrot und kein Frühstück.

Lahnstein drehte sich zu Müller um. Der schüttelte leicht den Kopf.

Wir machen weiter, sagte Lahnstein.

Von Haarmann kam ein Jaulen, das nicht mehr nach Mensch klang, eher nach krankem Wolf. Lahnstein legte ihm das Foto von Fritz Rothe vor. Haarmann stritt wieder ab, den Jungs etwas angetan zu haben.

In der vierten Runde fragte Lahnstein nach den Alibis. Was Haarmann an den Tagen und in den Nächten des Verschwindens gemacht hatte. Er fragte detailliert, in die wachsende Müdigkeit Haarmanns hinein. Lahnstein verlangte genaues Erinnern, kleinlichste Schilderungen von Tagesabläufen. Sie erschöpften sein Gegenüber immer mehr. Die Antworten kamen schleppend, klangen nicht immer kohärent oder gar sinnvoll. Haarmanns Hand wanderte ständig an die Stirn, er rieb und rieb. Einmal schrie er auf: Nein, nein, nein. Ein andermal, wimmernd: Ich liebe die Jungs doch.

Wieder sackte Haarmanns Kopf in die Armkuhle. Der Beamte wollte ihn anheben, aber Lahnstein gab ihm ein Zeichen zu warten. Nach einer halben Minute ließ er den Kopf anheben. Haarmann hatte es schon in den Tiefschlaf geschafft, wachte auf, desorientiert, irre.

Hat Sie Hans Grans zu diesen Morden angestiftet?

Haarmann sah ihn an, als habe er die Frage nicht verstanden, als sei er noch in einer anderen Welt.

Hat Sie Hans Grans zu diesen Morden angestiftet?

Seine Mimik sah aus, als segele er allmählich zurück in diese Welt, erkenne ihren Schrecken, ohne wirklich zu begreifen, was los war. Er schluckte, leckte seine Lippen.

Hat er nich'.

Sind Sie sicher?

Ein langer Blick, die linke Hand griff an die Stirn, die an jener Stelle leicht gerötet war.

Ja.

In den Akten sehe ich, dass Sie zweimal gemeinsam verhaftet wurden wegen Verdachts auf Diebstahl oder Hehlerei, aber jedes Mal gingen nur Sie ins Gefängnis. Er kam davon. Ist Ihnen klar, dass er Sie verraten hat, um sich zu retten?

Blödsinn.

Doch. Es steht hier in den Akten.

Was nicht stimmte.

Haarmann schloss die Augen.

Weil ich keinem was angetan hab', kann er mich nich' angestiftet haben.

Sie machten eine Pause, die Lahnstein auf anderthalb Stunden ansetzte. Die Beamten wurden ausgetauscht, Müller wies den Neuen an, Haarmann nicht schlafen zu lassen.

Lahnstein ging in das Café, das gegenüber dem Präsidium lag. Er bestellte einen Zwiebelbraten und einen Kaffee und las Zeitung. Bald bemerkte er, dass ihn ein Mann beobachtete. Er las weiter, dann stand dieser Mann an seinem Tisch und fragte höflich, ob er sich setzen dürfe. Lahnstein war das nicht recht, aber er machte eine einladende Geste mit der Hand: Bitte.

Eine hohe Stirn, feine Augenbrauen, gekräuseltes Haar, eine Locke ragte in die Stirn. Eine fleischige Nase, irritierend in diesem eher schmalen Gesicht, das von einem Bart gerahmt war, der sich unter dem Kinn stark verjüngte, sodass der Kopf die Anmutung eines auf der Spitze stehenden Dreiecks hatte. Wacher Blick. Schwarzer Anzug, hoher Hemdkragen.

Theodor Lessing, freut mich.

Er reichte Lahnstein die Hand.

Robert Lahnstein.

Ich weiß, ich weiß, der Kommissar, der die Bestie zur Strecke bringen soll.

Und Sie, der Journalist?

Eher Philosoph, aber ich schreibe hin und wieder für das Prager Tagblatt, auch über Ihren Fall. Sie haben das vielleicht gelesen.

Lahnstein ließ es offen, regte sich nicht.

Machen Sie Fortschritte, wenn ich fragen darf?

Ich kann darüber keine Auskunft geben.

Verstehe, verstehe.

Haben Sie eine Theorie, warum er es gemacht haben könnte, wenn er es denn war?

Ich habe noch keine Theorie, ich brauche erst ein Geständnis.

Ich habe 1914 in einem Lazarett einen Soldaten behandelt, dessen Ruhm und Glück es war, wiederholt an die Wachtposten des Feindes herangeschlichen zu sein und sie mit bloßen Händen erwürgt zu haben. An seiner Brust baumelte das Eiserne Kreuz. Und was wartet auf Haarmann: die Todesstrafe, wenn ich das richtig sehe. Es kommt immer sehr darauf an, wann man tötet, nicht wahr.

So ist es. Jetzt leben wir in einer zivilen Zeit.

Ich kann nur hoffen, dass Sie recht haben. Mich interessiert das Motiv. Warum hat er das getan, wenn er es getan hat?

Ich kann Ihnen dazu nichts sagen.

Ich will Ihnen etwas erzählen, auch aus dem Krieg. Der Krieg wirkt nach, sehen Sie. Im zweiten Kriegsjahr arbeitete ich in einem Lazarett mit fünfhundert Schwerverletzten, darunter viele russische Gefangene. In der russischen Abteilung war ein junger Balte als Dolmetscher beschäftigt, Oskar, vielleicht zwanzig Jahre alt, freundlich, gefällig, beliebt bei Kranken, Schwestern, Ärzten. Er wurde als allgemeines Faktotum geschätzt. Nach einiger Zeit fiel uns auf, dass unter den Russen viele Todesfälle vorkamen, die aus dem Wesen ihrer Krankheit oder Verletzung nicht zu erklären waren. Als diese dunkle, todbringende Epidemie nicht nachließ, kam man auf den Verdacht, es müsse sich um Vergiftungen handeln. Die Toten wurden exhumiert, und richtig, in den Mägen wurde Arsen nachgewiesen. Gleichzeitig stellten wir fest, dass im Giftschrank unseres Laboratoriums Gift fehlte. Die Aufsicht über die Schlüssel zu diesem Schrank hatte die Oberschwester. Wollte ein Arzt ihn haben, musste sie beim Oberarzt um

Genehmigung ersuchen. Wir erinnerten uns, dass wir Oskar hin und wieder zu der Oberschwester geschickt hatten, um Sachen aus dem Schrank zu holen. Es war also möglich, dass er Gifte entwendet hatte.

Kaum war die Untersuchung eingeleitet worden, war der Balte verschwunden. Als das ganze Haus nach ihm abgesucht wurde, kam eine Ordonnanz kreidebleich und meldete, auf dem Boden in den Sparren des Dachwerks hänge Oskar. Er war bereits tot; die Untersuchung blieb ergebnislos, doch zweifelte niemand, dass dieser allseits beliebte junge Mensch in etwa zwanzig Fällen seine eigenen Landsleute, denen gegenüber er übrigens nicht die mindeste Feindseligkeit gezeigt hatte, ohne jeden Zweck und Sinn durch Beimischung von Gift in ihre Speisen langsam getötet hatte. Damals im Kriege zerbrach man sich angesichts solcher Rätsel nicht allzu schlimm den Kopf. Die meisten beruhigten sich mit dem Schlagwort: »Sadismus«. Sie erklärten sich den Fall so, wie man etwa bei missratenen Kindern oft die Neigung zu grausamen Tierquälereien bemerkt: Die Kinder beobachten halb mit Schauer, halb mit widerwilligem Entzücken die Zuckungen des gequälten Geschöpfs. Sie werden bei solchem Herumexperimentieren von Neugier und Entsetzen immer weitergetrieben. Auch mochte jene medizinische und wissenschaftliche Wichtigtuerei, die sich in einem Spielen mit Menschen und Menschenschicksal selbst behagt, an dem lichtscheuen Treiben des jungen Balten einigen Anteil haben. Aber indem ich mir den Menschen wieder vergegenwärtige, seine bescheidene Eitelkeit, wenn man ihn lobte, so scheint es mir sehr möglich, dass ausschließlich die Spielerei mit dem Dunkel und ein Reiz des Geheimnisses diesen Burschen aus verschlagenem Ehrgeiz zum Massenmörder gemacht hat.

Ich will nicht unhöflich sein, sagte Lahnstein. Aber warum erzählen Sie mir das alles?

Nur ein paar Gedanken. Ich bitte Sie, leihen Sie mir noch fünf Minuten Ihr Ohr, dann will ich Sie gerne in Ruhe lassen. Wenn der Trieb eine Rolle spielt, sieht es natürlich noch mal anders aus. Spielt er denn eine Rolle? Man möchte es fast annehmen.

Wir werden es bald wissen, sagte Lahnstein.

Ich hoffe, ich hoffe. Aber nicht um jeden Preis, das hoffe ich auch.

Wie meinen Sie das?

Man hört ja allerhand aus den Innereien unseres Staates, von den Behörden, der Polizei. Ich würde mal vorsichtig von einer stark verzögerten Gewöhnung an die Gepflogenheiten von Demokratie und Republik sprechen. Ich meine nicht Sie, Sie sind neu hier, und man hat ja von Ihrer sozialdemokratischen Gesinnung berichtet. In Wahrheit rechne ich auf Sie. Denn wir befinden uns in der kritischen Phase, sowohl für den Angeschuldigten als auch für den Staat, derzeit vor allem für die Polizei. Sie brauchen ein Geständnis, wie Sie eben selbst formuliert haben, und angesichts der drohenden Todesstrafe wäre das in der Tat wünschenswert, um einen Irrtum auszuschließen.

Aber, und lassen Sie mich das zum Schluss noch sagen, und verstehen Sie mich bitte nicht falsch: Ich weiß, welche Strömungen und Denkweisen überlebt haben, aus den alten Zeiten und dem Krieg, zum Beispiel, dass der Schmerz ein Mittel sei, um die Dinge zu regeln. Der Schmerz aber kommt aus den alten Verhältnissen und passt nicht zu den neuen. Obwohl er auch in den alten Verhältnissen verboten war, seit dem Alten Fritz, nicht so ganz allerdings.

Lahnstein hob abwehrend die Hände.

Ich weiß, ich weiß, nicht Sie. Aber dort drüben arbeiten Männer, die wissen genau, was der Gummischlauch mit einem Menschen anrichtet und dass er praktischerweise keine Spuren auf der Haut hinterlässt. Was Schlafentzug bewirkt oder das häufige

Eintauchen des Kopfes in einen Wassereimer, alles spurlos, nach außen, aber gewiss nicht nach innen. Mit einem Wort, wir reden von der Folter, um an ein Geständnis zu kommen. Es gibt sie noch immer in den Kellern auf der anderen Straßenseite, da bin ich mir sicher.

Der Zwiebelbraten kam.

Essen Sie nur, ich bin gleich fertig mit meinem Vortrag und bitte jetzt schon um Vergebung, dass er so ausführlich gerät. Aber es darf sie nicht geben, die Folter, niemals. Und natürlich sinkt die Schwelle, wenn einer so viele Morde begangen hat wie der Haarmann, mutmaßlich, mutmaßlich, ich weiß es ja noch nicht, und Sie wissen es offenkundig auch noch nicht, wenn ich die Zeichen richtig deute. Und wenn einer die Polizei so lange an der Nase herumgeführt hat wie unser Serienmörder, dann ist die Wut vielleicht besonders groß, und das senkt die Schwelle noch weiter. Sie wissen das alles, ich halte Sie für einen integren Mann, aber dulden Sie bitte nicht die Ausnahmen, das eine Mal, das lässlich scheint, wenn man nur sonst immer die Menschenrechte achtet. Das Menschenrecht ist eine Totalität, es gilt immer und ohne Ausnahme. Wer nur einmal zulässt, dass es verletzt wird, bereitet den Boden für die nächste Verletzung und die übernächste. Menschenrecht gilt oder es gilt nicht. Kein Sowohl-Als auch, keine Grauzone.

Und noch ein Gedanke, wenn Sie gestatten, ein allerletzter, und einen guten Appetit wünsche ich. Sie und Ihre Kollegen sind auf ein Ergebnis Ihrer Verhöre aus, auf ein Geständnis. Das verstehe ich voll und ganz. Aber in der Demokratie kommt es eben nicht nur auf das Ergebnis an, sondern auch auf den Prozess. Ich meine nicht den Gerichtsprozess, sondern den Prozess, ganz allgemein, der zum Ergebnis führt. Der Monarch oder Tyrann muss nur gute Ergebnisse vorweisen, um seine Macht gegenüber dem Volk zu legitimieren. Der Prozess läuft meist im Verborgenen ab oder wird nicht oder nur wenig nach moralischen Maßstäben bewertet. Das ist in unserer schönen Republik anders. Wir brauchen auch einen guten, möglichst einen schönen Prozess. Nicht nur das Ergebnis muss demokratischen Grundwerten entsprechen, auch der Prozess bis zum Ergebnis, alles. Unsere Politiker in Berlin sind uns da nicht gerade leuchtendes Vorbild, aber seien Sie es bitte, sorgen Sie für einen guten Prozess bis zum Gerichtsprozess, sorgen Sie für Verhöre, die unserer Demokratie alle Ehre machen. Das ist das Beste, was Sie für diesen Jüngling tun können, damit er wächst und gedeiht. Und Sie wissen, wie empfindlich das noch alles ist, wie sehr die Gegner der Republik auf die Fehler der Republik lauern. Schmeckt es denn?

Danke.

So, ich lasse Sie nun wirklich in Ruhe.

Er stand auf.

Eins noch: Was wäre denn ein Geständnis wert, das unter der Folter erzwungen ist? Wie viel Wahrheit kann da drinstecken? Auf Wiedersehen, lieber Herr Kommissar Lahnstein. Haben Sie einen guten, einen erfolgreichen Tag.

Auf Wiedersehen, Herr Lessing. Das wünsche ich Ihnen auch.

Betreten kaute er an seinem Zwiebelbraten, trank seinen Kaffee. Dann bezahlte er und ging rüber ins Präsidium, direkt in die Verhörzelle.

Haarmann sah noch zerrütteter aus als am Vormittag. Die Augen fielen ihm zu, er riss sie auf, sobald Lahnstein ihn ansprach. Er befragte ihn weitere fünf Stunden, umgeben von einer Blase, die ihn meistens nicht wahrhaben ließ, in welchem Zustand sich sein Gegenüber befand und was die Ursache dafür war. Müller saß hinter ihm, den Gummischlauch zu Füßen. Lahnstein drehte sich nicht um.

Am Abend wartete er, bis der letzte Kunde Emmas Laden verlassen hattc und sie die Tür verschließen wollte. Dann sprang er vor und bat um Einlass. Sie wollte das nicht, er drückte heftig gegen die Tür, bis Emma nachgab. Dann zog sie sich hinter die Ladentheke zurück. Er setzte sich in einen der Sessel.

Es tut mir leid, Emma, aber ich muss dringend mit dir reden.

Ich habe kein Interesse.

Ich verstehe deinen Zorn, aber jetzt geht es um deinen Bruder.

Es geht doch immer um meinen Bruder.

Das stimmt nicht, aber lassen wir das jetzt. Dein Bruder braucht Hilfe, und der einzige Mensch, der ihm helfen kann, bist du.

Sie schwieg.

Er ist der Täter, glaub mir, er hat eine Menge Jungs ermordet, da bin ich mir absolut sicher. Aber wir brauchen sein Geständnis.

Wenn er es wirklich war.

Er war es, er muss es nur noch zugeben. Dein Bruder möchte sein Gewissen erleichtern, aber er weiß, dass er sterben wird, wenn er es tut. An der Todesstrafe kommen wir angesichts der Taten nicht vorbei. Das mag man bedauern oder nicht, aber es ist so. Ich kann es nicht ändern.

Ich soll dir helfen, meinen Bruder in den Tod zu schicken?

Du kannst das so sehen oder so: Dein Bruder hat sich schwer versündigt an diesen Jungs und ihren Familien, an der Gesellschaft. Er ist der schlimmste Serienmörder, den Deutschland je gesehen hat. Er weiß, wie schrecklich das ist. Ich sehe ja, wie er sich quält. Er hat uns das alles angetan, es ist nicht mehr rückgängig zu machen, aber er kann einen kleinen Beitrag dazu leisten, dass die Gesellschaft mit alldem ihren Frieden macht. Und das ist sein Geständnis, ein fairer Prozess, eine angemessene Strafe.

Sein kleiner Beitrag ist der eigene Tod, verstehe ich dich richtig?

Jemand muss ihm klarmachen, dass er nicht weiter in dieser Gesellschaft leben kann. Dass er sterben muss, aber die Liebe seiner Angehörigen nicht verliert, trotz seiner Taten, wenn er dazu beiträgt, diese Taten aufzuklären, damit die Angehörigen der Opfer wissen, dass ihr Verlust gesühnt wurde, dass es eine Gerechtigkeit gibt, die auch hier greift.

Sie sah ihn lange an. Sie wirkte schmaler, als er sie in Erinnerung hatte, düsterer, als würde sie sich ständig grämen, zerbrechlich, durchsichtig. Ihr Kleid hing ihr über die Schultern, als sei es eine Nummer zu groß. Dein Werk, dachte er für einen Moment, verdrängte den Gedanken aber gleich wieder.

Das kannst du vergessen, sagte sie, geh jetzt.

Sie kam um die Theke herum, ging zur Tür, griff nach dem Knopf.

Emma, ich wollte das nicht sagen, aber ich muss es sagen: Mitwisserschaft in dieser Sache wäre kein Kavaliersdelikt. Und von Fritz Rothe hast du gewusst, hast es mindestens geahnt. Das wissen wir beide. Rothe war der Erste, hättest du damals etwas getan …

Kalte Verachtung in ihrem Blick, auch eine Spur Angst.

Raus.

Das Verhör am nächsten Morgen verlief nicht anders als die vorherigen, nur dass Haarmann kaum noch Haarmann ähnelte, sondern einem Gespenst, das diesen Haarmann spielte. Schwarze Ringe um die Augen, eingefallene Wangen. Das Sprechen fiel ihm schwer. Er verhielt sich unterwürfig, kriecherisch, und es regte sich heftiger Unwillen in Lahnstein, denn er wollte in seiner Blase der Normalität bleiben, und so verhielten sich Verhörte nur selten oder sie spielten es schlecht. Aus Haarmanns Unterwürfigkeit spürte er die Angst und die Hoffnung, es könne doch noch Nachsicht geben mit ihm. Aber seinen inneren Trotz hatte er nicht verloren, lenkte nicht ein, gab nichts zu.

Nach drei Stunden klopfte jemand gegen die Tür. Müller stand auf und ging raus, kehrte rasch zurück und sagte, Lahnstein möge bitte mal rauskommen.

Draußen stand neben einem Beamten Emma, in ein dunkelblaues Kostüm gekleidet, auf ihrem Kopf saß ein dunkelblauer Hut, von dem ein kurzer Spitzenschleier auf ihr Gesicht fiel.

Kann ich mit meinem Bruder sprechen?

Lahnstein rief Müller und den Beamten raus und führte Emma zu ihrem Bruder, der sie erst nicht erkannte, weil er hinter einem Nebel hervorzusehen schien. Er kniff die Augen zusammen.

Emma, sagte er schwach.

Alleine, sagte Emma zu Lahnstein. In ihren Augen sah er das Entsetzen, das der Zustand ihres Bruders in ihr ausgelöst hatte.

Schlafen darf er nicht, sagte Lahnstein und ging hinaus.

Er lief den Gang auf und ab, nervös, voller Adrenalin. Hin und wieder schaute er durch das Guckloch und sah, dass sie die Hände ihres Bruders hielt. Haarmann hörte ihr zu. Als es einmal schien, als sei er eingeschlafen, schickte Lahnstein den Beamten hinein.

Nach einer guten Stunde sah er sie Abschied nehmen, eine Umarmung, eher eine Umschlingung. Er wartete kurz, dann ging er hinein. Tränen in beiden Gesichtern, sie sah Lahnstein nicht an, strich noch einmal über die Wange ihres Bruders und ging. Haarmann und Lahnstein setzten sich, Müller und der Beamte bezogen ihre Posten.

Der Hans wollte, dass ich den Wittig umbring', weil er wollte die Sachen vom Wittig unbedingt haben, um sie zu verkaufen. Der hatte so schöne Sachen. Der Hans is' schuld.

Und dann haben Sie Franz Wittig umgebracht?

Ja, hab' ich gemacht.

Und die anderen Jungs?

Achselzucken.

Das waren doch nur Puppenjungs.

Wie viele?

Viele.

Lahnstein stellte noch ein paar Fragen, dann schickte er Haarmann zum Schlafen in seine Zelle. Beim Untersuchungsrichter beantragte er Haftverlängerung. Kein Problem. Ein Ergebnis hatte er jetzt, den Prozess beließ er in der Blase, was ihm gelingen sollte, da er selbst nicht gefoltert hatte, nicht geschlagen, nicht getreten, nichts dergleichen. Nicht einmal am Schlafentzug war er wirklich beteiligt, also nicht in den Nächten, auf die es ankam. Er ging in eine Kneipe und betrank sich, zum ersten Mal seit langer Zeit. Am Morgen las er eine Prostituierte von der Straße auf und nahm sie mit auf sein Zimmer. Er würde ohnehin kündigen, würde diese Stadt verlassen, sobald Haarmann hingerichtet war. Zurück nach Bochum vielleicht, die Franzosen zogen ab, und sein Vater würde seine Hilfe bald brauchen, alt wie er war. Oder nach Berlin. Er hatte die Prostituierte so ausgesucht, dass nicht ganz klar war, ob sie eine Frau oder ein Mann war.

Eine Frau.

Auch in Ordnung.

Es blieb schwierig mit Haarmann. Er gab nichts bereitwillig zu, alles musste durch hartnäckiges Befragen erkämpft werden, wieder und wieder. Am gesprächigsten war er in den Fällen, in die er Grans reinzog, Franz Wittig und Adolf Hannappel. Bei beiden sprach er von den »Düsseldorfern«, da er wusste, dass Hannappel aus Düsseldorf kam, und von Wittig behauptete, er habe einen rheinländischen Dialekt gesprochen. Er konnte sich daran erinnern, dass Wittig einen verkrüppelten rechten Arm hatte.

Nicht er habe Wittig angesprochen, sondern Hans, und Hans habe sie miteinander bekannt gemacht. Dann sei Wittig anhänglich geworden, auch weil er eine Unterkunft brauchte, aber er habe

Wittig nicht geliebt, nicht so wie die anderen schönen Jungs, er habe ihn immer wieder weggeschickt, aber der Wittig sei ständig zu ihm zurückgekommen. Ich kann den Menschen nicht lieben, habe er zu Grans gesagt. Darauf Grans zu ihm: Das macht man doch leichter bei einem, den man nicht liebt. Der Grans sei scharf auf den Anzug vom Wittig gewesen.

Mit der rechten Hand konnte er doch gar nix machen im Bett, sagte Haarmann zu Lahnstein und lachte.

Er habe ihn wieder weggeschickt, aber der sei in der Nacht zurückgekommen und habe so lange gerufen, bis er, Haarmann, den Hausschlüssel runtergeworfen habe. Dann sei es dem Wittig gelungen, in Hamburg Arbeit zu finden, aber der Grans habe ihn am Bahnhof aufgehalten. Das habe er selbst gesehen. Der Grans habe ihn dort zur Seite genommen und gesagt: Haarmann, du Idiot, der Anzug passt mir doch. Nimm den Jungen doch mit, ich möchte den Anzug so gern haben. Also habe er den Wittig wieder mitgenommen und getötet.

Haarmann erzählte das in einem leichten, fließenden Ton, spielte sich als zögerlichen, genervten Patriarchen, Grans als kindlich-gierigen Bittsteller.

Als er am Morgen die Leiche zerstückelt habe, sei der Hans gekommen, um den Anzug abzuholen.

Ich hab' die Leiche schnell unters Bett geschoben, der Hans konnte doch kein Blut sehen. Was stinkt hier so?, habe Grans gefragt. Weiß nich', habe er geantwortet. Haarmann kicherte, als er das sagte. Wo ist das Zeug?, habe Grans ihn gefragt. Der Wittig sei nicht mehr da, habe er gesagt. Woraufhin Grans die Wohnung habe durchsuchen wollen, aber er, Haarmann, habe sich vor das Bett gestellt und Grans den Schlüssel zu Wittigs Truhe gegeben.

Da hat er sich den Anzug rausgezogen, is' mir um den Hals gefallen un' hat gesagt: Fritz, du bist doch der Beste. Auf dich kann ich mich immer verlassen.

Dann habe er, Haarmann, vierzig Mark haben wollen für die Unkosten, die im Fall Wittig angefallen seien, Getränke, Essen und so weiter. Hans habe ihm acht Mark gegeben, über den Rest hätten sie einen Vertrag aufgesetzt.

Lahnstein ging raus und holte sich einen Haftbefehl für Grans. Damit schickte er drei Männer los. Er selbst kehrte zurück in die Verhörzelle.

Meistens verlief das Verhör so: Lahnstein schob Haarmann ein Foto hin und sagte, alle Sachen dieses Jungen, Hermann Spicker, seien in seinem Lager gefunden worden. Haarmann betrachtete das Bild und sagte: Was für 'n schöner Junge. Aber ich kann mich nich' an ihn erinnern.

Er hatte ein Glasauge.

Ich erinner' mich nich' an ein Glasauge.

Aber warum waren alle seine Sachen in Ihrem Lager?

Dann wird's wohl so gewesen sein, dass ich ihn umgebracht hab', sagte Haarmann kleinlaut.

Er schaute noch einmal auf das Foto.

Vielleicht war das der Junge, der nachts tot in mein' Armen lag, als ich aufgewacht bin. Bei dem Anblick bin ich ohnmächtig geworden oder vielleicht aus Mattigkeit wieder eingeschlafen. Als ich aufwachte frühmorgens, lag der Tote neben mir, steif un' kalt un' blau, so furchtbar krank sah er aus. Ich hab' ihn mit den Händen aussem Bett gezogen, auf 'n Fußboden gelegt un' zerstückelt.

Wie haben Sie Ihre Opfer umgebracht?

Och, wissen Se, viele von den schönen Jungs aus dem »Café Kröpcke« mögen »dämpfen« oder »Luft ablassen«, so 'n bisschen am Hals drücken. Die wollt'n das immer haben, un' ich bin dabei ganz wild geworden – un' dann hab' ich denen in den

Adamsapfel gebissen, bis sie tot waren. Ich konnte nich' mehr aufhören, un' die konnten nich' schreien.

Stille in der Verhörzelle. Jeder war in seinen eigenen Schrecken eingefroren. Haarmann schaute verblüfft von einem zum anderen.

Mensch, Männer, hab' ich euch so erschreckt? Er lachte schrill, brach dann abrupt ab.

Ich hab' die Jungs doch vor mir schützen wollen, sagte er. Wenn ich wieder meine Tour hab', dann passiert was. Macht mich nur nich' immer so wild, hab' ich denen gesagt. Aber die konnten ja nich' von mir lassen, die schönen Jungs. Der Hans, der war vorsichtig. Der hat mich immer weggedrückt beim Küssen, weil er wusste, dass ich beiß'.

Wie haben Sie die Leichen zerstückelt?

Er erzählte detailliert, kalt, sachlich, als sei er der Lehrmeister vom Schlachthof und weise die neuen Lehrlinge in seine Künste ein, zeigte genau, wie er das Messer ansetzte, aus welcher Höhe er das Hackebeil fallen ließ.

Die Schädel, sagte Lahnstein, die wir gefunden haben, waren ganz. Sie sagen, Sie hätten sie klein geschlagen. Wie kann das sein?

Is' das so? Waren die ganz? Vielleicht hab' ich nich' alle zerstückelt, ich weiß es nich' mehr.

Wie viele Jungs?

Weiß nich'.

Ein bockiges Gesicht.

Wir haben in der Leine die Oberschenkelknochen von zweiundzwanzig Jungs gefunden.

So viele?

Er schien ehrlich erstaunt.

Waren es zweiundzwanzig Jungs?

Eine ganze Menge jedenfalls.

Nehmen wir den letzten Fall, Erich de Vries. Da müssten Sie sich doch erinnern.

Den Erich hab' ich in dem Teich am Eingang des Schlossgartens versenkt. Viermal musst' ich da hingehen. Die Teile hab' ich in der Aktentasche vom Friedrich transportiert. Das war der davor.

Er kicherte, schaute stolz umher, als sei ihm da ein besonderer Coup gelungen.

Friedrich Koch?

Weiß nich'. Habe die Nachnamen nich' gewusst oder vergessen. Es war'n zu viele.

Lahnstein ließ ihn sich eine halbe Stunde ausruhen, dann setzte er ihn in ein Auto, mit dem sie zum Schlosspark fuhren. Beamte mit hohen Stiefeln wateten durch den Teich und zogen an den Stellen, die Haarmann bezeichnete, Leichenteile aus dem Wasser. Der Schädel war komplett. Lahnstein übergab sich.

Bei der Rückfahrt dachte er an Lessing. Jetzt war es nicht mehr ein zweifelhaftes Geständnis. Jetzt gab es den handfesten Beweis, weil Haarmann gewusst hatte, wo die Leiche versenkt war. Lahnstein lehnte sich zurück in das Polster des Automobils. Als sie einmal kurz hielten, sah er im Fahrzeug nebenan einen älteren Herrn, von dem er meinte, es sei Paul von Hindenburg.

*Den Kopf krieg' ich doch mit. Einer von den Wärtern hat erzählt, der blieb hier. Den muss ich aber doch mitnehmen. Den ließ ich mir sonst nich' abhacken, das sag ich denen, dass sie den mit beerdigen solln. Ich brauch den da oben, die Augen, weil ich sonst nix sehen kann, die Ohren, weil ich sonst nix hören kann.*

*Da oben bin ich bei unsrer Mutter, da will ich doch hin. Die muss ich ja sehn, die wird sich freun, wenn ich oben bin. Mein' Vater gucke ich aber nich' an, nee.*

*Meine Mutter hat gesagt, da is' ein großer Garten, da sind schöne Blumen und Bäume, da können wir schön spielen – un' Musik is' oben, un' da können wir singen.*

*Oben is' es schöner als hier.*

*Ich werd' beerdigt, un' da kriegt man Flügel un' fliegt in den Himmel, un' der Kopf fliegt mit.*

*Wenn ich nun da oben bin, sind die, die ich umgebracht habe, auch da oben. Aber die können mir da oben nix tun, die haben doch keinen Kopf. Die Köpfe hab ich doch alle kaputt geklopft, die können sie doch nich' wiederfinden. Die Köpfe sind kaputt un' abgemacht. Die können mich gar nich' sehen, die haben keine Augen, keinen Kopf.*

*Wenn ich da oben bei meiner Mutter bin, tut mir keiner was, die passt schon auf.*

*Meine Mutter hat mich gern. Das war eine schöne Frau. Eine schöne, kleine Hand hatte sie, eine ganz kleine.*

*Vor der Hinrichtung trink' ich eine schöne Tasse Kaffee, rauche eine schöne Zigarre un' dann ess' ich ein schönes Käsebrot.*

*Hauptsache, das Messer is' richtig scharf, nich' dass es alles kaputt quetscht am Hals. Scharf muss es sein, so wie meine Messer, die hab' ich immer abgezogen.*

*Sie sollen sagen, Fritz Haarmann is' mit einem furchtlosen, kolossalen, militärischen Mut aufs Schafott gestiegen, un' zuletzt werd' ich noch eine kleine Rede halten.*

*Ich bin sogar ins Kino reingekommen, allerorten bin ich doch im Kino in der Wochenschau, in China, Japan, sogar in Amerika. Da kenn' die mich jetzt alle, un' dann wird ein Buch gemacht, un' das kaufen dann alle.*

*Es is' eine Sünde, das wusst' ich, aber die Jungs liefen mir immer nach.*

*Es ist dann noch Winter, ein kalter Tag, aber die Sonne wird scheinen. Un' dann isser weg, der Kopf.*

*Nach meiner Hinrichtung spuk' ich bei meinen Geschwistern un' klopf' jede Nacht an, das hat meine Mutter auch gemacht. Ach Emma.*

*Un' auf dem Friedhof werden sie mir einen Grabstein setzen, der is' schon bezahlt von der Sterbekasse, un' da steht drauf: Hier ruht der Massenmörder Fritz Haarmann.*

# Kapitel 9

*Dass sie etwas mit diesem Mann teilte, fand sie einen unerhörten, fast unerträglichen Gedanken. Es war eine gewisse Kenntnis von Martins Körper, auch wenn die Umstände so verschieden waren, wie sie nur sein konnten. Nun saß er dort, bewacht von zwei Polizisten, und weil sie in einer der hinteren Reihen Platz gefunden hatte, konnte sie sein Gesicht nicht sehen, nur wenn sie sich kurz aufrichtete, und das tat sie lieber nicht häufig, sonst würde man ihr ein besonderes Interesse an diesem Mann unterstellen. Was sie aber hatte.*

*Wie kindlich er manchmal wirkte, dann wieder unverschämt, triumphal. Wie harsch der Richter sprach, der Staatsanwalt, wie desinteressiert der Verteidiger wirkte. Sie saugte das auf, verstand nicht alles, was besprochen wurde, aber das befeuerte nur ihren Ehrgeiz, diese Welt zu durchschauen, ihre Sprache, ihre Rituale. Deshalb hatte sie der Vater aufgefordert, mitzukommen nach Hannover, wohin er Martins Eltern begleitete, als sie ihre Aussage im Zeugenstand machen sollten. Zusammen fuhren sie auf der Strecke, die auch Martin gefahren war an seinem letzten Tag, die Eltern still, manchmal seufzend. Einmal sagte die Mutter: Ich verstehe es nicht, ich verstehe es einfach nicht. Das war schwer zu ertragen, weil sie, Monika, das hätte aufklären können, den Grund für das Verschwinden jedenfalls, und sie war versucht, es zu tun, weil es die Eltern vielleicht ein wenig erleichtert hätte, wenn ihnen Gewissheit verschafft worden wäre, dass in diesem Fall das »Natürliche« der Auslöser der Katastrophe war, nicht das »Widernatürliche«. Dies war das Wort, mit dem umschrieben wurde, was diesen Mann dort angetrieben hatte. Nur dieses Wort, etwas anderes wurde dazu nicht gesagt.*

*Jedenfalls war das Natürliche widernatürlich beendet worden. Dieses Sprachspiel ging ihr leider durch den Kopf, als mal wieder im Pfarrhaus vom Widernatürlichen die Rede gewesen war. Es hatte keine Komplikationen gegeben, nur schwacher Blutverlust, zwei, drei Tage Bettruhe. Sie hatte gesagt, es sei etwas heftiger in diesem Monat, und der Vater schöpfte keinen Verdacht, brachte ihr Tee mit Honig. Nach solchen Dingen fragte er nicht.*

*Habe ich ihn in den Tod getrieben? Das war ihr erster Gedanke, als sie erfuhr, dass Martin ein Opfer des Werwolfs geworden war, wie die Zeitungen jetzt schrieben. Zu Tode gebissen, sie wollte sich das nicht ausmalen, auf keinen Fall, aber manchmal tat sie es. Er hätte nicht davonlaufen müssen. Seine Entscheidung.*

*Jetzt wurde wieder über Martin geredet, ihr Puls stieg, weil sie die Angst packte, dass er diesem Mann in seinen letzten Stunden gebeichtet hatte, warum ihm die Heimat unerträglich geworden war, aber das passierte nicht. Die Mutter und der Vater identifizierten die Kleidung, die ihnen vorgelegt wurde. Sie konnten keine Erklärung dafür liefern, warum ihr Sohn nach Hannover gefahren war. Ich weiß es nicht, ich weiß es doch nicht, schluchzte die Mutter.*

*Der Mann auf der Anklagebank behauptete, sich nicht an Martin erinnern zu können, schaute auf das Foto, schüttelte den Kopf. Dann kam ein Zeuge, der gesehen hatte, wie Martin mit dem Angeklagten in der Nacht den Bahnhof verlassen hatte. Die Mutter, die wieder neben ihr saß, weinte. Dann wird es wohl so gewesen sein, sagte der Angeklagte.*

Verfügen Sie noch über Ihr Schullatein?

Theodor Lessing stellte Lahnstein diese Frage in einer Verhandlungspause am neunten Tag. Sie standen vor der Tür und rauchten.

Leidlich.

Simia homo sine cauda, pedibus posticis ambulans, gregarius, omnivorus, inquietus cordi, mandax mentis. Furax, salex, pugnax …

Lahnstein hob die Hände.

… at artium variarum capax. Animalium reliquorum terrae hostis, siu ipsius inmicus teterrimus.

Ich passe. Ein paar Wörter vielleicht: Ohne Schwanz. Hinterfüße. Rudel. Ein ruheloses Herz. Helfen Sie mir.

Ein schwanzloser Raubaffe, welcher auf Hinterfüßen geht, in Rudeln lebt, alles frisst, ein ruheloses Herz hat, aber durch seinen Geist verlogen ist. Diebisch, geil und händelsüchtig, dabei fähig zu vielen Fertigkeiten. Der Feind aller übrigen Erdgeschöpfe und doch der schlimmste Feind seiner selbst. Das ist die erste Beschreibung des Urmenschen.

Er strahlte Lahnstein an, ein bisschen besserwisserisch, aber auch glücklich über diese interessanten Worte.

Stellt sich Haarmann uns nicht genau so dar? Ein fließendes Element, darin gespielte und wirkliche Kindischkeit, gespielter und wirklicher Schwachsinn wunderlich einander überlagernd. Ganz auf Hunger und Wollust gestellt, ist er doch ein Stück unmittelbare, auch noch in seiner Schauspielerei völlig naive Urnatur, an keinerlei Rechenschaft über sich selber gewöhnt. Er hat keinerlei Grauen vor dem, wovor jedem Kulturmenschen graut, vor Tod, Leiche, Moder. Aber bei Gewitter verkriecht er sich doch wie ein Tier, zittert und beginnt, ohne Glauben Gott anzubetteln.

Lahnstein fühlte sich überschwemmt von diesem Redefluss, war aber zugleich fasziniert. Haarmann war so, wie Lessing sagte.

Ganz entgegengesetzt zeigt sich Herr Grans, fuhr Lessing fort, so zäh wie zart, so unzerbrechlich wie zuvorkommend, liebenswürdig, in der Lage eines Fuchses, der in äußerster Todesgefahr alle Aufmerksamkeit überwach sammelt und jede Lücke erspäht, durch die er der teuflischen Falle entschlüpfen kann. Er friert weit mehr als Haarmann in einer ungeheuren Einsamkeit. Nicht wahr?

Zutreffend. Und das Verhältnis der beiden, wie sehen Sie das?

Den Haarmann bindet an Grans die Liebe des alten Wolfes zum jungen Fuchs. Den Grans bindet an Haarmann nicht nur die Dankbarkeit des Schmarotzertieres zu seinem Wirt, sondern auch mitleidiges Gewährenlassen: Er liebt mich ja. Was wäre er ohne mich?

Es wird wohl die Todesstrafe werden, für beide.

Aber es ist kein gerechter Prozess, sagte Lessing, schon gar nicht für Grans.

Sie wurden hineingebeten, die Verhandlung ging weiter. Lahnstein verfolgte den Prozess höchst angespannt, manchmal mit nackter Angst, vom ersten Tag an. Würde Haarmann von den Verhörmethoden berichten? Als Lahnstein seine Aussage machte, war er anfangs so nervös, dass ihm die Stimme mehrmals brach. Einmal blieb sie ganz weg, die Worte steckten hinter den Lippen fest, konnten nicht raus. Der Vorsitzende Richter ließ ihm ein Glas Wasser bringen. Er wollte nicht zu Haarmann schauen, tat es jedoch manchmal, weil er wissen musste, wie der seine Aussage auffasste, ob sie ihn provozieren würde.

Lahnstein sprach sachlich, vermied die Wörter, die nun durch die Presse gingen, Werwolf vor allem, Monster, Blutsauger, Vampir. Er machte ihn etwas schlauer, als er ihn einschätzte. Um ihm zu schmeicheln? Wahrscheinlich ja, aber das gestand er sich nicht ein, oder wenn, dann nur für Sekunden, ehe er diesen Gedanken verwarf.

Bald wurde er ruhiger, denn weder der Vorsitzende Richter Böckelmann noch Staatsanwalt Roven hatten ein Interesse daran, ihm Fehler vorzuwerfen, nicht einmal Verteidiger Siebling. Lahnstein sollte die Ermittlungen schildern und kam mit seiner Version durch. Sie war nicht falsch, verkürzt vielleicht, aber man konnte ohnehin nicht alles erzählen. So viel Zeit hatte niemand.

Der Prozess, der am 4. Dezember begonnen hatte, sollte bis Weihnachten abgeschlossen sein.

Haarmann hielt sich vor Gericht bislang im Großen und Ganzen an seine Aussagen gegenüber Lahnstein. Die Nummerierung war noch mehrmals geändert worden, weil neue Fälle auftauchten, siebenundzwanzig brachte der Staatsanwalt schließlich zur Anklage. Neun davon hatte Haarmann zugegeben, zwölf weitere als möglich bezeichnet, sechs bestritt er.

Lahnstein hatte Angst, sah sich aber auch im Recht. Es ließ sich nicht leugnen, dass die Reichstagswahlen am 7. Dezember, drei Tage nach Prozessbeginn, günstig verlaufen waren für die Republik. Sieger war die SPD, die 5,5 Prozent hinzugewonnen hatte und nun bei 26 Prozent lag, somit stärkste Partei war. Die extremen Parteien waren die Verlierer. Die KPD büßte 3,7 Prozent ein und war jetzt einstellig, 8,9 Prozent. Und die Nationalsozialistische Freiheitspartei war auf 3,0 Prozent abgesackt, ein Minus von 3,6 Prozent. Hurra, Bedeutungslosigkeit. Die Republik hatte wieder eine Chance. Leider konnte die DNVP immer noch ein Fünftel der Stimmen auf sich vereinen, und bei denen wusste man nicht, wo sie am Ende stehen würden. Eher aufseiten der Gegner der Republik.

Vielleicht hatte das alles nichts damit zu tun, dachte Lahnstein, dass Haarmann vor dem Wahltag überführt worden war, höchstwahrscheinlich sogar, obwohl der Fall reichsweit Schlagzeilen machte, aber man konnte auch nicht behaupten, dass es gar nichts damit zu tun hatte. Man wusste es eben nicht, und das bot Lahnstein Gelegenheit anzunehmen, es gäbe einen Zusammenhang mit seinem Ermittlungserfolg. Von wegen die Demokratie gefährdet. Gerettet, mein lieber Lessing, gerettet. Die Arbeitslosigkeit war zuletzt gesunken, das spielte wohl auch eine Rolle.

Der Fall Schiefer war an der Reihe. Annabelle Schiefer, schwarzes Kostüm, elegant, teuer, betrat den Gerichtssaal, ging zum Zeugenstuhl, umgeben von einer gepanzerten Aura, als ginge sie das alles nichts an. Lahnstein beugte sich vor, aber ihre Gesichtszüge konnte er nicht erkennen. Von Haarmann nahm sie keine Notiz.

Sie berichtete von einem harmonischen, beinahe erhabenen Familienleben, eine Symbiose von Eltern und Kind, mit einem wissenschaftlichen Schwerpunkt.

Unser Tischgespräch, sagte sie, drehte sich oft um die Pharmazie.

Lahnstein saß so, dass er Haarmann im Blick hatte. Der betrachtete diese Frau mit einer Mischung aus Verwunderung und Faszination. Manchmal grinste er anzüglich.

Haben Sie eine Erklärung für das Verschwinden Ihres Sohnes?, fragte der Vorsitzende Richter. Gab es vielleicht Gründe, dass er sein Elternhaus freiwillig verlassen hat?

Es gab solche Gründe nicht. Wo denken Sie hin?

Nun, wir hatten hier einige Fälle, in denen ein gewisses Leid die Jungs hinausgetrieben hat.

Wir möchten mit solchen Fällen nicht verglichen werden. Ich gehe von einer Entführung aus, sagte Annabelle Schiefer, es war mit Sicherheit Gewalt im Spiel.

Die spinnt doch, rief Haarmann.

Stille im Saal.

Haarmann, sagte der Vorsitzende Richter scharf, halten Sie den Mund, wenn Sie nicht gefragt sind.

Nicht so hart anfassen, dachte Lahnstein, nicht provozieren, nicht provozieren

Aber das stimmt nich', was sie sagt. An Richard Schiefer erinnere ich mich genau. Der hatte feine Klamotten an. Auf die war der Hans ganz scharf. Die sollt' ich ihm besorgen, hat er mir in den Ohren gelegen.

Blödsinn, rief Grans.

Sie habe ich nicht gefragt, sagte der Vorsitzende Richter.

Also Raubmord, sagte die Frau des Apothekers.

Den Richard hab' ich im »Kröpcke« kennengelernt, sagte Haarmann. Da hat er mich angesprochen, wollt' unbedingt mit zu mir nach Haus. Un' dann hab' ich ihn mitgenommen. Aber ich wollt' ihn nich' mitnehmen, weil ich wusste, was passieren konnte, un' der war ja nich' so ein Puppenjunge, der sollte doch den Nobelpreis gewinnen.

Lachen im Saal.

Ruhe, rief Böckelmann. Zu Haarmann: Was hat das mit dem Nobelpreis auf sich?

Das hat der mir erzählt, als er bei mir im Bett lag, dass sich seine Mutter nix mehr wünschte, als dass er den Nobelpreis gewinnt, für Chemie oder was, aber dem Richard war das schnuppe. Der wollt' immer nur mit zu mir un' polieren. Ein ganz Schlimmer war das.

Er grinste.

Lahnstein sah, dass die Frau des Apothekers einen Punkt oberhalb des Kopfes vom Vorsitzenden Richter anstarrte.

Ich hab' den weggeschickt, aber der is' immer wiedergekommen. Stand vor meiner Tür un' hat gebettelt. Fritz, lass mich rein, Fritz, ich will zu dir. Dann hab' ich ihn wieder aufgenommen. Der wollt' nich' nur polieren, der wollt' auch lutschen.

Kerzengerade saß die Frau des Apothekers auf dem Zeugenstuhl.

Es ist ein Skandal, dass dieser Mann hier so reden darf, sagte sie mit fester Stimme. Ich gehe davon aus, dass Sie ihm kein Wort glauben.

Er is' zu mir gekommen und hat gesagt, dass er für ein paar Tage bleiben muss. Ein Kunde hat seinen Eltern in der Apotheke erzählt, dass sich der Richard immer im »Kröpcke« rumtrieb un' im »Schwulen Kessel«, un' dann haben sie ihn gefragt, ob das stimmt. Un' der Richard wollte nich' mehr lügen, hat gesagt, dass es stimmt un' dass er ja trotzdem den Nobelpreis gewinnen kann. Es hat ja nix zu bedeuten für den Nobelpreis, wen man küssen will, oder?

Er schaute schlau in die Runde.

Dann hat die da ihren Sohn rausgeschmissen.

Er unterbrach sich, schaute nach oben zu den Lüstern. Das Licht war angegangen, weil ein Unwetter heraufzog und den Himmel schwärzte.

Grad wie der Tannenbaum, seufzte Haarmann.

War das so?, fragte der Vorsitzende Richter die Zeugin.

Eine abscheuliche Lüge ist das.

Er hat bei mir gewohnt, sagte Haarmann, un' in der zweiten Nacht hab' ich ihn gebissen, bis er tot war, das weiß ich noch genau. Es ging nich' anders, das war eben so. Dem Hans hab' ich die Sachen gegeben.

Hans Grans trug sie bei seiner Verhaftung, sagte der Staatsanwalt, die komplette Garnitur.

Lahnstein bemerkte, wie Haarmann seinen ehemaligen Freund ansah, grollend, aber auch noch verliebt.

Kennen Sie diese Kleidung?, fragte der Vorsitzende Richter die Frau des Apothekers und zeigte auf einen kleinen Stapel, der vor ihm auf einem Tisch lag.

Sie schüttelte den Kopf.

Stehen Sie bitte auf und gehen Sie näher heran.

Die Frau machte, was der Richter von ihr verlangte.

Kennen Sie diese Sachen?

Es war ganz still im Gerichtssaal.

Die Frau strich mit zwei Fingern über den Ärmel einer Jacke.

Ja.

Dann können Sie jetzt gehen.

Sie ging hinaus, kerzengerade, aber auch so, als würde sie an Stöcken laufen, ihre Gesichtszüge wie eingefroren.

An Tag neun wurde der Fall Adolf Hannappel verhandelt. Die Eltern waren aus Düsseldorf angereist, sagten das, was sie Lahnstein erzählt hatten. Die Würste erwähnten sie nicht. Haarmann wurde anschließend ein Bild von Adolf Hannappel vorgelegt.

Den kenn' ich. Der Hans hat mich auf den aufmerksam gemacht.

Stimmt nicht, sagte Grans. Es war gerade umgekehrt.

So'n Quatsch.

Er lügt.

Lassen Sie uns zunächst hören, was der Beschuldigte Haarmann dazu zu sagen hat, sagte der Richter.

Im Wartesaal sitzt ein hübscher junger Mensch, den soll ich mir mal anschauen, hat der Hans gesagt. Vielleicht interessiert er dich.

Blödsinn.

Ruhe!

Der sitzt auf einer Kiste un' hat schöne Breecheshosen an, die hätt' ich gern, hat der Hans gesagt.

Grans erhob sich, sagte aber nichts. Ein Wachmann drückte ihn zurück auf die Bank.

Grans, erzählte Haarmann, habe Hannappel angesprochen. Zunächst sei er abgewiesen worden, habe ihn jedoch überreden können, die Kiste bei der Gepäckaufbewahrungsstelle abzugeben. Am Büfett habe er ihm ein Bier ausgegeben, ihm eine Zigarette angeboten und versprochen, sich um eine Unterkunft für die Nacht zu kümmern. Grans habe Haarmann ein Zeichen gemacht, dass er vorausgehen solle. Dann sei er ihm mit Hannappel gefolgt. Sie hätten sich in der Schillerstraße getroffen, es wie eine zufällige Begegnung aussehen lassen, und Grans habe Haarmann gefragt, ob er eine Unterkunft für den jungen Mann habe.

Hatte ich natürlich, sagte Haarmann grinsend.

Lahnstein sah sich nach den Eltern um. Fassungslosigkeit.

Haben Sie poussiert?, fragte der Richter.

Und wie.

Lahnstein drehte sich nicht um.

Am Morgen kam Grans in die Wohnung, Hannappel lebte.

Dann hat er mich vor die Tür gezogen un' sich geärgert, dass er die Breecheshose nich' mitnehmen kann.

Lüge.

Ruhe!

Nach drei oder vier Tagen tötete Haarmann seinen Gast. Am darauffolgenden Nachmittag kam Grans in seine Wohnung.

Ich hatt' schon alles sauber gemacht, sagte Haarmann.

Zusammen gingen sie zum Bahnhof und holten die Kiste ab.

Als Grans an der Reihe war, sagte er, Haarmann habe ihn auf einen jungen Mann im Wartesaal aufmerksam gemacht.

Guck dir den an und sag mir, was du von ihm hältst, sagte der Fritz zu mir. Vielleicht passt dir ja die Breecheshose, die er trägt. Ich habe am Büfett gegessen, und in der Zeit hat der Fritz den Düsseldorfer angesprochen.

Und Sie haben auch den Koffer nicht mit Adolf Hannappel zur Gepäckaufbewahrungsstelle getragen?, fragte der Richter.

Doch, ich habe mich angeboten zu helfen. Aber ich bin nicht am nächsten Tag in die Wohnung gekommen, um die Hose abzuholen. Erst ein paar Tage später habe ich Fritz zufällig auf der Straße getroffen, und er hat mich aufgefordert, ihm zu helfen, eine Kiste vom Bahnhof wegzutragen.

Ein Zeuge trat auf, der das Geschehen im Bahnhof beobachtet hatte und Haarmanns Version bestätigte.

Auch im Fall Wittig widersprach Grans den Aussagen Haarmanns.

Haarmann habe ihm gesagt, da sei ein junger Mann, auf den habe er »einen Bock«.

Haarmann habe Wittig angesprochen.

Wittig habe nicht auf seine, Grans', Veranlassung bei Haarmann übernachtet.

Er habe Haarmann nicht gedrängt, ihm Wittigs Anzug zu verschaffen.

Er habe nicht die Leiche gesehen.

Er habe deshalb auch nicht nach dem Anzug gefragt.

Wieder bestätigten Zeugen Haarmanns Aussage.

Am elften Tag eskalierte der Streit zwischen Böckelmann und Lessing. Der Vorsitzende Richter hatte sich fast täglich über die Berichte Lessings geärgert. Die Gerichtsdiener brachten laufend aktuelle Zeitungen in den Saal, Böckelmann überflog sie, und manchmal sprach er dann Lessing direkt an.

Wieder die Unwahrheit.

In welcher Hinsicht?, fragte Lessing von den Presseplätzen.

Der Richter ignorierte das und fuhr fort, eine Zeugin zu befragen. Nach einiger Zeit wandte er sich wieder Lessing zu und sagte: Ich will Sie nur darauf aufmerksam machen, dass es nach Paragraf 176 des Gerichtsverfassungsgesetzes Sache des Richters ist, die Plätze an die Presse zu verteilen. Unsachliche und unwahre Berichterstattung werde ich nicht dulden.

Hört, hört, eine Drohung!, rief Lessing.

Lahnstein las all seine Berichte, mit Sorge, mit Faszination. Keiner schrieb so prägnant und scharf wie er.

Das traurige Kleinstadtschauspiel gekränkten Juristenehrgeizes, medizinischer Selbstgerechtigkeit und amtlichen Machtmissbrauches.

Das Schauspiel eines aufgescheuchten Ameisenhaufens, der

den störenden Fremdkörper stechend und säurespritzend zu entfernen trachtet.

Je weiter die Verhandlungen fortschreiten, umso klarer drängt sich die Überzeugung auf, dass man eine Schlange nicht richten kann, ohne zugleich den Sumpf mit vor Gericht zu stellen, daraus allein die Schlange ihre Nahrung zog.

Haarmann, schrieb Lessing, habe alle seine Aussagen unter dem Druck und in Abhängigkeit von der hannoverschen Polizei gemacht. Die wesentlichen Gutachter seien befangen. Gerichtsmedizinalrat Brandt sei derselbe Gutachter, der Haarmann 1908 für geistig gesund erklärt und ihm damit das Irrenhaus erspart hatte. Würde er jetzt zu einem anderen Urteil kommen, wäre er in gewisser Weise mitschuldig an allen Taten. Insofern sei kein anderer Befund von Brandt zu erwarten. Schackwitz hatte das Fleisch, das ihm die beiden Frauen vorgelegt hatten, zu Schweinefleisch erklärt, ohne es gründlich untersucht zu haben. Er konnte kein Interesse daran haben, dass die Behörden irgendwie in ein schiefes Licht gerieten.

In Wahrheit hat er recht, dachte Lahnstein.

Am zwölften Tag weigerten sich die Sachverständigen, ihre Gutachten in Anwesenheit von Lessing abzugeben. Staatsanwalt und Verteidiger beschwerten sich ebenfalls, woraufhin der Vorsitzende Richter sich Haarmann zuwandte und ihn fragte, ob irgendwas dran sei an den Vorwürfen, er sei von den Behörden nicht gut behandelt worden. Lahnstein hielt den Atem an.

Das lügt der Kerl alles, sagte Haarmann.

Erleichterung.

Der Richter herrschte Lessing mit den Worten an: Sie sind hier als Reporter zugelassen, nicht als Schriftsteller. Wir können im Gerichtssaal keinen Herrn dulden, der Psychologie treibt.

Ich verbitte mir diesen Versuch, meine Berichterstattung zu

beeinflussen, sagte Lessing. Die freie Presse ist ein Grundpfeiler der demokratischen Republik.

Er wurde des Saals verwiesen.

Das psychologische Gutachten von Professor Schultze aus Göttingen hatte Lahnstein vorab gelesen, hörte kaum hin, dachte an Emma, die er seit jenem Tag auf dem Präsidium nicht mehr gesehen hatte.

Nach dem Ergebnis der Prüfung, sagte Schultze, hat er ein Intelligenzalter von etwa sechs bis acht Jahren. Im Laufe der Zeit konnte ich aber feststellen, dass er viele Fragen, die er bei der reinen Intelligenzprüfung nicht beantworten konnte, nicht nur zutreffend, sondern auch schnell löste. Auch aus seinen Schriftstücken ergibt sich, dass er über Kenntnisse verfügte, die die der anderen überragten; ja, einige Zeugen sagen sogar, dass er intellektuell selbst Grans überlegen sei.

Ein Simulant, auch mein Eindruck, dachte Lahnstein.

Ich will auch noch hervorheben, dass er mir immer wieder bei den zahlreichen Unterredungen durch seine gute Beobachtungsgabe, durch sein schnelles Auffassungsvermögen, durch die ungewöhnliche Anpassungsfähigkeit an die jeweilige Situation, durch die mannigfachen zutreffenden Kritiken auffiel; und dass er über ein ungewöhnlich gutes Gedächtnis verfügt.

Nach einer halben Stunde kam Schultze zum Ende: Fasse ich meine bisherigen Ausführungen zusammen, so kann ich mich nicht davon überzeugen, dass er an Schwachsinn im klinischen Sinne leidet.

Am 19. Dezember verkündete Böckelmann das Urteil:

Erstens: Der Angeklagte, Kaufmann Fritz Haarmann, wird wegen Mordes in vierundzwanzig Fällen unter Freisprechung von der Anklage des Mordes in drei weiteren Fällen vierundzwanzig Mal zum Tode verurteilt, auch werden ihm die bürgerlichen Ehrenrechte auf Lebenszeit aberkannt.

Zweitens: Der Angeklagte Händler Hans Grans wird wegen Anstiftung zum Morde in einem Falle zum Tode sowie wegen Beihilfe zu zwölf Jahren Zuchthaus verurteilt, auch werden ihm die bürgerlichen Ehrenrechte auf Lebenszeit aberkannt.

Zu den Taten: Haarmann habe sich mit dem jungen Mann, beide nackt, in das Bett gelegt, dann hätten sie miteinander poussiert, indem sie sich gegenseitig küssten. Er habe sich dabei geschlechtlich erregt und habe den jungen Mann am Halse gelutscht. Dabei habe er auch gebissen und ihn auf diese Weise getötet. An allen von ihm getöteten jungen Männern habe er am Halse die Spuren des Bisses gesehen. Es möge auch vorgekommen sein, dass er mit den Händen nach dem Halse des jungen Mannes gefasst und den Kehlkopf zugedrückt habe. Eine Absicht, den Jungen zu töten, habe er jedenfalls nicht gehabt. Ein Kampf zwischen ihm und den jungen Leuten habe niemals stattgefunden. Nur einmal habe er am anderen Morgen gemerkt, dass seine Hand zerkratzt gewesen sei, und einmal sei es ihm auch so gewesen, als ob einer der Jungen halb erstickt »Hilfe, Fritz« gerufen habe. Eine Erklärung dafür, warum er die Opfer immer gerade in die Kehle gebissen habe, könne er nicht geben.

Der Richter las leiernd.

Als Gesamtbild Haarmanns ergibt sich danach eine pathologische Persönlichkeit, ein Mensch von erheblicher moralischer Minderwertigkeit und mit ausgesprochenen intellektuellen Schwächen. Er hat sich aber zur Zeit der Ausführung der Tötungen weder in einem Zustande der Bewusstlosigkeit noch in einem Zustande krankhafter Störung der Geistestätigkeit befunden, durch welche seine freie Willensbestimmung ausgeschlossen war.

Das Gericht erachtet danach die Angaben Haarmanns bezüglich der Handlungen von Grans für glaubwürdig und stellt fest, dass Grans von den Tötungen nicht nur Fritz Rothes und Frankes, sondern auch später von denen anderer Opfer Haarmanns Kenntnis gehabt, und dass er auch in einer Reihe von Fällen die Leichen gesehen hat. Grans wusste ferner, dass Haarmann die jungen Leute tötete, um sich geschlechtlich zu erregen und nach der Tötung sich in den Besitz der Sachen zu setzen. Er beschloss, aus dieser Tätigkeit Haarmanns für sich Vorteil zu ziehen, namentlich sich an dem Gewinne zu beteiligen, also, in die Sprache beider übersetzt, »Kippe zu machen«.

Die beiden Angeklagten nahmen das Urteil gefasst auf.

Vor der Tür wartete Lessing und fragte Lahnstein, ob die Strafen wie erwartet ausgefallen seien.

Beide gehen aufs Schafott, wenn Sie das meinen.

Ein Fehler bei Grans, ein furchtbarer Fehler. Und bei Haarmann der falsche Weg zum Urteil. Ein früher Sündenfall unserer Republik. Wie soll es gut werden, wenn es so schlecht beginnt?

Lahnstein schwieg.

Wir haben das schon miteinander erörtert, ich weiß. Darf ich Sie trotzdem ein Stück begleiten?

Lahnstein nickte. Sie steckten sich Zigarillos an und gingen hinaus. Sonne, ein feiner Tag.

Ich werde den Behörden von Hannover einen Vorschlag machen, sagte Lessing.

Da er nicht weitersprach, fragte Lahnstein: Welchen?

Wussten Sie, dass in alten Zeiten, als noch das Erlebnis der Gemeinschuld im Menschen fruchtbar war, wenn Blutschuld über einer Stadt lag, ein Werk des Gemeinsinns gestiftet wurde: eine Kapelle, ein Kloster, ein Denkmal, eine Baumpflanzung, um den

Ruf der Bürgerschaft wieder zu entsühnen. Die schöne Nikolaikapelle am Klagesmarkt soll aus solcher Gemeinsühne entstanden sein, das älteste Bauwerk dieser Stadt.

Das wusste ich nicht.

Man hat in diesem Fall, nicht am wenigsten durch die Sensationsreporter des Zeitungsunwesens, so tief an Scham und Seele des Volkes gesündigt, dass nun diejenigen, die für die Gesundheit unseres Volkes sich verantwortlich wissen: Geistliche, Ärzte, Lehrer, versuchen mögen, auch dieses Grauenvolle wieder in Würde und Schönheit zurückzulenken. Man soll in den Schulen zu den Kindern, in den Kirchen zu den Erwachsenen sprechen. Alle Glocken der Stadt sollen mahnen. Und zur selben Stunde, wo der schuldig-unschuldige Unhold stirbt, wollen wir die traurigen Überreste der jungen Menschen in einen gemeinsamen Sarg betten, mit Blumen schmücken und auf Kosten unserer Stadt in unsere Erde legen; nicht verborgen auf einem Kirchhof, nein! auf einem unserer großen öffentlichen Plätze. Und wir alle, eine ganze Stadt, werden hinterhergehen: Senatoren und Magistrat, Bürgermeister, Ämter, Behörden, Lehrerschaft, Geistlichkeit, Oberpräsident, Regierungspräsident, Polizeipräsident – nicht um »letzte Ehre zu erweisen«, das können wir gar nicht, sondern um gemeinsame Schuld auf uns zu nehmen. Wir gehen alle in gemeinsamer Elternschaft hinter dem Sarge der durch unsere Schuld unerfüllt gebliebenen Jugend. Neben dem Mordhaus, wo die Kinder geopfert worden sind, liegt ein weiter baumüberblühter Platz. Im Hintergrund steht eine Kirche; darin ruht der klügste Mann, den Hannover hervorgebracht hat: Leibniz. Auf diesem Platz wollen wir sie in unsere Erde legen. Aus unseren Harzbergen holen wir dann Granit, oder besser noch holen aus unserer Heide einen der großen Findlinge ferner Urzeit. Der diene zum Denkstein, und die Nachwelt lese darauf nur drei Worte: »Unser aller Schuld!«

Jetzt frage ich Sie: Sind Sie dabei, gehen Sie mit?

Ich überlege mir das, sagte Lahnstein. Sie erreichten eine Kreuzung, und er verabschiedete sich von Lessing mit dem Hinweis, dass er noch etwas erledigen müsse.

Ein letztes Mal betrat er dieses Büro, ein letztes Mal nahm er an diesem Schreibtisch Platz. Vor ihm lag ein schweres beiges Kuvert, auf dem sein Name stand, handschriftlich. Darin eine Karte mit wenigen Zeilen. »Herzliche Glückwünsche zum gelösten Fall.« Unterschrift: »Genosse Gustav Noske«.

Einen Tag später, am 20. Dezember, hatten die Zeitungen ein neues Thema. Adolf Hitler wurde schon nach einem Jahr aus der Haft entlassen, dank der Fürsprache des Anstaltsleiters. Hitler hatte sich gut benommen. Lahnstein maß der Nachricht keine größere Bedeutung bei.

*Hannover, den 5. Februar.*

*Geständnis des Mörders Fritz Haarmann*

*Ich habe die gelegenheit, da ich Persönlich peer Auto durch die Straße gefahren werde um zur Polizei Präsidium zu fahren, diesen Brief der Öffentlichkeit zu geben.*

*Ich mögte nicht, das diese Zeilen dem Gericht oder aber der Polizei in den Händen gelangen, da ich annähmen muß, dieses der Oeffentlichkeit meinen Geständniß vorenthalten wird & dadurch ein Unschuldiger Hans Grans durch das Beil des Henkers zu Tode gebracht würde. Möge der Ehrliche Finder Gottes Segen bis in Ewigkeit der Familie & Kinder bringen. Dieses wünscht Ihnen der zum Tode geweihten Fritz Haarmann. Mein volles Geständniß aber werde ich Herrn Pastor Hauptmann Gerichtsgefängniß geben. Um das auch dieses Schriftstück durch die Oeffentlichkeit geprüft wird und nicht verschwindet; daher dieser Brief. Also Herr Rechtsanwalt Dr. Lotze muß das Schriftstück von Herrn Pastor Hauptmann fordern. Ich*

*Fritz Haarmann habe diesen Brief eigenhändig geschrieben, um die Wahrheit zu Beweisen, das dieses meine Schrift ist, kennt mein Bruder Adolf Haarmann-Fortmüller hier Asternstr. No. 16 meine Handschrift ganz genau. Mein Geständniß. So war mir Gott helfe, ich sage hir die reine Wahrheit u mögte doch so gern mein Gewissen nicht vor Gott noch mehr Belasten ich der zum Tode verurteilte.*

*Hans Grans, hat mich furchtbar die langen Jahre Betrogen & Bestohlen, aber trotzdem konnte ich nicht von Ihm lassen, da ich keinen Menschen auf der Welt hatte. Grans sollte mir im Alter eine Stütze sein, da ich doch immer für Grans sorgte & ich hätte ein gutes Vermögen zusammen gebracht, wenn mir Grans nicht alles Fortgenommen hätte. Grans war nicht schlecht, aber sehr Leichtsinnig. Grans seine Leichtsinnigkeit ging so weit mit den Weibern & Saufereien, so das ich für Grans nur die Melkende Kuh war. Aus den Treiben, welches ich mit den Jungen Leuten machte, war Grans zu arglos durch seinen liederlichen Lebenswandel. Grans hatte überhaupt keine Ahnung das ich Mordete hat nie etwas gesehen. Grans wußte nur das ich Pervers war und mit Jungen harmonirte. Wie nun meine Sachen entdeckt wurde betrefs Mord, so wurde ich durch die hiesige Polizei genötigt mit Gewalt durch Mißhandlungen Unwarheiten zu sagen, aus Angst um das ich keine Mißhandlungen mehr haben wollte, sagte ich nachher zu allen ja & habe dann Grans durch Unwahrheit belastet. Meine Schwester Emma & Bruder Adolf welche ich um Hilfe rief da die kommen habe ich dem Herrn Kommisar gegenwart zu Ihnen gesagt, Emma, Adolf, ich werde hir mit Gewalt & Schlägen gezwungen Unwahrheiten zu sagen. Ich habe Frau Witzel damals gebeten zu beantragen das ich meine Aussagen vor der Staatsanwaltschaft machen wollte, aber leider, ich wurde nicht gehört. Dann habe ich Gelogen & habe Grans Belastet um das ich Ruh hatte vor der Polizei. Da nun noch die Polizei sagte Grans Belastette mich auch noch sehr, dann habe ich mir gesagt, das durfte Grans nicht da Grans zu viel gutes von mir gehabt hatte, je mehr ich Schwindelte über Grans je anständiger wurde ich behandelt. Betrefs Wiederrufen meine Aussagen vor Gericht mochte ich auch nicht, ich dachte nur an Rache an Grans & das ist mir auch mit Hülfe der Polizei gelungen. Ich mögte hir Erwähnen Hans Grans der wußte von meinen Vorleben nichts. Grans wußte nicht das ich je in einer Irrenanstalt war, hat mich betrefs auch nie bedroht, Grans wußte von keinem Mord, hat nie etwas gesehen hatte keine Ahnung. Alle die Aussagen die Grans machte wurden Grans nicht geglaubt, oder aber so gedreht, das Sie Grans Belasteten. Daher Grans seine Worte vor Gericht, Haarmann sagt Wahrheit & Dichtung so, sodas mann das nicht Unterscheiden kann. Ich, Fr. Haarmann rufe den Himmel zum Zeugen an, Grans ist Unschuldig verurteilt. Grans hat sich noch nicht mal der Helerei bei mir schuld gemacht. Grans hat mir niemals einen Menschen gebracht, welcher mir zum Opfer fiel & hätte Grans gewust das ich Mordete dann hätte Grans es bestimmt verhütet. Ich kann diese Schuld nicht mit ins Grab nehmen und Rufe meine Mutter zum Zeugen welche mir heilig ist & bei Gott ist. Hans Grans ist Unschuldig verurteilt durch die Schuld der Polizei & damals aus Rache von mir, weil Grans der nur Gutes von mir hatte noch schwer belastete. Nehmt mein bischen Leben ich fürchte mich nicht vor den Tod durch das Beil des Henkers es ist für mich eine Erlösung, aber stellen Sie sich in der Lage von Hans Grans, der muß an Gott & Gerechtigkeit verzweifeln durch meine Schuld. Ich wurde mit meinen Lügen geglaubt Grans mit seine Wahrheit verworfen. Möge Hans Grans mir verzeihen für meine Rache, die Menschheit aber mir meine Morde welche ich in Krankhaften Zustande beging. Mein Tod und Blut gebe ich gern zur Sühne in Gottes Arme und Gerechtigkeit.*

*(gez.) Fritz Haarmann.*

# Kapitel 10

Er wurde am 15. April 1925 hingerichtet, an einem schönen, kalten Tag, im Zuchthaus an der Cellerstraße, das von einer Mauer aus rotem Backstein umgeben ist. Aus einer Ecke wuchs eine kleine Birke, die einzige Pflanze weit und breit.

Lessings Vorschlag war nicht umgesetzt worden, Lahnstein hatte nichts davon gehört, dass er ihn eingereicht hätte. So blieb ihm die Entscheidung, ob er an dem Umzug teilnehmen würde, erspart.

Die Hinrichtung von Grans war ausgesetzt. Ein Mann hatte eines Tages einen Brief auf der Straße gefunden. Er war an den Buchhändler Albert Grans adressiert, den Vater des Verurteilten, und stammte von Haarmann. Er hatte ihn offenbar in seiner Zelle geschrieben und bei einem Transport aus dem Fenster des Autos geworfen. Wahrscheinlich würde der Prozess gegen Grans neu aufgerollt werden.

Das war unangenehm, auch Haarmanns Behauptung, er sei von der Polizei misshandelt worden. Aber der Polizeipräsident hatte Lahnstein versichert, dass er nichts zu befürchten habe. Gegen zwei Beamte, die im Verdacht standen, Haarmann geschlagen zu haben, hatte man Disziplinarverfahren eingeleitet. Müller war nicht dabei.

Hauptsache, das Morden hat aufgehört, dachte Lahnstein. In Zukunft würde er sauber bleiben, das schwor er bei Gott. Eine Ausnahme, nur eine Ausnahme, weil es anders nicht gegangen wäre.

Haarmann war munter, beinahe heiter. Er trank einen Kaffee, rauchte eine Zigarre und aß ein Käsebrot. Weil es ihm so gut schmeckte, bestellte er ein zweites. Es wurde ihm gewährt. Bei Lahnstein bedankte er sich herzlich, dass er gekommen war.

Jetzt geht's zu Mutter, sagte er.

Lahnstein verließ die Zelle. Draußen wartete Emma, ging sofort hinein. Kein Blick. Er wartete nicht, bis sie hinauskam, sondern suchte sich ein Café, um zu frühstücken.

Grundlage dieses Romans sind die Bücher »Haarmann. Geschichte eines Werwolfs« von Theodor Lessing und »Die Haarmann-Protokolle«, herausgegeben von Michael Farin und Christine Pozsár.

Passagen auf den Seiten 282 bis 283, 297 bis 299 und 310 bis 311 sind Originalzitate Lessings, zum Teil leicht angepasst. Auch die Zitate aus den Gutachten und Urteilen entsprechen weitgehend den Originalen. Haarmanns Geständnis am Ende des 9. Kapitels habe ich inhaltlich und orthografisch komplett von seinem Brief übernommen.

Ich danke Christer von Lindequist und Thomas Schühly für die vielen Gespräche über Fritz Haarmann. Schühlys Film »Der Totmacher« ist ein großes Werk.

**Und jeden Tag stirbt ein neues Opfer …**

»Ich bin ein Mörder, aber die Morde werden erst geschehen.« Mit diesem Geständnis tritt ein Unbekannter, der sich selbst Der Nachtmann nennt, an die Öffentlichkeit. Fünf Menschen hält er in Glaskästen gefangen, und Nacht um Nacht wird einer von ihnen sterben – es sei denn, jemand schafft es, eine seiner Forderungen zu erfüllen.
Europols Topermittlerin Inga Björk wird sofort auf den Fall angesetzt. Als Leiterin der Sondereinheit für Serienverbrechen kennt sie die menschlichen Abgründe. Björk weiß, dass sie diesen Fall nur zusammen mit ihrem Kollegen Christian Brand lösen kann. Seine Methoden sind effektiv und kompromisslos – doch Brand steckt gerade selbst in Schwierigkeiten …

PENGUIN VERLAG